ZANIM POZWOLĘ CI
WEJŚĆ

ZANIM POZWOLĘ CI WEJŚĆ

JENNY BLACKHURST

Z angielskiego przełożyła
ANNA DOBRZAŃSKA

ALBATROS

Tytuł oryginału:
BEFORE I LET YOU IN

Polish edition copyright © Wydawnictwo Albatros Sp. z o.o. 2018

Polish translation copyright © Anna Dobrzańska 2018

Redakcja: Marta Gral

Zdjęcie na okładce: © Elisabeth Ansley/Arcangel Images

Projekt graficzny okładki: Wydawnictwo Albatros Sp. z o.o.

Skład: Laguna

ISBN 978-83-8125-238-6

Książka dostępna także jako e-book i audiobook
(czytają Kamilla Baar-Kochańska i Andrzej Ferenc)

Dystrybutor
Firma Księgarska Olesiejuk sp. z o.o.
Poznańska 91, 05-850 Ożarów Mazowiecki
tel. (22) 721 30 00, faks (22) 721 30 01
www.olesiejuk.pl

Wydawca
Wydawnictwo Albatros Sp. z o.o.
Hlonda 2A/25, 02-972 Warszawa
www.wydawnictwoalbatros.com
Facebook.com/WydawnictwoAlbatros | Instagram.com/wydawnictwoalbatros

2018. Wydanie I
Druk: CPI Moravia Books, Czech Republic

Dla Kena.
Brakuje nam Ciebie bardziej,
niż jesteśmy w stanie wyrazić słowami.

CZĘŚĆ PIERWSZA

1

Teraz

Od czego chciałabyś zacząć?

Hm.

Coś cię bawi?

To samo mówię moim pacjentom. Dzięki temu mają poczucie, że to oni kontrolują sesję. Tyle że obie wiemy, że będąc tutaj, nie mam nad niczym kontroli, prawda?

To dla ciebie ważne, żebyś w to uwierzyła?

Wiem, do czego pani zmierza. Chce pani, żebym poczuła się swobodnie, żebym się otworzyła i opowiedziała o swoich najmroczniejszych lękach, a wtedy powie im pani, że jestem szalona. Czuję się szalona. Może to pani zapisać.

Dlaczego nie zaczniesz od początku, Karen? Kiedy pierwszy raz spotkałaś Jessicę Hamilton?

To nie jest początek. Myślę, że wtedy się to zaczęło, ale to nie jest prawdziwy początek. Wszystko zaczęło się dużo wcześniej, zanim spotkałam Beę, Eleanor i Michaela. Zaczęło się od tego, co wydarzyło się, kiedy miałam cztery lata.

Chcesz o tym porozmawiać? Co się wtedy wydarzyło?

Nie. Nie chcę o tym mówić, a oni nie chcą tego słuchać. Chcą wiedzieć, jak umarła.

Mów dalej.

Nie naprawi mnie pani.

Słucham?

To były jedne z pierwszych słów, które powiedziała do mnie Jessica Hamilton. Te słowa wciąż rozbrzmiewają w mojej głowie. Pamiętam, co pomyślałam: że się myli, bo pomagam ludziom, na tym polega moja praca. Nie przyszło mi tylko na myśl, że ona wcale nie chciała pomocy, nie o to jej chodziło. Wówczas tego nie wiedziałam, ale to ona chciała pomóc mi.

2

Karen

25 października

Standardowa sesja w Instytucie Cecila Baxtera trwa trzy tysiące sekund. Niektórzy pacjenci nie mówią przez ten czas ani słowa, co często zdumiewa młodych psychologów – po co płacić sto pięćdziesiąt funtów za to, żeby pomilczeć przez pięćdziesiąt minut? Doktor Karen Browning nie była jednak zdumiona. Ona to rozumiała. Tak samo, jak rozumiała, dlaczego robiący karierę mężczyźni korzystają z usług prostytutek; nie chodziło o pieniądze ani ciszę, chodziło o kontrolę.

Ciche postukiwanie obcasów na drewnianej podłodze przypomniało Karen o obecności jej sekretarki Molly tuż za drzwiami. Naszej sekretarki, upomniała się w duchu. Molly była sekretarką wszystkich sześciu psychologów pracujących na drugim piętrze; tylko kierownicy na najwyższym piętrze mieli własne asystentki. Rozległo się delikatne pukanie do drzwi. Karen pociągnęła usta błyszczykiem, schowała kosmetyk w górnej szufladzie i czekała, aż Molly wejdzie. Każdy gabinet przypominał scenę, a Karen była szczególnie dumna ze swojego, odzwierciedlał bowiem wszystko, co zdołała osiągnąć.

Czy nie mówią, że duma poprzedza upadek?

Tego ranka godzinę przed rozpoczęciem pracy czytała dokumentację, chcąc dowiedzieć się czegoś o Jessice Hamilton, zanim ją zobaczy. Panna Hamilton była w tym tygodniu jedyną nową pacjentką – pozostałych prowadziła już jakiś czas – i fakt, że tak niewiele o niej wie, irytował Karen. Osoba, która sporządziła wstępną dokumentację, kompletnie się do tego nie przyłożyła. Nagryzmolony podpis mógł należeć do kogokolwiek; Karen zanotowała w pamięci, by mimochodem poruszyć tę kwestię na najbliższym zebraniu.

Wiek: 23

Historia choroby: u pacjentki nie zdiagnozowano depresji ani zaburzeń lękowych. Sytuacja rodzinna: nieznana. Obecnie pacjentka nie przyjmuje żadnych leków. Sama zgłosiła się na terapię.

Powód wizyty: napięciowe bóle głowy i nieuzasadnione pobudzenie.

Jak zawsze, gdy czytała notatki, również tym razem próbowała wyobrazić sobie kobietę, która lada chwila wejdzie do gabinetu. Zakładała, że jest zamożna, sądząc po kwocie, jaką zapłaciła za to, by Karen poświęciła jej pięćdziesiąt minut swojego czasu. Karen część usług świadczyła pro bono, ale Jessica Hamilton sama zgłosiła się na terapię i sama za nią płaciła. Karen wyobraziła sobie, że przyjaciele mówią na nią Jess, a rodzina Jessica.

Kolejny raz ktoś zapukał do drzwi. Dziwne. Jeśli na klamce nie wisiała zawieszka z informacją *Prosimy nie przeszkadzać.*

Sesja w toku, Molly zwykle wchodziła od razu. Karen wstała, wygładziła żakiet i podeszła do drzwi. Otworzywszy je, nie zobaczyła uśmiechniętej asystentki, lecz drobną, nieśmiałą dziewczynę o bladej twarzy, na której rozkwitły czerwone plamy. Karen miała nadzieję, że jej twarz nie wyraża zdumienia. Osiem lat w zawodzie psychologa nauczyło ją, że należy trzymać reakcje na wodzy, tuż pod powierzchnią, i nie okazywać ich rozmówcy. Była niczym wytrawny gracz w pokera.

Stojąca przed nią dziewczyna nijak nie pasowała do wizerunku młodej, atrakcyjnej, bogatej kobiety, którą Karen wyobrażała sobie, myśląc o Jessice Hamilton. Wyciągnęła rękę na powitanie i od razu zauważyła krótkie obgryzione paznokcie. Uścisk dłoni dziewczyny był równie słaby jak jej uśmiech.

– Jessica? – Karen rozejrzała się po recepcji, lecz nigdzie nie widziała Molly. – Przepraszam. Zwykle pacjentów wita recepcjonistka. Proszę, niech pani wejdzie. – Zaprosiła kobietę do środka, w duchu przeklinając Molly i niepodobne do niej nieprofesjonalne zachowanie. – Proszę usiąść.

Jessica Hamilton albo nie usłyszała, albo zignorowała jej słowa. Minęła kanapę i podeszła do regałów z książkami w drugim końcu gabinetu. Sprawiała wrażenie, że chłonie każdy szczegół mahoniowych półek i oprawionych w skórę tomów wybranych bardziej z powodu ich walorów estetycznych niż zawartości. Pierwszy raz od dawna Karen poczuła, że ktoś ocenia jej gabinet i uznaje, że czegoś mu brak.

– Zechce pani usiąść, żebyśmy mogły zacząć?

Przez moment pomyślała, że Jessica znowu ją zignoruje, lecz kobieta po chwili usiadła i w milczeniu czekała na rozpoczęcie sesji.

Nie była nieatrakcyjna, a gdyby nie twarz zarumieniona z zimna – albo ze zdenerwowania – mogłaby uchodzić za ładną. Jej włosy opadały naturalnymi lokami na ramiona. Miały osobliwy odcień blond, tak ciemny, że wydawały się pozbawione koloru, ale Jessica wyglądała na pogodzoną z tym, że to, co ma na głowie, nie budzi zainteresowania. Zresztą, patrząc na nią, można było odnieść wrażenie, że robi wszystko, by jak najmniej rzucać się w oczy.

– Jestem doktor Karen Browning. Nie wiem, czy była pani u innych psychologów, ale tu, w Instytucie Cecila Baxtera, zależy nam, żeby pacjenci czuli się swobodnie. Dlatego proszę mi mówić Karen. Choć jeśli woli pani nie zwracać się do mnie po imieniu, zrozumiem. Ja wolałabym mówić do pani po imieniu, ale jeżeli to pani nie odpowiada, mogę zwracać się do pani „panno" albo „pani Hamilton".

Posłała Jessice szeroki uśmiech z nadzieją, że kobieta się odpręży. Współczuła wszystkim swoim pacjentom; rozumiała, jak trudne są pierwsze wizyty, kiedy muszą opowiadać o swoich lękach i wadach komuś, kto słucha ich wyłącznie dlatego, że mu za to płacą. Z tego właśnie powodu starała się być tak przystępna, jak to tylko możliwe; w przeciwieństwie do niektórych kolegów po fachu, nie przychodziła do pracy w drogich, markowych ubraniach, nie upinała włosów w ciasny kok i nie nosiła brylantów wielkości jajka – choć to ostatnie nie z własnego wyboru.

Jessica skwitowała tę standardową gadkę skinieniem głowy, jak gdyby usłyszała głęboką myśl, ale nie odpowiedziała, jak Karen ma się do niej zwracać.

– Podać ci coś do picia?

Niemal niezauważalnie pokręciła głową. Karen wstała, nalała sobie szklankę wody ze stojącego w kącie dystrybutora i wróciła na fotel. Był celowo niższy od kanapy, by dać pacjentom poczucie kontroli, którego brakowało im poza tym gabinetem.

– Dobrze. Widzę, że powodem twojej wizyty są napięciowe bóle głowy. Opowiesz mi o nich?

Jessica patrzyła jej prosto w oczy – do czego Karen nie była przyzwyczajona, przynajmniej podczas pierwszej sesji. Gabinet był skąpo umeblowany, by nic nie odwracało uwagi pacjentów – oprócz kanapy i biurka były tu dwa niskie regały na książki, jedna fotografia i duży obraz przedstawiający molo na tle turkusowej wody, żadnych bibelotów – mimo to zawsze skupiali na czymś wzrok. Ale nie Jessica Hamilton.

– Nie naprawi mnie pani.

Buta w jej głosie tak bardzo kłóciła się z jej aparycją, że uderzyła Karen mocniej niż słowa, których Jessica użyła. Była już jednak tysiące razy zszokowana wyznaniami pacjentów i potrafiła jak nikt maskować swoje reakcje. Przyjęła tę uwagę bez zmrużenia oka, a jej twarz pozostała beznamiętna niczym maska.

– Myślisz, że tym się będziemy zajmować, Jessico? Że będę próbowała cię naprawić?

– Czy nie tym właśnie się pani zajmuje, doktor Browning? Naprawianiem szaleńców, żeby ich życie było równie idealne jak pani własne? – Jessica nawet na chwilę nie odwróciła wzroku. Oczy miała niebieskie, zbyt ciemne, by uznać je za niezwykłe, upstrzone plamkami brązu, które jeszcze bardziej pogłębiały efekt. Nijakie jak wszystko w niej.

– Nie, nie tym się zajmuję. Jestem tu, żeby cię wysłuchać i pomóc dojść do ładu z tym, co się dzieje.

– Słuchanie i pomaganie nie brzmi zbyt proaktywnie. Dlaczego ludzie płacą pani tyle pieniędzy, żeby się wygadać? Co jest w pani takiego wyjątkowego?

Pacjenci bywają rozgoryczeni i konfrontacyjni, tłumaczyła sobie Karen. Nie chciała, by złość pobrzmiewająca w głosie dziewczyny dotknęła ją na poziomie osobistym. Niektórzy w trakcie sesji wściekali się na życie, inni wyładowywali frustrację na psychologach. Pod tym względem Jessica Hamilton niczym się od nich nie różniła. A jednak było w niej coś innego.

– Często łatwiej podzielić się problemami z zupełnie obcą osobą. Dzięki temu ludzie nie czują się oceniani i mogą dać wyraz swoim frustracjom. Nie jestem tu, żeby cię oceniać, Jessico, ani po to, żeby cię naprawiać. Nie traktujemy ludzi jak zepsutych rzeczy i nie próbujemy przywrócić ich do stanu używalności. Jeśli chcesz ze mną porozmawiać, chętnie cię wysłucham i spróbuję zrozumieć, co dzieje się w twoim życiu. Jest coś, od czego chciałabyś zacząć?

Zobaczyła, że pacjentka przetwarza jej słowa, i niemal poczuła jej rozczarowanie, gdy Jessica uświadomiła sobie, że ona nie da się sprowokować. Karen zastanawiała się, czego ta kobieta spodziewa się po terapii i dlaczego zdecydowała się na nią, skoro ma tak negatywne zdanie o zawodzie psychologa.

– Uprawiam seks z żonatym mężczyzną.

Jeśli pierwsze słowa były swoistym wyzwaniem, te miały wywołać szok. Karen robiła w myślach notatki. *Pacjentka próbuje szokować, żebym zaczęła ją oceniać. Prawdopodobnie chce zminimalizować poczucie winy.* Jeśli tak, będzie musiała się bardziej postarać, bo ona słyszała już wiele dużo gorszych wyznań.

– Tylko o to chodzi? O seks? Inni powiedzieliby, że „z kimś sypiają" albo że „mają romans".

Twarz Jessiki była pozbawiona wyrazu, nieodgadniona.

– Nie kocham go. To nie ma sensu. Nie jestem głupią gówniarą, która myśli, że dla niej porzuci żonę.

Pacjentka posługuje się zaprzeczeniem jako mechanizmem obronnym, by nie przyznawać się do swoich uczuć. Symptomy innego problemu?

– Zaczniesz od początku i opowiesz mi, jak się poznaliście?

Bycie psychologiem to ciężki kawałek chleba, lecz Karen nigdy nie chciała być nikim innym i przez wszystkie lata pracy w zawodzie ani razu nie żałowała swojego wyboru. Pacjentów traktowała jak ranne ptaki: żadnych gwałtownych ruchów, neutralny głos, słuchaj i prowadź, ale nie dyryguj. Czasem wystarczyło jedno niewłaściwe słowo, i pacjent próbował uciec, widząc w niej nie wybawcę, lecz porywacza. Bywało, że na początku traktowali ją jak wroga – zwłaszcza gdy decydowali się na terapię nie z własnej woli.

Jessica zignorowała pytanie i oparłszy łokcie na udach, pochyliła się do przodu, by zmniejszyć odległość dzielącą ją od Karen.

– Co, pani zdaniem, decyduje o tym, czy ludzie są dobrzy, czy źli? – zapytała głosem tak cichym, że Karen musiała się nachylić, żeby ją usłyszeć. – To, co myślą? Czy kiedy zaczynają robić rzeczy, o których do tej pory tylko myśleli? Brak zasad? Empatii?

– Niepokoją cię twoje myśli?

Pogardliwy uśmieszek na twarzy Jessiki sprawił, że jej twarz nagle wydała się Karen nieatrakcyjna.

17

– Niezupełnie. Nie odpowiedziała pani na moje pytanie.

– To skomplikowane pytanie, Jessico, i nie wiem, czy jestem na tyle kompetentna, by na nie odpowiadać. Ale jeśli niepokoją cię twoje myśli i przyszłaś tu, by się z nimi uporać, powiedziałabym, że wynikają one z sytuacji, w jakiej się znalazłaś, a nie z zaburzeń kognitywnych.

– Zawsze posługuje się pani takim podręcznikowym językiem?

– Przepraszam...

– I zawsze pani tyle przeprasza?

– Ja...

– Dobrze. Co mówi Freud o nieumyślnym krzywdzeniu ludzi?

Na nitce napięcia, którą Karen czuła w piersi, zawiązał się supeł. Rzadko traciła kontrolę nad sesją, a teraz miała wrażenie, że rozmowa przynosi skutki odwrotne do zamierzonych.

– Skrzywdziłaś kogoś przez przypadek?

– Kto mówi, że miałam na myśli siebie?

Ręka Karen zadrżała niemal niezauważalnie i zastanowiło ją, czy Jessica zauważyła jej zakłopotanie. Nie mogła oczekiwać takiej reakcji, a jednak widmowy uśmiech, który przemknął po twarzy pacjentki, sugerował, że tak właśnie było.

– Przypadek to przypadek, Jessico. To, w jaki sposób radzimy sobie z efektami ubocznymi naszych czynów, często zależy od naszego charakteru.

– Mój ojciec zabawnie reagował na wypadki. Nie na te drobne, kiedy ktoś się potknie, ale na te poważne, do których dochodzi, bo na chwilę tracimy czujność. Twierdził, że nic w życiu nie dzieje się przypadkiem i że wypadki nie zdarzają się tak po prostu. Mówił, że w ten sposób podświadomie uzewnętrzniamy nasze prawdziwe uczucia. Myśli pani, że to ma sens, doktor Browning?

Napięcie zacisnęło się wokół nich niczym lina. Niewinne z pozoru pytanie niosło z sobą ukryte znaczenia. Karen nie odpowiedziała.

– Myślę, że polubiłaby pani mojego ojca.

Karen próbowała ułożyć splątane myśli w spójne zdania. Słowa klucze – ojciec, podświadomość – rodziły kolejne pytania, a ona starała się je wyartykułować. Zanim jednak zdążyła cokolwiek powiedzieć, Jessica zaczęła opowiadać:

– To była gala charytatywna. – Utkwiła wzrok w naderwanej skórce wokół kciuka. Widok skórki skojarzył się Karen z zaburzeniami lękowymi. Paznokcie miała krótkie i nierówne – bardziej obgryzione niż spiłowane – i niepomalowane.

Dopiero po chwili uświadomiła sobie, że pacjentka odpowiada na pierwsze pytanie. Maska, w której weszła do gabinetu, wróciła na miejsce. Karen odzyskała chłodny profesjonalizm i kontynuowała sesję, jakby ostatnich kilku minut w ogóle nie było.

– Jesteś zaangażowana w działalność charytatywną? – spytała.

– Niezupełnie. Ktoś, kogo znam, miał wolny bilet. Gość stał przy barze i wyglądał na równie znudzonego jak ja. Zażartował, że zapłaci mi za to, żebym z nim została, a ja powiedziałam mu, że nie jestem prostytutką. Speszył się i zaczął się tłumaczyć, że nie to miał na myśli; martwił się, że mnie obraził. Wtedy zauważyłam, jaki jest przystojny.

Jessica podniosła wzrok i uśmiechnęła się na to wspomnienie. Nie był to ten sam kpiarski uśmieszek, który wykrzywił jej twarz minutę wcześniej, ale szczery, ciepły uśmiech. Nie rozjaśnił jej twarzy, jak to czasami bywa z uśmiechami, ale jeszcze bardziej podkreślił jej przeciętność. Karen świadoma tego, że wygląd zewnętrzny ma wpływ na to, jak traktują nas ludzie, była w stanie wyobrazić sobie entuzjazm dziewczyny, która przyciągnęła uwagę przystojnego mężczyzny.

— Był miły, nie taki arogancki i pewny siebie jak niektórzy przystojniacy.

— Takie masz doświadczenie z mężczyznami?

Pacjentka nie odpowiedziała, zupełnie jakby nie usłyszała pytania. W najdrobniejszych szczegółach opisywała wieczór, kiedy poznała swojego żonatego kochanka, żarty, które opowiadał, i to, jak jego ręka ocierała się o jej satynową sukienkę za każdym razem, gdy się śmiała. Z czasem mowa jej ciała uległa zmianie i Jessica na powrót przyjęła obronną postawę, jakby broniła się przed czymś, co wywoływało negatywne uczucia.

Typowe oznaki dysonansu poznawczego.

— Co się wydarzyło, kiedy gala dobiegła końca?

Jessica skrzyżowała ramiona na piersi. *Wspomnienie sprawia, że pacjentka czuje się niezręcznie.*

— Poszliśmy do hotelu i pieprzyliśmy się.

— Co wtedy czułaś?

Karen wiedziała, że to cholernie kiepski, oklepany frazes. Niemal wzdrygała się za każdym razem, gdy musiała wypowiedzieć te słowa na głos. Ona i jej przyjaciółki żartowały nawet z tego. Przez pierwszy rok po tym, jak oznajmiła, że chce zostać psychologiem, jej najlepsza przyjaciółka Bea przy każdej nadarzającej się okazji pytała ją: „Co wtedy czułaś?". Ale czasami —

dość często – trzeba zadać to pytanie. Od tego była: żeby odkryć, co pacjent sądzi o tym, co jej mówi. W wielu przypadkach byli tak zagubieni we własnych historiach, że nie zauważali nawet banalności, zupełnie jakby się jej spodziewali.

Jessica uniosła brwi, jak gdyby nie mogła uwierzyć, że Karen już na tym etapie zadała to pytanie.

– Nie miałam orgazmu, jeśli o to chodzi. Było dobrze, może trochę za szybko i mało romantycznie... taka miłość od pierwszego pieprzenia... ale było w porządku.

Pacjentka używa zabawnego, szokującego języka, żeby odwrócić uwagę od kwestii uczuć. Karen nie znosiła wulgaryzmów; sprawiały, że czuła się skrępowana i robiła się niespokojna. Problem pochodził z czasów, kiedy chodziła do szkoły. Była świętoszkowatą prymuską i bała się przeklinać, podczas gdy inne dzieci nagminnie używały ordynarnych słów. A może wszystko zaczęło się jeszcze wcześniej. Dużo, dużo wcześniej.

– Za drugim razem było lepiej. A zaraz potem był trzeci i czwarty. Teraz spotykamy się na okrągło, poza weekendami. On nie musi siedzieć w biurze i praktycznie mieszka u mnie.

– Nie boisz się, że jego żona może się dowiedzieć?

Jessica nachmurzyła się.

– Przez jakiś czas myślałam o tym. Czekałam na telefon albo wyobrażałam sobie, że stanie w drzwiach i powie: „Wiem, co robisz. Wiem, co zrobiłaś". Ale ona jest tak zajęta wychowywaniem dzieci, że moglibyśmy się pieprzyć na tylnym siedzeniu samochodu, który prowadzi, a i tak niczego by nie zauważyła. Nawet nie obchodzi jej, co on robi.

– On tak mówi?

– Nie musi tego mówić, to oczywiste. Ona nie ma dla niego czasu.

– W przeciwieństwie do ciebie.

Jessica rzuciła jej gniewne spojrzenie.

– Co za różnica? Nie chcę, żeby ją zostawił. Po prostu nie rozumiem, jak może nie wiedzieć, co się dzieje z jej mężem. – Znowu wbiła wzrok w paznokcie i dodała ściszonym głosem: – Dużo o tym myślę.

A więc to tak. Dotarły do kolejnego podłoża problemu dużo wcześniej, niż Karen się spodziewała. To dlatego Jessica zdecydowała się na wizytę i jeśli Karen zacznie teraz naciskać, zniweczy wszystko, co udało im się wypracować przez czterdzieści pięć minut. Próbowała się pocieszać, że to tylko dziewczyna, która wplątała się w pewną sytuację i teraz toczy wewnętrzną walkę. Cały ten bunt od początku sesji i wrażenie, że Jessica przyszła tu, żeby rzucić jej wyzwanie… wszystko to wynikało z problemów pacjentki, które objawiały się w jej niewinnych pytaniach na temat życia. Karen była tego niemal pewna.

– O jego żonie… – Nachylona w stronę Jessiki, mówiła wolno i spokojnie.

Dziewczyna odpowiedziała skinieniem głowy. Wciąż na nią nie patrzyła, ale przestała się dąsać.

– Jak mogła pozwolić, żeby ją tak traktowano? Czy wie o wszystkim, ale jej to nie obchodzi? Czy po prostu jest taka głupia, że nie widzi, co on robi? Kupił drugi telefon, żeby móc się ze mną kontaktować. Ona zajmuje się finansami, ale on ma własne konto, o którym ona nie wie. Żeby mąż musiał robić coś takiego! Jego żona jest suką, która musi mieć wszystko pod kontrolą, i tylko w ten sposób on może mieć własne pieniądze.

Żeby móc spać z innymi kobietami.

– Zrobiłam kilka rzeczy... takich małych, zupełnie bez znaczenia... Pozmieniałam coś w jej kalendarzu, przez co nie poszła na parę spotkań. Dobrze się czułam, wiedząc, że kontroluję sytuację.

– Byłaś w jej domu?

– Tak.

Karen czuła, że niepokój, który narastał przez ostatnie pół godziny, zaczyna ją przytłaczać.

– Jessico, muszę cię, niestety, o to spytać. To mój obowiązek jako psychoterapeuty i czułabym się źle, gdybym tego nie zrobiła. Rozumiesz?

Dziewczyna przytaknęła.

– Czy myślisz, że twoje zachowania mogą się nasilić? Czy twoje myśli związane z tą kobietą mogą doprowadzić do czynów, których nie będziesz w stanie kontrolować?

– Nie. – Powoli pokręciła głową. – Do niczego nie dojdzie. Czuję do niej wstręt i nienawidzę jej, ale nie jestem złym człowiekiem.

3

Bea

– Cześć wszystkim! Jestem Eleanor i mój koniec zafajda- nego tygodnia jest... – Eleanor urwała dla wywołania drama- tycznego efektu. Już od dzieciństwa była w tym dobra. – Musia- łam dziś zmienić co najmniej szesnaście pieluch, a jedna z nich spadła mi na stopę. Mogę więc śmiało rzec, że jest zafajdany. Dosłownie.

Bea i Karen parsknęły śmiechem, którego dźwięk wypełnił małą kafejkę. Bea zauważyła, że kilka osób podniosło wzrok znad gazet, jak gdyby były trzema hałaśliwymi nastolatkami w bibliotece. Miała ochotę pokazać im język, ale się powstrzy- mała. Karen co tydzień przypominała jej, że są już dorosłe, choć kiedy się spotykały, miała wrażenie, że ostatnich piętnastu lat wcale nie było i że znów siedzą w łóżku Eleanor z butelką wina Mad Dog 20/20.

Eleanor skrzywiła się i upiła łyk drinka.

– Możecie się śmiać, bo nie wy ścierałyście kupę z nowiu- teńkich, ślicznych balerinek. Dobra. Nominuję Karen.

Karen podniosła kubek, lecz Bea wyczuła jej wahanie. Trwało ledwie ułamek sekundy; większość ludzi nie zwróciłaby na nie uwagi, ale większość ludzi nie zna swoich przyjaciół od czasów zerówki.

– Cudownie być tu z wami w to urocze piątkowe popołudnie. Dzięki za nominację, Eleanor. Ostatnio miałam tyle roboty, że w ubiegłym tygodniu zapomniałam o wizycie u dentysty i wykładzie jednego z wiodących psychologów, na który czekałam od miesięcy. Zapomniałam zapisać je w kalendarzu.

Eleanor i Bea jęknęły teatralnie, po czym ta pierwsza położyła rękę na blacie i ukryła twarz w zgięciu łokcia.

– Na litość boską, Karen Browning, mogłaś się postarać i coś wymyślić, skoro twoje życie to cholerna idylla – burknęła w rękaw. Chwilę później podniosła głowę. – Ostatnio przegapiłam tyle spotkań pielęgniarek środowiskowych, że jak nic doniosą na mnie do opieki społecznej. Twoja kolej, Beo. I lepiej niech to będzie coś gorszego niż kupa na butach. Nie chcę wygrywać tej gry trzeci tydzień z rzędu.

Bea napełniła szklankę sokiem z dzbanka stojącego na tandetnym czerwono-białym obrusie i wzięła oddech.

– Cześć wszystkim! Jestem Bea.

– Cześć, Beo – odparły Karen i Eleanor.

Bea podniosła szklankę i skinęła głową do siedzącej jak na szpilkach Eleanor.

– Pragnę podziękować Eleanor za nominację. W tym tygodniu zapomniałam… – Urwała, pamiętając, że Karen nie może dowiedzieć się o tym, czego zapomniała. Próbując wymyślić coś na poczekaniu, wróciła pamięcią do popołudnia w pracy. – Zapomniałam zapisać jednego z naszych głównych klientów na spotkanie z kierownictwem i dostałam solidną zjebę od szefa, który przy wszystkich nazwał mnie niekompetentną.

– Palant – mruknęła Eleanor. Położyła dłoń na ramieniu Bei, kciukiem drugiej ręki otwierając wiadomość, którą właśnie dostała. – Na miłość boską, Noah dalej śpi. W życiu nie zaśnie w nocy, jeśli moja matka go nie obudzi.

Bea poczuła ukłucie złości, ale w ostatniej chwili Eleanor zrehabilitowała się i wrzuciła telefon w rozdziawioną paszczę otwartej torby.

– Nie warto się nim przejmować.

Kiedy wzięła Beę za rękę, ta nie mogła nie zauważyć śladów długopisu na wierzchu dłoni: pozostałości po zapisanym na skórze numerze telefonu, których nie zmył pospieszny, dziewięćdziesięciosekundowy prysznic. Jej telefon zawibrował znów pod stołem, ale na szczęście nie zwróciła na niego uwagi.

– To samo powiedziała Fran. – Bea wyszczerzyła zęby w uśmiechu. – Tylko ujęła to bardziej dosadnie.

Karen uniosła brwi.

– Nie za późno starsza siostra przybywa na ratunek?

– Daj jej spokój, Karen – rzuciła dobrotliwie Bea. – Fran zawsze była gotowa mi pomóc. Po prostu nigdy nie dałaś jej szansy. Dobrze mieć w końcu siostrę, z którą mogę pogadać. Nie ma to jak siostrzana więź. – Przypomniała sobie, co się stało z siostrą Karen, i zakryła usta dłonią. – Cholera, przepraszam.

Karen spróbowała się uśmiechnąć, ale usta miała zaciśnięte, przez co wyglądała, jakby się skrzywiła.

– W porządku, nie musisz przepraszać za to, że kochasz siostrę. Cieszę się, że ty i Fran w końcu zaczęłyście się dogadywać. Szczerze. – Uśmiechnęła się, tym razem jak należy, i podniosła kubek. – Dobra, w tym tygodniu wygrywa Eleanor. Za twoje gówniane życie.

Razem z Beą stuknęły się kubkami. Eleanor podniosła szklankę i westchnęła.

– Za moje gówniane życie.

– A więc mamuśka z siłowni mówi do matki pracującej: „No nie, po prostu nie mogę uwierzyć, że miałaś czas...” – Urwała, spojrzała na Beę, na Karen i znów na Beę. – Boże, nudna jestem, co? – Ukryła twarz w dłoniach. – Jak chcecie, możecie iść. Odwrócę wzrok, a wy się wymknijcie.

Bea się roześmiała.

– Nie, poważnie, chciałam wiedzieć, co mamuśka z siłowni powiedziała tej drugiej... wegance?

Eleanor jęknęła.

– Dobrze już, dobrze. Ale musicie wiedzieć, że te szesnastominutowe pogaduszki z innymi matkami, kiedy odbieramy dzieci ze szkoły, to jedyne, co mi pozostaje. Nie siedzę w biurze i nie plotkuję o tym, kto ukradł czyją kanapkę z indykiem, ani nie grzebię ludziom w głowach. Kłócące się matki to wszystko, co mam.

– Myślałaś już o tym, kiedy wrócisz do pracy? – Widząc nieszczęśliwą minę przyjaciółki, Bea natychmiast pożałowała, że zadała to pytanie.

– Adam uważa, że powinnam się wstrzymać. Przynajmniej do czasu, aż Noah pójdzie do szkoły. Opieka nad dziećmi kosztuje, uważa więc, że powinnam spędzać czas z chłopcami, póki są mali. Zwłaszcza że jego pensja wystarcza na utrzymanie.

– A ty co myślisz? – spytała łagodnie Karen.

Eleanor znów westchnęła.

– Chyba nie chcę być zdzirą z klasy średniej, która kręci nosem, bo ma okazję wychowywać własne dzieci, podczas gdy inne kobiety zrobiłyby wszystko, żeby być na moim miejscu, a nie mają wyboru i muszą wrócić do pracy.

– Jaaasne – odparła Bea, rozgrzebując widelcem resztki ciasta marchewkowego na talerzu Karen. – A jeśli twoje przyjaciółki mają gdzieś, czy jesteś zdzirą z klasy średniej?

– Boję się, że oszaleję, jeśli nie zrobię czegoś dla siebie. Jestem zbyt samolubna, żeby poświęcać każdą wolną chwilę na bycie czyjąś matką albo żoną.

– Mogłabyś otworzyć własną firmę – zaproponowała Karen. – Byłabyś wtedy mamą i kobietą interesu. Noah mógłby chodzić do żłobka kilka razy w tygodniu. Przebywanie z innymi dziećmi dobrze mu zrobi, a ty mogłabyś nawiązać kontakty zawodowe. Mogę umówić cię z paroma osobami. Znam wiele matek, które tak zrobiły.

Eleanor wyglądała, jakby rozważała tę propozycję, szukając w niej ewentualnych niedoskonałości.

– Sama nie wiem – rzuciła, lecz Bea wyczuła w jej głosie zainteresowanie, którego nie widziała u przyjaciółki, odkąd ta porzuciła pracę w agencji reklamowej i wzięła urlop macierzyński. – We Freshu miałam bazę klientów, a teraz musiałabym zaczynać wszystko od nowa. To mnóstwo pracy... Ale pomyślę o tym. Wolę to, niż wracać do starej pracy i odciągać pokarm z piersi w toalecie dla niepełnosprawnych.

– Myślałam, że przestałaś karmić piersią.

– Nie. I suki… wybacz, Karen… mam pełne. Co rano budzę się w kałuży mleka.

– Fuj. – Bea skrzywiła się z odrazą.

– Oj, pewnego dnia… kiedy będziesz miała dzieci.

Bea wzdrygnęła się z udawanym obrzydzeniem.

– Chryste, nie mogę mieć dzieci. Po pierwsze dlatego, że mam kremową kanapę.

Eleanor parsknęła śmiechem.

– Będziesz miała dzieci. Dobrze o tym wiesz. Znałam kobietę, która…

– Daj spokój, Eleanor – wtrąciła Bea. – Jeśli jeszcze raz opowiesz mi o Moirze z twojej pracy, która urodziła pierwsze dziecko w wieku czterdziestu dwóch lat, przysięgam, że się porzygam.

Przyjaciółka wyglądała na urażoną, ale po chwili się uśmiechnęła.

– Bo tak było! Widzisz więc, że nigdy nie jest za późno.

– Święta prawda. Myślę, że zacznę od razu. Kolejny facet, z którym pójdę do łóżka, będzie musiał wypełnić ankietę na temat historii rodziny. Wiecie, o czym mówię, dają takie u lekarza. Przepraszam, ale zanim zdejmiesz gatki, mógłbyś mi powiedzieć, czy ktoś w twojej rodzinie chorował na serce? Nie? To cudownie! A teraz, skoro jesteś gotowy, mógłbyś wsadzić wacka do tej probówki? – Obróciła w palcach nieistniejącą probówkę.

– To było wulgarne, Beo. – Karen pokręciła głową. – A skoro już o tym mowa, jak tam życie uczuciowe?

– Rachunek! – krzyknęła Bea i z udawaną rozpaczą odwróciła się w stronę kelnerki. – Możemy prosić rachunek?

Jako jedyna singielka musiała zabawiać przyjaciółki barwnymi opowieściami o swoim życiu uczuciowym, a one chłonęły każde jej słowo, przypominając sobie własne młodzieńcze podboje. Nie wiedziały jednak, że wszystko to były kłamstwa, wyssane z palca bajeczki stworzone po to, żeby się o nią nie martwiły. Nie była z nikim od lat. Symboliczne randki, na których bywała, miały uspokoić Karen, jednak Bea nigdy nie traktowała ich poważnie.

Czekając, aż speszona kelnerka przyniesie rachunek, Karen spojrzała na Beę.

– Posłuchaj, mam w pracy gościa. Jest singlem…

Bea jęknęła przeciągle.

– Błagam, Karen, żadnych randek w ciemno! Kocham cię, ale faceci, z którymi mnie umawiałaś, byli… Powiedzmy, że nie było wśród nich mojego księcia z bajki.

– Wiem. – Karen się uśmiechnęła. – Chris był nudziarzem, a Sean…

– …kompletnym kutafonem – dokończyła Bea. – Poważnie, nie wiem, jak ci faceci mogą pomagać innym, skoro sami nie radzą sobie z własnymi pieprzonymi problemami.

– Ten jest inny – oburzyła się Karen. – Nie jest nawet psychiatrą. Pracuje w dziale IT.

– Ja pierdolę, jeszcze lepiej!

Eleanor parsknęła śmiechem.

– Nie bądź taka wybredna, Beo. Nawet jeśli okaże się kiepski w łóżku, zrobi tak, że twój dwudziestoletni laptop będzie śmigał jak nowy.

– Zdzira – rzuciła z uśmiechem Bea. – Dobra, daj mu mój numer. Tylko lepiej, żeby to nie był kolejny Sean.

– Obiecuję. Ale nic dziwnego, że nie możesz znaleźć porządnego faceta... z takim słownictwem. Mogłabyś się chociaż postarać i od czasu do czasu ugryźć się w język.

– Fałszywa reklama. – Bea wymierzyła palec w Eleanor. – Czy to przypadkiem nie jest nielegalne, Els?

Do stolika podeszła kelnerka z rachunkiem i Karen, jak zwykle, wręczyła jej kartę. Poirytowana Bea zerknęła na Eleanor, a ta niemal niezauważalnie pokręciła głową. Próbowały płacić niezliczoną ilość razy, ale koniec końców okazywało się, że lepiej, jeśli pozwolą Karen uregulować rachunek.

– Muszę wracać do pracy – rzuciła Karen. – Mam po południu pacjenta i prosto z sesji zmykam do domu. Michael wyjeżdża na weekend, chcę się z nim pożegnać.

– Dokąd tym razem?

Karen się skrzywiła.

– Doncaster. Kocham was.

Wzięła kartę z rąk kelnerki i uściskała przyjaciółki.

– Też będę lecieć. – Eleanor udała, że zerka na zegarek, ale Bea wiedziała, że chce już wrócić do syna. – Powodzenia w pracy i zadzwoń, jak będziesz chciała pogadać.

– Dzięki, skarbie, zadzwonię. Ucałuj Tweedleduma i Tweedledee*.

Eleanor rozciągnęła usta w uśmiechu.

– Powiem Toby'emu i Noahowi, że ich stara, szurnięta ciotka Bea przesyła pozdrowienia. I tak by nie wiedzieli, kto to taki Tweedledum i Tweedledee.

– Czego oni dziś uczą dzieci w szkole? Mrugać?

---

* Bliźniacy z *Alicji po drugiej stronie lustra* Lewisa Carrolla.

— Wiesz, jak nauczysz się odpowiednio mrugać, możesz być całkiem zabawna.

— Dobra, krowo. Na pewno mogę podrzucić te formularze paszportowe po siłowni?

— Byle nie wtedy, kiedy kładę dzieci spać, Beo. Przyjeżdżasz zawsze o tej porze i Toby dostaje głupawki.

— Nie w porze spania. Obiecuję.

4

Karen

Napięcie przy stole było niemal namacalne, ale nie dlatego, że martwili się, co usłyszą. Tu złych wiadomości nigdy nie przekazywano przy całym zespole. Informowano o nich za zamkniętymi drzwiami, tak cicho, jak było to możliwe, bez zamieszania i dramatów. Pozostałych sześciu psychologów wyglądało na równie zaniepokojonych jak Karen, która niecierpliwie przebierała nogami i nerwowo zerkała w stronę drzwi, odkąd zgromadzili się w dużej sali konferencyjnej.

Był piątek i wszyscy mieli nadzieję w spokoju dotrwać do weekendu. Michael wyjeżdżał wieczorem i Karen chciała zobaczyć się z nim przed wyjazdem. W weekendy zaczynała się bać, że mógłby nie wrócić; zresztą zawsze, gdy żegnała się z kimś bliskim, robiła to tak, jakby nigdy więcej mieli się nie spotkać. Jeśli go nie zobaczy, przez resztę weekendu będzie się zamartwiać, wyobrażając sobie, że zginął w jakimś wypadku, a ostatnie, co mu powiedziała, to: „Wystaw pojemnik ze śmieciami przed dziewiątą".

Po chwili, która zdawała się trwać całą wieczność, drzwi w końcu się otworzyły i do sali konferencyjnej weszli Robert i Jonathan, dwaj starsi wspólnicy. Sprawiali wrażenie, jakby zapomnieli, że jest koniec tygodnia, i nie widzieli, że pracownicy wyglądają jak grupa nadąsanych nastolatków, którym kazano zostać po lekcjach.

– Dziękuję wszystkim za przybycie. – Jonathan rozejrzał się po twarzach zgromadzonych i zatrzymał wzrok na Karen, która siedziała w płaszczu. – Spieszysz się? – spytał.

Zawstydzona, poczuła na policzkach nieprzyjemne ciepło, ale nie zamierzała się tym przejmować. Zawsze miała wrażenie, że Jonathan nie pała do niej sympatią; był mizoginicznym draniem, a jego lekceważące uwagi zwykle wymierzone były w nią albo jej koleżankę – jedyne kobiety w zespole.

– Nie jest to nic, co nie mogłoby zaczekać – odparła, patrząc mu w oczy. Podejrzewała, że w głębi duszy Jonathan miał nadzieję, że pewnego dnia Karen zajdzie w ciążę, a dziecko naciśnie w jej mózgu jakiś tajemny guzik, który zmieni ją z kobiety sukcesu w pełnoetatową mamę. Tak się jednak składało, że była sto razy bardziej oddana pracy niż męska część zespołu, i nikt tego nie kwestionował, podobnie jak nikt nie kwestionował jej determinacji. Biedny Jonathan nie miał pojęcia, że Karen nie będzie miała dzieci. Czasami kusiło ją, żeby mu o tym powiedzieć i brutalnie pozbawić go złudzeń, ale wówczas musiałaby się tłumaczyć, a tego nie chciała.

Robert, wyczuwając napięcie między nimi, odchrząknął.

– Dobrze, nie będziemy was długo trzymać. Poprosiliśmy was o spotkanie, bo jak wiecie, Ken Williams latem odchodzi na emeryturę.

„Jak wiecie" było swoistym niedopowiedzeniem. Myśl o odejściu Kena nie dawała im spokoju, odkąd dwa miesiące temu poinformował ich o swoich planach. Nękała ich w trakcie spotkań i kołatała im się w głowach, gdy wypełniali dokumenty. Notatki stały się przez to bardziej szczegółowe, skierowania płynęły szerokim strumieniem niczym szampan w rezydencji Playboya. Odejście Kena oznaczało dziurę w infrastrukturze najwyższego piętra, którą każdy z nich chciał załatać.

Karen wiedziała, kto będzie tym szczęśliwcem; wiedziała też, że tak naprawdę chodzi o łatanie zbiornika z szambem. Sądząc po minie Roberta, on również to wiedział. Travis Yapp był ucieleśnieniem wszystkich przekleństw, jakie wyszły z ust Bei. Jak nazwać mężczyznę, który używał zbyt dużo żelu jak na swój wiek i mówił o swoim samochodzie jak o kobiecie? Zanotowała w pamięci, żeby zapytać o to przyjaciółkę.

Wiedziała, że Robert nie przepada za Travisem, ale wiedziała też, że Travis potrafi zaimponować właściwym ludziom, mówiąc i robiąc dokładnie to, czego od niego oczekują. Nie lubiła, gdy sugerowano jej, że ona tak nie potrafi. Wiedziała, że nie zawsze jest tak taktowna, jak powinna, i że wbrew oczekiwaniom innych nie jest potakiwaczem, liczyła jednak, że jak przyjdzie co do czego, Robert nadstawi za nią karku. On tymczasem powiedział, że to nie wystarczy, a potem, jak gdyby chciał przypieczętować jej los i dać jej do zrozumienia, że już na zawsze pozostanie szeregowym pracownikiem, dodał: „Zresztą i tak nie byłoby ci tam dobrze. Za dużo tam polityki i za mało prawdziwej pracy. Dusiłabyś się". Twierdził, że Travis jest dokładnie takim sukinsynem, jakiego potrzebują na górze. „A więc kim ty jesteś?", miała ochotę go zapytać, ale wciąż był jej szefem i – choć sama nie miała pojęcia dlaczego – nie chciała, żeby wiedział, jak bardzo zabolało ją to, że nie dostanie tej posady.

Jonathan rozwodził się nad wieloletnim doświadczeniem Kena i przekonywał ich, jak wiele nauczył się od starszego kolegi. Karen musiała wysłuchiwać wstępu do koronacji Travisa ze skwaszoną miną, bo Robert spojrzał na nią i zapytał bezgłośnie, czy wszystko w porządku.

Zignorowała jego troskę i spuściła wzrok. Wiedziała, że to dziecinada, ale przez całą tę farsę czuła, jak narastają w niej złość i niepokój. Mogła siedzieć tam i gratulować Yappowi, uśmiechać się i mówić, że jak nikt nadaje się do tej roboty, lecz nie musiała poprawiać Robertowi samopoczucia tylko dlatego, że okazał się tchórzem. Na studiach była przekonana, że nie ma czegoś takiego jak szklany sufit, z czasem jednak to przekonanie zaczęło słabnąć.

– ...i dlatego z radością chcieliśmy powitać w naszym gronie Karen. Co ty na to, Karen?

Delikatnie pokręciła głową, pewna, że się przesłyszała.

– Słucham?

Robert roześmiał się, jakby chciał oszczędzić jej zakłopotania, podczas gdy wszyscy dookoła rozglądali się, oceniając reakcje pozostałych. Najwyraźniej oni również spodziewali się awansu Travisa.

– Cóż, myślę, że szok i niedowierzanie to reakcja dobra jak każda inna. – Robert rozciągnął usta w uśmiechu. – Mam nadzieję, że przyłączycie się do moich gratulacji dla Karen, zakładając oczywiście, że przyjmie naszą propozycję.

Wzięła się w garść, uśmiechnęła się i pokiwała głową.

– Tak, oczywiście. Bardzo się cieszę i jestem zaszczycona. Dziękuję, że daliście mi tę szansę. Mam nadzieję, że sprostam waszym wymaganiom.

Jej koledzy ochłonęli równie szybko jak ona, zwłaszcza Travis Yapp, który z przyklejonym do twarzy uśmiechem, błyskając perłowobiałymi zębami, podniósł niewidzialny kieliszek.

– Gratulacje, Karen... to cudowne uczucie, kiedy wiesz, że ktoś docenia twoją ciężką pracę.

– Gratulacje, Karen... to cudowne uczucie, kiedy wiesz, że ktoś docenia twoją ciężką pracę. – Karen dziecinnym głosem przedrzeźniała Travisa. – Co za... – Szukając właściwego słowa, przypomniała sobie kwieciste epitety Bei sprzed zaledwie kilku godzin. – Co za kutafon!

Robert roześmiał się. Był to spontaniczny, szczery śmiech i słysząc go, Karen nie mogła się nie uśmiechnąć.

– Nie wiem, co cię tak bawi – zbeształa go, czując, jak złość jej przechodzi. – Zdajesz sobie sprawę, że insynuował, że przespałam się z tobą, żeby dostać awans?

– To sto pierwsza reguła mizoginii: mężczyzna dostaje awans, bo na niego zapracował, a kobieta dlatego, że przespała się z kim trzeba. Uczą tego pierwszego dnia na szkoleniu „Ciesz się, że masz penisa".

– Hm, to dopiero feministyczne podejście. – Zerknęła na zegarek. – Naprawdę muszę już lecieć. Chciałam ci tylko podziękować za to, że dałeś mi szansę. Nie zawiodę cię.

– Wiem. – Robert się uśmiechnął. – Witamy u progu wymarzonej kariery, doktor Browning.

Karen wyszła z budynku Cecila Baxtera. W głowie miała gonitwę myśli. Wspólniczka. Wszystko, na co pracowała, wszystko, czego chciała, było w zasięgu ręki. Może nie miała takiej rodziny, o jakiej marzyła w dzieciństwie, ale przynajmniej zrobiła wymarzoną karierę. W końcu czuła, że jej życiowe wybory okazały się słuszne.

Idąc do samochodu, rozejrzała się w obie strony, a to, co zobaczyła, sprawiło, że stanęła jak wryta. Na prawo, niecałe sto metrów dalej, stał zaparkowany srebrny fiat, zupełnie jakby jego kierowca na kogoś czekał. Za kierownicą, choć od porannej sesji minęło kilka godzin, siedziała, obserwując ją, jej nowa pacjentka, Jessica Hamilton.

5

Karen

– Wreszcie! – Przez ostatnie pięć minut przetrząsała zawartość torebki w poszukiwaniu kluczy, a gdy w końcu je wyciągnęła, z torebki wypadła zmięta kartka papieru. Karen podniosła ją z podłogi, weszła do domu i rzuciła torbę na stolik przy drzwiach.

– Halo? Michael?

Miała ochotę krzyknąć: „Kochanie, wróciłam!", ale się powstrzymała. Zresztą jej słowa i tak trafiłyby w próżnię; Michaela nie było w domu. Choć dom należał do niej – to znaczy do banku – Michael miał własny klucz i w tygodniu czuł się tu jak u siebie. Byli niepodobni do innych par, które kontrolowały się nawzajem, i choć czasami było jej ciężko, w ich przypadku jakoś się to sprawdzało. Z reguły. Nienawidziła tego, że musi ukrywać przed światem charakter ich związku, ale powiedzenie najbliższym, gdzie Michael naprawdę „pracuje" w weekendy, nie wchodziło w grę.

Idąc do salonu, wyprostowała pomiętą kartkę. Na górze widniało radosne, żółte logo jej dawnej szkoły, do której teraz chodził Toby. Poniżej dużą czcionką napisano: BĄDŹMY W KONTAKCIE. Było to coś w rodzaju biuletynu przedstawiającego dotychczasowe osiągnięcia dzieci. Nie czytając dalej, Karen wsunęła go do szuflady w szafce pod telewizorem.

Była przyzwyczajona do martwej ciszy pustego domu, dziś jednak budziła w niej niepokój, włączyła więc telewizor, by wypełnić pustkę, którą w innych domach wypełniał gwar dzieci wracających ze szkoły. Gdy telewizor obudził się do życia, Karen, ignorując utyskiwania emerytów i bezrobotnych, poszła na górę poprawić makijaż przed powrotem Michaela. Chciała wyglądać tak, by jej obraz wystarczył mu na kolejne dni, kiedy będzie poza domem. W ciągu spędzonych razem kilku lat dokładali wszelkich starań, by nie zaniedbać się i nie popaść w rutynę, jak to bywało w innych związkach. Cieszyli się sobą, wiedząc, że Michael może w każdej chwili wyjechać, jeśli tego będzie wymagała sytuacja rodzinna.

Nakładając pomadkę, tuszując rzęsy i podkreślając różem kości policzkowe, myślała o biednej, wykończonej Eleanor, niemającej ani sekundy dla siebie, i o Bei, mającej wyłącznie czas, poza pracą, w której nic nie szło jak po maśle. Postanowiła, że zrobi dla przyjaciółek coś więcej: zabierze na cały dzień chłopców, żeby Eleanor mogła w końcu odpocząć, spędzi z Beą trochę więcej czasu i znajdzie jej kogoś, z kim będzie szczęśliwa. Ostatnim razem, gdy próbowała, nie poszło za dobrze, o czym Bea nie omieszkała jej przypomnieć. Patrząc z perspektywy czasu, Karen musiała przyznać, że może rzeczywiście głupio zrobiła, umawiając przyjaciółkę ze swoim kolegą z pracy; z drugiej strony Bea mogła okazać odrobinę wdzięczności i zaczekać, aż Sean odejdzie nieco dalej, zanim nazwała go totalnym kutafonem.

Prawda była taka, że Karen chciała dla przyjaciółek jak najlepiej.

Gdy poczuła, że twarz jej tężeje od nadmiaru makijażu, który zmyje za kilka godzin, zerknęła w telefon, bojąc się zobaczyć wiadomość, że Michael musiał wyjechać, kiedy była w pracy. Nie było nic, prócz kilku maili, które mogły poczekać, i SMS-a od Bei.

E wygląda na udręczoną. Wszystkie matki tak wyglądają? Dzięki Bogu, że nie mamy bachorów!!! XX

Karen rozczulił sposób, w jaki Bea wyrażała troskę o Eleanor, nie chcąc wyjść przy tym na wścibską. Napisała dwie wiadomości. Jedną do Bei:

Na pewno nic jej nie jest, ale już do niej piszę. Może powinnyśmy zaproponować, że weźmiemy chłopców na weekend?

Drugą do Eleanor:

Uwielbiam nasze lunche. Tęsknię jak zawsze. Może mogę jakoś pomóc przy małych mężczyznach? XX

Bea odpisała niemal natychmiast.

Brzmi świetnie. Daj znać kiedy. XX

Kciuk Karen zawisł nad ekranem gotów napisać kolejną wiadomość, gdy klucz Michaela zachrobotał w zamku.

6

Eleanor

Po wyjściu z restauracji niemal czuła, jak spokój i poczucie wolności wyciekają z jej ciała. Musiała jeszcze odebrać Noaha od mamy, pojechać do szkoły po Toby'ego, przygotować podwieczorek i wykąpać chłopców. Po powrocie z pracy Adam był zwykle zbyt wykończony, żeby kłaść synów do łóżka, więc to także spadnie na nią. Zanim usiądzie, będzie wpół do dziewiątej. Przez resztę wieczoru będzie nasłuchiwała elektronicznej niani, a gdy w końcu położy się spać, nie miną trzy godziny, jak Noah się obudzi.

Jadąc samochodem, myślała o Bei i Karen, o tym, co robią wieczorami. Pod nieobecność Michaela Karen pewnie pracowała – sporządzała notatki, wypisywała skierowania i porządkowała faktury. A wszystko to robiła, siedząc na kanapie przy kieliszku wina i lecącym w telewizji szmirowatym filmie. Bea spędzi wieczór na siłowni, wpadnie do Eleanor na tyle późno, by obudzić dzieciaki – nawet jeśli obiecywała, że tego nie zrobi – a potem przebierze się i wyskoczy gdzieś z dziewczynami z pracy. Będzie piła i śmiała się do późnej nocy, a w końcu położy się spać z błogą świadomością, że jutro jest sobota i może nie wstawać, a przynajmniej do lunchu, na który umówiła się z Karen albo z jakąś inną przyjaciółką.

Wieczory Eleanor wyglądały nieco inaczej. Jeśli Noah uśnie w miarę szybko, będzie musiała wykonać kilka telefonów w związku z urodzinowym przyjęciem-niespodzianką dla Karen, które razem z Beą organizowały za sześć tygodni. Trzeba było sporządzić listę dekoracji potrzebnych, by ozdobić VIP-owską lożę w restauracji... nadal nie była zdecydowana co do motywu przewodniego. Parę miesięcy temu, kiedy zaczęły przygotowania, spędziły z Beą całe popołudnie, oglądając wystawy w poszukiwaniu inspiracji, i jedyne, co ustaliły, to „żadnego różu". Jutro o dziesiątej Toby miał trening piłki nożnej, więc ona i Noah pojadą z nim, podczas gdy Adam będzie pracował. Po wspólnym obiedzie Eleanor razem z innymi matkami ze szkoły pójdzie na urodziny, a wieczorem zamówią coś na wynos i obejrzą jakiś film. Cóż za bajkowe życie!

Często upominała się w duchu, że tego właśnie chciała, i pocieszała się, że ten etap w życiu chłopców nie będzie trwał wiecznie, a gdy podrosną, zatęskni za nim, ale będzie mogła robić, na co tylko przyjdzie jej ochota. Sęk w tym, że po tych dziesięciu latach będzie zbyt wykończona, żeby włożyć najlepsze ciuchy i wyskoczyć do klubu. Czy do klubów w ogóle wpuszczają osoby po czterdziestce? Może są specjalne pomieszczenia dla ludzi, którzy przez ostatnie lata ścierali z ciuchów dziecięce wymiociny. Zresztą, kiedy Noah podrośnie, Toby będzie miał już osiemnaście lat i na samą myśl, że mógłby wpaść w klubie na własną matkę, oblewały ją zimne poty.

Zadzwonił jej telefon, a na wyświetlaczu pojawił się numer Adama.

– Cześć, skarbie! – krzyknęła, przełączając go na głośnik.

– Cześć, co u ciebie?

– W porządku, a u ciebie? – Nie chodziło o to, że nigdy nie dzwonił do niej w środku dnia, sęk w tym, że po jego telefonie musiała zwykle dopisywać coś do swojej listy rzeczy do zrobienia. „Możesz mnie odebrać...? Możesz to wysłać...?" Słowo „możesz" stało się w ich domu przekleństwem.

– Dobrze. Masa pracy. Dzwonię, żeby powiedzieć, że trochę się spóźnię. Mam prawdziwe urwanie głowy, a zanim się wyrwę, muszę wykonać jeszcze jeden telefon.

Poczuła ukłucie żalu. Zazdrościła Adamowi, że może podejmować nagłe decyzje, wiedząc, że ona wszystkim się zajmie. Podwieczorkiem, domem, dzieciakami. Czy tak wyobrażała sobie ich wspólne życie? Czy domowa harówka była jedyną nagrodą za to, że wzięła pod swój dach jego i jego osiemnastomiesięcznego synka?

Oczywiście wcale tak nie myślała. Toby był dla niej jak syn. Wychowywała go przez siedem lat, a on nazywał ją „mamą", nie wiedząc, że wcale nią nie jest. Wiedziała, że zdaniem Karen i Bei Toby powinien poznać prawdę, ale nie mogła znieść myśli, że jej idealna rodzina stanie się mniej idealna. Że w przypływie złości Toby wykrzyczy jej w twarz: „Nie jesteś moją prawdziwą mamą!" albo zacznie szukać kobiety, która miała czelność nazywać się jego matką biologiczną. Jaka matka wybiera wódę i prochy zamiast dziecka? Ta kobieta nie zasłużyła na to, by być cieniem, który wisiał nad ich rodziną. A jednak nim była, bo w głębi duszy Eleanor czuła się fatalnie, nie mówiąc Toby'emu prawdy. Wiedziała, że to samolubne i podłe, ale tłumaczyła sobie – i wszystkim naokoło – że robi to dla jego dobra. Który dzieciak chciałby wiedzieć, że matka porzuciła go, zanim był w stanie powiedzieć jej, jak bardzo ją kocha i jak jej potrzebuje? Toby nie potrzebował tego... oni tego nie potrzebowali.

– Dobrze, skarbie, zajmę się wszystkim. – Spróbowała powstrzymać westchnienie, jednak nie do końca jej się to udało. Jeśli Adam je usłyszał, nie skomentował.

– Dzięki, kochanie. – Usłyszała w jego głosie ulgę; a więc się nie pokłócą. A nawet jeśli później będzie na niego wściekła, pocałuje ją, przytuli, przeprosi i będzie po wszystkim. Nienawidziła kłótni i Adam o tym wiedział.

– Jesteś moją gwiazdą.

To była ona. Eleanor gwiazda, Eleanor supermama. Eleanor samolubna, kłamliwa aktorka.

– Cześć, babciu! – Kiedy weszła do domu matki, Noah z radości przebierał nogami. – Jak było?

– Cudownie. To złote dziecko.

Wzięła go na ręce i uświadomiła sobie, jak bardzo brakowało jej jego ciężaru.

Zadzwonił jej telefon.

Numer prywatny.

– Czyżby ktoś zapomniał domagać się zwrotu kosztów ubezpieczenia spłaty zadłużenia? – mruknęła do syna i odrzuciła połączenie. Chwilę później telefon znów zadzwonił. – Halo?

– Pani Whitney? Mówi Georgia Fenton ze szkoły Toby'ego.

Poczuła, że żołądek podchodzi jej do gardła. Boże, co się stało?

– Czy coś się stało? Z Tobym wszystko w porządku?

– Tak, proszę się nie martwić. Nic mu nie jest. – Głos szkolnej sekretarki był spokojny jak zwykle. Mogłaby zadzwonić z informacją, że Toby'emu urwało nogę, a i tak zachowałaby spokój. – Chodzi o to, że dziś jest ostatni dzień semestru i wszystkie dzieci wychodzą wcześniej, ale po Toby'ego nikt nie przyjechał. Kilka tygodni temu rozdawaliśmy listy z informacją.

Cholera! Jak mogła tego nie zauważyć? Wieczorami, kiedy Toby był już w łóżku, zawsze sprawdzała jego plecak. Może nie co dzień, ale na pewno przez ostatnie dwa tygodnie.

– Boże, strasznie przepraszam. Nie miałam pojęcia. Zaraz po niego przyjadę.

– Świetnie, dziękuję. W innych okolicznościach ktoś by z nim zaczekał, ale za dziesięć minut mamy radę pedagogiczną...

A ty, beznadziejna matko, jesteś kulą u nogi, dokończyła w myślach Eleanor.

– Jeszcze raz przepraszam. Przyjadę najszybciej, jak się da.

W ciągu dziesięciu minut spakowała rzeczy Noaha i wsadziła go do samochodu. Kiedy pół godziny później zdyszana

49

i rozczochrana wpadła do szkoły, Toby siedział w gabinecie wyraźnie znudzony.

– Przepraszam – powtórzyła, kierując przeprosiny zarówno do niego, jak i do sekretarki. – Wszystko w porządku, kolego?

– Inni już dawno poszli – bąknął, mierząc ją wściekłym spojrzeniem.

– Przepraszam, naprawdę. Nie wiedziałam. – Spojrzała na sekretarkę, która w przeciwieństwie do Toby'ego starała się nie okazywać niezadowolenia. – Przepraszam, że przeze mnie spóźni się pani na radę pedagogiczną.

– Nic się nie stało, pani Whitney, naprawdę. Założę się, że ma pani na głowie mnóstwo spraw. – Pani Fenton wymownie popatrzyła na fotelik samochodowy i Noaha, który gaworzył radośnie na widok brata.

– Tak, cóż... to się więcej nie powtórzy. Zwykle nad wszystkim panuję... to znaczy mam wszystko zaplanowane... – Te słowa zabrzmiały żałośnie. Georgia Fenton mogła jej nie wierzyć, ale taka była prawda. Eleanor doskonale radziła sobie z prowadzeniem domu i obiecała sobie, że narodziny dziecka tego nie zmienią. Nie należała do osób, które pozwalają, by rzeczy wymykały się im spod kontroli.

– Nawet najlepsze plany czasami... – zaczęła pani Fenton, prowadząc ich do drzwi.

– Czułem się okropnie! – oświadczył Toby, kiedy tylko weszli do domu. Dąsał się, odkąd wyszli ze szkoły, i jazda samochodem upłynęła im w pełnym napięcia milczeniu. – O tym czymś na pewno byś nie zapomniała! – Mówiąc to, spojrzał na śpiącego w foteliku Noaha.

– Daj spokój, Tobes, nie zapomniałam…

On jednak jej nie słuchał. Pobiegł na górę i zatrzasnął za sobą drzwi pokoju.

7

Teraz

Co się stało z biuletynem?

Jakim biuletynem? Tym ze szkoły Toby'ego? Wyrzuciłam go.

Do kosza? W domu czy w pracy?

Chyba w domu. Dlaczego to takie ważne? To było zwykłe pismo. Przyjdź i zobacz naszą szkółkę leśną i takie tam. Ledwie rzuciłam na niego okiem.

Wiedziałaś, że to ze szkoły Toby'ego?

Oczywiście, że tak. Chodzi do tej samej szkoły, co my kiedyś.

Jak myślisz, w jaki sposób biuletyn trafił do twojej torby?

Myślałam, że Eleanor włożyła go tam podczas lunchu.

Leżał na wierzchu?

Nie.

A teraz jak myślisz, skąd się tam wziął?

Wiem, co chce pani usłyszeć. Że ona go tam włożyła. Że planowała to na długo przed tym, zanim dowiedziałyśmy się o jej istnieniu. Ma pani rację, to musiała być ona.

Nic pani nie powie?

8

Obsesja. Zaczyna się powoli. Jest niczym pociąg, który rusza ze stacji. Nadal widzisz domy i drzewa, ludzi w oknach i ciemnozielone ciągniki na soczyście zielonych polach. Potem nabiera rozpędu. Domy wciąż są widoczne, ale ludzie za oknami już nie. Kolory zaczynają się rozmazywać, smugi ciemnej zieleni zlewają się i jaśnieją, a ty uświadamiasz sobie, że nie możesz już wysiąść i razem z całym składem wypadniesz z torów.

Tak przynajmniej było ze mną. Obserwowałam je od lat i nie zwracałam uwagi na to, że pociąg przyspiesza, nie widziałam, że kolory dookoła mnie zlewają się i tracą ostrość. Aż do czasu, gdy było już za późno. Ta ich bliskość, kiedy miały zaledwie pięć lat. Chciałam tej bliskości. Pragnęłam. Modliłam się, żeby pewnego dnia potrzebowały mnie tak, jak potrzebują siebie.

Z wiekiem ich więź stawała się coraz mocniejsza. Nie były jak inne dziewczyny, które oddalały się od siebie z powodu chłopaków czy innych zainteresowań. Były jak siostry albo jeszcze bliżej, bo przecież wybrały się nawzajem.

Gdybyście zapytali mnie o moment, w którym wszystko się zmieniło, nie potrafiłabym odpowiedzieć. To była seria niefortunnych wydarzeń, po której nasze życie wypadło z torów. Nazywają je kluczowymi momentami. Gdybym tamtego dnia postanowiła przygotować listy przed pójściem na pocztę; gdybym wzięła paczkę kopert z kuchennej szuflady, zamiast kraść tuzin z szafki na artykuły biurowe w pracy; gdyby szczurza rodzina nie przegryzła instalacji elektrycznej w miejscowym urzędzie pocztowym, zmuszając mnie, żebym pojechała do miasta, losy czterech kobiet potoczyłyby się inaczej.

Spieszyłam się, zdecydowana wykonać zadanie, które sobie wyznaczyłam. Przez tę nietypową dla mnie dezorganizację zbyt wiele rzeczy poszło nie po mojej myśli i nie miałam czasu do stracenia. Postanowiłam nie zwracać uwagi na książki stojące na półkach w WHSmith ani na artykuły biurowe ustawione strategicznie przy wejściu do księgarni, w której mieścił się punkt pocztowy. Tak bardzo chciałam załatwić wszystko przed szczytem w porze lunchu, że prawie nie zwróciłam na nie uwagi. Nie zauważyłabym ich, gdyby nie to, że akurat w tym momencie Bea parsknęła śmiechem. Był to śmiech, który rozpoznałabym w tłumie na koncercie Justina Biebera. Słysząc go, niemal poczułam ruch motylich skrzydeł, które wywołają w naszym życiu prawdziwe tsunami.

Zamarłam, oddech uwiązł mi w gardle.

Weszły, kierując się na pocztę. Tego dnia były we dwie: Eleanor w zaawansowanej ciąży upierała się, żeby skorzystać z windy, i dla podkreślenia swoich słów położyła rękę na brzuchu, i Bea, która jej ustąpiła, choć byłam pewna, że w duchu przeklina teatralne zachowanie przyjaciółki.

Odwróciłam się od nich zbyt szybko, niemal wpadając na kobietę, która stała za mną w kolejce. Bąknęłam przeprosiny, a może tylko o nich pomyślałam, lecz nie wypowiedziałam ich na głos. Ignorując krew, która uderzyła mi do głowy, i wsuwając listy z powrotem do torby, rzuciłam się w stronę schodów, nie wiedząc, co zrobię, kiedy dotrę na górę i zobaczę, jak wysiadają z windy.

W rzeczywistości nie zrobiłam nic. Ukryta za regałem z kolorowymi kartkami okolicznościowymi, patrzyłam, jak idą pod rękę zupełnie jak beztroskie piętnastolatki, nie jak kobiety po trzydziestce. Kiedy wyszły, atmosfera w sklepie ożywiła się, zupełnie jakby sama ich obecność tchnęła w niego życie.

Zanim znalazłam się na świeżym powietrzu, dudnienie krwi w moich uszach zwolniło i przeszło w rytmiczne pulsowanie, płomienie, które paliły szyję, zgasły, a nogi przestały drżeć. Oparłam się plecami o chłodną kamienną ścianę i pozwoliłam zmysłom ochłonąć. Zamknęłam oczy i czekałam, aż odzyskam panowanie nad sobą.

Może wydawać się to irracjonalne – że ich widok w miejscu, w którym się ich nie spodziewałam, tak bardzo mną wstrząsnął. To, jak zobaczyć swojego wychowawcę po szkole w normalnych ubraniach i uświadomić sobie, że nadal oddycha, kiedy na niego nie patrzysz i nie oglądasz jego życia pod mikroskopem. Nie byłam na to gotowa. Nie wiedziałam nawet, że Bea ma dzień wolny, a myślałam, że wiem o nich wszystko. To oczywiste, że nie byłam wystarczająco uważna. Popełniłam błąd i stało się, jak się stało.

Mój kluczowy moment, mój wybór. Czy miałam wrócić do domu z listami wepchniętymi pospiesznie do torby i pozwolić, by proza życia wybieliła ostatnie dziesięć minut niczym szkaradne graffiti pociągnięte byle jak pastelową farbą? Gdybym to zrobiła, kto wie, jak potoczyłyby się sprawy. Ta kroplówka pełna obsesji, która w kolejnych tygodniach leniwie skapywała do moich żył... Czy wtedy też pochłonęłaby mnie bez reszty jak heroina?

Po wszystkim błąkałam się po mieście bez celu, przerażona myślą, że znowu mogłabym je zobaczyć, i tym, że mogłoby się tak nie stać. Kiedy je ujrzałam – w takiej mieścinie to nieuniknione – odetchnęłam z ulgą, że moja reakcja nie była tak gwałtowna, jak za pierwszym razem. Widzicie? Wcale nie miałam obsesji; wciąż panowałam nad sytuacją.

Tym razem chłonęłam szczegóły kobiet, które z zadowoleniem przechadzały się po centrum handlowym, jak gdybym widziała je po raz pierwszy. Bea włożyła markowe szpilki i trzymała torebkę jak statuetkę Oscara. Szła nieco z przodu, jak gdyby własnym ciałem chroniła ciężarną przyjaciółkę. Eleanor z ręką na brzuchu wyglądała elegancko nawet w ciążowych ubraniach.

Tym razem moja reakcja była dużo bardziej wyważona. To oczywiste, że serce biło mi szybciej i zauważyłam, jak ciepło zrobiło się w centrum handlowym, ale nie miałam wrażenia, że zaraz zemdleję czy zwymiotuję. A kiedy zobaczyłam, że wchodzą do restauracji na lunch... Cóż, miałam niewiele czasu i zamierzałam zjeść coś na szybko w Wilko's, ale kafejka naprzeciw tej, do której weszły, wyglądała uroczo, a poza tym zasłużyłam na to, by zjeść coś dobrego. To dlatego zdecydowałam się tam wejść. Kap, kap.

Przecież nic się nie stanie, jeśli trochę się im poprzyglądam. Przez lata uczyniłam z tego prawdziwą sztukę.

Oczywiście myślałam o nich w drodze do domu, ale wszystko przez to, że je zobaczyłam. Nie zawsze były na pierwszym planie. Miałam własne życie. Teraz trudno w to uwierzyć, ale nie wszystko kręciło się wokół tego, co robiły. Bea zamówiła do lunchu kieliszek wina, wyśmiewając pełne dezaprobaty spojrzenie niepijącej przyjaciółki. Nie słyszałam, co mówiły, ale kiedy się śmiały, wyobrażałam sobie, jak rozmawiają o tym, że zawsze rozsądna Karen na pewno nie pochwaliłaby picia wina w godzinach pracy. Może Bea wcale nie wracała do pracy. Bo czy inaczej piłaby w środku tygodnia? Wyobrażałam sobie, że choć nie są głośne, zagłuszają praktycznie wszystkie inne rozmowy. Zauważyłam, że nawet nie podniosły wzroku, żeby zobaczyć, czy komuś nie przeszkadza ich śmiech, nawet wtedy, gdy Bea zrzuciła ze stolika koszyk darmowych chipsów.

Nadal myślałam o skrzekliwym śmiechu Eleanor, kiedy usłyszałam dzwonek swojego telefon. Dzwonili z pracy, prosząc, żebym odebrała ciasta. Moja uwaga natychmiast skupiła się na czymś innym, zupełnie jakbym nigdy nie widziała Bei i Eleanor.

9

Eleanor

Schowała do szafek świeżo kupione produkty, które prędzej się zepsują, niż trafią do jednego z kulinarnych przysmaków, które obiecała zrobić w „jeden z tych dni", przetarła wszystkie widoczne powierzchnie chusteczkami pielęgnacyjnymi dla niemowląt, westchnęła i włączyła czajnik. Skreśliła dwa zadania z listy przypiętej do wiszącej w kuchni tablicy korkowej i dopisywała kolejne trzy, gdy z leżącego w pokoju obok telefonu popłynęły dźwięki *All About That Bass.*

– Cześć – rzuciła do Bei, trzymając telefon między brodą a ramieniem. – Zapomniałam ci przypomnieć. Pewnie nie zarezerwowałaś restauracji?

Bea westchnęła.

– Nie. Na ten dzień, na którym nam zależy, jest już zabukowana. Będziemy musiały jeszcze raz rozesłać te cholerne zaproszenia, a wiem, jak bardzo się nad nimi napracowałaś. Przepraszam, Els. Zmieniamy datę czy miejsce?

– Ani jedno, ani drugie. – Eleanor rozciągnęła usta w uśmiechu i dopiero po chwili dotarło do niej, że Bea nie widzi wyrazu samozadowolenia na jej twarzy. – Zrobiłam rezerwację kilka miesięcy temu, kiedy zaczęłyśmy rozmawiać o imprezie. Zanim mózg dziecka przejął nade mną kontrolę.

Odsunęła stopą Iron Mana, żeby podnieść z podłogi piżamę. Przejrzała stos ubrań, oceniając, które nadają się do powtórnego włożenia, zanim trafią do wiecznie rosnącej sterty prania. Spodnie – do prania. Skarpetki – do prania. Góra od piżamy bez widocznych plam... Podniosła ją do twarzy i powąchała. Do prania.

– Wiedziałaś, że zapomnę? – spytała Bea.

Z rzeczami do prania pod pachą Eleanor zebrała leżące na stole w jadalni papiery Adama. Przebiegła je wzrokiem i uznawszy, że nie ma pojęcia, co to jest ani gdzie je schować, odłożyła je z powrotem. Jak, u diabła, miała utrzymać w tym domu porządek, skoro wszyscy inni robili wyłącznie bałagan? Może powinna zrobić dla męża tablicę motywacyjną. Sprawdziła się, gdy Toby zachowywał się jak czterolatek. Tyle że Toby rzeczywiście miał wtedy cztery lata.

– Hm... spodziewałam się tego.

– Mogłaś powiedzieć i oszczędzić mi kłopotów zapominania – mruknęła Bea.

– Gdzie tu zabawa? Jak często wysyłamy zaproszenia, które wymagają pisemnej odpowiedzi?

– Muszę sprawdzić na mojej liście w Excelu – odparła Bea.

– Masz na myśli serwetki, na których spisujesz swoje plany? – Eleanor niemal widziała grymas na twarzy przyjaciółki.

– A więc widziałaś?

– Daj spokój, Beo, całymi dniami organizujesz życie innym ludziom, a wystarczy jedno przyjęcie, żebyś utonęła pod stertą serwetek i samoprzylepnych karteczek. W ubiegły poniedziałek wysłałam zaproszenia, niedługo powinny zacząć spływać odpowiedzi.

Eleanor z poczuciem winy zerknęła na zegarek. Jeśli zaraz nie pobawi się z Noahem, będzie musiała zrobić to po obiedzie, a wtedy cały plan dnia diabli wezmą.

– Podrzucę ci listę, dobrze? – Zanim Eleanor zdążyła odpowiedzieć, Bea spytała: – A co w ogóle dziś porabiałaś? – Było to wypowiedziane po namyśle, konwencjonalne pytanie, i wiedziała, że odpowiedź, którą usłyszy, będzie krótka i zwięzła.

– To, co zwykle – odparła Eleanor, zła na siebie za to, że nie próbowała nawet niczego wymyślić. – Rano zrobiliśmy zakupy, a po południu będziemy czytać bajki i piec babeczki.

– Brzmi nieźle. Zostawisz mi babeczkę?

– Jeśli chcesz ryzykować zatrucie pokarmowe, zostawię ci jedną z wypisanym na niej twoim imieniem.

Bea się roześmiała.

– Myślałaś o tym, o czym rozmawiałyśmy podczas lunchu?

– Nie bardzo – odparła Eleanor, choć tak naprawdę nie myślała prawie o niczym innym. Pomysł, żeby się czymś zająć, rozniecił w niej iskrę, której nie czuła, odkąd Noah przyszedł na świat. Radosne podniecenie na myśl, że mogłaby robić coś tylko dla siebie. Ale kiedy wspomniała o tym Adamowi, jak zwykle nie okazał entuzjazmu. „Mało masz na głowie? Dzieci, dom", zapytał, zerkając pogardliwie na zalegającą w zlewie stertę brudnych talerzy. To by było na tyle.

– Powinnaś dla odmiany zająć się sobą. Wiesz, że dobrze ci to zrobi.

– W porządku, zastanowię się nad tym – obiecała.

Rozłączyła się i rozejrzała, myśląc o wszystkich rzeczach, które musiała zrobić, zanim Toby wróci od babci. Do tego dochodził czas na czytanie i karmienie i inne zadania, których wymagało bycie dobrą mamą. Na samą myśl, że przez kolejne sześć godzin nie będzie miała z kim porozmawiać, chciało jej się krzyczeć. Wyjęła Noaha z kojca, położyła na macie ze specjalnym urządzeniem do masażu brzuszka, na którego widok Adam nieodmiennie kręcił głową, i obłożyła syna kolorowymi, stymulującymi zabawkami. Widząc, że Noah radośnie wierzga nóżkami, jeszcze raz włączyła czajnik, uruchomiła laptopa i wpisała w jedno okno wyszukiwarki „prowadzenie firmy z domu", a w drugie „firmy sprzątające w okolicy Shrewsbury".

10

Karen

Przyspieszyła kroku, płynnie przemykając między ludźmi. I tak się kończy chodzenie po mieście! Powinna spieszyć się znacznie częściej; jej pech mógłby uchronić niektóre sklepy od plajty.

Chwilowa dezorganizacja sprawiła, że wyszła z domu bez lunchu i przypomniała sobie, że zostawiła go w lodówce, dopiero kiedy zaczęło burczeć jej w brzuchu. Nie miała nic przeciwko temu, żeby wyskoczyć do miasta i kupić coś do jedzenia – w ten sposób mogła wyrwać się z biura i obejrzeć skórzane botki, które miała na oku od kilku tygodni.

Wybrała się więc do centrum handlowego. Mijając stoisko Pandory przy wejściu, odruchowo zerknęła na wystawę. Albo z próżności – bo chciała się przekonać, jakie wywołuje wrażenie – albo po to, by poprawić fryzurę.

Prawie ich przeoczyła. Może jeśliby w centrum było mniej ludzi, gdyby tłum zakupowiczów nie zmusił jej do podejścia pod same drzwi i gdyby w sklepie nie wiało pustkami, nie zwróciłaby na nich uwagi. Kiedy jednak mijała drzwi, on się odwrócił, a nagły ruch sprawił, że spojrzała na charakterystyczną młodzieżową fryzurę, niepasującą do mężczyzny po trzydziestce. Położył rękę na ramieniu stojącej obok młodszej kobiety i Karen, obejrzawszy się, zobaczyła uśmiech, który widziała zaledwie przed kilkoma dniami, gdy ta sama dziewczyna siedziała naprzeciw niej i mówiła o swoim żonatym kochanku.

Jessica i Adam. Pacjentka i mąż najlepszej przyjaciółki.

Po powrocie do pracy w pustym holu słychać było wyłącznie palce Molly stukające w klawiaturę. Na widok Karen sekretarka podniosła wzrok i uśmiechnęła się.

– Lunch smakował? – spytała. Dopiero po chwili zauważyła bladość Karen. – Wszystko w porządku?

– Tak, dzięki, Molly. Zjadłam kanapkę. – Karen zbyt późno zorientowała się, że nie o to pytała recepcjonistka, i uświadomiła sobie, że musi wyglądać na zdenerwowaną. Zobaczywszy Adama z Jessicą, wróciła prosto do biura. Miała w głowie gonitwę myśli i kompletnie zapomniała o jedzeniu.

Czy Adam jest kochankiem Jessiki? Czy ona wie, że ja i Eleanor jesteśmy najlepszymi przyjaciółkami? Dlatego wybrała mnie? Co, do cholery, powinnam teraz zrobić?

– Możesz przez godzinę z nikim mnie nie łączyć?

– Pewnie.

Próbowała otworzyć drzwi kluczykiem do samochodu i skrzywiła się na myśl, jak bardzo musiała wydawać się rozkojarzona. Dopiero w gabinecie poczuła, że może się odprężyć. Tu nikt na nią nie patrzył i przed nikim nie musiała zgrywać profesjonalistki.

Usiadła na miękkim, beżowym dywanie i oparta plecami o siedzisko kanapy, zamknęła oczy. Wzięła głęboki oddech i policzyła do ośmiu. Wypuściła powietrze ustami tak wolno, jak było to możliwe, i poczuła, że panika słabnie. Wyobraziła ją sobie jako coś materialnego i niemal widziała, jak opuszcza jej ciało. Dwukrotnie powtórzywszy to samo ćwiczenie, poczuła, że spływa na nią spokój. Myśli w jej głowie ułożyły się, tworząc listę. Karen lubiła listy; są przejrzyste i uporządkowane. Pomagały jej utrzymać kontrolę. Nie rozumiała, jak ktokolwiek może żyć, nie kierując się starannie wypunktowanymi zadaniami.

Listę rozpoczynało pytanie: Czy aby na pewno widziała w sklepie Jessicę Hamilton? Co do Adama nie miała wątpliwości; znała go dłużej niż Michaela i towarzyszyła Eleanor, kiedy ta kupowała marynarkę, którą dzisiaj miał na sobie. Z Jessicą było trudniej. Spotkała się z nią tylko raz, w innych okolicznościach. Czy mogła więc z całą pewnością powiedzieć, że to ona? Przypomniała sobie płaszcz, który miała na sobie dziewczyna – przeciwdeszczowy, w kolorze karmelu, ściągnięty w talii paskiem. Nie pamiętała, żeby przyszła w nim na sesję. Właściwie jedyne kolory, jakie przychodziły jej do głowy, kiedy myślała o Jessice Hamilton, to szary i czarny. Co oczywiście nic nie znaczyło; nie wszyscy chodzą ciągle w jednym płaszczu. Bea miała ich setki.

Próbowała przywołać obraz twarzy Jessiki, ale widziała tylko nieprzeniknione niebieskie oczy i kręcone włosy. Kobieta, która była z Adamem, miała lśniące, wystylizowane włosy i staranny makijaż. Fakt, Karen widziała ją przez sekundę, góra dwie, ale miała wrażenie, że patrzy na kogoś dużo bardziej pewnego siebie niż dziewczyna, która przyszła do niej na terapię. A jednak pierwszą myślą Karen było, że to Jessica – inaczej nie myślałaby o niej teraz. W towarzyszce Adama musiało być coś, co sprawiło, że rozpoznała w niej dziewczynę, która kilka dni temu pojawiła się w jej gabinecie. Jednak za nic w świecie nie mogła odgadnąć co.

A jeśli się pomyliła i dziewczyna ze sklepu nie była jej pacjentką? I może tych dwoje wcale nie było razem? Adam na pewno położył rękę na jej ramieniu, ale czy nie był to niewinny gest? Może po prostu próbował przecisnąć się obok niej?

Nie, jej pierwsze wrażenie było słuszne. Bez względu na to, czy towarzysząca mu dziewczyna była Jessicą Hamilton, czy nie, ten zakłamany skurwiel zdradzał najlepszą przyjaciółkę Karen. Musiała zdecydować, co z tym zrobić.

11

Bea

– Mamo! Jest wszędzie!

Fran rzuciła synkowi mokrą ścierkę do naczyń.

– Wytrzyj najgorsze, a ja zajmę się resztą, kiedy położysz się spać.

Podeszła do siostry siedzącej przy kuchennym stole i odsunęła na bok stos prac semestralnych, żeby postawić kubki z kawą.

– Nie wiem, jak dajesz sobie radę. – Bea pokręciła głową. – Od samego patrzenia robi mi się słabo.

– Masz na myśli dzieci? – Fran uśmiechnęła się od ucha do ucha. – Sekret polega na tym, żeby przestać martwić się rzeczami, które nie są ważne. Czy moje blaty zawsze lśnią czystością? Nie. Czy w lodówce stoi pusty karton po mleku? Pewnie tak. Czy w tym tygodniu jedliśmy dwukrotnie paluszki rybne? Tak. Ale dzieci mają czyste buty i nie chodzą głodne ani spragnione. Nauczyłam się nie przejmować bzdurami. Będę miała idealny dom, kiedy się wyprowadzą. Jeśli się wyprowadzą – prychnęła.

– Myślę, że Eleanor mogłaby się czegoś od ciebie nauczyć. – Bea zawsze zazdrościła siostrze jej prostego podejścia do życia. Fran nie przejmowała się modnymi ciuchami ani
wspinaczką na szczyt kariery zawodowej. Chciała tylko mieć
szczęśliwą rodzinę i wyglądało na to, że jej marzenie się speł-
niło. Bea niekoniecznie marzyła o takim życiu, ale uznała, że
miło byłoby cieszyć się z tego, co ma.

– Tylko nie mów tego przy Karen, dobra? – poprosiła Fran.

Bea uniosła brwi.

– O co ci chodzi?

– O nic. Po prostu mam wrażenie, że niespecjalnie mnie
lubi. Wydaje jej się, że jesteście sobie bliższe niż ty i ja.

– Bzdura! – odparła Bea odrobinę za szybko. – Karen cię
uwielbia, tylko czasami jest zbyt poważna. Pewnie przez to, że
jest psychologiem. – Zastanawiała się, czy w uszach siostry zabrzmiało to równie nienaturalnie, jak w jej własnych. Na wszelki wypadek wolała zamilknąć.

– Taa, pewnie ma własne problemy.

– Jakie problemy? – spytała zaskoczona Bea.

W salonie rozległ się potężny huk, a tuż po nim dwa głosy
krzyknęły jednocześnie:

– Mamo!

– Cholera. Zaczekaj. Lepiej pójdę tam i zobaczę, co się
dzieje.

Kiedy Fran wyszła, Bea ze wzrokiem utkwionym w kubku
z kawą zastanawiała się, z jakimi problemami, zdaniem siostry,
zmagała się Karen.

Fran wróciła minutę później i zaczęła szukać czegoś w szafce pod zlewem.

– Przepraszam, ale narobili niezłego bałaganu. Przewrócili cholerny stolik. Całą noc będę wycierała mleko z kanapy, inaczej będzie cuchnęła jak diabli.

– W porządku. – Bea dopiła kawę i wstawiła kubek do zlewu. – Spadam. Wolę pomalować paznokcie, niż patrzeć, jak sprzątasz.

– Jesteś kochana. – Fran zmarszczyła nos.

– Od czego są siostry?

12

Karen

Michael wrócił do domu wieczorem, trzymając przed sobą bukiet kwiatów jak szermierz szpadę. Rozmawiali o pracy. Karen opowiadała mu o pacjentach tyle, ile mogła, nie łamiąc tajemnicy zawodowej. Trzy razy miała ochotę powiedzieć mu, że widziała Adama z tajemniczą kobietą, i trzy razy ugryzła się w język. Michael wyglądał na zmęczonego; cerę miał ziemistą i wypił kieliszek wina, który nalała mu do kolacji, jeszcze zanim podała do stołu. Ostatnią rzeczą, o której chciał rozmawiać, byli przyjaciele Karen i ich małżeńskie kłopoty.

– Ciężki weekend? – spytała, stając za krzesłem, na którym siedział. Położyła ręce na jego ramionach i zaczęła ugniatać wyczuwalne pod koszulą węzły mięśni.

W milczeniu pokiwał głową i odchylił ją tak, że niemal dotykał czołem brody Karen. Czule pocałowała go w czoło.

Odwrócił się i przytulił twarz do jej brzucha. Cmoknęła go w czubek głowy, przykucnęła i pocałowała w usta. To był ich sposób: woleli zmywać ból namiętnością, niż o nim rozmawiać. Karen roześmiałaby się, gdyby nie było to takie żałosne – pani psycholog, która nie potrafi nakłonić własnego faceta, żeby porozmawiał z nią o swoich problemach. Rozumiała paradoks, ale naciskając na Michaela, odepchnęłaby go od siebie, a dziś wieczorem była zbyt stęskniona, by ryzykować kłótnię.

Zabrali kłopoty do sypialni i zrzucili je z siebie razem z ubraniami. Seks był ostrzejszy, bardziej gwałtowny niż zwykle. To naprawdę musiał być kiepski weekend.

Kurczak był twardy i suchy, więc Michael zamówił jedzenie na wynos, ubrał się i pojechał odebrać je z ich ulubionej restauracji kilka kilometrów za miastem.

Tymczasem Karen zaparzyła sobie kawy i usiadła na kanapie, żeby poczytać magazyn – jedno z tych ogłupiających pism w stylu „matka ukradła mi męża", które, jak się zarzekała, kupowała wyłącznie dla krzyżówek.

Parter domu Karen był nowoczesny – elegancka prostota, chrom w kuchni – lecz trudno było nazwać go przytulnym. Na wszystkim pozostawały ślady palców, a zakup rolet do drzwi tarasowych o niestandardowych rozmiarach był prawdziwym koszmarem; choć nigdy ich nie opuszczała.

Czająca się za drzwiami ciemność wyglądała, jakby niczego tam nie było, jak gdyby świat kończył się na progu jej domu. Głupie, zwłaszcza że dookoła stało tyle innych budynków. Kiedy mrok był gęsty, czuła się kompletnie odcięta od świata. Był to jeden z powodów, dla których wybrała ten dom: mimo bliskości ludzi człowiek mógł się tu czuć sam.

Łupnięcie w tylne drzwi na chwilę oderwało ją od lektury brukowca. Najwyraźniej Michael czegoś zapomniał. Zastanawiała się, dlaczego od powrotu do domu był taki spięty i drażliwy. Czyżby się pokłócili? Poznała prawdę o Karen? Domyślała się? Zakładała, że nie wróciłby, gdyby jego żona dowiedziała się o niej. Chyba że go wyrzuciła.

Zatopiona w myślach o dogorywającym małżeństwie Michaela, dopiero po chwili uświadomiła sobie, że nie wszedł do domu. Nie mógł zapomnieć kluczyków, bo zamknęła za nim drzwi i słyszała, jak odjeżdża. Delikatnie rozsunęła zasłony i spojrzała na podjazd. Samochodu nie było.

– Pospiesz się, Michael, jestem głodna jak diabli – mruknęła pod nosem i wróciła do lektury.

Chwilę później znów usłyszała hałas, coś jakby grad tłukący o szyby. Zerwała się z kanapy. Odłożyła magazyn, weszła do kuchni i wyjrzała przez okno w mrok nocy. Żaden dźwięk ani ruch nie zwrócił jej uwagi. Podchodząc do drzwi, zerknęła na podłogę. Przy schodach leżała sterta rzeczy: para butów, w których nie chodziła od lat, sweter, naszyjnik. Serce waliło jej jak oszalałe, gdy sięgając po nie, zobaczyła kartkę, którą Michael rok temu przysłał jej na urodziny, i jedną ze swoich szminek. Skąd te rzeczy się tu wzięły? Część z nich ostatni raz widziała w sypialni – buty stały w szafie, a kartka leżała ukryta w pudełku pod łóżkiem.

Pozbierała je i zamknęła za sobą drzwi, ostatni raz spoglądając w mrok. Ogród pogrążony był w ciszy. Nie słyszała żadnych chichotów ani kroków, które mogły sugerować, że to sprawka znudzonych nastolatków.

Drżąc, położyła rzeczy na kanapie i podeszła do drzwi wejściowych, by upewnić się, że są zamknięte. Były zamknięte, lecz Karen otworzyła je i wyjrzała na pustą ulicę słabo oświetloną ekologicznymi lampami, którymi na wniosek władz samorządowych zastąpiono latarnie dające jasne światło. Kto podrzucił te rzeczy?

Zamierzała właśnie zamknąć drzwi, gdy zauważyła kawałek papieru przylepiony taśmą do ich witrażowego okienka. Zerwała kartkę, zatrzasnęła drzwi, zamknęła na klucz i włączyła światło w przedpokoju. Ręce jej drżały, gdy rozłożyła kartkę i spojrzała na słowa zapisane starannym, pochyłym pismem.

Wiem, co robisz. Wiem, co zrobiłaś.

– Jesteś pewna, że te rzeczy były w domu? Nie wyrzuciłaś ich? Prawdopodobnie jakieś dzieciaki grzebały w kubłach na śmieci i chciały cię wystraszyć.

Kiedy Michael wrócił, Karen siedziała na kanapie, gapiąc się na rzeczy znalezione przy tylnych drzwiach. Liścik leżał na poduszce obok.

– Nie wyrzucałam ich. Były w domu, w sypialni. Ktoś tu był, ktoś grzebał w moich rzeczach!

– Powinniśmy zawiadomić policję. – Michael sięgnął po telefon. – Skoro jesteś pewna, że ktoś tu był, trzeba to zgłosić.

– Nie – odparła pospiesznie Karen. Policja będzie zadawała zbyt wiele pytań. Będą chcieli wiedzieć, kim jest Michael; zaczną podejrzewać jego żonę, a może nawet złożą jej wizytę.

Wszystko się posypie. Poza tym wiedziała, kto to zrobił, i nie miało to nic wspólnego z jej kochankiem. Tylko i wyłącznie z nią. Słowa wracały do niej jak bumerang.

Czekałam na telefon albo wyobrażałam sobie, że stanie w drzwiach i powie: „Wiem, co robisz. Wiem, co zrobiłaś".

Tu chodziło o kogoś innego. O Jessicę.

13

Eleanor

– O ja cię, ale tu pięknie! To znaczy zawsze jest tu pięknie, ale... – Bea nie dokończyła, a Eleanor uśmiechnęła się i machnęła ręką.

– W porządku. Wiem, że redystrybucja zabawek i innych rzeczy nie była ostatnio moją mocną stroną, ale... poproszę werble... – Zrobiła pełną napięcia pauzę, podczas gdy Bea zabębniła palcami w blat stołu. – Zatrudniłam sprzątaczkę! Przestań już, bo zostawiasz ślady palców na czystym szkle.

– Proszę, proszę, wygrałaś na loterii?

– To nie takie drogie, jak myślicie – odparła Eleanor.

Podała Bei filiżankę zielonej herbaty, a przed Karen postawiła kubek kawy. No proszę, zaczęła znowu używać podkładek pod szklanki! Zadziwiające, jak bardzo pragnęła utrzymać panujący w domu porządek. Nagle wrzucenie kilku rzeczy do pralki i umycie talerzy po śniadaniu nie wydawało jej się ponad siły.

– Zmieniłam też dostawcę prądu – ciągnęła – zrezygnowałam z Netflixa i z siłowni... Nie patrz tak na mnie, Karen, i tak z nich nie korzystałam... I miesięcznie zaoszczędzę prawie sześćdziesiąt funtów. Spokojnie wystarczy na zapłacenie sprzątaczce, żeby przychodziła na kilka godzin w tygodniu. Nie uwierzycie, co można zrobić, kiedy człowiek nie musi się opiekować dwójką dzieci... No tak, wy pewnie uwierzycie. – Eleanor zastanawiała się, dlaczego czuje, że musi tłumaczyć się z tego, na co wydaje własne pieniądze. – Ta kobieta to prawdziwy skarb.

– A więc co robisz z nadmiarem wolnego czasu? – spytała Karen.

Czy Eleanor się zdawało, czy czuła w jej głosie jakiś chłód? Z pewnością ktoś, kto mógł dysponować swoim czasem jak mu się żywnie podoba, nie zazdrościł jej kilku godzin wolnego w tygodniu.

– Ja... – Co się z nią działo? Wprost nie mogła się doczekać, kiedy powie przyjaciółkom o swoim nowym przedsięwzięciu; w końcu to one namawiały ją, żeby zrobiła coś dla siebie. Więc dlaczego nagle miała wrażenie, że język przykleił się jej do podniebienia? – Poszłam za waszą radą – powiedziała, kładąc nacisk na „waszą", jakby chciała im przypomnieć, że wszystko, co zaraz usłyszą, to ich pomysł. – I kiedy Noah spał, a Lesley prasowała, ja układałam plan. Coś w rodzaju biznesplanu. Zamierzam pracować jako wolny strzelec.

W ciszy, która zapadła, Eleanor uświadomiła sobie, dlaczego tak bardzo bała się powiedzieć na głos to, o czym myślała od ich ostatniego spotkania. Pomysł zakiełkował w jej głowie i rozrastał się niczym bluszcz, zagłuszając wszystko, co jeszcze tydzień temu wydawało się takie ważne. A jednak nie miała odwagi nikomu o tym powiedzieć. Nawet Adamowi, zwłaszcza po jego lekceważących uwagach o tym, że przecież i bez tego ma pełne ręce roboty. Może nie byłaby taka zmęczona, jeśliby od czasu do czasu ruszył palcem. Wyobrażała sobie, jak Adam mówi: „Gdyby rozkręcenie własnego interesu było takie proste, każdy by to robił. Świetnie radziłaś sobie w pracy, ale masz pojęcie o marketingu biznesowym? I skąd niby weźmiemy kapitał początkowy?".

– To cudownie! – Przynajmniej Bea okazała entuzjazm, choć zaraz sięgnęła po telefon, prawdopodobnie po to, by sprawdzić, co słychać u bardziej interesujących ludzi. Karen była dziwnie cicha i Eleanor zastanawiała się, co ją ugryzło.

– A co na to wszystko Adam? – Kiedy w końcu się odezwała, w jej głosie, nie wiedzieć czemu, słychać było wrogość. – Na żonę-przedsiębiorcę i sprzątaczkę-wybawienie?

Eleanor ugryzła się w język i powstrzymała się przed wypowiedzeniem na głos tego, co nie dawało jej spokoju. „O co ci dzisiaj chodzi?"

– Jeszcze mu nie mówiłam. Chciałam zaczekać, aż wszystko będzie zaplanowane. Znasz go, dla niego szklanka jest do połowy pusta i koniec.

– Ale pomysł ze sprzątaczką na pewno mu się spodobał? – naciskała Karen. – Dom lśni czystością, a ty możesz w końcu odpocząć.

Eleanor rzuciła Bei spojrzenie mówiące „Co z nią?" w nadziei, że ta ukradkowym wzruszeniem ramion albo miną potwierdzi, że Eleanor niczego sobie nie wymyśla i Karen naprawdę zachowuje się dziwnie. Ale Bea, uśmiechając się pod nosem, wodziła palcem po ekranie telefonu. Eleanor poczuła, że ogarnia ją złość. Od kiedy to można tak siedzieć w czyimś domu i prowadzić rozmowę z kimś, kogo nie ma nawet w pokoju? Ciekawe, jak by zareagowały, gdyby nagle wyjęła książkę i zaczęła czytać?

Oczywiście, była niesprawiedliwa, bo sama błądziła myślami gdzieś indziej. Po prostu potrzebowała Bei, by stanęła w jej obronie i powiedziała Karen, żeby trochę spasowała. Pod warunkiem że złośliwość w głosie Karen nie była jedynie wytworem wyobraźni Eleanor.

– O niej też mu jeszcze nie powiedziałam – odparła, siląc się na swobodę. – Niech pomyśli, że nagle odkryłam cudowną formułę i stałam się boginią domowego ogniska. Powiem mu, jak będę gotowa. Kiedy zostanę przedsiębiorcą roku albo coś w tym stylu.

– Mogę ci w czymś pomóc?

– Na razie wciąż jestem na etapie sporządzania listy. Większość czasu poświęcam na sprawdzanie technicznej strony... podatki, projekt strony internetowej, badania rynku i całe to nudziarstwo. Uznałam, że fajnymi rzeczami zajmę się dopiero wtedy, kiedy będę pewna, że poradzę sobie z tymi najgorszymi.

– Tylko nie bierz na siebie za dużo obowiązków – ostrzegła ją Karen. Tym razem w jej głosie słychać było szczerą troskę.

– Na razie niczego na siebie nie biorę. Po prostu dobrze jest znowu poczuć się jak człowiek. Dzięki Lesley pierwszy raz od dawna nie mam ochoty pieprznąć tego wszystkiego. Beo?

– Ja też. Czyż nie jesteśmy cudowne?

Bea ociągała się z wyjściem. Zaczekała, aż Karen będzie już prawie przy samochodzie, i szepnęła:

– Masz. – Wyjęła z torebki kopertę z folią bąbelkową i wcisnęła ją przyjaciółce do ręki. – Konfetti i trzysta srebrnych i liliowych balonów. W restauracji powiedzieli, że możemy umieścić je w siatce pod sufitem i wypuścić, kiedy krzykniemy „Niespodzianka!". Trzysta to pewnie za dużo, ale nie wiedziałam, ile wziąć, a ponieważ to jedyne zadanie, które mi zleciłaś, pozwoliłam też sobie zamówić srebrne balony foliowe z napisem *Wszystkiego najlepszego* i wielkiego balonowego penisa, którego położymy na jej krześle.

Eleanor wzdrygnęła się.

– Mam nadzieję, że żartujesz. I ty się dziwisz, że nie dałam ci nic więcej do roboty? Gdybym zostawiła to tobie, urządziłabyś piknik w kamieniołomie. A teraz idź już, bo patrzy się na ciebie.

– Dobra. Czym teraz mam się zająć?

– Ponieważ mam prawdziwą listę w Excelu, a nie szczątki informacji spisane na serwetkach, będę miała oko na odpowiedzi na zaproszenia. Ty zajmij się mamą Karen. Nie zapomnisz, prawda?

– Na pewno nie – zapewniła Bea. – Mama Karen. Wyślij mi w tygodniu SMS-a z przypomnieniem, dobra?

14

Próbowałam o nich zapomnieć. Teraz może wydawać się inaczej, ale wtedy nie sądziłam, że będę myślała o nich obsesyjnie całymi dniami. Latami wystarczało mi podsłuchiwanie i zaglądanie na Facebooka, żeby przejrzeć ich zdjęcia, a potem wrócić bezpiecznie do normalnego życia. Teraz wiem, że przypominało to obluzowywanie zasuwy, która w końcu ustąpiła, i w tym momencie wszystkie tłumione uczucia wydostały się na zewnątrz, pozostawiając po sobie głęboką wyrwę.

Myślałam o nich bez przerwy.

To zadziwiające, co ludzie zamieszczają na portalach społecznościowych. Nigdy nie rozumiałam potrzeby informowania świata o tym, co jedli na lunch (z załączonymi zdjęciami), albo pisania zagadkowych wiadomości do „znajomych", którzy nie zamieniliby z nimi słowa, gdyby spotkali ich na ulicy. No, ale media społecznościowe – a zwłaszcza Twitter, na którym ludzie w ogóle nie dbają o swoją prywatność – są użytecznymi narzędziami, jeśli chce się mieć kogoś na oku, więc cieszyłam się, że przynajmniej Eleanor i Bea nie dbają o swoje bezpieczeństwo w sieci.

Na facebookowym profilu Eleanor nie było nic poza artykułem na temat rodzicielstwa, którym postanowiła podzielić się z całym światem, i kilkoma zdjęciami profilowymi. Za to profil Bei pełen był informacji: skąd pochodzi, gdzie pracowała, co jadła na lunch i ile gwiazdek przyznałaby danej restauracji. Nie było tu żadnej prywatności. Selfie, wszędzie selfie, na których prężyła się przed aparatem, wydymała usta, pozowała i śmiała się. Zawsze się śmiała.

Spojrzałam na jej status widoczny na ekranie: *Lunch odwołany – i co ja mam zrobić z tym #konieczafajdanegotygodnia? Wezmę klamoty i pójdę na siłownię #zyczciemiszczescia #niewyjdestadzywa.*

Nie chodziłam na siłownię. Uważałam, że to strata pieniędzy, zwłaszcza że wystarczy nie żreć jak świnia. No i oczywiście miałam doświadczenie w niejedzeniu; niekoniecznie był to mój wybór, ale przynajmniej nauczyłam się, że niektórych rzeczy nie trzeba robić dla przyjemności: na przykład jeść. A kiedy byłam starsza, odkryłam, że to samo dotyczy seksu. Pewne rzeczy robi się po to, by zyskać kontrolę.

Gdy byłam młodsza, matka powiedziała mi – jeszcze zanim praktycznie przestała ze mną rozmawiać – że powinnam dbać o swój wygląd. Miałam ochotę ją wyśmiać. Bo czy karnet na siłownię, pasemka i pomalowane paznokcie sprawdziły się w twoim przypadku, mamo? Myślisz, że sztuczne paznokcie ukryją ból w twoich oczach? Że drogi manicure powstrzyma drżenie rąk, kiedy nalewasz sobie trzeci kieliszek czerwonego wina? Czy dzięki karnetowi na siłownię jest ci cieplej? Ale wzięłam sobie jej radę do serca i muszę przyznać, że dobrze na tym wyszłam. Ludzie patrzą na ciebie inaczej, kiedy jesteś elegancko ubrana; wzbudzasz mniej podejrzeń. Przypuszczają, że wiesz, co robisz, tylko dlatego, że przez pół godziny nakładałaś makijaż na maskę, w którą zmieniła się twoja twarz. Skoro dobrze wyglądasz, musisz być w porządku. Możesz zachować odrobinę kontroli.

Znowu to słowo: kontrola. Raz straciłam kontrolę, a wraz z nią wszystko inne. Drugi raz do tego nie dopuszczę. Teraz wszystko, co robiłam, robiłam z myślą o walce o władzę, która toczyła się w mojej głowie. Ja przeciwko nim. I wiedziałam, że wygram. Zdobędę kontrolę, której tak bardzo pragnęłam. Już czułam, że przegrywają.

15

Bea

– Drinka? – spytał Ian.

Pokręciła głową.

– Dzięki. Napiję się w domu.

Zamierzała wrócić do siebie i zatracić się w lekturze – kupiła nową książkę zachwalaną przez niemal wszystkich blogerów, których opinie szanowała i którym ufała, i czekała na właściwy moment, żeby zacząć ją czytać. Zadowolona, że nazajutrz rano będzie się czuła o niebo lepiej od swoich kolegów, wyszła z biura, nie oglądając się za siebie, ale świadoma ukradkowych spojrzeń, które posyłali sobie jej znajomi.

Bycie samej w mieszkaniu dawało jej poczucie bezpieczeństwa i komfortu. Tu przed nikim nie musiała się puszyć. Mogła włożyć piżamę i skulić się na kanapie z książką w ręce.

Włożyła cieplutką piżamę-pajacyk, podgrzała w mikrofalówce resztki wczorajszej pizzy i zaczęła szukać paczki z Amazona. Znalazła ją balansującą niepewnie na półce w łazience, dokładnie tam, gdzie wepchnęła ją pospiesznie poprzedniego wieczoru. Jeszcze raz odchyliła skrzydełka pudełka i wyciągnęła książkę za grzbiet, krzywiąc się na widok jasnoniebieskiej okładki.

Sama się prosiła. Bea była niemal pewna, że nie tę książkę zamawiała, choć okładka i tytuł wyglądały znajomo. Pewnie pod wpływem impulsu kliknęła „kup". Odkąd dołączyła do kilkunastu grup czytelniczych na Facebooku, nieustannie zamawiała coś na Amazonie. Obróciła książkę w dłoniach i przeczytała notkę reklamową z tyłu okładki.

Prawie nie zarejestrowała, że książka wypada jej z rąk. Myśli Bei gnały w tak wielu różnych kierunkach, aż zakręciło jej się w głowie i poczuła, że zbiera jej się na wymioty. Wzór na szaro-białym linoleum wybiegł jej na spotkanie i w ostatniej chwili chwyciła się wanny ze świadomością, że to nie podłoga pędzi ku niej, ale ona spada.

W pokoju panował zaduch, a muzyka była za głośna. Gęsty dym wisiał niczym mgła nad głowami imprezowiczów; jego woń i smak przyprawiały ją o mdłości. Bea, obawiając się, że rozleje drinka, ściskała siódmą – a może to była ósma? – szklankę martini z colą tak mocno, że zbielały jej kłykcie. Musiała usiąść, ale na zaplamionych kanapach tłoczyli się ludzie, którzy z ożywieniem rozprawiali o rzeczach, o których nie mieli pojęcia. Nie mogła znieść myśli, że będzie musiała lawirować w tłumie, żeby przycupnąć na wolnym oparciu i udawać, że nie jest tak pijana, jak się wydaje. Wszędzie tłoczyli się ludzie: stali na środku pokoju, kołysząc się w rytm muzyki, obściskiwali się oparci o futryny, przywierając do siebie twarzami, jak gdyby ich języki były mackami kosmitów poszukującymi sensu życia. Jakby ich życie zależało od tego drugiego.

Najniższy stopień schodów był wolny. Bea klapnęła na brudne szare płytki i oparła głowę o chłodną drewnianą balustradę. Walcząc ze snem, próbowała nie zamykać oczu, po brodzie ciekła jej upokarzająca strużka śliny, ale powieki miała ciężkie i musiała mrugać, żeby nie opadały. Gdyby tylko pokój zatrzymał się na chwilę i przestał wirować i gdyby mogła wstać i wyjść na zewnątrz, zaczerpnąć świeżego powietrza, na pewno poczułaby się lepiej; mniej osaczona i nie tak przytłoczona. Tymczasem nogi Bei uparcie ignorowały wszelkie sygnały wysyłane do nich z mózgu, więc została tam, gdzie była. Twarz swędziała ją od nadmiaru makijażu, który nałożyła przed wyjściem na imprezę. Gdzie się podziały jej przyjaciółki, z którymi tu przyszła? Viv i Ruby? Jak przez mgłę pamiętała, że Ruby chwyciła ją za rękę i próbując przekrzyczeć muzykę, zapytała, czy chce z nimi iść. Pytała, czy na pewno chce zostać i czy nic jej nie będzie. A więc wyszły. Dlaczego ona została? Bo dobrze się bawiła, rozmawiając z jakimś gościem o zastosowaniu różnych perspektyw do przekraczania granic w sztuce... jak jeden z tych studentów, których teraz tak desperacko unikała. Nie pierwszy raz, odkąd poszła na studia, żałowała, że nie ma z nią Karen i Eleanor. One by jej nie zostawiły. Bea pamiętała imprezy, na których Karen zostawała dłużej, niż było to konieczne, tylko po to, żeby upewnić się, że przyjaciółkom nic się nie stanie. Przypomniała sobie, jak mówiła: „Zaczynamy wieczór

91

razem i razem go kończymy". Ale tego wieczoru nie za-
częła z Karen i Eleanor, zaczęła go z ludźmi, których
niedawno poznała i którzy byli lojalni wyłącznie wobec
siebie. No i została sama.

— Chyba powinnaś zjeść kebab i położyć się spać.
Przez chwilę myślała, że mówi sama do siebie, wy-
rażając na głos swoje myśli. Ale ten głos był głębszy,
bardziej męski. Zmusiła się do otwarcia oczu i zobaczy-
ła Kierana, chłopaka, z którym rozmawiała, gdy Ruby
wychodziła. Teraz stał przed nią w korytarzu. Zdołała
się uśmiechnąć, a przynajmniej tak się jej wydawało, bo
zdaje się, że straciła już kontrolę nad własnym ciałem.

— Chyba czytasz w cudzych myślach — wybełko-
tała. Głos miała schrypnięty i mówienie przychodziło
jej z trudem. — A może jeszcze masz aspirynę, mój ty
dżinie z lampy?

— Twoje życzenie jest dla mnie rozkazem. — Kieran
uśmiechnął się i podał jej rękę. — Chodź, obiecałem Ru-
bes, że odstawię cię do domu. Szukałem cię całe wieki.
Ostatni raz widziałem cię w kuchni, jak piłaś mad doga
z Freudem.

Bea skrzywiła się na wspomnienie chłopaka — zy-
skał swoją ksywę, bo uwielbiał rozprawiać o psycholo-
gii — który ściskając butelkę 20/20, rozwodził się nad
teorią atrybucji.

— Nic dziwnego, że czuję się podle. Karen zawsze
pilnuje mnie, żebym nie mieszała alkoholu.

— Ta Karen to twoja siostra czy co? — spytał Kieran,
kiedy podała mu rękę i pozwoliła postawić się na nogi.

Zachwiała się lekko, ale dzięki podtrzymującemu ją mocnemu ramieniu, idąc, nie czuła się jak Bambi.

– Czy co – mruknęła. Wolała nie myśleć, co powiedziałaby Karen, widząc ją w takim stanie. – Posłuchaj, możemy odpuścić sobie kebab? Prawdę mówiąc, marzę o tym, żeby uderzyć w kimono.

– Jasne, nie ma problemu. – Ukłonił się. – Do usług.

Bea obudziła się na zimnej podłodze łazienki z widmem krzyku na ustach. Nie musiała się zastanawiać, co krzyczała. Od dawna nie miała koszmarów, ale kiedy już jej się śniły, budziła się, powtarzając w kółko te same dwa słowa. „Nie odchodź… nie odchodź… nie odchodź".

16

Eleanor

– Myślałam, że już ich nie masz… tych koszmarów. Że sypiasz spokojnie. – Eleanor usiadła obok przyjaciółki i podała jej szklankę soku pomarańczowego i klej w sztyfcie.

Bea jednym haustem opróżniła połowę szklanki, jak gdyby spędziła ostatni weekend na pustyni, i sięgnęła po jedną z liter wyciętych ze srebrnej folii.

– Bo tak było. Nie miałam ich, odkąd opowiedziałaś mi o wypadku. Wtedy pierwszy raz od lat przespałam całą noc i nic mi się nie śniło. Trudno obawiać się kogoś, kto do końca życia będzie przykuty do wózka. Teraz było inaczej: dosłownie zemdlałam. Jeszcze nigdy tak nie miałam. Na półce w łazience zobaczyłam książkę, którą sama mogłam napisać.

Zaczęła układać litery na transparencie, który przygotowywały. Widząc minę Eleanor, wzięła linijkę i zaczęła odmierzać odstępy między nimi. Będę musiała zrobić to cholerstwo jeszcze raz, pomyślała Eleanor. Tylko tego mi trzeba!

– Dziwne, prawda? – Usiadła na macie obok Noaha, położyła go na brzuszku i uśmiechnęła się, widząc, jak próbuje podnieść główkę i wierzga nogami niczym mały pływak. – No bo jak można zamówić coś i o tym nie pamiętać? Myślisz, że Amazon przysłał ci ją przez pomyłkę?

   – Sprawdziłam swoje konto... to znaczy nie od razu... dopiero kiedy się ocknęłam. Czułam się tak kiepsko, że mogłabym przespać tydzień, ale bałam się znowu zamknąć oczy, więc leżałam na kanapie i gapiłam się w sufit. Musiałam przysnąć, bo kiedy się obudziłam, dochodziła druga. Położyłam się do łóżka, ale przynajmniej nic mi się nie śniło. Następnego dnia w pracy sprawdziłam swoje konto na Amazonie. Miałam nadzieję, że jak zrobię to przy ludziach, nie odbije mi znowu, gdy zobaczę, że rzeczywiście zamówiłam tę książkę. Ale nie było tam nic. Nic oprócz książki, którą naprawdę zamówiłam, tej, którą powinnam wyjąć z paczki.

   – Nie otworzyłaś jej zaraz po tym, jak przyszła? Nie wiedziałaś, że to nie ta książka?

   – Dlatego była w łazience. – Bea skrzywiła się, gdy jedna z foliowych liter przykleiła się jej do palców. – Cholera, mam nadzieję, że mamy zapasowe. Poprzedniego wieczoru zabrałam ją do łazienki, żeby tam ją otworzyć, ale usłyszałam, że w telewizji zaczyna się *Gra o tron*, więc odłożyłam ją na półkę.

   – Czyli musieli się pomylić i wysłali ci nie tę książkę, co trzeba. – Noah zaczął marudzić i Eleanor posadziła go w dmuchanym kole ratunkowym, zanim na dobre się rozpłakał. Nadal nie mogła się przyzwyczaić do tego, jak szybko się niecierpliwił; Toby potrafił zająć się sobą znacznie dłużej, ale, oczywiście, był dużo starszy. Dzieci to niezbadane terytorium. – Trzeba było do mnie zadzwonić. Mówiłaś Fran?

   Wahanie Bei utwierdziło ją w przekonaniu, że nie powiedziała siostrze o tym, co się stało... nie teraz, ale szesnaście lat temu.

– Myślałam, że zbliżyłyście się do siebie.

Bea przytaknęła.

– Rzeczywiście, jesteśmy bliżej, ale to wydarzyło się tak dawno temu. Jak mam jej o tym powiedzieć? „Hej, Fran, zgadnij, co się stało..." – Urwała, nie potrafiąc żartować z tego, co ją spotkało.

To tylko dowód na to, jak bardzo tamto wciąż ją dotyka, pomyślała Eleanor. Bea mogła żartować ze wszystkiego, bez względu na powagę sytuacji. Czasami ona i Karen czuły się zażenowane tym, jak kpi z najbardziej drażliwych tematów. Ale nie z tego.

Dawniej martwiło je, że nigdy nie zgłosiła tego na policję. Zamiast tego w niedzielę rano zjawiła się w domu rodziców Eleanor; była w tak kiepskim stanie, że Eleanor dzwoniła do Karen, jeszcze zanim Bea dotarła do drzwi. Karen przyjechała pierwszym pociągiem z Sheffield, gdzie studiowała. Upierała się, że Bea powinna pójść na policję, ale ta nawet nie chciała o tym słyszeć. „Kto potraktuje mnie poważnie, skoro nie pamiętam nawet, co się stało? Komu uwierzą: mnie czy jemu? Przecież wszyscy widzieli, w jakim byłam stanie. Potraktują mnie jak pijaną zdzirę, która próbuje wrobić faceta w gwałt. Ja będę wszystkiemu winna, a on będzie ofiarą. Nie dam mu tej satysfakcji.

Eleanor nie zgadzała się z nią, ale przynajmniej ją rozumiała. Karen udawała, że też rozumie, lecz obie wiedziały, że w jej czarno-białym świecie, jeśli ktoś dopuścił się przestępstwa, powinien zostać ukarany. W świecie – w którym nie było miejsca na odcienie szarości – dziewczyna, której jedyną zbrodnią było to, że za dużo wypiła, nie mogła zostać rozszarpana przez niesprawiedliwe ludzkie osądy.

Bea jak gdyby czytała Eleanor w myślach, bo pochyliła się i odezwała ściszonym głosem:

– Słuchaj, nie mów o tym Karen, dobrze? Nie mam dziś sił ani ochoty na psychoanalizę.

Eleanor pokiwała głową, doskonale ją rozumiejąc. Karen była niesamowita; to do niej zwracali się wszyscy w sytuacjach kryzysowych. Zawsze wiedziała, co zrobić, ale czasem jej troska bywała odrobinę zbyt przytłaczająca.

– Nie ma sprawy. Myślę, że to przez stres w pracy. Twój szef kutafon rozdrapuje stare rany... czy jak to się mówi... i stąd ta książka, której nie zamawiałaś. Chyba nie musisz się martwić, że koszmary wrócą. Ostatniej nocy spałaś dobrze, prawda?

– Tak. – Bea pokiwała głową i wyciągnęła ręce, żeby podnieść Noaha. – Nie muszę analizować tego wszystkiego. Nie chcę słuchać bzdur w stylu: „Co czujesz w związku z tym?". Chcę o tym zapomnieć.

– Zapomnieć o czym?

Słysząc głos Karen dobiegający od strony drzwi wejściowych, wzdrygnęły się. Bea wsunęła transparent pod kanapę i chwilę później do pokoju weszła Karen.

– Adam mnie wpuścił... właśnie wrócił do domu. Zapomnieć o czym? – powtórzyła.

Eleanor zerknęła ukradkiem na Beę, która nagle zbladła jak ściana. Ile ona słyszała? – zastanawiała się.

Bea zignorowała jej spojrzenie i roześmiała się.

– Dobra, gumowe ucho! Właśnie opowiadałam Eleanor o ostatnich dramatach w pracy. Gary zachowuje się jak David Brent*. Sandra powiedziała, że powinnyśmy dolać mu alkoholu do kawy, ale moim zdaniem lepiej będzie, jak o tym zapomnę. Powinnam robić swoje i zachowywać się jak dorosła kobieta.

Karen uniosła brwi i w tym momencie Eleanor była przekonana, że przyjaciółka wszystko słyszała.

– Brzmi nieźle... Stuknęłaś się w głowę?

W odpowiedzi Bea pokazała jej środkowy palec i wstała, żeby podać jej Noaha, dyskretnie wsuwając stopą pod kanapę jedną ze srebrnych liter.

– Przyszłaś w samą porę, babciu. Kieliszek wina dobrze mi zrobi.

---

* Bohater *Biura*, serialu pseudodokumentalnego BBC.

17

Bea

Nie miała tego snu przez trzy dni – właściwie przez ten czas nic jej się nie śniło. Z początku bała się zasnąć. Myśl o tym, że zobaczy jego twarz, kiedy zamknie oczy, przerażała ją tak bardzo, że siedziała na kanapie i tak długo oglądała kolejne odcinki *Doktora Who*, aż ze zmęczenia zaczęła boleć ją głowa i ledwie dowlokła się do łóżka, gdzie osunęła się w czarną nicość snu. Tak bardzo przypominał jej o przeszłości, o dniach i nocach, które po wszystkim spędziły razem na kanapie Eleanor – Karen i Bea w pożyczonych od Eleanor piżamach – że gdy nazajutrz rano zbudziła się, postanowiła wziąć się w garść i żyć dalej. W drodze na siłownię podrzuciła książkę Eleanor – w końcu czemu miałaby się zmarnować – i próbowała zapomnieć, że w ogóle do niej zajrzała.

Kiedy to się wydarzyło, wiele lat temu, Bea myślała wyłącznie o tym, by sprawiedliwości stało się zadość. Wyobrażała sobie, że on zostanie wyciągnięty w środku nocy z ciepłego łóżka przez ludzi z brygady antyterrorystycznej i skazany na publiczną kastrację i śmierć przez powieszenie, jak za dawnych czasów. Czasami śniła, że stoją na klifie w środku nocy, i tylko ona oddziela go od widocznych w dole skał. To ona decyduje o tym, czy będzie żył, czy umrze. Kiedy się budziła, krzycząc i płacząc, nie potrafiła zmusić się, by wyjawić przyjaciółkom, jaką podjęła decyzję.

Karen i Eleanor były cudowne, lecz nigdy nie zdołały jej przekonać, by poszła na policję. Choć marzyła, żeby zobaczyć, jak Kieran Ressler cierpi, myśl o tym, że cały uniwersytet, matka, siostra, a przede wszystkim ojciec dowiedzą się, co zrobił – co pozwoliła mu zrobić – była gorsza od koszmaru, w którym przyszło jej żyć. To było jej słowo przeciwko jego słowu, a sporo osób mogło potwierdzić, że tamtej nocy była w stanie, w jakim wiele kobiet robi rzeczy, których później żałuje.

Bardziej nawet niż pójście na policję przerażało ją to, że pewnego dnia w jednym ze snów przypomni sobie, co tak naprawdę wydarzyło się po tym, jak odwiózł ją do domu. Co byłoby gorsze? Gdyby zrobił to, co zrobił, po tym, jak urwał jej się film, czy gdyby przez cały czas była przytomna, ale tak przerażona tym, co zaszło, że postanowiła wymazać wszystko z pamięci? Co się z nią stanie w dniu, kiedy tamto wróci do niej ze zdwojoną siłą? A jeśli się zgodziła? Ta myśl nie dawała jej spokoju we śnie i na jawie. Co się z nią stanie w dniu, kiedy wszystko wróci do niej ze zdwojoną siłą? Jak to wspomnienie wpłynie na jej życie, które po tamtej nocy kompletnie się zmieniło? Ta noc podzieliła jej życie na to sprzed i po. Wyszła z przyjaciółkami ubrana w obcisły czarny kombinezon, podkreślający obfite pośladki i z dekoltem do pępka, jak ktoś, kto wierzy, że złe rzeczy przytrafiają się tylko innym – głupim, nieostrożnym kobietom, które wychodzą same po zmroku i z nożem przy szyi dają się zaciągnąć w krzaki – a nazajutrz obudziła się we własnym łóżku, posiniaczona i obolała. Ofiara.

Teraz, po szesnastu latach, nic nie przerażało jej tak jak to, że prawda mogłaby wyjść na jaw albo że sprawiedliwości mogłoby się stać zadość. Dziś na samą myśl o tym, że on mógłby pójść na policję (choć to przecież niemożliwe, prawda?) i wyznać swoje grzechy, wywlec przeszłość na światło dzienne i opowiedzieć wszystkim, jak bardzo była głupia, serce podchodziło jej do gardła. Poświęciła wiele czasu na budowanie swojego wizerunku lubiącej się zabawić twardzielki i nikt nie mógł się dowiedzieć, że to gra pozorów, która ma swoje źródło w tamtej nocy.

Bea zastanawiała się czasami, jak to jest, kiedy człowiek sobą nie gardzi. Kiedy dokładnie wie, kim jest, i ta świadomość napawa go dumą. Zabawne, ludzie odruchowo zakładali, że jedynym, czego jej brakuje i czego rozpaczliwie pragnie – bo czy nie tego właśnie pragną kobiety? – jest mąż. Tymczasem ona nie szukała miłości, chciała tylko choć trochę polubić samą siebie.

Pragnęła odnieść jakiś sukces. Jakikolwiek. Rozmawiając o Eleanor, ludzie mówili z podziwem, jak bardzo kocha swoją rodzinę i jak cudownym dzieckiem jest Toby. A teraz, jakby tego było mało, zamierzała otworzyć własną firmę. Matka trzymiesięcznego dziecka! Karen miała własny, piękny dom, który spłacała bez pomocy Michaela, i robiła zawrotną karierę. A co mówili o niej? Że jest fajna, zawsze chętna do zabawy i nigdy nie odmówi kieliszka wina. Że nosi zabójcze buty i nigdy nie wychodzi z domu bez makijażu. Jak to możliwe, że przez trzydzieści lat życia jedyne, czym mogła się pochwalić, to umiejętność dopasowania butów do stroju i wlewania w siebie takiej ilości alkoholu jak ważący sto dziesięć kilogramów zawodnik rugby?

Nie obwiniała Kierana Resslera o wszystko. Łatwo byłoby myśleć, że to z powodu tamtej nocy nie jest w stanie kochać i być kochana, że gdyby go nie poznała i nie pozwoliła mu odprowadzić się do domu, byłaby teraz dyrektorką tej czy innej korporacji. Nie wiedziała jednak, jak potoczyłoby się jej życie, więc wolała się nad tym nie zastanawiać. Równie dobrze mogłaby się zastanawiać, jak wyglądałoby jej życie, gdyby była wyższa, szczuplejsza czy miała jaśniejsze włosy. Nic by to nie zmieniło; przecież równie dobrze mogła spieprzyć wszystko, będąc wysoką, szczupłą blondynką.

Kiedy dowiedziała się o wypadku, nie miała pojęcia, co powinna czuć. Karen i Eleanor powtarzały jej, że dostał to, na co zasłużył. Ona jednak nie mogła pogodzić się z myślą, że ta żałosna istota w szpitalnym łóżku to potwór, który tak wiele razy nawiedzał ją w snach. Z rurkami, które utrzymywały go przy życiu, wydawał się mniejszy, blady i przykurczony. Z pewnością nie był już niebezpieczny i za to była wdzięczna, ale patrząc na niego, nie czuła niczego poza odrętwieniem. Jego piekło za życia było niewystarczające, ale czy to możliwe, że mu współczuła? Myśl ta budziła w niej odrazę, ale Bea była tylko człowiekiem i nie potrafiła cieszyć się tym, że już zawsze będzie trwał uwięziony w swojej smutnej, żałosnej egzystencji. „Dysonans poznawczy"... chyba tak nazywała to Karen. Uczucie, że żyją w niej dwie różne osoby, które toczą bezustanną walkę o kontrolę nad jej myślami.

Ostatnio tak świetnie sobie radziła, nie myśląc o nim i nie wpisując w wyszukiwarce jego nazwiska. Teraz od nowa będzie musiała uczyć się zapomnieć.

Słysząc dzwonek telefonu, zerknęła na zegar. Dziewiąta dwadzieścia – siedziała tak od dwóch godzin. Dzwoniła Karen, zupełnie jakby po tylu latach wyczuwała, kiedy przyjaciółka najbardziej jej potrzebuje.

18

Karen

– Mam pomysł na weekend. – Karen stała przy kuchence, przygotowując wczesną kolację, coś wymyślnego, co wymagało zbyt wiele uwagi, zważywszy na to, że Michael wyjeżdżał za godzinę i do ostatniej chwili powinna chodzić za nim jak cień.

– Hm? – Stanął za jej plecami i dźgnął widelcem jeden z przegrzebków skwierczących na patelni.

– Przestań, bo zepsujesz wykwintne danie! – Pacnęła go kawałkiem surowej ryby, a on objął ją w pasie wolnym ramieniem, drugą ręką próbując włożyć do ust gorącego przegrzebka.

– Co to za pomysł? – spytał, wachlując usta dłonią.

– Może byś tak nie jechał? Powiedz, że wyniknął jakiś problem i nie dasz rady przyjechać. Moglibyśmy cały weekend spędzić w łóżku. Nadzy.

Michael jęknął i wypuścił ją z objęć.

– Nie rób tego, Karen. Wiesz, że niczego bardziej nie pragnę.

– Poważnie? – Spojrzała na niego błagalnym wzrokiem, chociaż głos w jej głowie podpowiadał, żeby tego nie robiła.

Nie kłóć się z nim przed wyjazdem. Nie bądź taka. Nie zachowuj się jak neurotyczka.

– Oczywiście. Ale muszę jechać, wiesz o tym.

– Powiedziałam dziewczynom, że jedziesz do Doncaster. – Odwróciła się do kuchenki.

– Doncaster? Czyli kiedy wrócę, mam mówić z północnym akcentem?

Nie roześmiała się. Odłożył widelec, obrócił ją ku sobie i przytulił.

– Nie rozumiem, dlaczego nie powiesz im prawdy – mruknął. – To twoje najlepsze przyjaciółki.

Karen położyła głowę na jego ramieniu i westchnęła.

– Po prostu nie chcę. Jeszcze nie teraz. Nie rozmawiajmy już o tym. Po prostu zjedzmy.

– Mam lepszy pomysł. Do wyjazdu została godzina. Co możemy zrobić przez godzinę?

Karen zmusiła się do uśmiechu. Skoro musiał jechać, przynajmniej da mu coś, o czym nie będzie mógł przestać myśleć.

– Kilka rzeczy przychodzi mi do głowy – odparła, sięgając za siebie, żeby rozpiąć biustonosz.

Siedziała na łóżku w szlafroku, z kolanami pod brodą. W powietrzu nadal unosił się zapach seksu i wody po goleniu, chociaż minęły dwie godziny, odkąd Michael wziął prysznic i wyszedł. Nie potrafiła spędzić wieczoru tak, jak wyobrażały to sobie jej przyjaciółki, sięgnęła więc po leżącego na stoliku nocnym laptopa i położyła go na kolanach. Kiedy się uruchomił, kliknęła na ikonę Internet Explorera i w pasek adresowy wpisała *F*. Komputer automatycznie uzupełnił resztę adresu i Karen patrzyła, jak znajomy niebieski pasek ładowania się zapełnia.

Gdy pojawił się Facebook, nie od razu założyła profil. Bea śmiała się z niej, że jest jedyną osobą, która nie ma konta na Myspace, a teraz będzie jedyną, która nie funkcjonuje na Facebooku, ale Karen broniła się, mówiąc, że jej życie jest zbyt nudne, by dzielić się nim z innymi ludźmi, a jeśli będzie chciała wiedzieć, co Bea jadła na śniadanie, zadzwoni do niej i zapyta.

Nie chodziło o to, że miała cokolwiek do ukrycia. Mogła dołączyć do Facebooka i wrzucać przypadkowe śmieci, które nie miały związku z jej prawdziwym życiem. Mogła udawać, że jej życie jest idealne, nawet w dni, kiedy miała ochotę krzyczeć albo psioczyć na byle co, jak to robił cały zachodni świat. Nie chodziło o to, by cokolwiek ukrywać – po prostu nie chciała udawać bardziej, niż już to robiła.

Tymczasem facebookowe życie Bei i Eleanor kwitło w najlepsze. Karen przyszło do głowy, że równie dobrze mogłyby wydrukować swoje rozkłady zajęć i porozlepiać je na przystankach autobusowych w całym mieście, razem z miniaturową mapą Google i zdjęciami o rozmazanych tłach i wyblakłych konturach. Instagramowe życie w kolorze sepii. Bea nie potrafiła przejść z salonu do kuchni bez meldowania się. *Bea Barker je zapiekanki i pije wino… stylowe! Z Eleanor Whitney i Karen Browning w My Pad.*

Żadna z przyjaciółek Karen nie wiedziała o jej sekretnym koncie na Facebooku. Profil nie miał zdjęcia, był zarejestrowany na fałszywe nazwisko, Julie Sparrow, która nie miała żadnych znajomych. Był tak nijaki, że dla kogoś, kto wszedł na niego przez przypadek, wyglądał jak dezaktywowane konto, którego właścicielka usunęła wszystkie posty. W historii wyszukiwania było tylko jedno nazwisko i Karen kliknęła na nie teraz. Czekała kilka sekund, aż się załaduje. Kiedy była sama, robiła to tak często, że stało się to jej drugą naturą. Było jak rozdrapywanie strupa – bolesne, ale człowiek nie może się powstrzymać. Wiadomo, że jeśli będzie się go skubało, nigdy się nie zagoi, ale w momencie, gdy znika, czuje się chwilową satysfakcję, a zaraz potem pieczenie, które trwa znacznie dłużej.

Emily Lenton czuje się podekscytowana!

Tylko tyle, ale Karen to wystarczyło. Jej szczęście sprawiało Karen ból. Przejrzała ostatnie posty, zdjęcia Emily i jej rodziny – uśmiechniętych, pięknych istot, które wyglądały tak jak dzieci, których Karen nigdy nie będzie miała. Przeglądała zdjęcia z rodzinnych wakacji i przyjęć urodzinowych, aż znalazła to, którego szukała: bożonarodzeniowy obiad i siedząca przy stole szczęśliwa rodzina. Kiedy po raz pierwszy zobaczyła to zdjęcie w czasie świąt, płakała tak długo, aż Michael znalazł ją śpiącą na kanapie w salonie, wyczerpaną, z resztkami świątecznego obiadu na ścianie pokoju.

Teraz znowu rozdrapywała strupa, tyle że ból, który czuła, nie był bólem fizycznym. To był ból złamanego serca.

19

Karen

Karen pracowała całą sobotę, starając się nie myśleć o bólu w piersi, który pojawiał się za każdym razem, gdy Michael wyjeżdżał, i znikał, kiedy wracał do jej łóżka. Wieczorem zadzwoniła do przyjaciółek, nie do Bei i Eleanor, ale takich, które pojawiały się w jej życiu nagle i równie szybko znikały. I które nie wiedziały nawet, że ma chłopaka.

W robocze dni związywała długie, ciemne włosy z tyłu głowy i nosiła kostiumy, czarne, granatowe i szare. Bluzki miała dopasowane, praktycznie nieodsłaniające szyi, nie mówiąc – Boże broń! – o dekolcie. Subtelny makijaż był neutralny, profesjonalny. Była na wskroś profesjonalna. Ale nie w weekendy.

Czerwony błyszczyk do ust lśnił wilgocią; uśmiechnęła się, żeby odpowiednio nałożyć róż. Rozczesała włosy, przeciągnęła prostownicą i spryskała nabłyszczaczem dla podkreślenia efektu. Czarne dżinsy i wydekoltowana czerwona koszulka opinały jej ciało jak druga skóra. Karen nie miała naturalnych krągłości – w przeciwieństwie do Bei i Eleanor sprzed dziecka – ale była szczupła i wysportowana, nic więc dziwnego, że mężczyźni się za nią oglądali. Jakkolwiek próżne i chełpliwe mogło się to wydawać, była niezwykle dumna, że wciąż wygląda na dwadzieścia kilka lat.

Spotkała się z przyjaciółkami przed barem w mieście. Były to trzy dziewczyny, z którymi chodziła do college'u, wszystkie niezamężne i bezdzietne. Zdeklarowane singielki uwielbiające pić i flirtować z każdym napotkanym mężczyzną, co nie przeszkadzało im psioczyć na to, jak bardzo nienawidzą płci przeciwnej. Tilly, pulchna blondynka z wielkim biustem; Erin, wysoka i smukła, niezbyt piękna i wyjątkowo nieśmiała; i Catherine, która mimo wieku upierała się, by nazywać ją Cat – blondynka z pasemkami ubrana w zbyt obcisłą czarną sukienkę.

Objęły się, choć niezbyt mocno, całując powietrze koło uszu, żeby nie rozmazać makijażu. Fałszywe powitanie fałszywych przyjaciółek, które ponura rzeczywistość zmusiła do wyjścia z domu.

– A co u ciebie, Karen? – spytała Cat po trzydziestu minutach opłakiwania swojej ostatniej ofiary, gościa, którego imię od razu wyleciało Karen z głowy, ale którego penisa widziała tak wyraźnie jak penisa Michaela. – Coś nowego?

Kiedy pokręciła głową, wymieniły wymowne spojrzenia. Przecież jeśli miałaby z kim spędzić sobotni wieczór, nie siedziałaby tu z nimi. Gdyby tylko wiedziały!

– Po prostu nie mam czasu... Tak, tak, wiem – dodała pospiesznie Karen, widząc, że Cat chce coś powiedzieć. – Za dużo pracuję. Dlatego tu jestem.

Cat uśmiechnęła się, wyraźnie zadowolona z trafności swojej diagnozy.

– Hm… dziś może się to zmienić. Ten Hawajczyk przy barze gapi się na ciebie, odkąd weszłaś.

Karen obejrzała się przez ramię. Mężczyzna, o którym mówiła Cat – gość w koszuli z napisem *Hawajskie noce* na tle oceanu – nie wyglądał na więcej niż trzydzieści lat, a pewnie był jeszcze młodszy. Przyszedł z grupą pięciu, sześciu mężczyzn, którzy na zmianę grali w bilard i tak często podchodzili do baru, że nie była w stanie powiedzieć, kto należy do ich paczki, a kto nie. Żaden z nich nie wyglądał znajomo. Jeśli chodzili do tego samego college'u co Karen i jej przyjaciółki, musieli się rozminąć, a nie kojarzyła innych miejsc, w których mogliby się poznać. Świetnie.

– Trochę młody – mruknęła, ale podniosła kieliszek w udawanym toaście. Mężczyzna uśmiechnął się, a gdy wskazał na kufel, skinęła głową. Erin obserwowała ich w milczeniu. – Ktoś ma ochotę na jeszcze? – spytała Karen. Dopiła wino i spojrzała na prawie pełne kieliszki przyjaciółek.

Erin kolejny raz zerknęła na mężczyznę przy barze i obdarzyła ją uśmiechem, który mówił, że nie jest tak naiwna, jak reszta towarzystwa.

– Różowe? – Hawajczyk przesunął kieliszek w jej stronę wyraźnie zadowolony z siebie, bo zauważył, co pije.

Uśmiechnęła się i podziękowała skinieniem głowy. Stała plecami do dziewczyn, żeby nie zobaczyły, że to nie ona zapłaciła za wino.

– Dokąd się wybieracie? – spytała. Upiła łyk i zorientowała się, że nie wybrał najtańszego wina.

– Nie wiem. Nie jesteśmy stąd.

Jeszcze lepiej.

– Znasz Bellstone? – spytała. Zabawnie było patrzeć na jego minę i ciemne oczy, gdy nagle pojął, co mu proponowała.

Uśmiechnął się. Nie był to leniwy, zmysłowy uśmiech, który pojawiał się na twarzy Michaela, kiedy dawała mu do zrozumienia, że ma ochotę na seks. Ten był drapieżny i atrakcyjny. Sprawiał, że wyglądał jeszcze młodziej, i Karen postanowiła nie pytać go o wiek, przekonana, że kiedy usłyszy odpowiedź, zmieni zdanie.

– To bar naprzeciw hali targowej – powiedziała. – Z pokojami na górze.

– Zdaje się, że mijaliśmy go po drodze.

– Zarezerwowałam tam pokój. Jeśli masz ochotę, urwij się kumplom i o jedenastej spotkaj się ze mną. – Uniosła kieliszek. – Dzięki za wino.

– Zaczekaj. – Mówił ściszonym głosem, żeby nie zwracać uwagi, i zaczęła się zastanawiać, czy kierują nim te same powody co nią. Odwróciła się przez ramię. – Który pokój?

– Na nazwisko pani Jones.

Uśmiechnął się.

– Co z nim nie tak? – spytała Cat, kiedy Karen wróciła do stolika. – Żonaty? Woli facetów?

– Chyba jedno i drugie – odparła Karen i słuchając trajkotania przyjaciółek, upiła łyk wina.

Pokój był elegancki jak na standardy Shrewsbury. Wprawdzie nie mógł się równać z Marriottem ani innymi drogimi hotelami, które znała z delegacji albo początków znajomości z Michaelem, ale był czysty, miał szerokoekranowy telewizor, którego nie zamierzali włączać, i wielkie łóżko z czterema ogromnymi poduchami, o wiele za duże dla jednej osoby. Łazienka lśniła bielą sali operacyjnej. Efekt psuła wolno stojąca wanna na wprost wejścia.

Karen przyjechała dziesięć minut przed jedenastą, po tym, jak urwała się z babskiego wieczoru. Przyjaciółki o nic jej nie pytały, ale Erin uniosła brwi i sprawdziła godzinę w telefonie. W drodze do Bellstone Karen miała dziwne uczucie, że ktoś ją śledzi, i ukradkiem cały czas oglądała się za siebie, jakby zamiast szczoteczki do zębów miała w torebce rodowe srebra.

Nie musiała długo czekać, aż rozległo się pukanie do drzwi. Zerknęła na telefon: trzy minuty po jedenastej. Czyżby przez te trzy minuty stał na dole, by nie pomyślała, że jest zbyt napalony? Z dudniącym sercem podeszła do drzwi, na wpół oczekując, że kiedy je otworzy, zobaczy Erin i tą irytującą prezenterkę z programu *Mamy cię*. Ale nie, za drzwiami stał Pan Hawajczyk z przyklejonym do twarzy drapieżnym uśmiechem.

– Nie byłem pewien, czy tu będziesz – rzucił. – Myślałem, że może to jakiś żart, że założyłaś się z przyjaciółkami. Wyglądają na takie. – Oblał się rumieńcem. – Przepraszam, nie chciałem krytykować twoich koleżanek.

– Nie musisz przepraszać. – Otworzyła szerzej drzwi, żeby go wpuścić. – To nie są moje przyjaciółki. Praktycznie się nie znamy.

– Więc co robiłaś w ich towarzystwie? – Wszedł do pokoju i obrzucił spojrzeniem jej torebkę.

– Przyszedłeś pogadać? – Podeszła bliżej, widząc, jak dyskretnie rozgląda się po pokoju. Zaczepiła palec o jego koszulkę i uniosła ją powoli, odsłaniając parciany pasek podtrzymujący dżinsy.

– Nie, ja tylko… Nie chcesz najpierw pogadać? To znaczy, zanim…?

– Jak masz ochotę, możesz mówić. – Zbliżyła usta do jego ust; jej ręce mocowały się ze sprzączką paska. – Ale myślałam, że będziemy zajęci czymś innym.

Pochyliła się i pocałowała go, wyczuwając delikatną woń piwa i papierosów, którą przed przyjściem starał się zamaskować gumą do żucia. Zamknęła oczy, rozkoszując się tym zapachem. Palce wolnej ręki zatopiła w jego ciemnych, krótkich włosach. Jęknęła cicho, niemal niesłyszalnie, to jednak wystarczyło, by poczuła, że twardnieje. Uporawszy się z paskiem, rozpięła mu spodnie. Ich pocałunek stał się bardziej zachłanny i niecierpliwy. Delikatnie odsunął ją od siebie, ściągnął jej koszulkę i mruknął zadowolony, gdy odkrył, że zdążyła już zdjąć biustonosz. Opuścił spodnie, szarpnął rozporek jej dżinsów i oboje zatoczyli się w stronę łóżka w walcu tańczonym przez kochanków na całym świecie. Wodził ustami po jej piersiach, językiem kreślił koła wokół brodawek, a jego palce błądziły po wilgotnych śladach, które zostawiał na jej skórze. Kiedy Karen szarpnęła za jego koszulkę, ściągnął ją przez głowę. Początkowo niepewne i powolne ruchy stawały się coraz śmielsze.

– Jesteś kurewsko cudowna – mruknął, nie odrywając ust od jej piersi. Drażnił językiem jej sutek, przyprawiając ją o dreszcze rozkoszy. – Taka pięk…

– Ćśś. – Chwyciła go za włosy, nie brutalnie, ale na tyle mocno, by oderwał od niej usta. – Nie musisz tego powtarzać. Po prostu mnie zerżnij.

Nie wyglądał na obrażonego, a jeśli nawet, był zbyt podniecony, by to go zniechęciło. Zsunęła majtki od kolan i zatoczyli się w tył. Chwycił ją za biodra, obrócił i pchnął do przodu, tak że opierała się o łóżko. Kolanem rozsunął jej nogi i z jękiem wbił się w nią.

Im mocniejsze były jego pchnięcia, tym bardziej jęczała, z trudem łapiąc powietrze. Owinął sobie jej włosy wokół dłoni i szarpnięciem odchylił jej głowę, tak że czuła na twarzy jego oddech, kiedy ją pieprzył, pocierając kciukiem łechtaczkę. Jego ruchy, najpierw powolne i rytmiczne, stawały się coraz szybsze, choć widać było, że stara się kontrolować.

– Jeszcze nie – szepnęła Karen. – Nie jestem gotowa.

Stanął na wysokości zadania i wbił się w nią tak głęboko, że poczuła ból. Była to zrodzona z bólu cudowna rozkosz. Chwyciła go za drugą rękę i przyłożyła ją do piersi. Jego kciuk i palec wskazujący odruchowo zacisnęły się na brodawce, niczym u dziecka, które szuka matczynej bliskości.

– Mocniej.

Zacisnął palce, aż poczuła znajomy ból, który eksplodował rozkoszą między jej nogami, mknąc ku piersiom i szyi. Chwilę później jego ciało stężało, a z ust dobył się stłumiony, gardłowy krzyk. Zaraz potem zaspokojeni osunęli się na łóżko.

Zamroczona i cudownie zmęczona, zasnęła niemal od razu. Kiedy się obudziła, Pan Hawajczyk pochrapywał cicho, a jej telefon pokazywał drugą czterdzieści trzy. Miała cztery nieodebrane połączenia od Michaela i wiadomość:

Chciałem zadzwonić, żeby powiedzieć Ci „dobranoc".

Tęsknię. Porozmawiamy jutro. XXX

Pozbierała swoje rzeczy najciszej, jak mogła, zamknęła za sobą drzwi i wyszła na ulicę. Pokój był opłacony z góry; posługiwała się fałszywym nazwiskiem i nigdy nie zdradzała prawdziwego imienia facetowi, z którym się pieprzyła. Zupełnie jakby w ogóle jej tam nie było. W tę sobotnią noc po ulicach wciąż jeszcze wałęsali się maruderzy, którzy starali się przedłużyć wieczór i nie chcieli wracać do domu, gdzie nie czekało ich nic oprócz kaca i alkoholowej paranoi. Niebawem zakończy się impreza w jedynym nocnym klubie przy głównej ulicy i ostatni imprezowicze powloką się do łóżek. Karen udała się na postój miejscowych taksówek.

– Jest coś wolnego?

Mężczyzna za szybą ledwie na nią spojrzał i mruknął tylko: „Za godzinkę, skarbie". Nie miała zamiaru siedzieć tak długo w poczekalni cuchnącej piwem i potem, z drewnianymi ławkami i wykładziną dywanową z plamami po wymiocinach. Wyszła bez słowa; mężczyzna w kantorku nawet nie zwrócił na nią uwagi.

Postój taksówek licencjonowanych pełen był taksówkarzy, którzy patrzyli na nią z wyczekiwaniem. Nawet najbardziej pijani imprezowicze niechętnie płacili trzykrotnie więcej, żeby tylko nie musieć czekać.

– Rangart Gardens – rzuciła, siadając do pierwszej taksówki z brzegu.

Kierowca obrócił się, zamknął drzwi, włączył taksometr i uruchomił silnik.

Po dziesięciu minutach jazdy w całkowitej ciszy zatrzymali się przed jej domem. Karen zapłaciła, zostawiła kilka funtów napiwku, bąknęła „Dzięki" i wysiadła z samochodu.

Dom wydawał się duży i cichy, jak zawsze, kiedy nie było w nim Michaela. Panująca w nim cisza była niemal nie do zniesienia, zupełnie jakby szydziła z jej głupoty. W łóżku nie czekał na nią nikt, by zapytać, czy dobrze się bawiła, kto martwiłby się, że wróciła tak późno, albo zażądał wyjaśnień, gdzie była i dlaczego pachnie innym mężczyzną. Czuła się fizycznie i psychicznie wykończona i jedyne, czego chciała, to wślizgnąć się do łóżka i przytulić się do miłości swojego życia. Ale nie mogła. Bez Michaela łóżko było zimne i odpychające. Zamiast więc położyć się spać, odkręciła prysznic na pełną moc, rozebrała się i weszła pod strumień gorącej wody, licząc, że obmyje ją z grzechów.

Miała wrażenie, że godzinami stoi pod prysznicem. Łzy mieszały się z wodą i ściekały do odpływu. Kiedy w końcu wyszła, wytarła się, owinęła głowę ręcznikiem, wzięła książkę ze stolika nocnego i usadowiła się w wielkim, wygodnym fotelu w gabinecie, gdzie obudziła się pięć godzin później zmarznięta i samotna.

20

W wietrze, który hulał między rosnącymi nad rzeką drzewami, czuć było chłód. Nawet mętna, brązowa woda wydawała się nijaka, jakby niezadowolona ze swojego losu, ja wiedziałam jednak, że dzisiejszy wieczór będzie zupełnie inny. Po zmierzchu ten szczególny odcinek rzeki rozświetlały kolorowe światła pobliskiego teatru, a także latarnie uliczne na moście emanujące bursztynową poświatą. Kiedy ich blask spotykał się na ciemnych, niemal czarnych wodach, mogłaś zapomnieć, że mieszkasz w mieścinie, do której wiodła i z której wychodziła tylko jedna droga. Równie dobrze mogłaś być w Sydney albo Vegas, spacerować plażą z kochankiem, nawiązywać potajemny romans albo być najbardziej samotnym człowiekiem na świecie, czekającym, by rzucić się w widoczną w dole spokojną, nieruchomą czerń. Tymczasem w jaskrawym świetle dnia było oczywiste, kim jesteś. W tej mieścinie ludzi oceniano na podstawie tego, w co się ubierają, jakimi jeżdżą samochodami i po której stronie rzeki mieszkają. Wszystko to tworzyło twój obraz, zupełnie jakby namalowano cię na płótnie.

Podniosłam aparat i zrobiłam kilka zdjęć. Każde z nich zagłuszało głos w mojej głowie, który mówił mi, że powinnam wrócić do pracy, *pstryk*, że zawalę robotę i wszyscy będą mówili, że mi odbiło, *pstryk*, i że nigdy nie będę miała normalnego życia, *pstryk, pstryk, pstryk*. Z każdym pstryknięciem obraz tych kobiet blakł w mojej pamięci, zajmując mniej miejsca niż jeszcze rano i przez cały ubiegły weekend.

Zdjęcia, kiedy wieczorem ściągnęłam je na komputer, były kiepskie – w większości wyblakłe i nieostre. Nie udało mi się uchwycić ulotnej, podwójnej natury rzeki i zmienności, którą w niej dostrzegałam. Ta druga strona była poza moim zasięgiem, zamknięta w mojej wyobraźni i niemożliwa do utrwalenia. Powstrzymałam chęć, żeby usunąć te zdjęcia, każde bowiem kryło w sobie coś nieuchwytnego, coś, co dla niewprawnego oka pozostawało niewidzialne, lecz dla mnie było jak najbardziej prawdziwe.

– Mamo, wszystko w porządku? – Głos miałam lekki jak zarzucony na szyję jedwabny szal, ale ciało napięte, gotowe na odpowiedź. W ciągu zaledwie kilku sekund, jeszcze zanim się odezwała, potrafiłam zgadnąć, czy miała dobry, czy raczej kiepski dzień. Byłam przyzwyczajona do nasłuchiwania rzężącego, urywanego oddechu, który zwiastował to drugie.

– Tak, skarbie, jak się czujesz? – W jej krystalicznie czystym głosie pobrzmiewała fałszywa swoboda, zupełnie jakbyśmy codziennie odbywały takie rozmowy. Najwyraźniej wzięła odpowiednią dawkę leków i nie popiła ich zbyt dużą ilością whisky. Zwykle zaraz po odebraniu telefonu potrafiłam określić, ile w siebie wlała. Dziś była to jedna szklanka. Dni, kiedy w ogóle nie piła, nie trafiały się już od lat.

Musiałam ugryźć się w język, żeby nie zapytać, po co dzwoni; nawet w dobre dni wydawała się przewrażliwiona i byle uwaga mogła wpędzić ją w podły nastrój.

Dla świata była szanowaną wdową z córką, z której mogła być dumna – wzór przykładności. Jednak, jak większość obrazów, ten również przedstawiał martwą naturę, zdjęcie tego, jak mogło wyglądać kiedyś jej małżeństwo i całe nasze życie, zastygłe w czasie. Nie pokazywał tego, co działo się na chwilę przed tym, zanim wszyscy z przyklejonym do twarzy uśmiechem mówili: *cheese*. Odpowiednie światło i gruba warstwa makijażu skrywały niegdyś młodą twarz mojej matki pobrużdżoną latami strat. Czy tego chciałam dla siebie? Nie, był to ból, bez którego mogłam żyć.

– Wszystko w porządku, mamo, po prostu jestem trochę zajęta.

Mimo radości w moim głosie słyszałam, jak wzdycha. Od tego momentu nasza rozmowa mogła pójść w dwie strony, a żadna z nich nie była szczególnie interesująca. Przypominało to rzut monetą – wybór między agresją a nastrojami samobójczymi. Czasami jedno i drugie naraz. Myślę, że to jedyna rzecz, która mnie z nią łączy: obie miałyśmy porąbanych rodziców, których nie mogłyśmy podziwiać, choć bardzo tego chciałyśmy. Zamknęłam oczy i przygotowałam się na to, co miało nadejść.

21

Eleanor

Przed przyjściem Karen ani na chwilę nie usiadła; chodziła z pokoju do pokoju, wrzucała zabawki do pudełek i segregowała pranie na podłodze w kuchni. Ich przyjaźń była na tym etapie, że Eleanor nie musiała poświęcać Karen pełnej uwagi; zresztą ta wcale nie czuła się tu jak gość. Lesley, pomoc domowa, była cudowna, ale pomysł, że między jej wizytami wystarczy przetrzeć blaty, okazał się zbyt optymistyczny.

Karen wstawiła wodę i zaparzyła kawę. Poruszała się po kuchni przyjaciółki, jakby była u siebie; wiedziała, gdzie szukać kubków i łyżeczek. Czekając, aż woda się zagotuje, zmyła po śniadaniu i starła z blatów okruchy. Gdyby ktoś inny ośmielił się sprzątnąć jej kuchnię, Eleanor wpadłaby w furię, ale kiedy robiła to Karen, była jej wdzięczna. Karen nie oczekiwała uznania; była jak matka: opiekowała się przyjaciółkami na wszelkie możliwe sposoby, czasem nawet bez ich wiedzy.

– Wynieść to? – spytała, wskazując plastikowe butelki z kilku dni. Od ostatniej wizyty Lesley sterty śmieci zdawały się rosnąć w oczach.

– Dzięki. Klucze do tylnych drzwi są na kanapie. Albo na stoliku pod telewizorem.

Karen usiadła na kanapie, trzymając Noaha na zgiętym ramieniu.

– Rośnie jak na drożdżach. – Pokazała przyjaciółce, że powinna usiąść i odpocząć.

Eleanor sięgnęła po kubek kawy – czarnej, bez cukru i tak mocnej jak wstrzyknięta do żył czysta kofeina – i opadła na fotel.

– Wszystko przez te cholerne karmienia. – Uśmiechnęła się. – Czuję się jak bufet otwarty dwadzieścia cztery godziny na dobę.

Po twarzy Karen przemknął cień uśmiechu, zaraz jednak spoważniała.

– Jak sobie radzisz? Pytam poważnie.

– Poważnie? Jest ciężko – wyznała Eleanor. – Nie zrozum mnie źle, macierzyństwo jest cudowne, daje satysfakcję i tak dalej. Ale jest też cholernie męczące. Czasem mam wrażenie, że mi odbija. Gubię rzeczy, zapominam... Przez tydzień szukałam kluczy, zrobiłam nowe i wiesz, gdzie znalazłam stare? W szufladzie z bielizną. Bóg jeden wie, jak się tam dostały. To wystarczy, żeby zacząć się zastanawiać nad swoim zdrowiem psychicznym.

– A Adam? Pomaga ci?

Eleanor wyczuła zmianę w tonie przyjaciółki. Czyżby miała za chwilę poznać powód tej niezapowiedzianej wizyty? Karen zwykle nie wpadała w środku tygodnia, nie wysławszy uprzednio miliona wiadomości i nie umówiwszy się na bardzo konkretną godzinę. A do tego przyszła bez Bei. Nie chodziło o to, że Karen i Eleanor nie były sobie bliskie, ale rzadko spotykały się tylko we dwie; a jeśli już, to zwykle Bea i Eleanor umawiały się na ploteczki. Karen była zajęta pracą, a ponieważ Michael w weekendy pracował poza domem, rzadko widywały się w tygodniu.

– Znasz go. Robi to, o co go proszę, nie jest leniwy, ale czasem mam wrażenie, że wciąż jeszcze nie zauważył, jak bardzo zmieniło się nasze życie. Zupełnie jakby oczekiwał, że Noah wpasuje się w nasz plan dnia. Wydaje mu się, że skoro całymi dniami siedzę w domu, to nie robię nic, tylko piję kawę. – Zerknęła na kubek i roześmiała się. – A ja nawet na to nie mam czasu.

Karen się nie roześmiała. Ściągnęła brwi i spoglądała na Noaha. Eleanor miała niejasne wrażenie, że przyjaciółka unika jej wzroku.

– Możemy dalej gadać o głupotach – odezwała się. – Albo w końcu wydusisz z siebie to, co chcesz mi powiedzieć.

Karen się skrzywiła.

– To nie takie proste, Els...

– Chodzi o Michaela?

– Nie, o Adama.

Eleanor poczuła, że żołądek podchodzi jej do gardła. Karen nie należała do osób, które z byle czego robią dramat; cokolwiek zamierzała powiedzieć, wiele o tym myślała i wyraźnie nie dawało jej to spokoju.

– Wyduś to w końcu. – Eleanor siliła się na swobodę, ale zdradzało ją drżenie w głosie. – O co chodzi?

Karen przełożyła Noaha na drugie ramię, o kilka sekund przedłużając niepokój przyjaciółki. Kiedy się odezwała, głos

miała cichy, ale słowa, które wypowiedziała, były dla Eleanor
jak cios w brzuch.

– Widziałam go z kobietą.

Chociaż się tego spodziewała – bo cóż mogło być tak ważne i tak trudne do powiedzenia? – Eleanor ogarnęły mdłości.
Nie odezwała się.

– Byli w sklepie jubilerskim w mieście – ciągnęła Karen. –
Trzymał rękę na jej ramieniu... było oczywiste, że są... razem.

– Oczywiste? – powtórzyła Eleanor, niemal wyczuwając
moment, kiedy w jej mózgu uruchomił się mechanizm wyparcia. – Dlaczego oczywiste? Widziałaś, jak się całują? Trzymali
się za ręce?

– Nie, ale...

– Ale co? – Eleanor o oktawę podniosła głos. – Co jeszcze?

Karen pokręciła głową i po raz pierwszy spojrzała przyjaciółce prosto w oczy. Westchnęła.

– Nic. Nic więcej. Po prostu wiem, że byli razem.

– Po prostu wiesz. – Eleanor nagle poczuła na barkach
ciężar wszystkich nieprzespanych nocy z ostatnich dwunastu
tygodni. Miała ochotę skulić się pod kocem i nie myśleć o tym,
co Karen próbowała jej powiedzieć. – Owijanie w bawełnę to
nie w twoim stylu, Karen. Jeśli jest coś jeszcze, powiedz mi
o tym teraz. Tu nie chodzi o głupią nastoletnią miłostkę. Mówimy o moim mężu. Ojcu moich dzieci. Potrzebuję czegoś więcej
niż „po prostu wiem".

Jej najlepsza przyjaciółka siedziała na kanapie z dzieckiem
na ręce i wyglądała, jakby miała do powiedzenia dużo, dużo
więcej. Dlaczego więc milczała? Czyżby chciała ją chronić? Bo
jeśli miała niezbite dowody, Eleanor chciała je usłyszeć. Nie

należała do osób, które kurczowo czepiają się resztek nadziei. Musiała mieć powód, by uwierzyć, że mąż ją zdradza, bo nie mogła pozwolić sobie na pomyłkę.

– Nie, nic więcej. Ale chodzi o to, jak się zachowywali... nie ma na to innego wytłumaczenia. Przykro mi, Els, wiem, że to ostatnie, czego ci teraz trzeba, ale nie mogłam ci nie powiedzieć. Znienawidzisz mnie za to?

Pytanie było tak niedorzeczne, że Eleanor nie potrafiła zmusić się, by na nie odpowiedzieć. Ziemia usunęła jej się spod nóg, a Karen martwi się jedynie o to, czy będzie chciała z nią jeszcze rozmawiać.

Wstała i podeszła, by wyjąć synka z ramion tej kobiety.

– Nie nienawidzę cię, Karen, po prostu nie wiem, co myśleć. Przychodzisz tu, mówisz, że „chodzi o to, jak się zachowywali", i czego ode mnie oczekujesz? Co powinnam zrobić? – Krążyła po pokoju, odruchowo kołysząc Noaha na biodrze, chociaż wcale nie marudził.

– Nie wiem. Myślałam, że może coś podejrzewasz i dzięki temu łatwiej będzie ci podjąć decyzję. – Karen zagryzła wargę. Wyglądała, jakby już żałowała, że powiedziała o tym, co zobaczyła.

– Nie, niczego nie podejrzewałam. I co teraz? Mam mu powiedzieć: „Karen widziała cię, jak dotykałeś ramienia innej kobiety"? Bądźmy szczere, nawet jeśli rzeczywiście ma romans, wystarczy, że wszystkiemu zaprzeczy i powie, że to nie był on albo że to koleżanka z pracy. Będę musiała mu uwierzyć, bo nie mam zamiaru ryzykować rozpadu małżeństwa tylko dlatego, że ty masz przeczucie.

– Czyli przyznajesz, że to możliwe?

– Nie! Posłuchaj, może nie jesteśmy idealną parą, ale ufamy sobie. Zresztą, kiedy miałby znaleźć czas na romans?

Mówiąc to, przypominała sobie wszystkie te dni, gdy ostatnio wracał spóźniony z pracy albo wychodził z kolegami. Wyobraziła sobie, jak dotyka innej, jak ją całuje. Nie, nie mogła ryzykować wszystkiego tylko dlatego, że stał obok jakiejś kobiety u jubilera.

Karen westchnęła.

– Przykro mi. Musiałam ci powiedzieć, ale masz rację, to za mało. Może powinnam była go śledzić, skonfrontować się z nim albo coś, ale spanikowałam. Znasz swojego męża lepiej niż ja... pewnie istnieje zupełnie niewinne wyjaśnienie tego, co widziałam.

Eleanor wiedziała, że przyjaciółka wcale tak nie myśli. Karen z jakiegoś powodu wierzyła, że Adam spotyka się z inną, nie chciała jednak zdradzić, dlaczego tak uważa. Tylko po co się odzywała, skoro nie mogła powiedzieć Eleanor wszystkiego?

– Posłuchaj, doceniam to, że przyszłaś z tym do mnie. Wiem, że nie zrobiłabyś tego, gdybyś nie była pewna, że to ważne. Czy wierzę, że Adam ma romans? Nie, nie bardzo. Ale skoro mi o tym powiedziałaś, to musiałaś być pewna. Więc będę miała oczy i uszy otwarte i będę zwracać baczniejszą uwagę na to, co się dzieje. Ale to wszystko, co mogę zrobić, nie mając dowodów.

Karen wstała. Ton głosu Eleanor dawał wyraźnie do zrozumienia, że to już koniec rozmowy.

– Poradzisz sobie? Czuję się podle, że o wszystkim ci powiedziałam, a teraz muszę iść. Ale pewnie Adam wróci niedługo do domu...

A ty nie chcesz się z nim widzieć po tym, jak go oskarżyłaś.

– Nic mi nie będzie – odparła Eleanor z miną, która miała być równie swobodna jak jej głos.

Karen pocałowała Noaha w czoło. Eleanor włożyła go do kojca i poszła odprowadzić przyjaciółkę.

Wychodząc, Karen się odwróciła. Czyżby zmieniła zdanie i zamierzała powiedzieć wszystko, co wie?

– Naprawdę nie zauważyłaś niczego dziwnego? – spytała. – Nie miałaś wrażenia, że ktoś był w domu, obserwował ciebie i dziecko…?

– Przerażasz mnie, Karen. Nie, nie zauważyłam, żeby ktoś kręcił się w pobliżu, śledził mnie albo wymykał się tylnym wyjściem, kiedy wracam do domu. Czy jestem rozkojarzona? Tak. Ale nie na tyle, żeby umknęło mi coś takiego.

– Po prostu nie chcę, żeby ci się coś stało…

Eleanor pokiwała głową.

– Wiem. Ale jestem już dużą dziewczynką i nie potrzebuję, żebyś wtrącała się do mojego życia. Pozwól, że sama zadbam o swoje małżeństwo, dobrze?

– Jasne – mruknęła Karen. – Kocham cię – dodała, lecz Eleanor zamknęła już drzwi.

22

Eleanor

Oparła się o drzwi i wypuściła długo wstrzymywany oddech. Czuła, jak zmęczenie wpełza jej pod powieki, ale nie mogła pozwolić, żeby wzięło nad nią górę. Stała w milczeniu przez kilka sekund, nasłuchując płaczu, który zwykle rozlegał się chwilę po tym, jak wyszła z pokoju. Nic nie usłyszała, więc wbiegła na górę, pokonując po dwa stopnie naraz, i weszła do sypialni, którą dzieliła z Adamem. Wzdrygnęła się, gdy otwarte gwałtownie drzwi odbiły się od ściany.

Nie wiedziała, czego szuka, zresztą cokolwiek to było, nie miała zbyt dużo czasu na znalezienie tego. Zważywszy, że do niedawna tylko ona sprzątała dom, było niewiele miejsc, w których Adam mógłby coś ukryć. Niemniej jednak takie miejsca istniały – na przykład szuflady w jego szafce nocnej. Działała gorączkowo, wyciągając kolejne rzeczy, które należały do jej męża: ładowarkę do telefonu, zapasową żarówkę, pilota do stacji dokującej, która dawno temu wylądowała w koszu na śmieci. Nie znalazła żadnych listów od kochanki, drugiego telefonu, koronkowej bielizny ani rachunków za pokój w hotelu. Przetrząsnęła kieszenie jego kurtki i zajrzała pod łóżko, ale tu też niczego nie było. Wszystko wskazywało na to, że Adam jest kochającym mężem i ojcem. To oczywiście nie znaczyło, że Karen nie może mieć racji, ale Eleanor nie miała żadnych dowodów, którymi mogłaby się posłużyć w ewentualnej konfrontacji z Adamem.

Co ty wyprawiasz? – spytała się w duchu, siadając w kucki. Naprawdę myślisz, że on cię zdradza?

Próbowała wyobrazić sobie męża, jak ogląda biżuterię z inną kobietą i kładzie jej rękę na ramieniu, kiedy wybiera dla niej nagrodę pocieszenia. Nagle inna myśl przyszła jej do głowy. Czy on ją zostawi? Z przerażającą jasnością uświadomiła sobie, że nawet gdyby znalazła dowody jego zdrady, nie mogłaby mu ich przedstawić. Bo wtedy musiałby dokonać wyboru. A jeśli jej nie wybierze?

23

Teraz

Jak się czułaś, kiedy uświadomiłaś sobie, że to Eleanor jest żoną, którą tak bardzo pogardza Jessica?

Prawdę powiedziawszy, byłam zdezorientowana. Nie mówię, że nie wierzę w zbiegi okoliczności, ale to, że przypadkiem wybrała mnie na swojego psychologa, było co najmniej dziwne. Z początku myślałam, że chce, bym opowiedziała o wszystkim Eleanor, żeby ona go zostawiła. Ale to było niemożliwe – zabrania tego tajemnica zawodowa.

Ale nie wtedy, gdy istnieją podejrzenia, że ktoś może być w niebezpieczeństwie.

Tak. Początkowo zastanawiałam się, czy mówi te wszystkie okropne rzeczy, próbując wywrzeć na mnie presję, żebym opowiedziała to Eleanor. Nie sądziłam, że weźmie sprawy w swoje ręce. Powinnam była zareagować szybciej.

Co się stało, kiedy w końcu powiedziałaś Eleanor o tym, co widziałaś?

Wie pani, co się stało. Nie uwierzyła mi.

Zabolało cię to?

Nie, była w fazie wyparcia. Poza tym nie mogłam jej powiedzieć, że Jessica jest moją pacjentką, ani powtarzać, co mi mówiła. Nie miałam innych dowodów poza tym, że widziałam go w sklepie z dziewczyną.

I co postanowiłaś zrobić?

A co mogłam zrobić? Musiałam zaczekać i zobaczyć, jaki będzie jej następny krok. Myśli pani, że powinnam była zrobić coś więcej? Że to moja wina?

Tego nie powiedziałam. A czujesz, że to twoja wina?

Oczywiście, że tak. Powinnam była zrobić coś więcej. Nie wiem tylko, skąd mogłam wiedzieć po jednym spotkaniu, do czego jest zdolna. Nie wiedziałam, kim naprawdę jest. A kiedy próbowałam je ostrzec, nie słuchały mnie. Nie wierzyły mi. Robiłam, co mogłam. Chciałam je tylko chronić.

Jak zawsze.

Właśnie. A więc rozumie pani.

24

Eleanor

Leżała na kanapie z głową na kolanach męża i oboje gapili się w telewizor, choć gdyby ktoś ją zapytał, co za bzdury oglądają, nie umiałaby odpowiedzieć. Ciało miała ciężkie ze zmęczenia, ale jej umysł nie przestawał pracować od chwili, kiedy obudziła się w pustym łóżku.

Pośród grobowej ciszy. Bo tak się przecież mówi, prawda? Powinna być zachwycona. Noah pierwszy raz przespał całą noc, a to oznaczało dla Eleanor dziewięć godzin zbawiennego odpoczynku. Nie zerwała się nawet przerażona, żeby sprawdzić, czy oddycha, jak bywało przy nielicznych okazjach, kiedy nie budził się co trzy godziny. Zdecydowanie potrzebowała odpoczynku i gdyby Adam pochrapywał przy niej cicho i mogłaby się do niego przytulić jak kiedyś, zanim w ich życiu pojawił się ten mały demon, byłby to idealny początek dnia. Tymczasem poderwała się ze snu, nie wiedząc, co tak bardzo ją zaniepokoiło. Pewnie Adam poszedł do toalety. Ale kiedy przesunęła się, żeby przytulić się do jego poduszki, jego strona łóżka była zimna, a na szafce nocnej nie było telefonu.

Zwlokła się z łóżka, a gdy rozchyliła zasłony, zobaczyła, że jego samochód zniknął z podjazdu. Cholera, czyżby było później, niż myślała? Pełne pokarmu piersi bolały ją, ale na zewnątrz nadal było ciemno, choć miała wrażenie, że wraz z nadchodzącą zimą cały świat utonął w mroku. Może Adam wymknął się, żeby zrobić Toby'emu śniadanie, dając jej czas na zasłużony wypoczynek. Myśl była tak cudowna, że zachciało jej się płakać, kiedy sprawdziła telefon i zobaczyła, że jest dopiero pięć po siódmej. Niemożliwe, żeby wstali tak wcześnie. Ogarnął ją niepokój. Gdzie on jest? Wczoraj wieczorem nie wspominał, że musi z samego rana jechać do pracy, a zwykle nie wstawał przed dzwonkiem budzika o siódmej czterdzieści pięć. Pamiętała noce, kiedy o drugiej wstawała do karmienia i do szóstej była na nogach; modliła się wówczas, żeby się zbudził i wziął Noaha, a wtedy mogłaby się zdrzemnąć półtorej godziny; Adam jednak spał jak zabity.

Włożyła szlafrok i kapcie i zeszła po schodach; zerkała jednym okiem na ekran telefonu, gdy trzeci stopień od dołu jęknął pod jej stopami. Miała nadzieję, że choć samochód Adama zniknął z podjazdu, mąż będzie siedział przy kuchennym stole, zajadając obfite angielskie śniadanie. Tymczasem na parterze było równie cicho jak na piętrze.

Próbując zapanować nad ogarniającą ją paniką, dwukrotnie wybrała jego numer. Ze słuchawką wciśniętą między ucho a ramię robiła tosty i przygotowywała płatki dla Toby'ego. Kiedy dała za wygraną i odłożyła słuchawkę na kuchenny blat, usłyszała w elektronicznej niani trzask, coś jakby zakłócenia.

Adam oddzwonił w chwili, gdy przerażony Noah obudził

się z płaczem po tym, jak odkrył, że jest sam w pokoju, głodny po całej nocy bez karmienia. Gdzie, do jasnej cholery, położyła słuchawkę? Przecież miała ją w ręce nie dalej jak cztery minuty temu... A tak, w kuchni. Gdy z synkiem na rękach weszła do kuchni, telefon zamilkł. Sekundę później zadzwoniła jej komórka na piętrze. Zanim odebrała, Noah był czerwony na twarzy, a ona zmęczona i wściekła.

– Gdzie jesteś? – warknęła, nieskutecznie próbując ukryć złość.

– Obudziłem się wcześniej i nie mogłem zasnąć. Pomyślałem, że lepiej będzie, jak pójdę na siłownię, żeby nie budzić ciebie i dzieci.

– Na siłownię? – Nie był na siłowni od ponad roku i nagle dziś rano zapragnął zostać Misterem Universum?

– Mówiłem ci, że chcę znowu zacząć.

Owszem, wspomniał o tym. Raz. Eleanor odparła, że jeśli chce wrócić na siłownię, będzie musiał robić to przed pracą – dzieci i bez tego wystarczająco tęskniły za nim wieczorami. Po prostu nie przypuszczała, że mówił poważnie.

– I nie przyszło ci do głowy, żeby mnie wyręczyć i ogarnąć trochę w domu albo przygotować Toby'emu rzeczy do szkoły?

Adam westchnął i wyobraziła sobie, jak pociera twarz.

– Els, nie chcę się kłócić. Po prostu chciałem mieć trochę czasu dla siebie.

– Trochę czasu dla siebie? – Roześmiała się.

– Już to przerabialiśmy. Czas, który spędzam w pracy, się nie liczy. Ty masz swoje piątki. A ja?

Miała ochotę zapytać, co jest nie tak w czasie spędzanym z nią, albo wytknąć mu, że miło byłoby dla odmiany obudzić się razem, zamiast znajdować żonę rozespaną i zaślinioną na kanapie, ale głodny Noah wydzierał się wniebogłosy, a Toby rozbijał się w kuchni, i oczami wyobraźni zobaczyła pobojowisko, jakie zostawi po sobie, próbując zalać płatki mlekiem.

— Dobrze, miłego dnia w pracy, skarbie. Kocham cię.

Wszystko przez Karen. Gdyby nie powiedziała, że widziała Adama z inną, Eleanor nie zastanawiałaby się przez resztę dnia, czy mąż rzeczywiście był na siłowni, ani nie zachodziłaby w głowę, jak sprawdzić, czy mówił prawdę. Miała do wyboru kilka opcji: między innymi mogła zadzwonić na siłownię, powiedzieć, że zgubił karnet i ktoś go ostatnio używał (ryzykowne – zważywszy, że pewnie wyrobią nowy i powiadomią o tym Adama), albo udać funkcjonariuszkę policji i poprosić o nagrania z kamer. Wiedziała jednak, że te pomysły są do niczego. Dawna Eleanor, sprzed zaledwie tygodnia, nie przetrząsnęłaby całego domu w poszukiwaniu dowodów mężowskiej zdrady, a już na pewno nie spędziłaby czterdziestu minut w sieci, szukając oprogramowania do lokalizowania telefonów komórkowych – tak na wszelki wypadek. Musiała zapomnieć o tym, co rzekomo widziała Karen, i skupić się na ratowaniu swojego małżeństwa.

Wiedziała, że Adam spodziewał się awantury, kiedy wieczorem wrócił z pracy, ale była zbyt zmęczona i przerażona tym, jak ta kłótnia mogłaby się skończyć, żeby ją rozpoczynać. Ostatnie, czego było jej trzeba, to zapytanie go wprost, czy ma romans. A gdyby się przyznał? Całe ich życie stanęłoby na głowie, a ona musiałaby zdecydować, co z tym zrobić. Dziś wieczorem nie czuła się na to gotowa i być może nigdy nie będzie. Ale czy rzeczywiście należała do kobiet, które ignorują romanse mężów? Te kobiety są słabe, tchórzliwe i pozbawione charakteru. Eleanor nigdy taka nie była. Czuła odrazę do ludzi, którzy kłamią i oszukują, a jeśli w ten sposób traktujesz osobę, którą powinieneś kochać, co z ciebie za człowiek? Kiedy rozmawiała z przyjaciółkami o niewiernych partnerach, pierwsza wygłaszała swoją opinię na ten temat: gdyby Adam ją zdradził, to byłby koniec. Teraz niemal wstydziła się tamtej siebie i swoich dawnych poglądów; nie miała pojęcia o prawdziwym życiu i problemach małżeńskich. Nagle okazało się, że życie wcale nie jest tak czarno-białe, jak jej się zdawało.

Niemal bez słowa wykąpali dzieci i położyli je spać. Wychodząc z pokoju Noaha, Eleanor przystanęła pod drzwiami pokoju Toby'ego i słuchała, jak ojciec i syn rozmawiają o szkole. Jak to możliwe, że kiedy był tylko Toby, wszystko wydawało się takie proste, a po przyjściu na świat Noaha tak się pokomplikowało? A przecież jego pojawienie się powinno jeszcze bardziej umocnić jej więź z mężem. Teraz mieli wspólne dziecko, dziecko, które było tak samo jej, jak i jego, bez żadnych sekretów i kłamstw. Wszystko powinno być takie proste.

Ciszę na ulicy od czasu do czasu przerywał warkot silnika któregoś z samochodów parkujących na podjazdach sąsiednich domów. Teraz, kiedy niebezpieczeństwo kłótni minęło, Adam wydawał się bardziej odprężony, choć Eleanor czuła, jak tężeje na dźwięk hałasu za oknem.

– O co chodzi? – spytała, siadając.

Nawet na chwilę nie oderwał wzroku od telewizora.

– O co chodzi z czym?

– Coś usłyszałeś. W krzakach. Ja też to słyszałam.

Adam wyciągnął rękę, rozchylił zasłony i wyjrzał przez okno.

– Nikogo tam nie ma. To pewnie ptak.

– To nie był żaden cholerny ptak. Nie wyjdziesz, żeby sprawdzić?

Skrzywił się.

– Mam wyjść i patrzeć, jak ktoś przechodzi koło domu? Co się z tobą dzieje?

Zabolało ją to jak policzek. Nie zapytał: „Co się dzieje?", ale „Co się z tobą dzieje?". Jakby źródła ich problemów należało szukać w obłąkanej matce, a nie w wiecznie nieobecnym, prawdopodobnie uganiającym się za spódniczkami mężu.

Znika w środku nocy i uważa, że to ze mną jest coś nie tak?

Czyżby wiedział, kto jest za oknem? Dlatego nie chciał wyjść i rozejrzeć się? Słowa Karen wróciły do niej głośno i wyraźnie, jak gdyby przyjaciółka siedziała tuż obok. „Naprawdę nie zauważyłaś niczego dziwnego? Nie miałaś wrażenia, że ktoś był w domu, obserwował ciebie i dziecko…?"

Na samą myśl poczuła, że robi jej się niedobrze. Nikogo nie widziała, ale czy w ogóle zwracała na to uwagę? Była zawsze tak zajęta, skupiając się na którymś z dzieci. Ale czy zauważyłaby, gdyby ktoś ją śledził albo obserwował z daleka? Karen nie powiedziała tego bez powodu. Co jeszcze wiedziała?

To na pewno nic takiego, uspokajała się w duchu Eleanor. Było pewnie tak, jak mówił Adam – ktoś wyszedł z psem na spacer albo dzieciaki wracały z parku do domu. Nic więcej. Przecież gdyby wiedział, że ktoś kręci się koło domu, wyszedłby i coś z tym zrobił. Nie naraziłby rodziny na niebezpieczeństwo.

25

Poszłam do jej domu.

Po wszystkim siedziałam w zatoczce na końcu ulicy, wściekła na siebie za swoją głupotę i lekceważenie zasad, które sama przecież ustaliłam. Twoje życie, tłumaczyłam sobie przez zaciśnięte zęby, określają zasady, do których obiecałaś się stosować. Jeśli przestaniesz ich przestrzegać, wszystko stracisz. Wszystko rozsypie się jak domek z kart, a śnieżna zaspa, którą jest twoje życie, zmieni się w lawinę i pogrzebie cię żywcem. To nie strach przed tym, że mogłam zostać przyłapana, sprawił, że nienawiść do samej siebie wrzała we mnie niczym gorący asfalt na drodze – kiedy to, co najgorsze, już ci się przytrafiło, ten rodzaj lęku jest równie niedorzeczny, jak strach przed potworami, które czają się pod łóżkiem. Nie przyłapano mnie. Ale straciłam kontrolę.

Dom różnił się od mojego, tak jak różniło się nasze życie. Ten przyciągał niczym magnes i nawet gdy nie było w nim nikogo, czuło się zapach świeżo pieczonego chleba i słyszało echa dziecięcych kłótni. Dźwięki, które dusiły go i przytłaczały. Próbowałam je sobie przypomnieć.

Na podjeździe nie było samochodów, mimo to starałam się zachować ostrożność. Nie miałam ochoty się spieszyć. Nie szukałam niczego, po prostu chciałam się rozejrzeć.

Przez całą drogę ściskałam w ręce klucz. Jego ciepło i to, jak idealnie pasował do mojej dłoni, utwierdzało mnie w przekonaniu, że postępuję słusznie. Że powinnam była to zrobić dawno temu i nie mogę wiecznie jej unikać. Spodziewałam się, że nie będzie pasował do zamka i wierny swojemu panu, powstrzyma intruza, a jednak pasował idealnie i gładko się obrócił już za pierwszym razem. Stałam przez sekundę z ręką na klamce, rozdarta między „przed" i „po". Wciąż bliżej mi było do „przed". Mogłam jeszcze odejść i zostawić to miejsce nietknięte. Wiedziałam, że z chwilą, gdy pchnę drzwi, będzie już „po" i przyjdzie czas, że będę musiała odpowiedzieć sobie na pytania: Co to oznacza dla mnie? Jak daleko jestem gotowa się posunąć i czy nadal mogę zawrócić?

Znałam jednak siebie i mimo wątpliwości wiedziałam, że nie przyszłabym tu, gdybym nie była zdecydowana przejść przez ten próg. Jakaś część mnie pragnęła, żeby ona była wtedy w domu i pokrzyżowała mi plany, ale teraz stałam tu, a w środku nie było nikogo. Lepiej mieć to już za sobą, zerwać plaster jednym szarpnięciem i nie myśleć o bólu.

Przedpokój był skąpo umeblowany – funkcjonalny z wieszakami na kurtki i półką na pocztę. Odwróciłam głowę, żeby nie patrzeć na leżące na wierzchu otwarte śnieżnobiałe koperty i zalegające pod spodem listy, których nie zdążono otworzyć w porannym pośpiechu. Myśl o zapisanym na nich jego nazwisku tak bardzo niepasującym do tego miejsca przyprawiła mnie o gwałtowny ból brzucha.

Zdjęłam z wieszaka męską kurtkę. Ciężką, impregnowaną, drogą i praktyczną, taką, jaką mieszkańcy wsi zakładają w zimne niedzielne poranki, gdy wyprowadzają psy na spacer. Ta była ciemnozielona z kołnierzem wykończonym owczą wełną. Podniosłam ją do twarzy i wciągnęłam zapach, który rozlał się w moich nozdrzach niczym trucizna. Drogi płyn po goleniu, który kojarzył mi się z zimną połową łóżka. Spryskiwałam nim poduszkę, żeby czuć jego zapach, kiedy nie było go przy mnie – żebym mogła udawać, że jest obok, gdy zamknęłam oczy. Czy ona robiła tak samo?

Pachniał inaczej, niż go zapamiętałam. Brakowało w nim nuty dymu papierosowego. Ogarnęła mnie euforia – było to małe zwycięstwo, ale ważne. Tutaj nie palił, tutaj był lepszą wersją samego siebie. Przy mnie mógł być po prostu sobą.

Błąkałam się po domu niczym duch – echo zamknięte pośród ścian – oddychając wszystkim tym, czym była ta kobieta. Czułam się, jakbym znalazła się pod wodą; każdy ruch niósł ze sobą ciężar tego, czym stało się nasze życie.

Byłam w jej sypialni, otworzyłam szafę z lustrzanymi drzwiami i niespiesznie przeglądałam ubrania. Kiedy muskałam palcami jedwabie i kaszmiry, grubą wełnę i inne drogie materiały, jeden sweter zwrócił moją uwagę. Chabrowy z delikatnej, miękkiej wełny, z wycięciem w serek. Zdjęłam go z wieszaka i podniosłam do twarzy. Pachniał lenorem i jaśminem, ale poza tym był identyczny jak ten, który wisiał na wieszaku w innej szafie, w innym domu.

Włożyłam go przez głowę. Pasował idealnie, miałam jednak wrażenie, że jest cieplejszy od mojego. Całe to życie było cieplejsze od mojego. Nie chodziło o to, że ona była lepiej sytuowana; po prostu jej życie było bogatsze w kolory, podczas gdy w moim dominowała szarość.

Na komodzie stały kosmetyki do makijażu. Nie potrafiłam sobie wyobrazić, jak je nakłada. Dla kogo chciała być piękna? Na pewno nie dla niego – gdyby się bardziej starała, może w ogóle by mnie tu nie było. Sięgnęłam po jedną ze szminek i otworzyłam ją; miała subtelny koralowy odcień. Subtelny... To słowo pasowało do niej idealnie, choć ona z pewnością nazywała tę barwę „stylową" albo „skromną". Patrząc w lustro, pociągnęłam usta pomadką, naniosłam na policzki odrobinę różu i pomalowałam tuszem rzęsy... rzęsy, które załopotały dla jej męża. Czy w tym momencie czułam się lepsza od niej? Pewnie tak. W końcu to mnie wybrał. Nie był ze mną z lojalności czy dlatego, że miał zobowiązania wobec dzieci. Był ze mną, bo czuł się przy mnie tak, jak się czuł.

Otworzyłam jedną z szuflad i musnęłam palcami satynową bieliznę upchniętą za majtkami dla mamusiek. Wyjęłam jasnoróżowe stringi i rozłożyłam je. Palcami sięgnęłam do guzika spodni, rozpięłam i zdjęłam je razem z majtkami. Przez chwilę stałam półnaga, po czym wślizgnęłam się w satynowe życie tamtej kobiety. Stringi były za duże, dzięki czemu od razu poczułam się lepiej. Patrzyłam na siebie w lustrzanych drzwiach szafy, jak gdybym obserwowała inną kobietę w innym domu, do którego pasowała.

Spryskałam nadgarstki i szyję jej perfumami i wciągnęłam zapach, który czuł, kiedy się do niej przytulał. Otworzyłam szkatułkę z biżuterią, wyjęłam kolczyki z brylantami i założyłam je. Kobieta w lustrze była nimi zachwycona; pasowały do niej. To życie pasowało do niej. Z każdą sekundą, którą spędzałam w tym domu, nosząc jej ubrania i dotykając rzeczy, które do niej należały, czułam, że łączy nas coraz silniejsza więź, jak gdybym będąc tu, pisała od nowa nasze przeznaczenie.

Łóżko zajmowało znaczną część pokoju; było największą atrakcją tego prowizorycznego teatru. Położyłam się w czystej bawełnianej pościeli, wyciągnęłam nogi i oparłam głowę na pluszowej poduszce. Skuliłam się w pozycji embrionalnej, wyobrażając sobie, jak po stosunku leżą razem, tuląc się do siebie. Gdzieś na zewnątrz trzasnęły drzwi samochodu, ale praktycznie nie zwróciłam na to uwagi. Wiedziałam, że w każdej chwili drzwi wejściowe mogą się otworzyć i zostanę przyłapana, mimo to nie mogłam się ruszyć. Zupełnie jakby mięśnie w moim ciele uparły się, żeby zatrzymać mnie w tym miejscu i w tym czasie. Niech mnie tu znajdą. Kto będzie się bardziej tłumaczył?

Ale drzwi się nie otworzyły. Nikt nie wszedł.

Kobieta w lustrze patrzyła z obojętnym zainteresowaniem, jak kobieta na łóżku wsuwa kciuki pod luźną gumkę bielizny, jak nieznacznie zsuwa satynowe stringi i rytmicznie zaczyna pieścić się palcami. Usta miała rozchylone, a jej oddech przyspieszał, w miarę jak ruchy palców stawały się coraz bardziej gwałtowne. Kobieta w lustrze zamknęła oczy w chwili, gdy ta na łóżku odchyliła głowę, kiedy fala rozkoszy zalewała jej ciało, niosąc ze sobą ekstazę i przyjemne zmęczenie.

Kiedy otworzyłam oczy, wszystko było nie tak. Nie wiedziałam, ile czasu tam spędziłam i jak długo spałam w łóżku, które z nią dzielił, w domu, który należał do niego. Wiedziałam tylko, że nie mogę tu zostać ani chwili dłużej. Nie byłam jeszcze gotowa na konfrontację, nie byłam wystarczająco silna. Czułam jednak, że niedługo się to zmieni.

Zamknęłam za sobą drzwi, zostawiając tamto życie po drugiej stronie. Szłam wolno, ale w moich krokach była dziwna lekkość, jakby część mnie została gdzieś tam, na starannie pościelonym łożu małżeńskim. Siedząc w samochodzie, dotknęłam kolczyka z brylantem. Uruchomiłam silnik, wrzuciłam bieg i zaczekałam, aż ulicą przejedzie samochód. Kobieta z lustra nie podniosła nawet ręki, żeby mi podziękować.

26

Eleanor

To był zły pomysł zrodzony z desperacji. Randka. Zaproponowała ją Eleanor, a Adam się zgodził, choć widać było, że przeraża go myśl o tym, że będzie musiał siedzieć przy stoliku naprzeciw żony i prowadzić rozmowę, w której nie wiadomo było, kto-powiedział-co-do-kogo i kto-to-wszystko-zaczął. Wrócili do domu tak wcześnie, że nawet jej matka wyglądała na zdziwioną, widząc ich trzeźwych i poważnych, a nie wstawionych i chichoczących jak nastolatki.

Adam niemal od razu zaproponował, że odwiezie jej mamę do domu, a Eleanor pomyślała, że może próbuje pozbyć się teściowej, żeby mogli w spokoju przytulić się na kanapie i obejrzeć jakiś film albo jeden z nielicznych programów, które oboje lubili. Adam jednak szybko pozbawił ją złudzeń, kiedy wychodząc, powiedział, że w drodze powrotnej wpadnie do Chrisa. Obiecał, że rzuci okiem na jego komputer, a skoro i tak będzie w pobliżu...

Postanowiła się nie rozpłakać.

Leżała w łóżku, próbując zasnąć, zanim Noah obudzi się głodny, kiedy usłyszała, jak Adam wraca do domu. Po omacku sięgnęła po telefon i mrużąc oczy, sprawdziła na ekranie godzinę: dwunasta czterdzieści pięć. Przeszło trzy godziny, odkąd odwiózł jej matkę do domu i wpadł do przyjaciela naprawić mu komputer. Czemu to trwało tak długo? Leżała, czekając na niego, ale on, zamiast pójść prosto do łóżka, zamknął się w łazience i chwilę później usłyszała szum wody pod prysznicem. O tej porze? Za kilka godzin miał wstać do pracy, a prysznic był zwykle pierwszą rzeczą, jaką robił po przebudzeniu. Kiedy w końcu wyszedł z łazienki, wydawał się zaskoczony, widząc, że nie śpi.

— Przepraszam, skarbie, nie chciałem cię obudzić. Jak tam chłopcy?

— Śpią — odparła obojętnie. — Naprawiłeś komputer?

Minęła chwila, zanim odpowiedział.

— A, tak, trochę się zagadaliśmy... to znaczy Chris jak zwykle zaczął marudzić. Wiesz, jaki jest.

Nie wiedziała. W ciągu sześciu lat tylko kilka razy spotkała Chrisa. Nie odezwała się jednak. Nie chciała zaczynać kolejnej kłótni.

Adam wślizgnął się do łóżka, a ona odruchowo przysunęła się do niego, chcąc ogrzać jego zziębnięte ciało. W odpowiedzi objął ją i pocałował w czubek głowy. Nie kochali się od miesięcy — na długo przed narodzinami Noaha. Najpierw z powodu ciąży, potem była obolała po porodzie i obficie krwawiła; nie powiedziała mężowi, że prawie cztery tygodnie temu lekarz dał jej zielone światło. Była wykończona, miała ciężkie, obrzmiałe piersi i chowała obwisły brzuch w przydużej, mało seksownej bieliźnie, nic więc dziwnego, że seks nie znajdował się na szczycie jej listy rzeczy do załatwienia. Prawdę powiedziawszy, w ogóle nie było go na liście. Adam był cierpliwy, nie naciskał, czekając na jej sygnał, lecz teraz, w środku nocy, nagle rozpaczliwie zapragnęła bliskości. Wsunęła ciepłą rękę w spodnie jego piżamy i zaczęła go pieścić, całując go po szyi. Widząc, że jego ciało zaczyna reagować, poczuła się dziwnie zdenerwowana i podekscytowana, jakby to był ich pierwszy raz. I w tym momencie stanowczo, choć delikatnie złapał ją za rękę.

– Nie dziś, skarbie. Padam z nóg.

Jego odmowa była niczym cios. Nie pamiętała, by kiedykolwiek – niezależnie od tego, jak bardzo byli zmęczeni albo jak bardzo się pokłócili – mąż nie chciał się z nią kochać. Łzy wstydu napłynęły jej do oczu i dziękowała Bogu, że Adam ich nie widzi. Cofnęła rękę jak oparzona i pokiwała głową.

– Oczywiście. Prześpij się. Porozmawiamy rano.

– Jasne, skarbie. – Nieświadomy tego, jak wielką sprawił jej przykrość, jeszcze raz pocałował ją w czubek głowy i odwrócił się na bok. – Dobranoc.

Chciała odpowiedzieć, ale słowa uwięzły jej w gardle i zacisnęła powieki. Chwilę potem, leżąc w ciemności, usłyszała równy, spokojny oddech Adama.

27

Miałam wrażenie, że po moim ciele pełzają tysiące robaków, i drapałam skórę paznokciami, by powstrzymać swędzenie. Nie mogłam tak po prostu siedzieć tam i zastanawiać się, co robią. Dlaczego nie widzą? Dlaczego nie widzą niebezpieczeństwa, w jakim się znaleźli? Dlaczego wszyscy są tak strasznie krótkowzroczni?

A jeśli zobaczą... nie, kiedy zobaczą... Co się wtedy stanie? Myślami nie wybiegałam aż tak daleko w przyszłość; nie chciałam tracić czasu, rozmyślając nad konsekwencjami swoich działań. Nie zawsze mamy wpływ na to, co się wydarzy, a ja nie mogłam pozwolić sobie na przejmowanie się rzeczami, nad którymi nie miałam kontroli.

Chodziłam tak długo, aż łydki rozbolały mnie z napięcia, które utrzymywało moje ciało w ciągłej gotowości. Byłam niczym sprężyna, czekałam, aż coś się wydarzy – na jakiś bodziec. W mojej głowie pojawił się obraz węża przyczajonego w trawie i natychmiast pomyślałam o nich – jak śmieją się, stukają kieliszkami i świętują pokonanie swoich małych kłopotów.

Mogli sobie na to pozwolić, bo kłopoty, z którymi się borykali, nie były prawdziwymi problemami. Tylko drobnymi niedogodnościami, rozdmuchiwanymi po to, by usłyszeć słowo otuchy od tego drugiego albo żeby przypomnieć sobie, jak wielkimi są szczęśliwcami, że nie dotykają ich większe nieszczęścia. Nic nie wiedzieli o bólu, rozpaczy i demonach, z którymi zmagają się ludzie. Ich życie było cukierkową wersją tego, jakie prowadzili inni, ci, co mieli mniej szczęścia.

I choć miałam ochotę pokazać im lustrzane odbicie ich pozornie bajkowego życia, jakaś część mnie nadal chciała je chronić. Pragnęłam go bardziej niż czegokolwiek na świecie: tego życia, w którym mogłabym się wyłączyć w chwili, gdy dzieci były już w łóżkach, przytulić się do męża, który naprawdę był mój, i oglądać z nim *Big Brother Gwiazdy* albo *Bake Off – Ale ciacho!* Chciałabym sięgnąć po telefon i podzielić się swoimi obawami i nic nieznaczącymi problemami z ludźmi, których jedynym zmartwieniem był szef kutafon. Chciałam martwić się tym, że zapomniałam kupić mleko albo że muszę zmieniać cholerne pieluchy swojemu idealnemu dziecku w swoim idealnym domu. Nie chciałam, by cuchnąca trucizna, która płynęła w moich żyłach, była pierwszą rzeczą, o której myślę po przebudzeniu.

Ale umysł to cudowna i przerażająca machina. Jak Mały Albert* i jego strach przed białymi szczurami, ja również przez lata żyłam w przekonaniu, że jestem głupim, złym czło-

---

*Chłopiec, który w wieku jedenastu miesięcy został poddany eksperymentom psychologicznym polegającym na tym, że pokazywano mu białego szczura, jednocześnie uderzając młotkiem w metalowy pręt, przez co wytworzyła się u niego warunkowa reakcja emocjonalna – strach przed tym zwierzęciem.

wiekiem, któremu nie można ufać. Kiedy patrzyłam w lustro, widziałam kogoś beznadziejnego, kogoś, kto nie zasługuje na miłość. I, jakbym sama to przywołała, taka właśnie się stałam. Nie widziałam przyszłości, więc kurczowo trzymałam się tego, co miałam. Czy to takie dziwne, że chciałam to chronić? Gdybyście musieli, zrobilibyście to samo.

Ciemność na zewnątrz była całkowita i nieprzenikniona, a jednak poczułam ulgę, gdy wyszłam tylnymi drzwiami i spowiła mnie noc. To tu najbardziej czułam się sobą – kiedy byłam sama, w mroku. Moje stopy poruszały się odruchowo, ciało wiedziało, dokąd chcę iść, lepiej niż umysł. Kiedy więc stanęłam przed domem Eleanor i Adama, gapiąc się w okno pokoju, w którym spał mały Noah, nie byłam wcale zaskoczona.

28

Bea

Był sobotni wieczór, a Bea siedziała w domu. Sama. Po szesnastu latach żelaznych postanowień, by prowadzić normalne życie, poczuła, że na powrót staje się przerażoną nastolatką, która budzi się w nocy obolała i samotna, i ta myśl ją paraliżowała.

– Beatrice Barker, musisz wziąć się w garść – mruknęła do siebie, wyłączając babski film na chwilę przed tym, zanim główni bohaterowie, słodka idiotka i mężczyzna o nienaturalnie białych zębach, uświadomili sobie, że są sobie pisani. Nic dziwnego, że dziewczyny mają takie nierzeczywiste wyobrażenie o związkach. Bohaterki filmów zawsze są czarująco idealne; nawet ich niedoskonałości są cholernie urocze.

Dźwięk dzwonka do drzwi przerwał jej pełen goryczy wewnętrzny monolog. Nie spodziewała się nikogo, ale wolała spędzić ten wieczór z tym odrażającym konserwatorem imieniem Geoff, zamiast gadać do siebie. Boże, życie naprawdę musi być kiepskie, skoro człowiek modli się o przeciek, żeby tylko mieć towarzystwo.

Ale kiedy otworzyła drzwi, zobaczyła, że to nie Geoff złota rączka przyszedł sprawdzić instalację. W progu stała Karen. Z pizzą.

– Dostawa specjalna. – Uśmiechnęła się i wręczyła jej pudełko.

Bea podniosła je i powąchała.

– Co ty tu robisz?

– Michael pracuje poza domem i czułam się samotna.

– I przypadkiem nie ma to nic wspólnego z rozmową, którą odbyłam ostatnio z niejaką Eleanor Whitney? – spytała Bea, spoglądając na nią podejrzliwie.

Karen miała na tyle przyzwoitości, by wyglądać na skruszoną.

– No dobrze, powiedziała mi – przyznała się. – Nie patrz tak na mnie! Martwiła się o ciebie. Mówi, że kiepsko to znosisz. I nie przejmuj się, nie jestem zła, że zwierzyłaś się jej, a nie mnie. – Mówiła tak, jakby żartowała, ale Bea znała ją na tyle dobrze, by wiedzieć, że jest zdenerwowana. – Chociaż ostatnio spędzacie we dwie całkiem sporo czasu.

Bea się skrzywiła. Nie mogła powiedzieć Karen, dlaczego tak się dzieje, a żadna wymówka nie przychodziła jej do głowy. Nie chodziło o to, że nigdy nie spotykały się we dwie... przecież dzisiaj Karen też przyszła tu sama, prawda? Ale w związku z przygotowaniami do urodzinowego przyjęcia-niespodzianki Eleanor i Bea spędzały razem więcej czasu niż zwykle. Na szczęście Karen nie czekała na wyjaśnienia, po prostu chciała dać sygnał, że nie jest ślepa.

– Eleanor uważa, że Fran powinna wiedzieć o tym, przez co przeszłaś – powiedziała.

Bea nie mogła nie zwrócić uwagi na jej ton. Fran nie myliła się co do niej: Karen nie miała najlepszego zdania o Fran, już kiedy były nastolatkami, i chętnie wytykała jej wady. To ona przekonała Beę, by nie mówiła siostrze o tej historii z Kieranem Resslerem; obawiała się, że Fran zrobi coś głupiego i napyta sobie biedy. Fran również nie przepadała za Karen. Gdy o niej mówiła, modulowała głos i przewracała oczami. Karen uważała, że Fran jest jak tykająca bomba, podczas gdy Fran miała ją za świętoszkowatą sztywniarę. Bea uważała, że powodem ich wzajemnej niechęci jest zazdrość o nią, choć czasami zastanawiała się, czy nie chodzi o to, że Karen w dzieciństwie straciła siostrę. To zrozumiałe, że mogła zazdrościć Bei, że ma Fran, ale to nie powód, żeby jej nie lubić. Przecież Bea nie mogła poradzić nic na to, że ma siostrę, tak jak Karen nie mogła poradzić nic na to, że jej nie ma.

Wzruszyła ramionami.

– Byłam w szoku. Spodziewałam się książki o kobiecie, która odkrywa, że powieść, którą czyta, jest tak naprawdę o niej, a dostałam książkę o sobie. – Roześmiała się. – Co za ironia! Nie przyszło mi to do głowy, kiedy ją zamawiałam.

– A dostałaś ją? – spytała Karen.

– Co?

– Tę drugą książkę?

– A, tak, przyszła następnego dnia. Jeszcze do niej nie zajrzałam, ale jak skończę, pożyczę ci ją.

– Dzięki. – Karen była w kuchni i wyciągała sosy i serwetki, lecz przerwała, żeby spojrzeć na Beę. – Hm… skoro dostałaś książkę, którą zamówiłaś, to tej drugiej nie mogli ci przysłać pomyłkowo… To znaczy, że nie pomylili zamówienia i nie wysłali ci innego tytułu.

Postawiła tacę na stoliku, usiadła na kanapie i podkuliwszy nogi pod siebie, sięgnęła po pizzę.

Bea znieruchomiała; ręka z kawałkiem pizzy zastygła w połowie drogi do ust.

– Nie pomyślałam o tym. Chryste, uważasz, że ktoś przysłał mi to celowo? – Na samą myśl zrobiło jej się niedobrze i odłożyła pizzę z powrotem do pudełka. – Sądzisz, że to on?

– Nie – odparła pospiesznie Karen. Pochyliła się i położyła rękę na kolanie przyjaciółki. – Nie, Beo, myślę, że to nie on. Po pierwsze – oparła się o poduchy i zaczęła wyliczać na palcach – nie wie, gdzie mieszkasz.

– Mieszkam w tej samej mieścinie, w której dorastałam, cztery przecznice od rodziców. Daleko mi do Osamy bin Ladena.

Karen wyprostowała drugi palec.

– Dobra, po drugie, od tamtej pory minęło szesnaście lat. A po trzecie – ciągnęła, zanim Bea zdążyła jej przerwać – obie dobrze wiemy, co się stało z Kieranem Resslerem. W wypadku doznał poważnego urazu mózgu. Już nigdy nie będzie chodził. Ostatnia rzecz, jaka przyszłaby mu do głowy, jeśli w ogóle jeszcze myśli, to wysyłanie ci książek.

Bea potrzebowała chwili, by uświadomić sobie, że Karen ma rację, choć uspokoiły ją nie tyle słowa przyjaciółki, ale sposób, w jaki je wypowiedziała. Karen nie chodziło o to, by ją pocieszyć; stwierdzała fakty i była całkowicie przekonana, że się nie myli. A trudno wykłócać się z kimś albo nie wierzyć komuś, kto jest tak pewny swego.

Bea znowu sięgnęła po pizzę, choć nie była już tak głodna, jak jeszcze pięć minut temu.

– No to kto mógł mi ją wysłać? Nie dołączono do niej żadnego liściku w stylu *Zobaczyłem ją i pomyślałem o Tobie*.

– Hm...

– Wiesz kto? – rzuciła Bea.

Karen pokręciła głową, ale ona wiedziała, że przyjaciółka kłamie.

– Wiesz. Powiedz mi – zażądała Bea, wiedząc, że Karen domyśla się, kto za tym stoi, i dlatego jest taka pewna, że to nie Kieran Ressler.

– Nie wiem. Naprawdę. Ale mam pewne podejrzenia. I jeśli okaże się, że mam rację, będziesz pierwszą osobą, która się o tym dowie.

Bea pokiwała głową. Rozumiała, że nie powinna ciągnąć Karen za język. Taką miała pracę – większość tego, co słyszała, musiała zachować w tajemnicy. Bea by tak nie potrafiła. Nigdy nie umiała dochować tajemnicy.

– Zachowałaś opakowanie?

Zjadły pizzę godzinę temu – albo raczej zjadła ją Bea. Mimo rzekomego braku apetytu nie potrafiła odmówić sobie przyjemności jedzenia. Karen zawsze była wybredna, a dziś właściwie nie tknęła swojej części. Obejrzały *X Factor* i teraz Karen była w kuchni; wstawiła talerze do zlewu i nalewała napoje do szklanek. Nie piły alkoholu: Karen przyjechała samochodem, a Bea nie chciała upić się i rozkleić.

– Jakie opakowanie?! – zawołała Bea, siedząc w pokoju i przeskakując po kanałach. Dlatego właśnie w sobotnie wieczory wychodziła z domu: bo alternatywa była tak cholernie przygnębiająca.

– Z książki. Nadal je masz?

Bea poczuła, że jej ciało tężeje. Myślała, że temat jest już zamknięty.

– Tak, chyba tak. W sypialni. Wrzuciłam je na dno szafy. Zaczekaj, pójdę sprawdzić.

Matka nazywała ją „chomikiem" z powodu manii gromadzenia rozmaitych rzeczy. Bea wolała myśleć o sobie, że jest zaradna. Przechowywała tylko te rzeczy, które nadawały się do ponownego użycia. A pudełka, w których wysyłano książki, doskonale się do tego nadawały. W efekcie dno jej szafy przypominało istną graciarnię i opakowanie, które trafiło tam kilka dni temu, utonęło pod stertą śmieci. Matka Bei nazywała to „śmietniczkiem".

Na wierzchu leżała sukienka. W pierwszej chwili Bea pomyślała, że spadła z wieszaka, więc wyciągnęła ją, żeby wrzucić do kosza na bieliznę; było to przyzwyczajenie wynikające z lenistwa – prościej wrzucić do brudów, niż powiesić. Dopiero gdy wzięła ją do rąk, rozpoznała materiał. To nie była sukienka. To był czarny kombinezon z dekoltem do pępka.

29

Bea

– Już dobrze, Beo. Oddychaj. Głęboko. Spokojnie. Wdech. Raz, dwa, trzy, cztery i wydech, dwa, trzy, cztery. Masz, wypij to. – Karen przytknęła jej do ust szklankę.

Bea łapczywie wypiła jej zawartość i zakrztusiła się, gdy zimna woda przyprawiła ją o mdłości. Kiedy uspokoiła oddech, oparła się o łóżko.

– Co się stało? – spytała Karen.

Kombinezon leżał w miejscu, gdzie Bea cisnęła go, gdy zaczęła krzyczeć. Bała się odezwać, ale spojrzała w tamtą stronę i Karen podniosła go. Bea odwróciła wzrok; nigdy więcej nie chciała go oglądać, nie mówiąc o tym, by mieć go w swojej szafie.

– Co to?

– Miałam to na sobie tamtej nocy – odparła łamiącym się głosem, po czym zamilkła.

– Po co go zachowałaś? – Karen mówiła spokojnym, ściszonym głosem, próbując uspokoić przyjaciółkę, ale pytanie obudziło wspomnienia, do których Bea za nic w świecie nie chciała wracać.

– Nie zachowałam. Następnego dnia wyrzuciłam go do kontenera na śmieci za akademikiem. W życiu bym go nie włożyła.

– Ale kupiłaś drugi taki sam?

Bea pokręciła głową.

– Nie zrobiłabym tego.

Karen spoglądała na materiał, nie biorąc go do rąk i nie rozkładając.

– Nie wygląda, jakby miał dziesięć lat.

– Bo to nie jest ten sam kombinezon. – Bea zmuszała się, żeby nie zamykać oczu. Marzyła o tym, żeby położyć się i pozwolić powiekom opaść, choćby na minutę, ale nie mogła znieść myśli, że umysł płata jej figle i każe wyobrażać sobie, że mogłaby nosić ten inny kombinezon w innym życiu. – Ramiączka były cieńsze, a dekolt luźniejszy, bardziej jak luźny golf niż wycięcie w serek.

Karen milczała. Przez chwilę siedziały na podłodze sypialni, bez ruchu, jakby obawiały się, że najmniejsze drgnięcie wywoła kolejną falę paniki. Po jakimś czasie, który wydał się Bei wiecznością, Karen przysunęła się i usiadła naprzeciw niej. W jej ciemnobrązowych oczach malowała się troska.

– Chcę cię o coś zapytać, ale proszę, nie bój się ani nie denerwuj, dobrze?

Bea skinęła głową, wystraszona i zdenerwowana, choć nie miała pojęcia, o co przyjaciółka zamierza ją spytać.

– Czy ostatnio zdarzyło się coś, czego nie potrafiłabyś wytłumaczyć? Może obudziłaś się i nie wiedziałaś, gdzie byłaś ani co robiłaś?

Bea gapiła się na nią, z początku nie do końca pewna, o co właściwie pyta przyjaciółka. Choć może wiedziała, lecz nie mogła uwierzyć, że ktoś w ogóle zadaje jej takie pytanie.

– Oczywiście, że nie.

– Jesteś pewna? Nie przytrafiały ci się chwile, kiedy miałaś wrażenie, że czas płynie szybciej, niż powinien? Kiedy patrzyłaś na zegar i zastanawiałaś się, gdzie podziało się kilka godzin?

– A, o to ci chodzi. – Bea spróbowała się uśmiechnąć, jednak jej usta ułożyły się w grymas. – Za każdym razem, gdy muszę zrobić coś w pracy, spoglądam na zegar i zastanawiam się, gdzie przepadło kilka ostatnich godzin. – Chciała, żeby zabrzmiało to jak żart, ale nie żartowała, i dało się to wyczuć.

– Mówię poważnie, Bea.

– Wiem, i właśnie to mnie martwi. Chyba nie uważasz, że zaczynam wpadać w obłęd? Daj spokój, Karen, nie możesz tak myśleć! – Bea mówiła takim głosem, jakby żartowała. Ale nie żartowała, i było to widać.

– Nie twierdzę, że wpadasz w obłęd. Nigdy bym czegoś takiego nie powiedziała. Ale najpierw ta książka a teraz to… Ten kombinezon był w twojej szafie i tylko ty mogłaś go tam włożyć. Może to twój umysł każe ci pamiętać, bo tak naprawdę nigdy nie zmierzyłaś się z tym, co się wtedy stało.

Na samą myśl o tym ramiona Bei pokryły się gęsią skórką. Odrzuciła jednak teorię przyjaciółki równie szybko, jak wzięła ją pod rozwagę.

– To, co mówisz, jest śmieszne – powiedziała spokojnie. – Musi być jakieś proste wytłumaczenie. Tylko go jeszcze nie znam.

30

Eleanor

Była dopiero ósma, ale dzień zaczął się fatalnie. Przyjście na świat Noaha obudziło w Tobym przykładnego starszego brata – wydoroślał i cudownie opiekował się maleństwem. Jednak pod wieloma względami cofnął się w rozwoju i aż trudno było uwierzyć, że wciąż jest tym samym dzieckiem. Nie chciał się ubierać bez jej pomocy ani chodzić do szkoły. Wszystko zabierało mu dwukrotnie, czasami trzykrotnie więcej czasu niż do tej pory, co doprowadzało Eleanor do szału. Po prostu brakowało jej cierpliwości. Nienawidziła siebie za to, że przez cały czas warczy na Toby'ego, więc często zaszywała się w ogrodzie, żeby się wypłakać.

Tego dnia miał w szkole lekcję przyrody. Przez trzy dni pracowała z nim nad projektem. Adam zajmował się Noahem, dzięki czemu Eleanor mogła spędzić trochę czasu ze starszym synem. Przeszukawszy internet, wpadli na pomysł, że zrobią trójwymiarowy obrazek delfina z surowców wtórnych. Była to świetna zabawa – taka jak przed pojawieniem się Noaha. Spędzali wieczory umazani klejem i okręceni girlandami bibuły.

Eleanor była zachwycona efektem końcowym i nie mogła się doczekać, jak ocenią projekt nauczyciele. Najpierw jednak musieli zawieźć go do szkoły.

– Pomóż mi, Toby! – zawołała, niosąc delfina do samochodu. Siedzący w foteliku Noah marudził zniecierpliwiony. – Chwileczkę, kochanie. Mamusia jest teraz trochę zajęta.

– Właśnie, Noah, nie jesteś sam w tej rodzinie – mruknął Toby.

Eleanor się skrzywiła. Brzmienie tych słów uświadomiło jej, jak często powtarzała je Toby'emu. Długo był jedynakiem i odkąd Noah przyszedł na świat, próbował się przystosować.

Po chwili, która wydała jej się wiecznością, byli spakowani i gotowi do drogi – piętnaście minut później niż zazwyczaj, a i tak wyjeżdżali zwykle spod domu spóźnieni o dziesięć minut. Na szczęście dzięki temu uniknęli porannych korków i niebawem Eleanor wjechała na szkolny parking.

– Miłego dnia, skarbie. – Dyskretnie pocałowała Toby'ego w policzek, a on, jak zwykle, się skrzywił.

– Sam tego nie wniosę, mamo.

No tak. Eleanor nieźle się nagimnastykowała, żeby wsadzić przeklętego delfina do samochodu, musiała więc upaść na głowę, skoro myślała, że Toby przeniesie go sam przez plac zabaw. Zerknęła na Noaha w foteliku. Był tak miły, że zasnął, kiedy wyjeżdżali spod domu, z brzuszkiem pełnym mleka, zmęczony po pobudce o czwartej czterdzieści pięć. Jedna przespana w pełni noc przypomniała Eleanor o tym, jak wygląda normalne życie; okazała się jednak jednorazowym, okrutnym żartem, przez który kolejne nieprzespane noce wydawały się jeszcze bardziej koszmarne.

– Dobra, kolego, bierzmy się do roboty. – Najciszej, jak mogła, zamknęła drzwi samochodu, upewniła się, że Noah nadal śpi, i zamknęła centralny zamek. Wejście do szkoły znajdowało się dwieście metrów dalej, dookoła nie było żywej duszy, a samochód był widoczny jak na dłoni. Rodzice robią takie rzeczy, uspokoiła się w myślach. Raz jeszcze się rozejrzała, ale w pobliżu nikt się nie kręcił.

Toby roześmiał się, kiedy oboje próbowali podnieść delfina. Eleanor udawała, że jej koniec jest cięższy, niż był w rzeczywistości.

– No już, zobaczmy, czy znajdziemy kogoś, kto pomoże zataszczyć ci to do klasy.

Przy wejściu również nie było nikogo, prawdopodobnie dlatego, że byli już naprawdę spóźnieni. Eleanor zerknęła na samochód, po czym wskazała głową drzwi.

– Jak wniesiemy go do środka, biegnij do klasy. Później ktoś pomoże ci go wnieść.

– A jak się zniszczy? – spytał Toby, kiedy położyli delfina pod schodami nieopodal gabinetu dyrektora. – Jeśli ukradnie go któryś ze starszych dzieciaków?

– Nikt go nie ukradnie. – Serce jej się krajało na widok nieszczęśliwej miny Toby'ego. – Zrobimy tak: ty biegnij do klasy, a ja zapytam panią Fenton, czy przechowa go w swoim gabinecie.

– Dzięki, mamo! – Chłopiec się rozpromienił.

Pocałowała go w czubek głowy.

– Będą zachwyceni. Pamiętaj, ile się napracowałeś, i wszystko będzie dobrze. Kocham cię.

– Ja ciebie też – mruknął Toby w obawie, że gdzieś na schodach zainstalowano kamery.

Eleanor zaniosła delfina do sekretariatu, uważając, by go nie uszkodzić. Nigdzie jednak nie widziała pani Fenton. Miała ochotę zostawić tego przeklętego delfina i wrócić do Noaha. A co, jeśli się obudził i płacze? Złożyła jednak Toby'emu obietnicę, a ich relacje były już i tak wystarczająco kruche. Poza tym wiedziała z doświadczenia, że Noah będzie spał, dopóki nie wrócą do domu, i ona położy się, żeby się chwilę zdrzemnąć. W dzień spał tylko wtedy, kiedy byli poza domem, a gdy chciała popracować nad biznesplanem albo, nie daj Boże, odpocząć, od razu się budził. Z Tobym nigdy nie było takich problemów. Gdy pojawił się w jej życiu, przesypiał już całe noce i nawet utrata matki nie była w stanie tego zmienić. Był tak spokojnym dzieckiem, że zupełnie nie przygotowała się na to, co czekało ją z Noahem.

Po pięciu minutach, które zdawały się trwać w nieskończoność, pojawiła się pani Fenton, ciągnąc za sobą woń dymu papierosowego. Eleanor wzięła głęboki oddech, przez chwilę rozkoszując się tym zapachem. Adam nie wiedział, że zanim go poznała, od czasu do czasu lubiła sobie zapalić. Już na pierwszej randce powiedział, że jako dziecko stracił jedno z rodziców z powodu raka płuc i szczerze nienawidzi papierosów, dlatego wolała o tym nie wspominać, a w końcu na dobre rzuciła palenie. Nie myślała o papierosach do narodzin Noaha, ostatnio jednak coraz częściej tęskniła za tym, by poczuć między palcami papierowy rulonik wypełniony nikotyną.

– Coś się stało, pani Whitney? – Sekretarka zmierzyła wzrokiem jej typowy poniedziałkowy strój: czarne legginsy tu i ówdzie przyprószone odżywką dla niemowląt i luźną, granatową koszulę, która skrywała wciąż jeszcze zwiotczały brzuch.

– Toby przygotował ten projekt na zajęcia z przyrody. Czy ktoś mógłby pomóc mu go zanieść do klasy? Zrobiłabym to sama, ale... trochę się spóźniliśmy. – Eleanor powstrzymała chęć podzielenia się z nią, jak stresująco rozpoczął się dla niej ten dzień. Pani Fenton nie miała dzieci i Eleanor wątpiła, by rozumiała, ile czasu zajmują najprostsze rzeczy, takie jak prysznic czy ubranie się, kiedy człowiek musi wysłuchiwać wrzasków małego człowieka i narzekań większego.

– Żaden kłopot. – Sekretarka machnęła ręką w stronę delfina. – Proszę go tu zostawić.

Odwróciła się, by sięgnąć po książkę ukrytą w szufladzie biurka, i w tym momencie Eleanor poczuła, że szczerze nienawidzi tej kobiety i jej zwykłego dnia, tego, że może w każdej chwili zrobić sobie herbaty, że nie wzdryga się, kiedy czajnik wyłącza się zbyt głośno, i może do woli korzystać z toalety.

– Dziękuję, muszę już lecieć. – Podbiegła do wyjścia i odruchowo spojrzała na samochód czy raczej tam, gdzie stał jeszcze chwilę temu, bo teraz go nie było.

CZĘŚĆ DRUGA

31

Karen

– Jak się czujesz od naszego ostatniego spotkania?

Jessica Hamilton uniosła brwi. Czyżby Karen się zdawało, czy są bardziej krzaczaste, niż je zapamiętała? Czy ostatnio miała umalowane usta? Odruchowo zacisnęła wargi. Rano, szykując się do pracy, myślała o Eleanor i na śmierć zapomniała nałożyć pomadkę. Była zła na siebie za to, że wyszła z domu, nie sprawdziwszy makijażu, i że widok umalowanej pacjentki obudził w niej poczucie niższości.

– Mam dość odpowiadania na pytania. I jestem rozczarowana, że nie ma pani innych uwag poza zwykłym „Jak się czujesz?". Byłam głupia, myśląc, że ta terapia coś pomoże. – Jessica wbiła łokieć w oparcie kanapy i wyraźnie znudzona wsparła głowę na dłoni.

– A czego się spodziewałaś na tym etapie? – *Kierunek, w jakim zmierzają sesje, sprawia, że pacjentka czuje się niezręcznie. Jest też wyraźnie poirytowana brakiem postępów.*

– Sądziłam, że będzie pani miała jakieś spostrzeżenia... wie pani, jakieś rady, jak pozbyć się bólów głowy. I obsesyjnych myśli. Nie przypuszczałam, że to ja będę mówiła pani, jak mam sobie poradzić.

– Czy wasz związek nadal trwa? – Karen starała się tak modulować głos, by dziewczyna nie pomyślała, że interesuje ją to w jakiś szczególny sposób.

Jessica przyjrzała się jej z zainteresowaniem i nie pierwszy raz Karen poczuła się tak, jakby dziewczyna zaglądała do jej wnętrza, szukając odpowiedzi, których nie była jeszcze gotowa udzielić. Jak gdyby to ona była pacjentką, a Jessica terapeutką, próbującą rozłożyć jej życie na czynniki pierwsze.

– Gdyby mogła pani cofnąć się w czasie i zabić Adolfa Hitlera, zrobiłaby to pani? – spytała Jessica.

Karen się zawahała. Nie takiej odpowiedzi się spodziewała.

– Pewnie większość ludzi odpowiedziałaby, że tak: że dopuściliby się jednego zabójstwa, żeby uratować miliony ludzkich istnień.

Jessica uśmiechnęła się, jakby przeczuwała, że usłyszy taką właśnie odpowiedź.

– To ciekawe, że unika pani odpowiedzi, mówiąc o tym, co pani zdaniem zrobiłaby większość ludzi.

„Ciekawe". Jakby była obiektem eksperymentu. Motylem zamkniętym w słoiku, który trzepocze skrzydłami, choć wie, że nie ma dokąd uciec.

Pacjentka zamilkła jak człowiek, który zastanawia się, co powiedzieć, ale nawet w tym momencie Karen miała wrażenie, że każde słowo jest dokładnie zaplanowane. Jessica nie odzywała się, dopóki nie przeczytała kolejnej kwestii ze swojego scenariusza:

– A gdyby miała pani okazję cofnąć się w czasie i zabić

matkę Hitlera? Zrobiłaby to pani? Poświęciłaby pani niewinne życie, żeby uratować miliony innych?

– Interesuje cię kwestia moralności w ogóle czy tylko moje zdanie na ten temat? – Karen starała się nie okazywać zdenerwowania, czuła jednak, że pali ją twarz, i była pewna, że pacjentka to widzi, tak jak zauważyła zmianę tonu jej głosu.

– Interesują mnie ludzie. – Nawet jeśli Jessica wyczuła jej zdenerwowanie, nic sobie z tego nie robiła. – I to, jak twierdzą, że w coś wierzą, a robią coś zupełnie innego. Fascynuje mnie to, że mówimy o własnych zasadach, a lekceważymy je, kiedy tylko przestają nam pasować. Porozmawiajmy o dysonansie poznawczym.

Karen poczuła, że krew zastyga jej w żyłach. Ten termin… „dysonans poznawczy”… czy wspominała o nim Jessice? Taka była wstępna diagnoza Karen dotycząca napięciowych bólów głowy pacjentki – o których wciąż niewiele wiedziała – a przecież na tym etapie nigdy nie mówiła o swoich podejrzeniach. Mogła wprowadzić pacjentów w błąd, a wiedziała, że często po tym, jak słyszą pierwszą diagnozę, nie biorą pod uwagę innych.

Czy mógł to być zbieg okoliczności?

Oczywiście, ale Karen wiedziała, że w tym przypadku tak nie jest. Jessica Hamilton znała wstępną diagnozę i wykorzystała ją, żeby z niej zakpić. „Znam cię – mówiła. – Jestem krok przed tobą”.

– Powiedz, co wiesz o dysonansie poznawczym.

Jessica uśmiechnęła się, jakby usłyszała dokładnie to, czego oczekiwała.

– To rozbieżność między tym, co myślimy i w co wierzymy, a naszymi czynami. Ja na przykład mogę uważać, że spanie z żonatym mężczyzną jest czymś złym, ale nadal kontynuuję romans.

— W takim wypadku…

— Jak z tymi ludźmi, którzy zwiedzali podwodną jaskinię, kiedy kobieta w zaawansowanej ciąży utknęła między skałami. Poziom wody się podnosił i niebawem jedyną bezpieczną osobą byłaby ciężarna, która trzymała głowę nad wodą. Pozostali członkowie wyprawy mieli laskę dynamitu i wybór. Mogli ratować siebie i wysadzić niewinną kobietę albo pozwolić jej żyć i tym samym skazać siebie na śmierć.

Jessica opowiedziała tę historię, jakby naprawdę się zdarzyła, a tymczasem była to hipotetyczna sytuacja, o której Karen słyszała dziesiątki razy – jeszcze kiedy była na studiach, rozważano różne jej rozwiązania, przeciwstawiając utylitaryzm deontologii.

— I co zrobili? – zapytała. Siedziała bez ruchu, czekając na odpowiedź.

— Wysadzili ją.

Karen usłyszała syk i uświadomiła sobie, że wciąga powietrze przez zęby. Jessica uśmiechnęła się, widząc jej zakłopotanie. Przez chwilę wierciła się na kanapie, aż w końcu usiadła na podwiniętych nogach. Zwykle oznaczało to, że pacjent czuje się odprężony, ale nie w tym przypadku. U Jessiki Hamilton ten gest oznaczał dominację. Karen nie znała nikogo, kto czułby się w jej gabinecie na tyle komfortowo, by zrobić coś takiego. Poczuła złość na myśl o brudnych podeszwach, które wbijają się w materiał kanapy za każdym razem, gdy Jessica się wierci. Czy w czyimś domu też pakowała się z butami na kanapę?

– Porozmawiajmy o Adamie – zaproponowała dziewczyna.

Adamie? A więc jednak. W tym momencie przyznała, po co naprawdę tu przyszła. Karen starała się zachować kamienną twarz.

– Adamie? – Tak doskonale radziła sobie z udawaniem obojętności, że zaczynała brzmieć jak gadający zegar.

– Słucham? – Jessica wyglądała na zmieszaną. – Kim jest Adam?

– Powiedziałaś przed chwilą: „Porozmawiajmy o Adamie" – przypomniała jej Karen, ale zdumienie na twarzy dziewczyny było tak autentyczne, że naszły ją wątpliwości. Może po prostu jej się zdawało. A może tracę rozum, pomyślała.

Jessica pokręciła głową.

– Powiedziałam: „Porozmawiajmy o nim". Pytała pani o mój związek. No więc nabiera rozpędu. Zupełnie jakbym to ja była żoną, a jego żona kochanką.

Karen nie była w stanie dobyć głosu. Słowa Jessiki wprawiły ją w zakłopotanie i miała niejasne wrażenie, że właśnie o to jej chodziło. Chciała, żeby umysł Karen wirował jak ostatnia skarpetka w suszarce bębnowej, podczas gdy ona raczyła ją kolejnymi rewelacjami.

Starała się odzyskać panowanie nad sobą. Zupełnie jakby była na rozmowie kwalifikacyjnej, w której druga osoba doskonale wie, jakie będzie kolejne pytanie, podczas gdy ona nie ma nawet pojęcia, z jakiej będzie dziedziny. Nie pozwoli, by tak się przy niej czuła. To ona tu dowodzi, a Jessica jest zwykłą dziewczyną. Zwykłą dziewczyną.

– Czy odkąd zaczęłaś ze mną rozmawiać, często myślisz o jego żonie?

Jessica utkwiła w niej spojrzenie stalowoniebieskich oczu.

– Bez przerwy.

– A konkretnie o czym?

Dziewczyna przez chwilę wierciła się na kanapie i Karen znowu poczuła się niezręcznie.

– O różnych rzeczach. Czasami wyobrażam sobie, że okazuje się kobietą z jajami i odchodzi od niego. Innym razem, że przychodzi do mnie do pracy i uderza mnie albo wyzywa, albo coś w tym stylu. Albo że dochodzi między nami do konfrontacji. Mówię jej, co wyprawia jej mężulek, tylko po to, żeby zobaczyć jej głupią minę. W ubiegłym tygodniu zasnęłam przy biurku i śniło mi się, że ukradłam jej ten wrzeszczący tobołek pełen gówna i ukryłam go, żeby zobaczyć, jak będzie panikować.

Te wyznania mniej niepokoiły Karen niż zachowanie Jessiki. Często musiała wysłuchiwać w pracy podobnych rzeczy. Większość ludzi wyobrażała sobie podobne sytuacje: że walą szefa pięścią w twarz za to, że nazwał ich idiotą, albo wrzeszczą na kobietę, która wepchnęła się przed nich do kolejki w sklepie. Tym, co odróżniało ich od ludzi pokroju Teda Bundy'ego*, była świadomość, że nigdy by tego nie zrobili. Jessica Hamilton próbowała ją przestraszyć. Karen nie wiedziała tylko dlaczego.

– I jak się wtedy czujesz?

Jessica utkwiła wzrok w paznokciu kciuka i zaczęła skubać skórkę.

– Mam wyrzuty sumienia. No bo kto myśli o takich rzeczach? Po tej ostatniej czułam się podle. Naprawdę.

---

* Ted Bundy – amerykański seryjny morderca.

To właśnie odróżnia nas od psychopatów, pomyślała Karen. Poczucie winy. Strach, że nasze myśli definiują to, kim jesteśmy, podczas gdy istotne są nasze czyny.

Nagle Jessica podniosła wzrok i spojrzała Karen prosto w oczy.

– I coś jeszcze.

– Co?

– Byłam podekscytowana. Podniecała mnie myśl, że mogłabym ją skrzywdzić.

32

Eleanor

Zamarła. Jej umysł potrzebował kilku sekund, żeby przetworzyć to, czego nie widziały jej oczy. Miejsce, gdzie ledwie kilka minut temu zaparkowała samochód, było puste, jak gdyby nigdy go tam nie było. Czując narastającą panikę, spojrzała na inne pojazdy. Wszystkie stały na swoich miejscach, jak wtedy, gdy wjeżdżała na parking. Nie widziała funkcjonariuszy służby parkingowej, którzy mogliby odholować jej samochód za parkowanie w niedozwolonym miejscu (w którym parkowała miliony razy), ani policjantów gotowych wypytywać ją, dlaczego zamknęła w samochodzie dziecko i zostawia je na parkingu. Dookoła nie było żywego ducha.

Nogi odmówiły jej posłuszeństwa, jak gdyby nie wiedziały, czy powinny biec do miejsca, z którego zniknął jej samochód, czy zanieść ją z powrotem do budynku szkoły, żeby mogła wszcząć alarm. Z dudniącym sercem stała bezradna, modląc się, żeby to był jakiś żart albo głupie nieporozumienie. W końcu odwróciła się w stronę szkoły.

– Mój samochód! – zawołała, biegnąc w kierunku sekretariatu. Pani Fenton podniosła wzrok znad książki. – Ukradli mi samochód! Niech pani dzwoni na policję!

– Proszę się uspokoić, pani Whitney. Zaraz zadzwonię. Niech pani usiądzie, a ja zaparzę pani herbatę.

– Tam jest mój syn! Noah... jest w tym pieprzonym samochodzie!

Uśmiech pani Fenton zamarł na jej twarzy i kobieta pospiesznie chwyciła za telefon. Jej palce wybijały dziewiątki z taką prędkością, że niemal upuściła słuchawkę. Kiedy rozmawiała z dyżurnym, Eleanor krążyła po sekretariacie ogarnięta paniką i niezdolna do myślenia. Co powinna zrobić? Wyjść na zewnątrz i krzycząc, biegać po ulicach?

– Pani Whitney, chcą z panią rozmawiać. Proszę zachować spokój, policja jest już w drodze, po prostu potrzebują więcej szczegółów. Ja zadzwonię do dyrektora i uruchomię system alarmowy.

Eleanor na sztywnych nogach podeszła do telefonu i podniosła słuchawkę. Dyżurny zadawał kolejne pytania, a ona odpowiadała bez zastanowienia. Rzeczy, które do niedawna pamiętała jak przez mgłę, wypływały na powierzchnię umysłu, jakby miała je wypisane na kartce. Vauxhall zafira, srebrny, siedmioosobowy, pięcioletni, DU54 FUP, wszystkie drzwi zamknięte, jeden zapasowy kluczyk w domu. Stała przy telefonie do czasu, aż dwa radiowozy wjechały przez szkolną bramę, przez którą sama przejeżdżała dwadzieścia minut temu. W każdym siedziało dwóch funkcjonariuszy. Kiedy chciała odłożyć słuchawkę na widełki, ręka jej zadrżała i słuchawka upadła na podłogę.

Kilka sekund później pojawił się dyrektor szkoły, pan

Newman, niski, łysy człowieczek z okularami podniesionymi na czoło.

– To posterunkowy Edwards – przedstawił policjanta. – Właśnie mówiłem mu, że nasi ludzie przeczesują okolice szkoły, szukając czegokolwiek albo kogokolwiek podejrzanego. Dwóch ludzi na parkingu spisuje numery rejestracyjne niepasujące do numerów pojazdów należących do pracowników szkoły, na wypadek gdyby sprawca porzucił samochód i zamierzał wrócić po niego później. Choć najprawdopodobniej…

– Dziękuję za pomoc, panie Newman. – Posterunkowy Edwards spojrzał na Eleanor. – Pani Whitney, proszę powiedzieć, co się dokładnie wydarzyło.

Słuchał cierpliwie, podczas gdy Eleanor wyrzucała słowa z prędkością karabinu maszynowego.

– Byłam tu pięć minut, może trochę dłużej, ale na pewno nie więcej niż dziesięć.

– Czyli ile? Pięć czy dziesięć?

– Pewnie bliżej dziesięciu. Odprowadziłam Toby'ego i czekałam, aż wróci pani Fenton.

Sekretarka oblała się rumieńcem, ale w tym momencie Eleanor nie dbała o jej zakłopotanie. Gdyby zamiast wyskoczyć na fajkę, była tutaj…

– Chwileczkę, była pani na zewnątrz? – Odwróciła się i zrobiła krok w kierunku przerażonej kobiety. – Widziała pani kogoś? Ktoś kręcił się koło mojego samochodu?

– Ja… nie byłam z przodu budynku – wyjąkała pani Fenton. – Stałam z boku, przy kuchni… wróciłam tylnym wejściem…

– Proszę pana? – Policjantka towarzysząca Edwardsowi skinieniem głowy pokazała mu, żeby poszedł za nią.

– Co się stało? – spytała Eleanor. – O co chodzi? Znaleźliście go?

– Tak, proszę pani. Znaleźliśmy pani samochód. Dziecko jest w środku. Wygląda na to, że nic mu nie jest. Chłopczyk spał nieświadomy całego zamieszania. Żeby się do niego dostać, musieliśmy wybić przednią szybę. Dopiero wtedy się obudził.

Ulga była tak wielka, że pod Eleanor ugięły się kolana i musiała oprzeć się o ścianę.

– Gdzie on jest?

– No cóż... – Policjantka przeniosła wzrok z Eleanor na posterunkowego. – Samochód był na parkingu, stał zaparkowany nieco z boku, tak że nie było go widać od strony wejścia. Zauważył go jeden z nauczycieli, którzy spisywali numery rejestracyjne. Znaleźlibyśmy go szybciej, ale zakładaliśmy, że sprawdziła pani parking... – Była wyraźnie zakłopotana.

Eleanor miała mętlik w głowie.

– Co? Dlaczego ktoś miałby kraść mój samochód tylko po to, żeby go przeparkować?

– Właśnie, pani Whitney. W samochodzie nie było śladów włamania. Drzwi były zamknięte i żadna szyba nie została wybita.

Nie miała czasu zastanawiać się, co się, do cholery, wydarzyło. Musiała zobaczyć synka, przytulić go i nigdy więcej nie wypuszczać z objęć. Bez słowa pobiegła za róg, na parking, gdzie zgromadził się spory tłum.

– Noah! Dajcie mi go! – Wyciągnęła ręce i praktycznie wyrwała chłopca z ramion funkcjonariuszki, która tuliła go do piersi.

– Pani Whitney, czy jest ktoś, do kogo moglibyśmy zadzwonić? Ktoś, kto przyjedzie i posiedzi z panią, kiedy my będziemy próbowali ustalić, co się właściwie stało. Musimy sprawdzić, czy pani syn nie potrzebuje pomocy lekarskiej i czy pani nic nie jest...

Musieli się upewnić, czy nie jest szalona. Do diabła, sama musiała się o tym przekonać. Kiedy oczy wszystkich skierowane były na nią, pomyślała, że może rzeczywiście coś jest z nią nie tak. Dopiero teraz zaczęła rozróżniać twarze ludzi, którzy na co dzień opiekowali się jej synem, których widziała każdego dnia, z którymi śmiała się i żartowała podczas Dnia Sportu i na zebraniach rodzicielskich. Wszyscy patrzyli na nią podejrzliwie i ze strachem.

W pierwszej chwili pomyślała o Adamie. Był jej mężem i ojcem Noaha, ale nie mogła zadzwonić do niego i powiedzieć, że znów wszystko spieprzyła. Chciała, żeby było tak jak dawniej, gdy wybrał ją na matkę swojego syna. Kiedy była rozsądna i godna zaufania. Kiedy nie była szalona.

– Karen – odparła, wyciągając z kieszeni telefon. – Karen Browning.

33

Karen

Wjechała na parking przy szkole Toby'ego, tej samej, do której wieki temu chodziła z Eleanor i Beą. Przed wejściem głównym stał zaparkowany byle jak radiowóz, lecz poza tym nic nie wskazywało, że na terenie szkoły wydarzył się nieprzyjemny incydent. Rozejrzała się, wypatrując samochodu przyjaciółki, ale nigdzie go nie widziała.

– Karen!

Kiedy weszła do sekretariatu, Eleanor zerwała się na równe nogi i podbiegła do niej z Noahem na rękach. Wydawała się niższa, twarz miała opuchniętą od płaczu i wilgotną od łez. Karen przytuliła oboje, nie zwracając uwagi na policjantów siedzących na krzesłach dla gości.

– Co się stało, skarbie? – spytała przyjaciółkę, wtulając twarz w jej włosy. Odsunęła ją od siebie na wyciągnięcie ręki, żeby lepiej jej się przyjrzeć. Eleanor wyglądała jak siedem nieszczęść. Ubrania miała pomięte i niezupełnie czyste, a pod oczami cienie.

– Ktoś ukradł mój samochód z Noahem w środku! To znaczy ktoś go przestawił. – Spuściła głowę i zamilkła. – Chyba nie do końca wiem, o co mi chodzi, ale myślę, że mam kłopoty.

Karen obejrzała się na policjantkę, która na jej widok podniosła się z krzesła. Była kobietą w średnim wieku o matowych, kasztanowych włosach związanych w koński ogon i całkiem przyjemnej twarzy.

– Co tu się stało? – spytała Karen. – Wiecie, kto przestawił samochód mojej przyjaciółki?

Funkcjonariuszka zerknęła na swojego towarzysza, młodego mężczyznę, który kompletnie nie miał pojęcia, jak postępować z rozhisteryzowanymi kobietami.

– Pani Browning?

– Doktor Browning.

– Oczywiście, przepraszam. Możemy porozmawiać na zewnątrz?

Karen spojrzała na Eleanor.

– Dasz sobie radę? Dowiem się, o co chodzi, i zajmę się wszystkim.

Widać było, że Eleanor niechętnie się z nią rozstaje, teraz, kiedy w końcu zobaczyła znajomą twarz, i Karen wcale to nie zdziwiło. Ktoś ukradł samochód z Noahem w środku! Dlaczego traktowali ją jak przestępcę? Dotknęła ramienia przyjaciółki i wyszła z policjantką przed budynek szkoły.

– Doktor Browning, rozumiem, że jest pani psychoterapeutką pani Whitney.

– Jestem psychologiem, ale Eleanor nie jest moją pacjentką. Nie potrzebuje terapii, tylko snu.

– Rozumiem. Próbujemy ustalić, czy pani przyjaciółka czuje się na tyle dobrze, by zabrać synka do domu.

– Po prostu jest w szoku. Pani by nie była, gdyby ktoś ukradł pani samochód z dzieckiem w środku?

– Sęk w tym, że samochód nie został skradziony. Znaleziono go na parkingu, na którym go zostawiła. Tuż za rogiem.

W tym momencie Karen zrozumiała powagę sytuacji, w jakiej znalazła się Eleanor. Nie tylko zostawiła dziecko w samochodzie, w części parkingu niewidocznej od strony głównego wejścia, i zapomniała, gdzie zaparkowała, ale zaangażowała policję w poszukiwania Noaha i wyimaginowanego złodzieja samochodu.

– Dobrze, zapomniała, gdzie zostawiła samochód, i zaczęła panikować. Coś takiego może przytrafić się każdemu. Zwłaszcza kobiecie, która trzy miesiące temu urodziła dziecko. Pewnie nie powinna była zostawiać syna w samochodzie, ale gdyby nie zapomniała, gdzie zaparkowała, mały na pewno nie pozostałby sam na tak długo.

Policjantka westchnęła.

– Proszę posłuchać… – Zawahała się.

– Karen.

– Niech pani posłucha, Karen. Nie martwi nas jej bezpieczeństwo ani jej synka. Nietrudno popełnić taki błąd i, jak sama pani mówi, ona spanikowała. Na jej miejscu, też bym tak zareagowała. – Patrząc na nią, Karen doszła do wniosku, że wcale tak nie myśli. – Po prostu chcieliśmy mieć pewność, że w tym stanie nie wróci sama do domu, żeby rozmyślać o tym, co się wydarzyło, i obwiniać się o wszystko.

Karen odetchnęła z ulgą.

– Dziękuję – rzuciła. – Odwiozę ją do domu i zaopiekuję się nią.

– Ale... – Karen wiedziała, że nie spodoba jej się to, co zaraz usłyszy. – Moim obowiązkiem jest poinformować opiekę społeczną o tym, co się wydarzyło.

– To naprawdę konieczne? Sama pani mówiła, że to zwykła pomyłka.

– Tak, tak właśnie uważam. Niemniej jednak, gdyby coś się stało pani przyjaciółce albo jej synkowi, miałabym problemy. Będą chcieli z nią porozmawiać i sprawdzić, czy wszystko jest w porządku. Lepiej, żeby o tym wiedziała.

– Dobrze. – Karen odwróciła się i spojrzała na Eleanor, która tuliła do siebie Noaha, jakby obawiała się, że lada chwila ktoś przyjdzie i odbierze go jej. – Oczywiście, musicie wykonywać swoje obowiązki. A teraz pozwoli pani, że zabiorę ją do domu i przygotuję na tę rozmowę.

– Właśnie dlatego zadzwoniliśmy po panią. Proszę wspierać przyjaciółkę. Mam wrażenie, że w obecnej sytuacji wsparcie bardzo jej się przyda.

– Co powiedzieli? – spytała Eleanor, kiedy szły w stronę samochodu z wybitą szybą. – Zabiorą Noaha?

Karen pokręciła głową.

– Powiedzieli, że to zwykła pomyłka, ale będą musieli powiadomić opiekę społeczną. Taki mają obowiązek.

Eleanor wyglądała, jakby znowu miała się rozpłakać.

– Wiedziałam. Wiedziałam, że mnie nienawidzi... ta policjantka. Patrzyła na mnie, jakbym była gównem, które przylepiło jej się do buta.

Karen zatrzymała się i stanęła twarzą do przyjaciółki.

– Wcale cię nie nienawidzi. Martwiła się o ciebie. Dlaczego zaparkowałaś tak daleko, Els? Skoro wiedziałaś, że będziesz musiała wysiąść z samochodu?

– Nie zaparkowałam tam. – Eleanor zniżyła głos do konspiracyjnego szeptu. – Powiedziałam tak, żeby przestali traktować mnie jak wariatkę, a tak naprawdę zaparkowałam tam, gdzie zawsze. Toby ci powie. Stojąc w wejściu, widziałam samochód.

– Ale nie widziałaś, żeby ktokolwiek go przeparkował?

– Czekałam na tę cholerną sekretarkę, aż skończy palić. Weszłam do sekretariatu, ale nie było mnie tylko przez kilka minut! Komuś zależy na tym, bym myślała, że zaczynam wariować. Przysięgam, Karen, musisz mi uwierzyć.

– Wierzę ci – zapewniła Karen. Ulga, która odmalowała się na twarzy przyjaciółki, utwierdziła ją w przekonaniu, że postąpiła słusznie. – Zaopiekuję się tobą. Obiecuję.

34

Eleanor

– Daj spokój, Eleanor! Kto, u diabła, chciałby ukraść twój samochód, żeby przestawić go o kilkanaście pieprzonych metrów? To kompletnie bez sensu! I jak mogłaś być tak kurewsko głupia, żeby zostawić Noaha bez opieki? A gdyby ktoś naprawdę ukradł samochód?

– Ktoś go ukradł. Nie słuchasz mnie! – Starała się mówić cicho, żeby nie obudzić Noaha, ale znów czuła, że ogarnia ją panika. – Słyszałeś, co mówił Toby! Powiedział przecież, że zaparkowaliśmy blisko wejścia!

Prawda była taka, że pytany przez Eleanor i Karen Toby wzruszył ramionami i stwierdził, że jest „prawie pewny", że zaparkowali tam, gdzie zawsze. Miał za sobą ciężki dzień; wszyscy w szkole mówili wyłącznie o tym, jak policja przyjechała aresztować jego mamę, i projekt, nad którym tyle się natrudził, zszedł na dalszy plan. Kolejny raz Eleanor okazała się czarnym charakterem i widziała, że Toby nie ma ochoty pospieszyć jej na ratunek.

– Toby nie pamięta, co jadł na śniadanie – warknął Adam. – Zakładając, że nie zapomniałaś zrobić mu śniadania.

– Co to miało znaczyć?

Twarz miał purpurową z wściekłości i choć starał się nie podnosić głosu, jego słowa dotknęły ją do żywego.

– Ostatnio nie jesteś sobą, Els. Ciągle chodzisz zmęczona, gubisz rzeczy, już nawet nie wiesz, jak się nazywasz. A teraz jeszcze to… – Machnął ręką. – Musimy postanowić, co powiemy, kiedy przyjdą ludzie z opieki społecznej.

– Jak to, co powiemy? Zamierzam powiedzieć im prawdę. Bez względu na to, czy wierzysz w to, czy nie, ktoś przestawił samochód.

Adam westchnął.

– Nie mówię, że ci nie wierzę, kochanie, ale twoje słowa brzmią dość niewiarygodnie. A skoro dla mnie brzmią niewiarygodnie, oni uznają to za kompletne bzdury.

Zauważył, że Eleanor wzdrygnęła się, jakby w duchu przyznała mu rację.

– Nie mówię, że oszalałaś, Els. Po prostu uważam, że powinnaś im powiedzieć, że się pomyliłaś. To na pewno zabrzmi lepiej niż jakaś teoria spiskowa o tym, że ktoś próbuje zrobić ci krzywdę.

Przytaknęła. Adam miał rację. To, co mówiła, brzmiało absurdalnie. Ona jednak w to wierzyła, a to znaczyło, że jest wariatką. Nikt jednak nie musiał o tym wiedzieć.

35

Opowiedz o dniu, kiedy Eleanor zgubiła Noaha.
Mówiłam, co się zdarzyło. Twierdziła, że to była pomyłka.
Że zapomniała, gdzie zaparkowała.

Uwierzyłaś jej?
To było do niej niepodobne. A gdy przyjechałam do szkoły, upierała się, że zaparkowała tam, gdzie zawsze. Wierzyłam
jej, więc nie wiedziałam, co o tym wszystkim sądzić, kiedy
zmieniła wersję. Była taka rozkojarzona, taka niepodobna do
siebie.

Gdzie byłaś, gdy zadzwoniła do ciebie policja?
W pracy.

Policjanci mówili, że przyjechałaś bardzo szybko.
Powiedzieli, że to pilne. Aresztujecie mnie za przekrocze-
nie prędkości?

Chciałaś jak najszybciej dotrzeć do Eleanor. Być przy niej.

To pytanie?

Zaprzeczysz?

Nie. A pani... nie chciałaby być przy przyjaciółce, która straciła dziecko?

Wtedy o tym nie wiedziałaś.

Wiedziałam, że to pilne. To wystarczyło.

Nie martwiło cię nigdy, że przedkładasz potrzeby przyjaciółek nad swoje własne? Że jesteś na każde ich wezwanie, angażujesz się w ich sprzeczki?

Nie. Potrzebowały mnie. Każda dobra przyjaciółka zrobiłaby to samo.

W twoim wieku? Niektórzy powiedzieliby, że są już wystarczająco dorosłe, żeby się o siebie zatroszczyć...

Otóż nie. Potrzebowały mnie.

A teraz? Czy teraz cię potrzebują?

Myślę, że dość już na dziś.

36

Ukryta za potężnym drzewem przed bramą szkoły, patrzyłam, jak samochód Eleanor wjeżdża na parking. Zaczekałam, aż zaparkuje tam, gdzie zawsze. Widziałam, jak wysiada. Toby wygramolił się z siedzenia pasażera i wyciągnął delfina, który omal nie upadł mu na ziemię. Ubiegłej nocy, kiedy podglądałam ich przez okno, zastanawiałam się, czy nie przysunąć go do kominka, żeby żar stopił plastikowe opakowania i zniweczył ich pracę, ale teraz cieszyłam się, że tego nie zrobiłam. Rozczarowanie Toby'ego matczyną nieuwagą byłoby niczym w porównaniu z przerażeniem Eleanor, kiedy odkryje, że samochód zniknął z parkingu. Wyobraziłam sobie panikę w jej oczach, gdy dotrze do niej, że ona i dziecko nie mają jak wrócić do domu. Wszystko wyszło nawet lepiej, niż przypuszczałam.

Bo kiedy Eleanor wyszła z samochodu, żeby pomóc Toby'emu wnieść delfina do szkoły, dyskretnie rozejrzała się, zanim zamknęła samochód, zostawiając Noaha w środku.

Przez chwilę zastanawiałam się, czy nie porzucić planu. Kradzież samochodu to jedno – miałam zapasowe kluczyki i wystarczyło, że na kilka sekund straci go z oczu – ale porwać dziecko... to już była lekka przesada.

Jednak żeby uzyskać zamierzony efekt, nie musiałam tak naprawdę kraść samochodu. A gdybym go tylko przestawiła? Nawet jeśli zauważy go od razu, tych kilka sekund, kiedy uświadomi sobie, że nie stoi tam, gdzie powinien, będzie dla mnie wystarczającą nagrodą. Tym bardziej że była na tyle głupia, by zostawić w środku małego. Mimo wszystko musiałam się spieszyć; gdyby zostawiła delfina tuż za drzwiami i natychmiast wróciła, mogłaby mnie zobaczyć. Nie miałam gotowego wytłumaczenia, gdyby tak się zdarzyło, ale przecinając parking i wsuwając kluczyk do zamka, wiedziałam, że w razie czego coś wymyślę.

Kiedy usiadłam za kierowcą i przekręciłam kluczyk w stacyjce, niemal czułam adrenalinę krążącą w żyłach. Musiałam tylko powoli skręcić i przejechać na drugi koniec parkingu. Zerknęłam na róg budynku, ale nigdzie nie widziałam Eleanor. Powinnam wysiąść i uciec, ale moją uwagę przykuło śpiące z tyłu dziecko. Przez chwilę słuchałam jego cichego, miarowego oddechu. Chłopiec wydawał się taki nieruchomy i spokojny. Jak to możliwe, że za sprawą tego maleńkiego człowieczka Eleanor zmieniała się w szlochający kłębek nerwów?

Wyciągnęłam rękę i pogłaskałam go po policzku. Jakże łatwo byłoby rozpiąć paski i wyciągnąć go z fotelika. Mogłam wziąć go na ręce, przytulić to drobne, ciepłe ciałko. Pokazać mu, kim naprawdę powinna być matka – nie wiecznie rozdrażnioną, zmęczoną skorupą, lecz kimś, kto da mu wszystko, czego potrzebuje; kobietą, która nigdy nie pozwoli, by mężczyzna przejął kontrolę nad jej życiem do tego stopnia, że bez niego stanie się bezużyteczna; która nie potrzebuje czyjejś miłości, by czuć, że jest człowiekiem, a nie duchem znikającym, kiedy mąż nie patrzy.

Moje palce mocowały się z zapięciami pasków i dużym, czerwonym guzikiem, którego nijak nie byłam w stanie wcisnąć. Już wtedy wiedziałam, że podjęłam decyzję. Zamierzałam wyrwać go z tego negatywnego kręgu zdrady. Nie wyrośnie na tchórzliwego, zakłamanego robaka jak jego ojciec i nie poślubi biednej kobiety, która usiłuje podporządkować sobie wszystkich dookoła jak jego matka. To on, nie jego pieprznięta rodzinka, zadecyduje o własnej przyszłości.

I wtedy zaczął się wiercić, zamrugał oczkami, jakby wciąż walczył ze snem. Z zatkanych smoczkiem ust dobył się cichy jęk. Zamarłam. Przypominało to budzenie się ze snu, do którego rozpaczliwie chce się wrócić, choć wiadomo, że ten moment bezpowrotnie minął. Odzyskałam zdrowy rozsądek. Zbyt długo to trwało: igrałam ze szczęściem i wiedziałam, że jeśli nie będę ostrożna, źle się to dla mnie skończy.

Nie czekając, aż się obudzi, wyskoczyłam z samochodu i zatrzasnęłam za sobą drzwi. Zamknęłam centralny zamek i schowawszy kluczyki do kieszeni bluzy z kapturem, pobiegłam ukryć się za drzewem, skąd mogłam obserwować, co się wydarzy.

37

Karen

– I jak poszło?

Karen poprosiła następnego pacjenta, żeby poczekał, i między sesjami zadzwoniła do przyjaciółki, u której rano mieli się zjawić ludzie z opieki społecznej. Sądząc po głosie, Eleanor była po tej wizycie mniej zdenerwowana niż przed nią.

– W porządku – odparła, wciąż nieco rozkojarzona, ale wyraźnie spokojniejsza. – Powiedziałam im prawdę: że popełniłam głupi błąd i dostałam nauczkę. Od tej chwili będę pilnowała Noaha jak oka w głowie. Adam obiecał, że przez kilka tygodni będzie wcześniej wracał do domu i pomagał mi, żebym mogła trochę odpocząć. Ani się obejrzę, jak wszystko wróci do normy.

– Naprawdę w to wierzysz?

– Oczywiście, czemu miałabym nie wierzyć? Postąpiłam głupio i to się nigdy więcej nie powtórzy.

– Wcześniej byłaś przekonana, że ktoś przestawił twój samochód, żebyś pomyślała, że został skradziony. – Karen nie chciała, by zabrzmiało to jak słowa krytyki, ale ton jej głosu świadczył o czymś innym. – A teraz mówisz, że to wszystko twoja wina.

– Bo tak mi się wydawało. Wtedy nie chciałam się do tego przyznać nawet przed samą sobą, ale byłam zmęczona i podjęłam głupią decyzję. Sądziłam, że zaparkowałam tam, gdzie zawsze, a tak naprawdę zajęłam inne miejsce parkingowe. Kiedy wyszłam i nie zobaczyłam samochodu, spanikowałam i przesadziłam z reakcją. Po prostu.

W piątek wszystko wyglądało inaczej, kiedy spanikowana dyszała do brązowej papierowej torby, podczas gdy Karen z Noahem na ręce próbowała ją uspokoić.

– Dobrze, świetnie. – Nie było sensu się kłócić, skoro Eleanor podjęła już decyzję. Jeśli chciała wierzyć, że wszystko było nieporozumieniem, w porządku: brzmiało to rozsądniej niż piątkowa historyjka o ludziach, którzy sprzysięgli się, żeby zrobić z niej wariatkę. – Daj znać, gdybyś czegoś potrzebowała. Do końca dnia mam umówionych pacjentów, ale jeśli zostawisz Molly wiadomość, zadzwonię do ciebie między sesjami.

– Dzięki. I jeszcze raz dziękuję, że przyjechałaś. Przepraszam, że zachowywałam się jak wariatka. – Eleanor siliła się na swobodę, ale Karen słyszała w jej głosie drżenie. – Do zobaczenia w piątek.

– Kocham cię – rzuciła Karen jak zwykle, gdy kończyła rozmowę z którąś z przyjaciółek, ale Eleanor już się rozłączyła.

Ostatni pacjent tego dnia był jednym z ciekawszych przypadków. W wieku czterdziestu dwóch lat poddał się hipnoterapii, żeby odnaleźć źródło swoich problemów z jedzeniem, i odkrył, że kiedy miał cztery lata, matka karmiła go na siłę albo głodziła w ramach kary za najdrobniejsze przewinienie. Zmarła trzy lata temu, nie wiedział więc, czy to wspomnienie nie było wyimaginowane, i nie miał możliwości dowiedzieć się prawdy. Hipnoterapeuta, przerażony konsekwencjami tego odkrycia, skierował go do Karen, która w ramach terapii zaleciła pacjentowi pisanie listów, i od tej pory małymi kroczkami posuwali się do przodu. Był to jeden z przypadków, o jakich marzyła; kiedy rzeczywiście mogła odmienić czyjeś życie. Tym właśnie chciała się zajmować.

Po sesji Michael przyjechał, żeby zabrać ją na lunch. Zastanawiała się, jak to możliwe, że zawsze pojawia się w najbardziej odpowiednim momencie, dokładnie wtedy, kiedy najbardziej go potrzebowała. Wyglądał świetnie, jak zwykle, a gdy nachyliła się, żeby go pocałować, poczuła zapach wody po goleniu i próbowała go zapamiętać, tak by towarzyszył jej, gdy Michael znowu będzie musiał wyjechać. Dni powszednie mijały dużo szybciej niż weekendy, zupełnie jak dwunastomiesięczne oczekiwanie na bożonarodzeniowy poranek.

– Jak tam w pracy? – zapytał, próbując, bez skutku, chwycić pałeczkami nitki makaronu, które ciągle spadały na talerz.

Karen roześmiała się i przywołała kelnerkę.

– Możemy prosić o widelec?

W lokaliku z daniami na wynos były tylko trzy stoliki dla garstki tych, którzy chcieli zjeść na miejscu. Pozostałe dwa były puste, tak że nie musiała się martwić, że ktoś może ich podsłuchiwać. Michael wiedział, że Karen nie wolno opowiadać otwarcie o swoich pacjentach, więc w rozmowach o nich posługiwali się sekretnym językiem kodów i pseudonimów.

Etyka zawodowa pozwalała na podobne dyskusje, tak samo jak Karen mogła publikować artykuły naukowe, pod warunkiem że nie ujawni tożsamości pacjentów.

Pokiwała głową.

– Mmm, w porządku. Travis przy każdej okazji nazywa mnie „szefową", chociaż rozpocznę szkolenie dopiero po tym, jak Ken przejdzie na emeryturę – odparła. – Świętoszkowata Paniusia reagowała w tym tygodniu dość emocjonalnie – ciągnęła obojętnym głosem, mając na myśli Jessicę Hamilton. Mianem „Świętoszkowatych Paniuś" określali kobiety, które nie zmagały się z żadnymi realnymi problemami; takie jak one zwykle chciały się wygadać i traktowały terapię jak spowiedź, a nie sposób, żeby dowiedzieć się, dlaczego zachowują się tak, a nie inaczej. Zwykle nie chciały niczego w sobie zmieniać.

– Nadal przychodzi? – Michael podziękował skinieniem głowy młodej kelnerce, która przyniosła mu widelec.

– Tak. I wciąż nie rozumie, że powodem, dla którego tak bardzo nienawidzi żony kochanka, jest to, że czuje się winna, bo sypia z facetem, który ma żonę i dzieci. – Kusiło ją, by wypowiedzieć na głos imię Adama. Nie masz żadnych dowodów, upomniała się jednak w duchu. Pamiętaj o etyce zawodowej. Pamiętaj o awansie.

– Mówiłem ci już, Karen, że nie rozumiem twojego zawodu. Skoro wiesz, dlaczego twoja pacjentka tak się obwinia, to czemu po prostu jej tego nie powiesz?

– Chciałabym, wierz mi. – Zdołała dokończyć zupę z wołowiny z makaronem i nie pobrudzić bluzki. – Ale ludzie nie przyjmują do wiadomości, że mogą być odpowiedzialni za zaburzenia uczuć. Gdybym jej powiedziała, oznaczałoby to, że

chcąc naprawić problem, musi zerwać z tym mężczyzną. A ona
nie ma zamiaru. Będzie przychodziła na sesje i opuszczała je
przekonana, że z jej głową jest wszystko w porządku, bo właśnie wyszła od psychologa i dalej jest taka, jaka była. – Albo
poszuka jakiegoś sposobu, żeby rozbić związek Adama i Eleanor, dodała w myślach.

– Dla Roberta to chyba lepiej. Raczej by nie zarobił, gdybyście pomagali pacjentom już na pierwszej sesji.

– I co byś zrobił, gdybym musiała być twoją utrzymanką?

To był żart, ale Michael nachmurzył się i przez chwilę sie-
dzieli w milczeniu.

– A co u Eleanor? – zapytał w końcu.

– Dzwoniłam do niej dziś rano – odparła, krzywiąc się. –
Była jakaś dziwna.

– Bardziej niż zwykle?

– Dupek. Nie musisz być wobec moich przyjaciółek taki
złośliwy. One naprawdę cię lubią.

Uśmiechnął się.

– A kto mnie nie lubi?! Wiesz, że ja też je lubię, ale to dziwne, że tak bardzo na tobie polegają. Wszystkie jesteście po trzydziestce. Nie uważasz, że do tej pory powinny już dorosnąć?
Eleanor ma dwóch synów, a biegnie do ciebie z byle problemem.

– Nie rozumiesz, bo jesteś mężczyzną. Między wami nie ma
takich przyjaźni. Eleanor i Bea polegają na mnie, bo zawsze tak
było, odkąd skończyłyśmy pięć lat. To ja jestem tą zrównoważo-
ną. Tą rozsądną. Tą, na którą w każdym momencie mogą liczyć.

– A co zrobisz, kiedy przestaniesz być im potrzebna?

– Tak się nie stanie – odparła z przekonaniem. – Zawsze
będą mnie potrzebować.

38

Bea

Oczy miała zamknięte, ale czuła zapach świeżo skoszonej trawy i rzeki. Wiatr szarpnął ją za włosy i mocniej machnęła nogami, żeby wzbić się wyżej nad powierzchnię wody. Gałąź, na której zawieszono linę, skrzypnęła złowieszczo, a palce Bei zacisnęły się na huśtawce, aż zbielały jej kłykcie. Przyciągając do siebie starą, brudną oponę, nie myślała o tym, jak wydostanie się na brzeg, tak jak nie przyszło jej do głowy, że ciało trzydziestopięcioletniej kobiety nie jest tak gibkie jak ciało szesnastolatki. Nie mówiąc o tym, że ona i przyjaciółki spędzały tam długie letnie dni, a nie chłodne jesienne popołudnia, a ich wypady na huśtawkę nad rzeką prawie zawsze kończyły się lądowaniem w lodowatej wodzie. Dziś zobaczyła, że woda jest mętna i brudna; aż dziw, że żadna z nich nie złapała bakterii E. coli.

Często tutaj przychodziła – choć nie mówiła o tym innym – żeby wrócić wspomnieniami do tamtych beztroskich, młodzieńczych dni; dni, kiedy żadna z nich nie miała pojęcia, że może je spotkać coś złego.

Znalazły ten odcinek rzeki z wrzynającym się w wodę błotnistym cyplem, ukryty za porastającymi brzeg drzewami i krzakami. Trzeba było wspinać się i ześlizgnąć wąskim przejściem między chaszczami, żeby znaleźć miejsce, gdzie sześcioro nastolatków wylegiwało się na piaszczystej łasze, podając sobie z rąk do rąk dwulitrowe butelki taniego cydru White Lightning i butelki po lemoniadzie wypełnione tym, co udało im się znaleźć w domowych szafkach z alkoholem. Słońce rzucało cienie w kształcie liści na ich dżinsowe szorty, kiedy piszcząc, kołysali się na sznurowej huśtawce – wtedy jeszcze nie było tu opony – i bez skutku próbowali zeskoczyć na suchy ląd.

I tamten ostatni raz...

Nie były nad rzeką od lat. Dorosły, a życie toczyło się dalej. Wszystkie trzy wyjechały na studia, a chłopcy, którym jeszcze niedawno chciały zaimponować, stracili głowy dla innych dziewczyn, mniej wykształconych i bardziej rozrywkowych. Dorosłość zakorzeniła się w nich niczym guz, z początku niewykrywalna, a gdy w końcu ją zauważyły – śmiertelna. Wróciły do domu po pierwszym roku – roku, kiedy życie Bei zboczyło z kursu tak bardzo, że uformowało zupełnie nową ścieżkę – z pośpiechem, którego żadna z nich nie potrafiła wytłumaczyć. Zupełnie jakby świadomość, że dobrym ludziom mogą się przytrafić złe rzeczy, zerwała im z oczu klapki i próbowały walczyć z nią na wszelkie możliwe sposoby. Tamtego lata znowu stały się takie jak dawniej; w sobotnie wieczory pracowały w barach, a w dzień opalały się w ogrodzie za domem Eleanor albo chodziły nad rzekę. Wieczorami, kiedy nie pracowały, upijały się, tylko we trzy, ubrane w dżinsy i martensy. Przyjaciółki wyczuwały, że Bea traci kontrolę nad swoim życiem – wiedziała o tym – i miały do wyboru: próbować jakoś na nią wpłynąć albo być blisko niej, gdy upadnie.

„Kto mnie odepchnie?"

Słońce zaczęło przedzierać się przez chmury, Bea przestała machać nogami i delikatnie odchyliła się do tyłu. Słyszała te słowa tak wyraźnie, jakby wypowiedziała je na głos kilka sekund temu. Zobaczyła siebie, jak zataczając się, podnosi się z ziemi, otrzepuje dżinsy i próbuje ustać prosto.

– No już, przecież nie można przyjść nad rzekę i nie pohuśtać się. Kto mnie odepchnie?

Karen leniwie otworzyła jedno oko, spojrzała na nią i zamknęła je z powrotem.

– Nie żartuj. Wypiłaś tyle, że zapomnij o pływaniu.

– Mylisz się. – Bea wymierzyła w nią palec, choć Karen i tak nie mogła jej zobaczyć. – Chodzi o jedzenie. Nie można pływać wcześniej niż dwie godziny po jedzeniu. Ale to nie dotyczy picia.

– Karen ma rację, Beo.

Ale Bea nie słuchała. Zawiązała linę w pasie i oparła stopę o drzewo, żeby się odepchnąć. Urosła, odkąd była tu ostatni raz, i zeszczuplała, przez co łatwiej jej było usadowić się na prowizorycznej huśtawce. Lina wbijała jej się w uda, a gałąź głośno zatrzeszczała, lecz Bea wypiła zbyt dużo, żeby zwracać na to uwagę, a może zbyt dużo, żeby się przejmować. Odepchnęła się od pnia i wirując wokół własnej osi, zaczęła się kołysać. Zamknęła oczy, by powstrzymać nudności, a kiedy znów je otworzyła, świat przypominał rozmazaną smugę zieleni i brązów. Rzeka i jej brzeg zlały się w jedno do tego stopnia, że nie potrafiła powiedzieć, gdzie kończy się woda, a gdzie zaczyna piasek.

Takie było całe jej życie, dni przechodziły w noce, a wypity alkohol zamazywał ramy czasowe, tak że każdy kolejny dzień przypominał poprzedni. Nawet Karen i Eleanor nie miały pojęcia, jak często i dużo piła; nie wiedziały też, że opiekun roku powiedział jej, że jeśli jeszcze raz przyjdzie na zajęcia w takim stanie, może w ogóle nie pokazywać się na uczelni.

Trzask pękającej gałęzi zabrzmiał w uszach Bei niczym wystrzał, który niósł się echem nad wodą. Spadła, jeszcze zanim zorientowała się, co się właściwie dzieje, a siła, z jaką wylądowała w rzece, i temperatura wody wyssały jej powietrze z płuc. Odruchowo zamachała nogami i wypłynęła na powierzchnię, chciwie łapiąc oddech. Szok ustąpił miejsca uldze i już miała pomachać do siedzących na brzegu przyjaciółek, gdy wir wciągnął ją pod wodę.

Wspominała tamten dzień ze śmiechem. Ona i Eleanor żartowały – „Pamiętasz, jak nawaliłaś się i prawie utonęłaś?" – ale Karen nie chciała o tym rozmawiać. Nigdy więcej tam nie wróciła po tym, jak Eleanor wyciągnęła Beę na brzeg i płacząc, tak długo waliła ją w pierś, aż Bea wypluła połowę rzeki, a przy okazji zwróciła połowę tego, co miała w żołądku. Może wszystko przez to, że nie była w stanie się ruszyć – strach paraliżował Karen w sytuacjach kryzysowych. Bea nigdy nie widziała, żeby Karen wchodziła do rzeki, a od tamtego dnia traktowała wodę jak najgorszego wroga, myślącą istotę, która spiskowała, by pozbawić jej przyjaciółkę życia. Z czasem, kiedy to odkryły, przestały wspominać o tym w jej obecności.

Incydent tak bardzo przeraził Beę, że przez kilka dni w ogóle nie tknęła alkoholu, zresztą miała wrażenie, że już nie musi się upijać. Wróciła na uczelnię w miarę trzeźwa i tylko w sobotnie wieczory nadrabiała zaległości, zamiast szukać czegoś, czego nie potrafiła nazwać, i próbować udowodnić sobie, że wyszła z tego doświadczenia bez szwanku. Rzeka pomogła ją uleczyć i poniekąd była jej trzecią najlepszą przyjaciółką. Już raz ocaliła jej życie, więc może i tym razem się uda. Z tą myślą Bea wyprostowała się i rzuciła do wody.

39

Karen

Kawiarnia była praktycznie pusta. Karen zdziwiła się, że jest pierwsza – zwykle przyjaciółki już na nią czekały, szepcząc coś konspiracyjnie, kiedy wchodziła. Zamówiła dzbanek herbaty i trzy kawałki ciasta czekoladowego, wyciągnęła iPada i sprawdziła, czy odkąd kwadrans temu wyszła z pracy, dostała jakieś maile. Mogło się to wydawać szaleństwem, ale czuła, że musi się czymś zająć. Kiedy nie miała zajęcia, zaczynała myśleć, a wolała tego uniknąć. W skrzynce nie było nowych wiadomości, tym większą poczuła ulgę, gdy zobaczyła Beę taszczącą torbę wielkości samochodu. Miała na sobie adidasy, dopasowaną ołówkową spódnicę i bluzkę z falbanką pod szyją; wyglądała, jakby ledwo trzymała się na nogach. Twarz miała bladą, a wokół oczu ciemne obwódki.

– Chryste, Bea, wyglądasz jak siedem nieszczęść – zauważyła Karen, gdy przyjaciółka rzuciła torbą na krzesło i usiadła naprzeciw niej.

– Dzięki. – Bea się skrzywiła. – Mów mi jeszcze. Już cztery osoby pytały mnie dziś, czy mają zadzwonić po karetkę. Naprawdę wyglądam, jakbym zaraz miała paść trupem?

— Szczerze? Wyglądasz jak trup, którego ktoś posadził na krześle. Wciąż nie możesz spać?

Bea zignorowała pytanie.

— Ktoś ci mówił, że nie zawsze należy być szczerym?

Kiedy kelnerka przyniosła ciasto, Karen przesunęła talerzyk w stronę przyjaciółki, ta jednak wyglądała, jakby na sam widok robiło jej się niedobrze.

— Chyba żartujesz. Mogę dostać dwa litry krwi i kroplówkę?

Biedna kelnerka nie wiedziała, jak na to zareagować. Niczym sarna uwięziona w świetle reflektorów gapiła się to na Karen, to na Beę.

— Przyniosę herbaty — wymamrotała w końcu i zniknęła w kuchni.

— Mówię poważnie, nie jestem w nastroju do żartów — mruknęła Bea, wyciągając telefon z torby i kładąc go na stoliku. — I nie chcę więcej słyszeć, że wyglądam jak żywy trup. Ty też nie wyglądasz zjawiskowo. Co słychać? Baraszkowaliście z Michaelem przez całą noc?

Nic bardziej mylnego, choć Karen rzeczywiście wyglądała dosyć kiepsko. Od ostatniej sesji nie mogła przestać myśleć o Jessice Hamilton, o tym, co mówiła, i jej wrogości do kobiety — Karen modliła się, żeby to nie była Eleanor — która wypełniała jej umysł niczym lepki, gęsty miód, nie pozostawiając miejsca dla innych myśli.

— Chciałabym — rzuciła cicho Karen. Wolała nie mówić Bei o Jessice. W przeciwieństwie do Michaela, Bea nie była dyskretna; od razu domagałaby się wszelkich szczegółów, a Karen nie wiedziałaby nawet, od czego zacząć.

– Co u Eleanor? – Odetchnęła z ulgą, gdy Bea zmieniła temat. – Odzywała się do ciebie? Nie chciałam się narzucać, bo mogłaby pomyśleć, że się wtrącamy...

Była to dobra wymówka, by zapomnieć o Eleanor i jej problemach z chwilą, gdy Bea traciła przyjaciółkę z oczu. I nie chodziło o egoizm; Bea była dobrym człowiekiem – najlepszym – a jeśli postanowiła być troskliwa, angażowała się całą sobą. Niestety, ostatnio rzadko jej się to zdarzało.

– Opowiedziała ci całą tę historię z Noahem? – spytała Karen.

Bea skrzywiła się i pokiwała głową.

– Taaa... Jak myślisz, co zrobią ci z opieki społecznej? Sporządzą raport?

– Na pewno. Co ci powiedziała?

– Że zapomniała, gdzie zaparkowała, i wezwała policję. Biedaczka, musiała odchodzić od zmysłów.

Karen pokiwała głową, lecz nie wspomniała o tym, jak Eleanor zaklinała się, że ktoś przeparkował jej samochód. Skoro sama nie powiedziała o tym Bei, miała ku temu powód, i Karen powinna go respektować, nawet jeśli korciło ją, żeby zapytać przyjaciółkę, co o tym wszystkim sądzi. Może Eleanor po prostu czuła się zakłopotana.

– Martwię się, że to oznaki...

– Boże, Karen, chyba nie zaczynasz z tą swoją psychologiczną gadką, co? Umawiałyśmy się.

Tak, umawiały się. Ustaliły to wkrótce po tym, jak zaczęła studiować i nieco nadgorliwie podchodząc do psychoanalizy, szastała na prawo i lewo specjalistycznym żargonem. Po prostu nie mogła się powstrzymać. Psychologia ją fascynowała: to, w jaki sposób wydarzenia z przeszłości wpływają na teraźniejszość, umiejętność analizowania ludzkich działań i rozumienia ich. Ludzie są jak podręcznik. Rzadko zdarzają się problemy, których nie można wytłumaczyć, badając różne czynniki.

Nie zdziwiła się więc, kiedy Bea nie najlepiej przyjęła diagnozę, że jej ciągła potrzeba zwracania na siebie uwagi wynika z faktu, że jest najmłodszą córką apodyktycznej matki i emocjonalnie nieobecnego ojca. Ona sama twierdziła, że jest całkiem zadowolona ze swojego „popieprzonego dzieciństwa" i tego, kim się stała, i wzdragała się przed rozmowami o tym, dlaczego jej relacje z mężczyznami są takie niezdrowe. Jednocześnie ostrzegła Karen, by nigdy nie wspominała Eleanor, że jej ciągłe matkowanie Adamowi i potrzeba kontrolowania każdego aspektu życia wynikają z braku pewności siebie i problemów w nadwagą, z którymi borykała się w dzieciństwie. Ustaliły wówczas, że Karen nie będzie stosowała nowo nabytej wiedzy do przyjaciółek, ich rodzin i chłopaków – również tych potencjalnych – w zamian za co one nie obciążą jej kieszeni kamieniami i nie utopią jej w rzece Severn.

– W porządku, przepraszam. Po tym, jak się uspokoiła, było już z nią dobrze.

Bea prychnęła.

– Nie wierzę. Bardziej prawdopodobne, że była spięta i drażliwa, co mnie nie dziwi, zważywszy, że niedawno urodziła, a jej niezaradny mąż w niczym nie pomaga... – Urwała, kiedy Eleanor weszła do restauracji i zerknęła w ich stronę. – Chryste, spójrz na nią. I przypomnij mi, żebym nigdy nie miała dzieci. Nigdy.

Z uśmiechem sztucznym jak jej paznokcie patrzyła, jak przyjaciółka podchodzi do stolika. Eleanor spojrzała na kawałek ciasta i uśmiechnęła się z ulgą.

– Dzięki Bogu za ciasto czekoladowe.

Karen musiała przyznać Bei rację – Eleanor wyglądała koszmarnie. I nie chodziło o to, że była młodą matką, przemęczoną, nieumalowaną, w workowatych spodniach od dresu włożonych na lewą stronę. Nie, to było coś znacznie gorszego. Przed oczami Karen mignęła twarz Jessiki Hamilton. *Podniecała mnie myśl, że mogłabym ją skrzywdzić.*

– Co jest? Wszystko w porządku? Coś się stało?

Eleanor westchnęła i usiadła. Z łokciami na stole wsparła brodę na dłoniach. Włosy miała zaczesane do tyłu i upięte niedbale w kok. Tu i ówdzie niesforne pasma sterczały na wszystkie strony, przez co wyglądała jak szalony naukowiec. Podniosła głowę i Karen nie mogła nie zauważyć czerwonych krostek na brodzie przyjaciółki i zaczerwienienia na dolnej powiece, które wyglądało jak początek jęczmienia.

Po chwili Eleanor znowu westchnęła i Karen zaczęła się zastanawiać, czy to jedyny dźwięk, jaki usłyszą od niej tego wieczoru. Po kilku minutach ciszy Bea wyciągnęła rękę i dotknęła ramienia Eleanor. Była ostrożna jak opiekun w zoo karmiący tygrysy.

– Els? Powiedz, co ci jest. Może będziemy mogły pomóc.

Eleanor pokręciła głową i ukryła twarz w dłoniach.

– Wątpię – odparła. Głos miała stłumiony, ale Karen słyszała w nim zmęczenie. I coś jeszcze: coś, co brzmiało jak rezygnacja. Poczuła, że panika ściska ją za gardło.

– Założymy się?

Podniósłszy głowę, Eleanor próbowała przekazać wzrokiem wiadomość, którą Karen nie do końca rozumiała.

– Po prostu czuję się, jakbym straciła kontrolę nad własnym życiem – odparła powoli, ostrożnie dobierając słowa. – Pewnie zachowuję się jak paranoiczka, kobieta cierpiąca na depresję poporodową albo coś w tym stylu, ale mam wrażenie, że coś się dzieje, że jakaś zewnętrzna siła przejęła nad wszystkim kontrolę. Nie wiem, jak to powiedzieć, ale im dłużej o tym myślę, tym lepiej rozumiem pewne rzeczy. Mam wrażenie, że ktoś obserwuje nasz dom...

Karen powstrzymała okrzyk, który cisnął jej się na usta. Teraz rozumiała spojrzenie, które posłała jej Eleanor, zanim zaczęła mówić. Myślała o tym, co Karen powiedziała jej o Adamie, i o jej ostrzeżeniu, żeby na siebie uważała, ale najwyraźniej nie była jeszcze gotowa podzielić się tym z Beą. Karen nie wiedziała dlaczego, lecz domyślała się, że Eleanor nie chce mówić o tym na głos, w obawie że słowa uczynią romans Adama czymś realnym.

– I jeszcze ta historia ze skradzionym samochodem... Mam wrażenie, że mi odbija.

Bea pochyliła się w jej stronę.

– Teraz mówisz jak wariatka. – Zniżyła głos. – Podobno zapomniałaś, gdzie zaparkowałaś.

Eleanor westchnęła.

– Próbowałam przekonać samą siebie, że tak musiało być, ale teraz nie jestem pewna. A może próbuję przekonać siebie, że zrobił to ktoś inny, bo nie potrafię znieść myśli, że mogłabym coś schrzanić. Ja i Adam prawie ze sobą nie rozmawiamy, oboje padamy z nóg, a Toby myśli, że dbam tylko o Noaha. Mam wrażenie, że wszyscy się na mnie wściekają, a przecież chcę tylko, żeby było dobrze. Mój głupi plan powrotu do pracy szlag trafił, a w domu jest czysto tylko przez jeden dzień w tygodniu. Nie wiem, co z tym zrobić, więc może zrzucam winę na kogoś innego, żeby uwolnić się od odpowiedzialności.

Karen wzięła głęboki oddech. Jeśli zamierzała powiedzieć przyjaciółkom o swoich podejrzeniach wobec Jessiki, musiała to zrobić teraz. Nigdy dotąd nie złamała tajemnicy zawodowej i nie wiedziała, jak postąpić. Nie mogła jednak ignorować tego, co właśnie usłyszała od przyjaciółki.

– Posłuchaj, Eleanor, wcale nie uważam, że jesteś szalona. Coś wam powiem, ale nie możecie tego nikomu powtarzać. – Rozejrzała się, by upewnić się, że nikt się im nie przysłuchuje. – Mam pacjentkę. Nie mogę zdradzić, jak się nazywa, ale wydaje mi się, że ma na moim punkcie coś w rodzaju obsesji i że to może dotyczyć was. Nie mogę powiedzieć nic więcej, ale myślę, że powinnyście na siebie uważać i być czujne, gdyby działo się coś dziwnego.

Odchyliła się na krześle, czekając na reakcje przyjaciółek. Obie wyglądały na zdezorientowane.

– Ale przecież mówiłaś… – Eleanor urwała. – Dlaczego to my mamy na siebie uważać, jeśli ona ma obsesję na twoim punkcie?

– Jaką obsesję? – spytała Bea.

– Naprawdę nie mogę zdradzić nic więcej. Mogłabym mieć przez to kłopoty. Nie musicie się jednak martwić, załatwię to. Nie wiem jeszcze jak, ale poradzę sobie z nią.

– Jesteście walnięte – rzuciła Bea. – Pacjentki z obsesją, złodzieje samochodów, zupełnie jak w serialu *Życie w Hol-*

lyoaks. – Spojrzała na Eleanor. – Życie bez przerwy kopie nas w tyłek. Pamiętasz, jak pojechałaś do miasta pozałatwiać różne rzeczy, kiedy Toby był mały, i w końcu niczego nie załatwiłaś? Ktoś cię wtedy śledził? Szeptał do ucha zaklęcia, żebyś zapomniała?

– Nie...

– Zatankowałaś benzynę zamiast oleju napędowego, ktoś włamał ci się do mieszkania i...

– Dobrze już, dobrze – przerwała jej Eleanor. – Rozumiem, nie musisz wymieniać wszystkich porażek, jakie spotkały mnie w życiu.

Bea odwróciła się do Karen.

– Bez urazy, Karen, ale gdybyś miała jakiekolwiek dowody na to, że twoja pacjentka może być niebezpieczna, już dawno byś coś zrobiła. A to znaczy, że nie masz żadnych dowodów. Nie wiem jak wy, ale ja nie zamierzam do końca życia oglądać się za siebie ze strachu przed kimś, kto schowa mi szczoteczkę do zębów albo zużyje całą rolkę papieru toaletowego po to, bym pomyślała, że mi odbija. I bez tego dość mam problemów. Nie patrz tak, Karen. Kocham cię, ale dramatyzujesz, a biedna Eleanor jest już tak przemęczona, że na pewno ci uwierzy. Powinnaś to wiedzieć. Założę się z tobą o sto funtów, że twoja pacjentka jest kompletnie nieszkodliwa.

40

Karen

– Moja pacjentka, ta, która sypia z żonatym facetem... – Karen siliła się na swobodę, ale Michael spojrzał na nią jak zawsze, gdy obsesyjnie mówiła o czymś, czego nie rozumiał. Z jego ust dobyło się westchnienie tak ciche, że ktoś, kto się go nie spodziewał, mógłby w ogóle nie zwrócić na nie uwagi.

Po tym, jak Bea zareagowała na jej słowa, Karen czuła, że rozpaczliwie potrzebuje porozmawiać z kimś o tym, co się dzieje. Przez moment wydawało jej się, że ma sojusznika w Eleanor, kiedy jednak Bea zakończyła swoje małe przemówienie, Eleanor nie chciała więcej poruszać tego tematu. Po wyjściu napisała do Karen SMS-a; pytała, czy ta szurnięta pacjentka ma coś wspólnego z tym, co powiedziała jej o Adamie. Karen odpisała:

Jak tylko będę mogła, powiem Ci więcej. XX

– Tak?
– Zdradziła imię faceta, z którym się spotyka. Chyba nawet

223

nie była tego świadoma i od razu wszystkiemu zaprzeczyła, ale ja wiem, co słyszałam.

– I pewnie nie możesz mi powiedzieć? Tajemnica zawodowa i takie tam?

– Nie zdradziła nazwiska, więc nie wiem, skąd mógłbyś wiedzieć, o kim mowa.

– W takim razie to żadna rewelacja... Ale coś musi w tym być, bo inaczej nie rozmawialibyśmy o tym, zamiast... – Z jego spojrzenia wyczytała, co chodzi mu po głowie.

– Masz rację. – Przytuliła się do niego, a on musnął ciepłą dłonią jej biodro. – To trochę dziwne, bo ma na imię Adam.

– Dlaczego dziwne? Zaczekaj, niech zgadnę. W „Cosmopolitan" napisali, że mężczyźni imieniem Adam najrzadziej wdają się w romanse z ograniczonymi umysłowo dziewczynami?

– Nie bądź dupkiem. Pomyślałam, że to dziwne, bo mąż Eleanor ma na imię Adam.

To, że mąż jednej z twoich przyjaciółek ma na imię Adam, wcale nie znaczy, że właśnie z nim sypia twoja pacjentka, pomyślał najwyraźniej Michael, w każdym razie na to wskazywał jego uśmiech.

– Pewnie wiesz, że Adam to jedno z najmniej popularnych imion w Wielkiej Brytanii? Na przykład w mojej klasie było tylko trzech Adamów, a w całej szkole ośmiu, góra dziewięciu. Mając to na uwadze, rozumiem twoje podejrzenia.

Karen wiedziała, że powinno jej być głupio, ale czuła jedynie złość. Powiedz mu resztę...

– Jego żona niedawno urodziła... tak jak Eleanor...

– Na to już naprawdę nie wiem, co powiedzieć. – Próbował zachować powagę, ale Karen wiedziała, że żartuje. – Bo mam wrażenie, że wyczerpałem całe zapasy sarkazmu.

Chciała mu powiedzieć, że widziała tych dwoje razem, ale skoro Eleanor jej nie uwierzyła, nie zamierzała przekonywać Michaela. Najwyraźniej sprawa jej pacjentki w ogóle go nie obchodziła. Wiedziała, co widziała, tak jak wiedziała, co się dzieje, ale najwyraźniej nikt nie wierzył jej na słowo.

– Spadaj. – Spróbowała się odwrócić, ale chwycił ją za rękę i przyciągnął do siebie.

– Hej, nie bądź taka. Chyba nie zamierzasz się obrażać o jakąś pacjentkę. Już ci mówiłem, kiedy wychodzisz z gabinetu, powinnaś przestać myśleć o tym, co tam usłyszałaś. Ta praca cię wykończy.

– Dobrze, masz rację – odparła nadąsana, bo tak właśnie się czuła.

– No już, nie marudź. – Podciągnął nogi na kanapę i objął ją.

Patrząc na jego czyste skarpetki, pomyślała o brudnych podeszwach butów Jessiki Hamilton. Pochyliła się i przytuliła do jego ciepłej piersi.

– Moim zdaniem to jakaś wzgardzona kobieta – dodał.

– Wzgardzona? – Podniosła głowę i spojrzała na niego. – Dlaczego tak myślisz? Jak gdyby przegrała jakąś bitwę.

Zbeształ ją spojrzeniem za to, że wkłada mu w usta słowa, których nie użył.

– I tak powiedziałam więcej niż zwykle – zauważyła. – W ogóle nie powinnam o niej rozmawiać. Wszystko przez to, że jest w niej coś, co mnie przeraża.

– Nie powinnaś się tak angażować. Jeszcze przez kilka tygodni będzie traktowała cię jak swoją spowiedniczkę. Nie możesz zabierać pracy do domu.

To, co mówił, było prawdą. Miała innych pacjentów, którzy borykali się z poważniejszymi problemami, a nie myślała o nich całymi dniami. W jej zawodzie obowiązywała zasada, że nie należy angażować się emocjonalnie. Jeśli czułeś, że nie jesteś w stanie zdystansować się do danej sprawy, mówiłeś o tym na cotygodniowym spotkaniu, a wtedy ktoś inny przejmował pacjenta albo udzielał ci porad. Mogło wydawać się dziwne, że psychologowie potrzebują pomocy, ale wszyscy w Instytucie Cecila Baxtera regularnie brali udział w sesjach. Karen czuła jednak, że sprawa Jessiki Hamilton nie jest czymś, o czym mogłaby porozmawiać z kolegami po fachu. Podejrzewała, że zareagowaliby podobnie jak Michael – uznaliby, że Jessica nie różni się niczym od innych pacjentów i nie bardziej niż pozostali zagraża jej zdrowiu psychicznemu, więc Karen powinna sobie z nią poradzić. Mogli nawet nabrać podejrzeń, że jej niepokój wynika z czegoś więcej niż jedynie ze złych przeczuć. W końcu to profesjonaliści.

Była tylko jedna osoba, z którą mogła porozmawiać – Robert. Musiała komuś o tym powiedzieć. W sytuacji, gdy istniał choćby cień podejrzenia, że któryś z pacjentów może być niebezpieczny, zatajenie podobnej informacji graniczyło z zawodowym samobójstwem. Poza tym były jeszcze notatki. Notatki, których nie mogła zmienić; wszelkie poprawki musiały zostać opatrzone dokładną datą i godziną i w razie jakichkolwiek problemów były do wglądu.

Nie wiedziała, dlaczego nie przyznała się Michaelowi do tego, co naprawdę czuje, że ma wrażenie, że Jessica ją zna. Jakby chodziło o sprawę osobistą. Może sama wciąż nie wierzyła, że to możliwe, a powiedzenie tego na głos oznaczało, że musiałaby jakoś zareagować.

– Masz rację – mruknęła, nie chcąc dłużej ciągnąć tej rozmowy. – Zrobię kolację.

41

Eleanor

Krzyki nie ustawały przez cały ranek. Za każdym razem, gdy choćby na sekundę kładła Noaha na bujaczku, jego płacz brzmiał jak zawodzenie syreny, grożąc, że niebawem wszyscy w okolicy dowiedzą się, że został porzucony. Toby jej nie pomagał; jadł tak wolno, że mogłaby przysiąc, że za każdym razem, gdy spogląda, w jego misce przybywa płatków. Prawie za kwadrans ósma, a żaden z chłopców nie był jeszcze ubrany.

Nie chodziło o to, że nie mogła się na niczym skupić. Tryby w jej głowie poruszały się w zwolnionym tempie, jakby chomik obracający kołowrotkiem strajkował. Albo jakby ktoś wyjął jej mózg i napchał do głowy folii bąbelkowej. Od czasu do czasu łapała się na tym, że stoi nieruchomo i gapi się przed siebie, nie mając pojęcia, co właściwie zamierza robić.

Wiedziała, że powinna była przygotować wszystko wczoraj wieczorem. Obiecywała sobie, że kiedy urodzi się Noah, będzie zorganizowana. Teraz te obietnice były śmiechu warte. Mimo zapewnień, że będzie pracował mniej, Adam codziennie siedział w pracy niemal do wieczora, a gdy chłopcy leżeli już w łóżkach, Eleanor marzyła wyłącznie o tym, by zapaść w sen wywołany xanaxem. Dzięki Bogu za magiczne pigułki.

Włożywszy Noaha do bujaczka, zastanawiała się, jaki jest dzień tygodnia, co spakować Toby'emu do szkoły i co musi zrobić, kiedy go nie będzie – kupić mu prezent urodzinowy i wypisać zaproszenia na przyjęcie – ale Noah nie przestawał płakać. Toby pogłośnił telewizor, próbując oglądać swój ulubiony program. Eleanor dudniło w głowie, odkąd obudziła się o szóstej rano.

– Mamo... – zaczął Toby.

Podniosła drżącą rękę w obawie, że lada chwila usiądzie na podłodze i sama zacznie wrzeszczeć.

– Chwileczkę, Tobes, mamusia musi skoczyć do ubikacji. – Wyszła z pokoju i wbiegła na górę, pokonując po dwa stopnie naraz. Zamknąwszy się w łazience, siadła oparta plecami o drzwi. Wciąż słyszała zawodzenie Noaha, ale tu brzmiało ono znośnie.

Sięgnęła po buteleczkę tabletek, które cały poranek grzechotały zachęcająco w kieszeni szlafroka, wytrząsnęła dwie na dłoń, chciwie włożyła do ust i połknęła bez popijania. Oparła głowę o drzwi i zamknęła oczy.

No już, daj spokój, pocieszała się w duchu, po prostu wypraw dziecko do szkoły. Nie musisz nawet ubierać Noaha; wystarczy, że włożysz mu kurtkę. Toby'emu nic nie będzie, pod warunkiem że ma pieniądze na lunch i odrobił pracę domową. Czy potrzebuje stroju na WF? Spakuj go, tak na wszelki wypadek...

Zmusiła się, żeby wstać, ale nogi miała jak z ołowiu, a tu, w łazience, było tak wygodnie i dużo ciszej niż na dole. Gdyby tylko mogła tu zostać, chociaż na pięć minut...

Otworzyła oczy, słysząc wściekłe walenie do drzwi i krzyk: „Mamo! Mamo! Mamo!". Czyżby zasnęła? Jak długo tu siedziała? Na pewno nie dłużej niż kilka minut. A jednak płacz Noaha przybrał na sile, a w głosie Toby'ego słychać było rozpacz. Miała wrażenie, że w jej głowie eksplodują petardy, zerwała się na równe nogi i otworzyła drzwi łazienki.

– Noah spadł z bujaczka! – krzyknął Toby i zanim zdążyła cokolwiek powiedzieć, zbiegł na dół.

Panika wprawiła jej nogi w ruch i Eleanor popędziła za synem. Działała automatycznie – musiała dotrzeć do Noaha, całą resztą zajmie się później.

Kiedy wpadła do salonu, mały zanosił się histerycznym płaczem. Leżał na brzuszku na drewnianej podłodze i nie będąc w stanie się obrócić, wymachiwał wściekle nóżkami. Przypadła do niego, wzięła go na ręce i przytuliła do piersi.

– Co się stało? – Odwróciła się do Toby'ego, szukając kogoś, na kogo mogłaby zrzucić winę, zamiast mieć pretensje do jedynej osoby odpowiedzialnej za wszystko: do siebie. Zbolała mina starszego syna sprawiła, że stanęła jak wryta.

– Po prostu spadł – odparł Toby. – Nie był przypięty. A ciebie nie było i nie było.

– Wcale nie... – Zerknęła na zegarek. Ósma trzynaście. Spędziła w łazience ponad pół godziny. – Jezu Chryste. Chodź, Tobes, wkładaj mundurek. Nie patrz tak na mnie. Twojemu bratu nic nie jest, a ty spóźnisz się do szkoły.

Odsunęła Noaha na wyciągnięcie ręki i obejrzała jego główkę. Na czole chłopca widniał czerwony ślad, z którego utworzy się guz wielkości piłki do tenisa, ale Noah przestał płakać i wzrok miał przytomny. Do końca dnia będzie musiała mieć go na oku.

Jak mogła do tego dopuścić? Wstrzymując łzy przez wzgląd na Toby'ego – który bez słowa poszedł na górę się ubrać – uśmiechnęła się do Noaha i przez chwilę kołysała go na biodrze. Teraz to ona musiała się uspokoić. Aż dziw, że serce nie wyskoczyło jej z piersi – tak mocno waliło. Cała drżała.

Nie miała pojęcia, jak ubrała dzieci i wsadziła je do samochodu, wiedziała tylko, że nie czuje się na siłach nigdzie jechać. Może powinna zadzwonić do Adama? Do Karen? Bei? Obie przyjaciółki były pewnie w drodze do pracy, a jej mama nie miała prawa jazdy. Telefon do Adama oznaczał, że będzie musiała powiedzieć mu o xanaxie i o tym, że przez ostatnie dni jego dziećmi opiekował się zombie.

– Mamo, nic ci nie jest? Spóźnimy się.

Opuściła szybę i chłodne powietrze owiało jej twarz. Rześkość jesiennego poranka pobudziła ją. Eleanor uruchomiła silnik i wrzuciła bieg. Nic jej nie było, da radę, tysiące razy przemierzała tę trasę.

– Wszystko w porządku, kolego, już jedziemy. – Zjechała z krawężnika i obserwując drogę i mrucząc pod nosem, próbowała wypełnić rozmytą pustkę, którą miała w głowie.

42

Bea

Rok temu Eleanor przysłała na urodziny Bei kartkę z czarno-białym zdjęciem dwóch rozmawiających kobiet. *Na siłowni jest nowa maszyna*, mówiła jedna. *Można z niej wycisnąć wszystko. Batoniki KitKat, Mars...*

Mniej więcej taki był stosunek Bei do siłowni. Automat ze słodyczami był jedyną maszyną, którą darzyła ciepłym uczuciem, a jednak chodziła tam co wieczór, pchana słowami matki, które brzmiały jak najlepsza motywacja.

— My, kobiety z rodziny Barkerów, musimy uważać na to, co jemy, albo ćwiczyć, a ostatnio nie widziałam, żebyś robiła jedno czy drugie. Jeśli nie chcesz wyglądać jak ciotka Gemma, musisz przestać jadać te świństwa na wynos.

To jednak nie wchodziło w grę, zwłaszcza że Bea należała do osób, które biegając na bieżni, przegryzają batona Mars, więc zwiększyła częstotliwość treningów do czterech razy w tygodniu i zadowolona, podziwiała efekty. Teraz miała zdecydowanie mniej czasu na jedzenie.

— Cała mama — skomentowała ze śmiechem Fran, kiedy

Bea powtórzyła jej słowa matki. – Ciesz się, że jesteś młodsza. Gdybym to ja kazała jej się odwalić, pogoniłaby mnie z chochlą.

Bea uśmiechnęła się na myśl o matce ganiającej jej trzydziestodziewięcioletnią siostrę po ogrodzie. Ale Fran miała rację: kiedy Bea przyszła na świat, w domu nie panowały już tak restrykcyjne zasady, a może matka była zbyt zajęta, by zauważyć, jak często Bea je łamie. Różnica w wychowaniu sióstr była jednym z powodów, dla których stały się sobie bliskie dopiero wtedy, gdy dorosły na tyle, żeby na wiele rzeczy nie zwracać uwagi. Bea zawsze czuła, że matka okazuje większe zainteresowanie starszej córce, podczas gdy Fran skarżyła się bez przerwy, że jej młodsza siostra jest oczkiem w głowie mamusi, które nie może zrobić niczego złego. Obecnie siostrzana rywalizacja ustąpiła miejsca dość osobliwej przyjaźni łączącej ludzi, którzy w dzieciństwie razem się kąpali i przez pierwszych dziesięć lat życia jedli wspólne posiłki.

– Dobrze wiesz, że ona kocha cię bardziej – rzuciła Bea. Był to stary żart, do którego obie zdążyły się przyzwyczaić. – Inaczej czemu dałaby mi imię po niani Beatrice, skoro ty masz imię po niani Frances? Byłabym świetną Frankie. Zmarnowała na ciebie takie fajne imię.

– Gdybyś przestała się pieklić, może nawet wpadłabym do ciebie. Rich i Lewis są na meczu, Maisy poszła do koleżanki, a ja nie mam nic lepszego do roboty.

– Chryste, dzięki, Fran. Jak mogłabym odrzucić taką propozycję?

Ostatnio rozmowy z siostrą były proste. Czasami nawet prostsze niż te z przyjaciółkami. Bea nie wiedziała, kto jest temu winny – ona czy one – ale miała wrażenie, jakby w końcu zaczęły wyrastać z tej przyjaźni. Przy siostrze nie czuła się jak ofiara losu tylko dlatego, że nie ustatkowała się, nie miała dwójki dzieci i cudownej pracy. Fran była starsza, nic więc dziwnego, że pierwsza została matką – poza tym jej dzieci były małymi gnojkami, na których widok Bea cieszyła się, że jest samotną starą panną. Kochała przyjaciółki jak siostry, ale każde spotkanie z nimi przypominało o jej pożal się Boże karierze i kompletnym braku poważnego związku. Tyle razy zamierzała powiedzieć Fran o tym, co spotkało ją lata temu, a mimo to nie mogła się zmusić, żeby wypowiedzieć te słowa i przeżyć to wszystko raz jeszcze albo, co gorsza, przekonać się, że myliła się co do siostry i zobaczyć w jej oczach potępienie.

– Eleanor ostatnio zachowuje się jak wariatka. Wszystko przez hormony i poczucie, że traci swoją tożsamość – zaczęła Bea, ledwie Fran weszła do domu. – A Karen gada o pacjentce, która ją przeraża. Uważam, że podchodzi do tego zbyt poważnie. Na pewno wie, że ja i Els coś przed nią ukrywamy... jesteśmy beznadziejne w organizowaniu przyjęć-niespodzianek. Do tego w kółko gada o tym gościu ze swojej pracy. Wieki temu powiedziałam jej, że może dać mu mój numer, ale facet wciąż nie napisał. Może myśli, że jestem ofiarą losu.

Fran uniosła brwi.

– Dalej próbuje cię umawiać z nudnymi palantami?

Bea uśmiechnęła się od ucha do ucha.

– No pewnie. Próbowałam jej powiedzieć, że dobrze mi tak, jak jest, ale chyba nie wierzy, że w moim wieku można być szczęśliwą singielką... Martwi się o mnie. Chce, żebym była szczęśliwa.

– Hm. – Fran wzruszyła ramionami. – Pewnie tak jest. Tyle że…

– Tyle że co? – spytała Bea odrobinę ostrzej, niż zamierzała.

– Nieważne – rzuciła Fran. – Przepraszam.

– Nie, pytam poważnie. Co chciałaś powiedzieć?

– Chodzi o to, że za każdym razem, kiedy Karen troszczy się o ciebie, wygląda to tak, jakby chciała cię zmienić. Wiem, że to twoja najlepsza przyjaciółka, ale czy naprawdę jest coś złego w byciu singielką?

Nic dziwnego, że Fran nie rozumiała; nikt nie pojmował, jak to możliwe, że po tylu latach wciąż się przyjaźnią. Ludzie nie rozumieli, że spajała je wspólna historia. Mimo to słowa siostry uderzyły w czułą strunę.

– Ona chce dobrze. Po prostu taka jest. Lubi czuć, że w jakiś sposób pomaga. Zresztą ten gość wcale nie wydaje się taki znowu zły…

– Rozumiem. On też jest psychologiem?

– Nie. Pracuje w dziale IT. – Czując na sobie spojrzenie siostry, Bea się roześmiała. – Nie patrz tak na mnie. Michael pracuje w IT i nie zrobił Karen żadnej krzywdy.

Fran ściągnęła brwi.

– O co chodzi? – spytała Bea. – Co masz do Michaela? Zawsze się krzywisz, kiedy o nim wspominam.

Jej siostra pokręciła głową.

– Nie ufam mu, Beo. Nie wiem dlaczego, ale kompletnie mu nie ufam.

43

Karen

Zapukała dwukrotnie i czekała. Chyba jeszcze nigdy nie była tak zdenerwowana rozmową z szefem. Wiedziała, że Robert lubi ją i szanuje, ale praca zawsze była dla niego najważniejsza, przez co czekająca ją rozmowa wydawała się jeszcze trudniejsza.

– Proszę.

Weszła do gabinetu. Ciężkie dębowe drzwi zamknęły się za nią cicho. W budynku było wystarczająco wielu neurotyków, a trzaskanie drzwiami potęgowałoby i tak już nerwową atmosferę.

– Cześć, Karen. Jak się masz? Zauważyłem, że na wczorajszym spotkaniu byłaś wyjątkowo cicha.

Podeszła do kanapy i usiadła jak pacjentka, choć Robert siedział za biurkiem. Widząc to, wstał, wyszedł zza biurka i usiadł naprzeciw niej. Roztaczał mocny zapach drogiej wody kolońskiej, jednej z tych, które sprawiały, że niezależnie od tego, kto je nosił, kobietom krew szybciej krążyła w żyłach. Innym tak, ale nie Karen. Robert używał jej od lat i zdążyła się do niej przyzwyczaić. Przypominała jej zakuwanie do późna w nocy i przygotowywanie się do egzaminów, które – była o tym przekonana – na pewno obleje, bez względu na to, jak pewna siebie się wydawała. Mogła uczciwie powiedzieć, że Robert był jedyną osobą, która widziała ją przerażoną; przy nim mogła opuścić gardę i pokazać swoją prawdziwą twarz.

Teraz usiadł i obserwował ją w milczeniu. Zastanawiała się, co widzi. Czy zwrócił uwagę, że jej zwykle proste, lśniące włosy otaczają jej twarz kędzierzawą aureolą? Ubiegłej nocy siedziała do tak późna, że cienie pod oczami z pewnością odcinały się na jej zbyt bladej twarzy. Musiała wyglądać jak siedem nieszczęść, ale Robert nic nie powiedział.

– Myślę, że mam problem z pacjentką.

Jego ciało napięło się nieznacznie; był to ruch, na który większość ludzi nie zwróciłaby uwagi.

– Jaki problem?

– Konflikt interesów.

Rozluźnił się nieco, pochylił do przodu i oparł łokcie na kolanach.

– Znasz ją osobiście? – Z takim problemem był w stanie sobie poradzić. Wiedziała, że zaproponowałby przeniesienie pacjentki do innego specjalisty. Gdyby to było takie proste.

– Niezupełnie. Ma sprzeczne uczucia co do swojego romansu z żonatym mężczyzną. Możliwe, że są one objawem poważniejszego problemu związanego z wcześniejszymi relacjami, ale nie o to tu chodzi. Myślę, że znam jej kochanka. I jego żonę. To Eleanor.

– Eleanor supermama?

Uśmiechnęła się.

– Ostatnio raczej Eleanor udręczona. Mówiłam ci, że znowu została mamą? Kilka miesięcy temu urodziła synka, Noaha.

– A ty twierdzisz, że jej mąż bzyka jedną z twoich pacjentek? Nieźle.

– Nie mów „bzyka", Robercie. To brzmi strasznie. Ale tak, myślę, że to o nim mówi moja pacjentka.

Przez chwilę wiercił się w fotelu.

– Tak myślisz? A więc nie powiedziała tego wprost?

– Nie. W tym cały problem. Zgłosiła się do mnie, bo ma obsesję na punkcie żony mężczyzny, z którym sypia. Twierdzi, że się nią bawi.

Robert znowu wyglądał, jakby czuł się nieswojo; najwyraźniej stracił nadzieję na szybkie rozwiązanie problemu. Jeszcze chwila, i żyła na jego szyi zacznie pulsować.

– Bawi?

– Robi drobne rzeczy, żeby utrudnić jej życie. Wygląda to tak, jakby ta biedna kobieta popadała w szaleństwo. W tym cały problem... szkoda, że nie widziałeś Eleanor. Jest w rozsypce, zapomina o spotkaniach, gubi rzeczy...

Robert zmarszczył czoło.

– Nie znam młodej matki, która by przez to nie przechodziła. – Zauważywszy jej uniesione brwi, dodał: – Owszem, poznałem ich kilka. Swego czasu terapia była wśród młodych matek ostatnim krzykiem mody.

– To coś innego.

– Nie wydaje mi się, Karen. Chyba że masz niezbite dowody na to, że ta kobieta zagraża twojej przyjaciółce. Wtedy natychmiast należy coś z tym zrobić. Wiem, że nie muszę ci przypominać o tajemnicy zawodowej. Po tym, co mi powiedziałaś, nie widzę jakiegoś realnego zagrożenia. Chyba że nie mówisz mi wszystkiego.

Karen chciała wyjawić mu więcej, ale nic, co miała do powiedzenia, nie wskazywało na to, że Jessica Hamilton jest bardziej szalona niż większość ludzi, z którymi spotykali się na co dzień. Eleanor, która zgubiła samochód z dzieckiem w środku i zaklinała się, że ktoś go przestawił. List, który ona otrzymała. Przekonanie, że ktoś kręcił się koło jej domu w środku nocy, i dziwne przeczucie, że ta dziewczyna z nią pogrywa, że nie przyszła na terapię po to, by poprawić swoje samopoczucie psychiczne, ale po to, żeby bawić się z Karen w kotka i myszkę. Nie miała nic konkretnego na Jessicę Hamilton. Czy powinna wspomnieć o tym, że widziała ją z Adamem? Jeśli to zrobi, Robert zapyta, czy powiedziała o tym Eleanor, a ona będzie musiała go okłamać albo przyznać się, że złamała zasady. Czy źle postąpiła, informując przyjaciółkę o swoich podejrzeniach?

– Nie, nie.

– Nie mówię, że się mylisz, Karen, ale myślę, że przesadzasz. Dostrzegasz związki tam, gdzie ich nie ma, i w efekcie wyrządzisz więcej złego niż dobrego swojej pacjentce, przyjaciółce i sobie samej.

– Masz rację. – Wstała, szykując się do wyjścia, przygnębiona i zawiedziona. Spodziewała się, że Robert zgodzi się z nią, że jej obawy nie są bezpodstawne, i pomoże jakoś wybrnąć z tej sytuacji. Czuła się, jakby była bohaterką filmu, na którą widz patrzy i krzyczy: „Po prostu komuś powiedz!". I wówczas do akcji wkracza silny mężczyzna, który wszystko naprawia. Liam Neeson w *Uprowadzonej* nie powiedział swojej córce, że jest mało prawdopodobne, że zostanie porwana, a tak się akurat złożyło, że źli ludzie narzucili jej worek na głowę i wepchnęli do samochodu. Nie zrobił z niej rozhisteryzowanej dziewczyny. Pomógł jej, do cholery.

– Nie wychodź.

Karen zatrzymała się, po czym usiadła z powrotem.

– Muszę zapytać, czy na pewno wszystko u ciebie w porządku – powiedział Robert.

Czy jej nie słuchał? Oczywiście, że nie wszystko było w porządku. Nie widział, w jakim jest stanie? Był jedyną osobą – łącznie z jej kochankiem – której mogła się przyznać, że coś jest nie tak, a on potraktował ją, jakby wszystko sobie zmyśliła. Od jak dawna ją znał? Nigdy nie miała skłonności do dramatyzowania. I nigdy nie doszukiwała się problemów tam, gdzie ich nie było. Rzeczywiste problemy w zupełności jej wystarczały.

– Nie, oczywiście, że nie – odparła. – Gryzę się tym, odkąd zaczęłam podejrzewać, że Jessica Hamilton wykorzystuje mnie, żeby skrzywdzić moją najlepszą przyjaciółkę. Martwię się o Eleanor. Ona jest w kompletnej rozsypce.

– A ty masz wrażenie, że to twoja wina?

– Mam wyrzuty sumienia, że niewystarczająco jej pomagam.

– Ale jeśli źródłem jej problemów jest Jessica Hamilton i mąż, który ją zdradza, nie ma w tym żadnej twojej winy.

– Wiem, że nie jestem odpowiedzialna za to, co robi jej mąż, ani za to, co robi Jessica, ale mogłabym…

Ależ był dobry. Nawet się nie zorientowała, kiedy rozpoczął sesję. Pewnie dlatego nad drzwiami wejściowymi widniało jego nazwisko.

– Wiem, do czego zmierzasz. Chcesz dać mi do zrozumienia, że przenoszę poczucie winy związane z Eleanor na swoją pacjentkę i próbuję w ten sposób zagłuszyć wyrzuty sumienia.

Robert rozłożył ręce w geście poddania.

– Oto jak kończą się próby przejrzenia psychologa. Myślisz jednak, że to może mieć sens? Sądzisz, że przenosząc poczucie winy związane z tym, że Eleanor nie radzi sobie z problemami, na osobę trzecią, uwalniasz się z potrzeby działania?

– Brzmisz jak formułka z podręcznika, Robercie, nie jak przyjaciel. Poza tym twoja teoria ma pewną wadę.

Uniósł jedną brew – było to coś, czego ona nigdy nie potrafiła zrobić i co nieodmiennie wprawiało ją w podziw. Michael mówił, że kiedy Robert to robi, wygląda jak The Rock*.

– Wadę? Nigdy. – Uśmiechnął się.

– Jeśli rzeczywiście próbuję się rozgrzeszać, dlaczego bez przerwy o tym myślę? Dlaczego ciągle zastanawiam się, co zrobić, żeby było jak najlepiej?

– Bo nie możesz porzucić przyjaciółki w potrzebie. Chcesz być tą, która zawsze wszystkim pomaga, do której wszyscy zwracają się o pomoc, chociaż wiesz, jak to się na tobie odbija. Popatrz na siebie. Jesteś w udanym związku, masz dom, robisz karierę, wkrótce czeka cię awans, a ty rozpadasz się na kawałki, bo twoja przyjaciółka zapomniała o wizycie u lekarza.

– Ja...

– Nic nie mów. Jako twój szef i przyjaciel radzę ci, żebyś poszła do domu, wzięła gorącą kąpiel, pobiegała, czy co tam cię

---

* Dwayne Douglas Johnson, pseudonim The Rock – amerykański aktor, producent i były wrestler.

odpręża, i wróciła jutro gotowa do pracy i skupiona wyłącznie na pacjentach. Myślisz, że dasz radę to zrobić?

W jego głosie pobrzmiewało ostrzeżenie, którego nigdy dotąd nie słyszała: albo weźmiesz się w garść, albo następnym razem czeka cię wolne popołudnie.

– Oczywiście – odparła.

Uśmiechnął się i zapewnił ją, że w razie potrzeby może na niego liczyć, ale wiedział, że skłamała – nie miała co do tego wątpliwości.

44

Karen

Odłożyła książkę zbyt wzburzona, żeby zatracić się w czyjejś historii. Zza okna dobiegały znajome dźwięki: pokrzykiwania nastolatków podekscytowanych wszystkim, a zarazem niczym, bawiących się i nieświadomych, że o dwudziestej niektóre dzieci leżą już w łóżkach, a robotnicy pracujący na zmiany próbują uciąć sobie drzemkę. Zgiełk sprawił, że wróciła wspomnieniami do własnych młodzieńczych lat, kiedy nocami przesiadywała z Beą i Eleanor na polach i godzinami zachowywała się jak normalna nastolatka – szczęśliwa i nieobciążona przeszłością. Była w tym tak dobra, że czasami udawało jej się zapomnieć o tym, co się wydarzyło, aż do momentu, gdy dźwięczny, dziewczęcy śmiech przypominał jej o wszystkim.

Nieco później odkryły cydr White Lightning i mogła niemal całkowicie wymazać z pamięci wspomnienia, szukając zapomnienia na dnie plastikowej dwulitrowej butelki. Nie śniła tylko wtedy, gdy piła – tylko wtedy nie widziała jej twarzy odciśniętej pod powiekami. A następnego dnia czekało ją kolejne rozczarowanie. Nie zwykły kac – trampek w ustach i łagodna paranoja – lecz trzeszcząca szpula z zarejestrowanymi na niej wspomnieniami jak upiorny odcinek *This Is Your Life**. Kara za błogie godziny, podczas których udawało jej się zagłuszyć emocje. Tyle dni spędziła zamknięta w sypialni z twarzą mokrą od łez i telewizorem grającym tak głośno, że dudniło jej w głowie. A wszystko po to, by rodzice nie słyszeli, jak płacze. Za każdym razem powtarzała sobie, że to krótkie wytchnienie nie jest warte bólu, który powracał wraz z nadejściem kolejnego dnia. Że coraz trudniej było przywołać Karen, którą próbowała być.

Ale nigdy nie przestała. Aż do wieczora, gdy wszystko poszło źle. Kiedy przeszłość Karen wybiegła na spotkanie teraźniejszości. Eleanor i Bea śmiały się teraz z tego – choć był to nerwowy śmiech – z beztroską ludzi, którzy nie doświadczyli najgorszego. Ona jednak nie podzielała ich wesołości, bo dla niej było to coś więcej niż sytuacja, która mogła zakończyć się wypadkiem. Dla niej była to wiadomość od losu: patrz, co się dzieje, kiedy próbujesz być normalna. Zobacz, co się dzieje, kiedy starasz się zapomnieć. Nie możesz zapomnieć, bo gdy zapominasz, umierają ludzie.

Przestała pić.

Sięgnęła po pilota i włączyła telewizor. Jej wspomnienia były skażone; czuła się jak dziecko, które podnosi śliczny kamyk i odkrywa przyklejoną do spodu ohydną stonogę. W gor-

---

* Amerykański talk-show z udziałem gwiazd.

sze dni – zwykle, kiedy Michaela nie było w domu – miała wrażenie, że nie może myśleć o przeszłości. A już na pewno nie mogła wybiegać myślami w przyszłość. Łatwiej więc było zajmować umysł głupimi programami i sudoku. To przynajmniej było dużo mniej bolesne.

45

Karen

Przygotowała się do następnej sesji z Jessicą Hamilton, jakby ruszała na wojnę. Wczorajsza rozmowa z Robertem wytrąciła ją z równowagi i jeśli miała być szczera, jego komentarze dotyczące tego, jak radziła sobie z pewnymi kwestiami, przeraziły ją. Za każdym razem, gdy zamykała oczy, wyobrażała sobie Jessicę z brudnymi balerinami na kanapie i wyraz jej twarzy, kiedy opowiadała o ciężarnej kobiecie, która utknęła między skałami. „Wysadzili ją".

Cóż, jeśli Jessica myślała, że zdobędzie nad nią przewagę, powinna się zastanowić.

Karen zerknęła na zegar: sesja zaczynała się za kwadrans, miała więc mnóstwo czasu, żeby wyskoczyć do toalety. Nerwy. Weź się w garść, upomniała się w duchu.

Widząc Molly siedzącą przy biurku, uśmiechnęła się na powitanie, jak gdyby bała się odezwać. Toaleta była pusta, ale kiedy weszła do kabiny, usłyszała, że drzwi się otworzyły i ktoś wszedł do kabiny obok. Chwilę później dobiegł ją szloch.

– Molly? – spytała, nie potrafiąc przejść obojętnie wobec zrozpaczonej kobiety.

Sekretarka była oprócz niej jedyną kobietą na piętrze i domysły Karen potwierdziły się, gdy usłyszała jej piskliwy głos. Spuściła wodę, umyła ręce i czekała, aż Molly wyjdzie. Kiedy w końcu się pojawiła, oczy miała zaczerwienione, a policzki mokre od łez.

– Co się stało? – spytała Karen i wyciągnęła rękę, żeby dotknąć jej ramienia. – Jakieś problemy w domu?

Sekretarka była wyraźnie zakłopotana.

– Chodzi o Joego – odparła. Unikała jej wzroku, udając, że poprawia włosy. – Myślę, że chce odejść. Mówi, że potrzebuje przestrzeni.

Karen pomyślała, że wcale nie byłoby źle, gdyby Joe rzeczywiście z nią zerwał, nie sądziła jednak, by jej opinia poprawiła Molly nastrój. Widziała jej chłopaka tylko raz, kiedy rozwalony siedział w poczekalni, a gdy otworzyła drzwi i przedstawiła się, ledwie na nią spojrzał. W rozmowie posługiwał się monosylabami i chrząknięciami, i Karen zastanawiała się, jak ten cherlawy, niewykształcony facet mógł doprowadzić do rozpaczy śliczną, bystrą Molly.

– Mężczyźni zawsze tak mówią – powiedziała. – A kiedy przychodzi co do czego, ze wszystkiego się wycofują. Jeśli cię straci, straci najlepsze, co przydarzyło mu się w życiu, a gdy zrozumie swój błąd, będziesz mogła zażądać od niego wyjątkowo wielkiego bukietu. I biżuterii.

Zabrzmiało to jak jedna z mądrości Bei, które bywały dużo bardziej pomocne niż to, co zwykle sama wymyśliłaby w takiej sytuacji. Karen mówiła jak psycholog, opowiadała o mechanizmach obronnych i pierwotnej potrzebie mężczyzn, by zapłodnić tyle kobiet, ile się da, i zwiększyć swe szanse na prokreację. Molly najwyraźniej spodobała się taka odpowiedź i Karen wyszła z toalety, żeby nie musieć jej przytulać.

Poczekalnia była pusta. Sesja Jessiki miała się zacząć za pięć minut, a dziewczyny wciąż nie było. Karen wzięła kubek z kawą i pchnęła drzwi do gabinetu gotowa wejść w rolę „przywódczyni", zanim Molly wpuści pacjentkę.

Jessica stała za biurkiem, patrząc na jedyną osobistą fotografię w całym gabinecie. Widząc ją, Karen była tak zaskoczona, że omal nie wypuściła kubka z rąk. Czarny płyn przelał się przez krawędź i zaczął skapywać na dywan.

– Jessica.

Dziewczyna nie podniosła wzroku, kiedy Karen weszła do gabinetu; zrobiła to dopiero, gdy usłyszała jej głos. Uśmiechnęła się, w najmniejszym stopniu niekrępowana faktem, że została przyłapana w gabinecie Karen na oglądaniu jej osobistych rzeczy.

– Doktor Browning. W recepcji nie było nikogo, więc postanowiłam wejść. Ładne zdjęcie.

Podniosła fotografię, jak gdyby chciała pokazać, co ma na myśli, i odłożyła ją na biurko. Była to fotografia o wymiarach trzynaście centymetrów na osiemnaście, na której Karen i jej przyjaciółki trzymały się pod rękę i uśmiechały do obiektywu. Wyjechały na babski weekend do Irlandii i wkrótce po tym, jak zrobiono zdjęcie, pokłóciły się o to, że żadna z nich nie zamówiła taksówki, i musiały iść trzy kilometry do hotelu, dwukrotnie gubiąc przy tym drogę.

– Wolałabym, żebyś nie wchodziła sama do mojego gabinetu, Jessico. I proszę, mów mi Karen.

Wskazała na kanapę z nadzieją, że wygląda na spokojniejszą, niż była w rzeczywistości. Jak to możliwe, że tej dziewczynie zawsze udawało się wytrącić ją z równowagi? Jessica wzruszyła ramionami i usiadła bez słowa.

– Jak się czujesz od ostatniej sesji? Bolała cię głowa?

Przygotowała się, że Jessica skrytykuje pytanie jako nudne i przewidywalne albo zacznie ją wypytywać, co sądzi o obozach dla jeńców wojennych, ale pacjentka pokręciła tylko głową.

– Nie, wygląda na to, że bóle chwilowo minęły. Czuję się znacznie lepiej. Może te sesje naprawdę pomagają?

Karen nie bardzo w to wierzyła. Miała wrażenie, że chodzą w kółko, unikając rozmów o tym, dlaczego Jessica zgłosiła się na terapię i w jakim kierunku zmierza jej romans. Prawdę powiedziawszy, każda kolejna sesja przypominała mecz sparingowy, podczas którego Jessica próbuje wyprowadzić Karen z równowagi, a ta stara się nie krzyczeć.

– Jest coś, o czym chciałabyś dziś porozmawiać?

Jessica spojrzała na swoje stopy i Karen była pewna, że lada chwila podkuli je pod siebie.

– Może mogłabym opowiedzieć o swojej przeszłości? Czy nie to właśnie powinnam robić? Dociekać, co jest powodem moich popapranych relacji z mężczyznami?

Był to obszar, w którym Karen czuła się jak w domu.

– Skoro tego chcesz… Coś przychodzi ci do głowy?

Dziewczyna przytaknęła.

– Mój ojciec często zdradzał mamę, kiedy byłam mała.

Dla Karen nie było to zaskoczeniem. Córka, która szła w ślady matki i angażowała się w toksyczne związki z mężczyznami, sabotując próby stworzenia zdrowej relacji i wybierając nieodpowiednich partnerów. Podręcznikowy przykład.

– Pamiętasz, co wtedy czułaś? Musiało być ci ciężko patrzeć, jak matka cierpi.

– Pewnie tak. Myślę, że do niej miałam największy żal. Gdyby była ładniejsza, zabawniejsza albo bardziej się starała, ojciec chciałby spędzać więcej czasu w domu. A ona jakby zupełnie odpuściła i nie próbowała go przy sobie zatrzymać.

Karen miała ochotę krzyknąć: „Aha!", ale w porę się powstrzymała. Coś jej mówiło, że to zbyt proste, ta gotowość Jessiki do wyjawiania powodu swoich problemów. Odsunęła od siebie tę myśl i uczepiła się nadziei, że być może dzisiejsza sesja okaże się przełomowa.

– Jak myślisz, dlaczego twoja matka reagowała w ten sposób na te romanse?

– Mam siostrę. To znaczy… miałam siostrę. – Jessica roześmiała się nerwowo. – Nigdy nie wiem, czy mówić o niej w czasie przeszłym, czy teraźniejszym, jak kobieta, która urodziła martwe dziecko, ale wciąż mówi, że ma dziecko. Zupełnie jakby należało do niej, chociaż już nie żyje. Tak to właśnie wygląda. Miałam kiedyś siostrę. Ale nie żyje.

Ręka Karen zamarła w połowie drogi do kubka i mogłaby przysiąc, że poczuła, jak krew zastyga jej w żyłach.

Nie może wiedzieć, powtarzała sobie, rozpaczliwie próbując odzyskać panowanie nad sobą. Nie może wiedzieć, co się stało z Amy. To przypadek. Wiele osób ma siostry, które umarły. Gdyby spojrzała na sesję z perspektywy czasu, byłaby wściekła na siebie, że straciła czujność i choć przez chwilę wierzyła, że Jessica Hamilton jest zwykłą pacjentką.

– Co się z nią stało? – Głos jej nie drżał, nie zdradzał emocji, które nią targały. A jednak Jessica patrzyła na nią, jak gdyby potrafiła z niej czytać niczym z otwartej księgi.

– Nie chcę o tym mówić – odparła głosem wypranym z emocji. – Musimy o tym rozmawiać?

– Nie, jeśli to dla ciebie zbyt trudne – odrzekła Karen, choć w głębi duszy umierała z ciekawości. Chciała wiedzieć, co się wydarzyło; musiała się dowiedzieć, co przytrafiło się siostrze Jessiki. Jeśli w ogóle miała jakąś siostrę. Wszystko, co wychodziło z ust tej dziewczyny, zdawało się wymierzone prosto w serce Karen.

– Porozmawiajmy o nim – odezwała się dziewczyna. – Albo raczej o niej.

– O żonie twojego kochanka? – Karen czuła, że od ciągłej zmiany tematów zaczyna mieć mętlik w głowie.

– Tak, o niej. Chyba jej odbija.

Karen sięgnęła po kubek i podniosła go do ust. Kawa była chłodniejsza, niżby chciała, ale potrzebowała chwili wytchnienia, żeby zwolnić tempo sesji i odzyskać nad nią kontrolę. Każąc Jessice czekać na odpowiedź, zyskiwała czas, żeby ocenić przebieg spotkania i pozbawić ją złudzeń, że to ona panuje nad sytuacją. Problem polegał na tym, że gdy tylko Jessica wspominała żonę kochanka, Karen widziała przed oczami Eleanor. Teraz, kiedy się nad tym zastanawiała, było to tak oczywiste, jakby powiedziała to na głos.

– Co to znaczy, że jej odbija?

Jessica ściągnęła brwi.

– No wiesz, zaczyna świrować. Odwala jej. Traci zmysły. Odbija jej.

– Dlaczego tak myślisz?

Dziewczyna uśmiechnęła się, jak gdyby chciała powiedzieć: „Myślałam, że nigdy o to nie spytasz".

– Zgubiła dziecko.

Karen gwałtownie wciągnęła powietrze, a żelazna gruda strachu, którą czuła od rana, urosła i przetoczyła się jej po brzuchu.

– Jak to „zgubiła"? – spytała. – Tak jak człowiek gubi kluczyki do samochodu? – dodała lekceważąco i skrzywiła się w duchu; był to irytujący zwyczaj, efekt wieloletniej przyjaźni z Beą. W rzeczywistości wcale nie było jej do śmiechu.

– Dokładnie. Robiła zakupy w Asda i zapomniała, gdzie zaparkowała samochód. Zadzwoniła na policję i narobiła zamieszania. Opowiedział mi o tym, mówił, że jej odbija.

Zapomniała, gdzie zaparkowała. Zadzwoniła na policję i narobiła zamieszania.

– W Asda? – Dość tego, pomyślała Karen. Jeszcze chwila i zapyta ją wprost, czy mówi o Eleanor i dlaczego przychodzi na terapię akurat do niej. Cóż złego mogło się wydarzyć? W najgorszym wypadku Jessica zaprzeczy, że sypia z mężem jej przyjaciółki i dalej będą bawiły się w kotka i myszkę. Tyle że tamta będzie wiedziała, że Karen jest bliska odkrycia prawdy. I że wygrywa. – A ty nie miałaś z tym nic wspólnego?

Jessica zrobiła gniewną minę.

– Niby jak? To ona zapomniała, gdzie zaparkowała... Nie moja wina, że tej głupiej dziwce szwankuje pamięć, prawda?

To było wyzwanie, zupełnie jakby czekała, aż Karen zasugeruje, że to ona przestawiła samochód, i zacznie zadawać kolejne pytania. Tyle że Karen nie musiała pytać. Wiedziała, że Eleanor nie zapomniała, gdzie zaparkowała. Wiedziała, że ktoś przestawił samochód. Nie miała tylko pojęcia, dlaczego Jessica bawi się z nią w te gadki o szalonych kobietach i martwych siostrach. Co ta dziewczyna wiedziała?

Karen pochyliła się do przodu, oparła łokcie na kolanach i spojrzała jej prosto w oczy.

– Pozwól, że zadam ci pytanie. Gdybyś mogła porozmawiać z tą kobietą, podejść do niej na ulicy i ją zagadnąć, co byś jej powiedziała?

Jessica przez chwilę się nie odzywała. Nie była przygotowana na to pytanie, jakże inne od zwyczajowego „Co wtedy czułaś?".

– Powiedziałabym jej, że nie zasługuje na nic, co ma. Że odbiorę jej wszystko i nic na to nie poradzi. Przekona się, jak to jest, kiedy człowiek traci to, co jest mu bliskie. A gdyby zapytała dlaczego, odparłabym, że dawno temu ktoś postąpił tak samo ze mną, i to jest moja zemsta. Teraz moja kolej, by stać się kimś, kogo ludzie zapamiętają. I że nigdy mnie nie zapomni, jak już z nią skończę.

46

Czy teraz, z perspektywy czasu, nie wydaje ci się to dziwne?
Chyba nie rozumiem pytania.

Byłaś pewna, że Jessica Hamilton sypia z mężem twojej przyjaciółki. Zmieniała wpisy w kalendarzu Eleanor, porwała jej dziecko i nasłała na nią opiekę społeczną. Byłaś pewna, że ta kobieta zamierza zrujnować ci życie.
Właśnie! Może internalizowałam problem. Cytując Beę: „Brałam wszystko do siebie". Ale zważywszy na to, co wydarzyło się od tamtej pory i co wiemy teraz, powiedziałabym, że miałam rację, sądząc, że Jessica Hamilton chowa do mnie urazę.

Tak? Zważywszy na to, co się wydarzyło, powiedziałabym, że łatwo się wywinęłaś.
A ja bym powiedziała, że gówno pani wie.

Chciałabym porozmawiać o twoich relacjach z matką.
Nie wątpię. W końcu tym się zajmujemy, prawda? Próbujemy dotrzeć do źródła problemów, zaczynając od dzieciństwa.

Wolałabyś nie rozmawiać o swoim dzieciństwie?
Po prostu nie widzę powodu. Obie wiemy, co się wydarzyło.

Rozmawiasz z matką?
Czasami. Nie jesteśmy sobie szczególnie bliskie, jeśli to chciała pani usłyszeć. Często tak jest, nie ma w tym nic dziwnego.

Wykaz połączeń z twojego telefonu wskazuje, że dzwoniłaś do matki dzień przed pierwszą sesją z kobietą, którą nazywasz Jessicą Hamilton. Rozmowa trwała trzynaście minut. O czym rozmawiałyście?
Nie pamiętam. Pani pamięta każdą rozmowę z rodzicami? To było dawno temu.

Od tamtej pory rozmawiałaś z nią tylko raz i połączenie trwało zaledwie cztery minuty. Pokłóciłaś się z nią w tamten wieczór poprzedzający sesję?
Może. Mówiłam już – nie pamiętam. Wszystkie rodziny się kłócą.

Ale nie tak jak twoja, prawda, Karen? Nie wszystkie dzieci słyszą od matek to, co ty usłyszałaś od swojej. Rzeczy, które powtarzała ci, odkąd byłaś dzieckiem.
Moja matka ma problemy. Chyba to pani rozumie.

Ja tak. A ty?
Możemy zrobić przerwę? Proszę.

47

Karen

Nazajutrz wciąż nie mogła dojść do siebie po sesji. Była tak roztrzęsiona, że odwołała inne spotkania i ogłosiła ten dzień „dniem rozwoju osobistego". Wiedziała, że brzmi to kiepsko, jednak w pracy często zachęcano ich do podobnych inicjatyw, ale nigdy do odwoływania spotkań z pacjentami. Wpisała się do kalendarza z nadzieją, że nikt nie zauważy, że zrobiła to z dnia na dzień. W ostatnim miesiącu coraz częściej brała wolne, a jej przerwy na lunch trwały dłużej niż zwykle, było więc kwestią czasu, aż ktoś zwróci na to uwagę i zacznie kwestionować jej podejście do pracy. Lata bezgranicznego zaangażowania, pracy w porze lunchu i spisywania raportów w weekend nie będą miały znaczenia, jeśli któryś z jej kolegów złoży na nią skargę. Karen stawiała na Travisa.

W dni rozwoju osobistego byli obecni w pracy, ale mogli przedłużać przerwy na lunch, przychodzić później albo wychodzić wcześniej, a wszystko to w swobodnej atmosferze, która zachęcała do zastanowienia się nad doskonaleniem zawodowym, wyzwaniami i planami na przyszłość. Raporty z dni rozwoju osobistego trafiały do ich teczek. Oczywiście tamtego dnia Karen nie zrobiła żadnej z tych rzeczy. Do południa przeczesywała internet w poszukiwaniu informacji na temat Jessiki Hamilton.

Jej nieobecność była uderzająca. Na Facebooku, Twitterze i LinkedIn Karen znalazła wiele Jessic Hamilton, ale żadna z nich nie przypominała jej pacjentki. Kiedy wyczerpała już wszystkie możliwości – Google Images, a nawet Myspace, na wypadek gdyby Jessica w wieku szesnastu lat założyła tam jednak konto – zaczęła przeglądać akta pacjentów w poszukiwaniu informacji.

Skierowanie, które przeczytała przed pierwszą sesją, niewiele jej powiedziało, ale teraz, zważywszy na zachowanie Jessiki i jej niezwykłe zainteresowanie życiem prywatnym Karen, brak szczegółowych informacji wydał się jej niepokojący. Znalazła jednak adres. Kompletnie ją zaskoczył. Był to zwyczajny adres, tak normalny, że przeglądając akta za pierwszym razem, w ogóle nie zwróciła na niego uwagi. Jednak teraz, kiedy go zobaczyła, nie mogła udawać, że go tam nie ma. Szybkie wyszukiwanie nie ujawniło niczego poza tym, że dom ma zastrzeżony numer telefonu i należy do niejakiej pani Beadle, która prawdopodobnie wynajmowała go Jessice. Dom został zakupiony w 1996 roku, ledwie Jessica wyrosła z pieluch.

Nie pojedziesz do domu pacjentki, powiedziała sobie w duchu Karen, sięgając po długopis, żeby zapisać adres w notatniku leżącym obok komputera. To by było szaleństwo. I koniec jej kariery, gdyby Jessica złożyła skargę. A o to prawdopodobnie jej chodziło. Karen nie wiedziała dlaczego, ale była przekonana, że Jessica Hamilton próbuje zrujnować jej życie.

Kwadrans po dwunastej nie mogła dłużej znieść siedzenia w gabinecie. W pracy nie było nikogo, z kim mogłaby porozmawiać i kto nie pomyślałby, że nie jest właściwą osobą na właściwym stanowisku. Michael nie miał ochoty słuchać o jakiejś biadolącej, bogatej dziewczynie, której się wydawało, że ma prawo narzekać na sytuację, w którą sama się wpakowała; poza tym był zdania, że problemy Karen to coś więcej niż kwestia upiornej pacjentki, a ostatnie, czego potrzebowała, to tego, by ktoś poddawał ją psychoanalizie. Musiała z kimś porozmawiać, z kimś nieskomplikowanym, kto potrafi jej wysłuchać, kto opowie niestosowny żart, ale kto zna ją na tyle dobrze, by wiedzieć, że jeśli się czymś martwi, to ma ku temu powody.

Bea była wyraźnie zaskoczona, kiedy Karen weszła do biura. Może myślała, że coś stało się Eleanor, bo od razu zapytała, czy wszystko w porządku.

– Tak, wszystko dobrze – odparła Karen, próbując nie bawić się rękami i powstrzymać się od skubania skórki wokół kciuka, jak zawsze, gdy była podenerwowana. – Zastanawiałam się, czy nie wyskoczyłabyś na lunch. Ja stawiam.

Bea uniosła brwi.

– Nie powinnaś być w pracy? – spytała podejrzliwie.

Karen spróbowała się uśmiechnąć i siląc się na swobodę, odparła:

– Nawet psychologowie muszą jeść.

Jej przyjaciółka pokiwała głową i sprawdziła godzinę na ekranie komputera.

– Będziesz miała coś przeciwko, jeśli wyjdę na lunch? – zwróciła się do dziewczyny przy sąsiednim biurku. – Za mniej więcej godzinę będę z powrotem. Przełączę telefon na recepcję.

Dziewczyna przytaknęła, nawet na nią nie patrząc, i Karen wiedziała, że cała ta szopka jest dla niej: Bea chciała, by przyjaciółka myślała, że jest w biurze kimś ważnym. Smutna prawda wyglądała tak, że mogła wyjść i nie wrócić do końca dnia, a jej nieobecność zauważono by dopiero wtedy, gdy nadeszłaby jej kolej zaparzyć herbatę. Na tym polegał problem wielkich korporacji: nikt nie był tak niezastąpiony, jak mu się wydawało.

– Więc dokąd mnie zabierasz? – Uśmiechnięta Bea usiadła na fotelu pasażera. Wyglądała na zdenerwowaną.

– Zjedzmy kanapkę w parku – zaproponowała Karen, ignorując jej rozczarowane spojrzenie.

Zaparkowała przy parku, naprzeciwko Subwaya, i odebrały zamówienie w pełnej napięcia ciszy, jak skłóceni kochankowie. Kiedy wróciły do samochodu, Bea rozpakowała kanapkę i odwróciła się w stronę Karen.

– O co chodzi? Coś nie tak z Eleanor? Widzę, jaka jest zestresowana. Po prostu nie wiem, co zrobić, żeby jej pomóc.

– Nie chodzi o Eleanor. – Karen skubała kanapkę, w najmniejszym stopniu nie mając na nią ochoty. – To znaczy poniekąd tak. Chodzi o Adama. Myślę, że ma romans.

Kątem oka dostrzegła, że ręka Bei zatrzymała się w połowie drogi do ust.

– Słucham?

– Sądzę, że sypia z jedną z moich pacjentek.

Bea pamiętała, żeby nigdy nie pytać Karen o jej pacjentów. Wiedziała, że chodziła do niej na terapię Susan Webster – była to jedna z najgłośniejszych spraw w całym hrabstwie – ale respektowała zasady obowiązujące w profesji Karen i jej etykę zawodową i nigdy nie rozpytywała o szczegóły. Teraz uświadomiła sobie, że skoro Karen zdecydowała się z nią porozmawiać, sprawa musi być poważna.

– Tak powiedziała? Powiedziała ci: „Sypiam z mężem twojej najlepszej przyjaciółki"? Dziwne, prawda?

– To nie takie proste. – Przez przednią szybę Karen widziała cały park. Patrzyła na opatulonego ciepło małego chłopca, który wspiął się na szczyt zjeżdżalni i nie chciał zjechać, dopóki matka nie zachęciła go śmiechem i oklaskami. Gdy w końcu zjechał, kobieta nadal zachowywała się tak, jakby to była najwspanialsza rzecz na świecie. Czy jej mama też kiedyś taka była? Czy każdy krok Karen, każde wejście na zjeżdżalnię i każde nowe słowo, które wypowiedziała jej córka, traktowała jak prawdziwy wyczyn? Była pewna, że kiedyś tak właśnie było, choć nie zachowała z tamtego okresu żadnych wspomnień. Nie pamiętała czasów, gdy nikt na nią nie warczał i nikt jej nie ignorował.

– Wiesz, że możesz porozmawiać ze mną o wszystkim.

– Nie chodzi o to, że nie chcę ci powiedzieć, Beo, ale o to, że nie wiem, od czego zacząć. Rozmawiałam już o tym z Robertem, ale on uważa, że mi odbija. Michael twierdzi, że przesadnie reaguję. Nie chcę, żebyś pomyślała to samo.

Bea wyglądała, jakby chciała położyć jej rękę na kolanie, ale się rozmyśliła. Karen nie przepadała za kontaktem fizycznym z przyjaciółmi; w żartach, które nie były żartami, mówiła o przestrzeni osobistej, ale teraz żałowała, że nie jest typem osoby, która lubi się przytulać. Albo kimś, kto potrafi poprosić, żeby go przytulić.

– Nie pomyślę, że jesteś szalona. Jesteś jedną z najbardziej trzeźwo myślących osób, jakie znam. Poznałaś moją rodzinę, prawda? To dopiero jest szaleństwo.

Karen się uśmiechnęła. Miała wrażenie, że to pierwszy uśmiech od tygodni.

– I nie muszę ci przypominać, że to poufne informacje? – upewniła się. – Eleanor nie może się dowiedzieć, dopóki nie rozwiążemy tej sprawy.

– Oczywiście.

Wiedziała, że Bea nie umie dochować tajemnicy, bo wielokrotnie zdradzała jej pikantne sekrety innych ludzi – tym razem jednak musiała jej zaufać.

– Dobrze. – Wzięła głęboki oddech. – Ta pacjentka, ta, o której ci mówiłam, że ma obsesję na moim punkcie... hm... okazuje się, że sypia z żonatym facetem.

Bea pokiwała głową, ale nie odezwała się w obawie, że przyjaciółka zmieni zdanie i zamilknie.

– I powiedziała kilka rzeczy, które mnie zaniepokoiły. – Nagle Karen przyszło do głowy, że nie może powtórzyć wszystkiego, co powiedziała Jessica, bo Bea nie ma pojęcia o niektórych wydarzeniach z życia jej, Karen. – Były to osobiste rzeczy i odebrałam je jako przytyk pod swoim adresem.

– Na przykład?

Posłała przyjaciółce spojrzenie w stylu „nie przeciągaj struny" i Bea najwyraźniej zrozumiała, bo cofnęła się i zamilkła.

– Wspomniała, że ma obsesję na punkcie żony tego gościa i że robi różne rzeczy, żeby uprzykrzyć jej życie. Zmienia wpisy w kalendarzu albo chowa listy, żeby żona pomyślała, że zaczyna świrować.

– Urocza osóbka – parsknęła Bea. – Ale nadal nie rozumiem, dlaczego uważasz, że chodzi o Eleanor. Tylko dlatego, że zapomniała o kilku spotkaniach...

– Jest jeszcze coś. Zaczęła mówić o dzieciach. Po tamtej historii z Noahem praktycznie przyznała się, że zabrała dziecko żonie kochanka.

– Chwileczkę. – Bea podniosła rękę. – Naprawdę tak powiedziała? Czy w takim razie nie powinnaś pójść na policję, zamiast rozmawiać ze mną? Nawet jeśli nie chodzi o Eleanor, ta twoja pacjentka wydaje się niebezpieczna.

Karen westchnęła.

– Jest przebiegła. Nie powiedziała nic, co mogłabym wykorzystać jako niezbity dowód na to, że stanowi zagrożenie. Zupełnie jakby mnie podpuszczała, jakby celowo wybrała mnie na swoją słuchaczkę. Kiedyś się zapomniała i jestem prawie pewna, że wypowiedziała jego imię, chociaż wszystkiemu później zaprzeczyła. – Urwała, wciąż niepewna, czy dobrze robi, zdradzając Bei tak wiele szczegółów. – Nazwała go Adamem.

Bea odetchnęła głośno.

– Musimy powiedzieć Eleanor.

Tego właśnie obawiała się Karen. Chociaż Bea twierdziła, że rozumie poufną relację pacjenta z psychologiem, nie była w nią zaangażowana równie mocno jak ona. Jeśli Karen się myliła... cóż, nawet jeśli miała rację, brakowało jej podstaw, żeby złamać tajemnicę zawodową.

– Próbowałam powiedzieć Eleanor, że być może Adam się z kimś spotyka, ale mi nie uwierzyła. Nie mogłam zdradzić jej szczegółów – dodała, widząc ściągnięte brwi Bei. – Dopóki jej ani dzieciom nie zagraża realne niebezpieczeństwo, nie mogę zdradzić jej nic więcej. Pewnie dlatego zachowywała się jak paranoiczka. Nie chcę jeszcze bardziej pogarszać sytuacji...

– To śmieszne! Mówimy o życiu twojej najlepszej przyjaciółki! Jej dziecku i małżeństwie. Może tego nie rozumiesz...

Insynuacja, że nie rozumie życia, jakie prowadzi Eleanor, rozzłościła ją.

– Bo co? Bo nie jestem mężatką i nie wiem, jak ważny jest mąż? Gdybyś nie zauważyła, Beo, faceci nie czekają w kolejce, żeby zaprowadzić cię do ołtarza.

Bea sprawiała wrażenie przybitej. Resztki kanapki wypadły jej z ręki i wylądowały na papierze, który rozłożyła na kolanach. Kawałek sałaty spadł na wycieraczkę. Fakt, że nie podniosła go od razu, świadczył o tym, jak bardzo jest zdenerwowana.

– Przepraszam... – Karen westchnęła. – To było podłe. Po prostu nie mogę przestać o tym myśleć. Wiem, jakie to ważne dla Eleanor, ale powiedziała, że mi nie wierzy. Gdyby Je... gdyby moja pacjentka dowiedziała się, że jej powiedziałam, straciłabym pracę. Pewnie tego właśnie chce, dlatego mówi mi to wszystko. Nie wierzę, że trafiła do mnie przypadkiem.

– Co więc możemy zrobić? Skoro Eleanor ci nie wierzy, a ty nie możesz przedstawić jej żadnego dowodu? – Bea mówiła mocnym, lekko znużonym głosem, który sugerował, że albo nie chce brać w tym udziału, albo ona również jej nie wierzy. Karen zdawała sobie sprawę, że przyjaciółka ma własne problemy i w przeciwieństwie do innych nie lubi dramatyzować. Dla niej to nie była zabawa.

– Sama mogłabyś spróbować się czegoś dowiedzieć. Nie patrz tak na mnie, Beo. Gdybyś miała dowód na to, że Adam ma romans, mogłabyś powiedzieć o wszystkim Eleanor i obeszłoby się bez łamania tajemnicy zawodowej. Zresztą nawet nie musiałabyś mówić Eleanor, wystarczyłoby, że powiedziałabyś Adamowi, a on pewnie zerwałby z tamtą kobietą.

– Nie wydaje ci się, że wtedy Eleanor i chłopcy znaleźliby się w jeszcze większym niebezpieczeństwie? Jeśli Adam porzuci tę kobietę, a ona naprawdę ma obsesję na punkcie Eleanor, to świadomość, że z nią przegrała, doprowadzi ją do szału.

– I tu pojawiam się ja. Pracuję z nią, a jeśli jej stan psychiczny się pogorszy, naruszę tajemnicę zawodową: zgłoszę sprawę na policję i porozmawiam z Robertem. Potrzebuję niezbitych dowodów, żeby mieć pewność, że moja praktyka nie ucierpi. Wszystko będzie dobrze, obiecuję.

Mina Bei zdradzała, że jej nie wierzy. I być może miała rację.

48

Bea

Dzień zaczął się miło. Później zjawiła się Karen i zepsuła jej humor swoją dziwaczną paplaniną o rzekomym romansie Adama z jej pacjentką. Teraz Bea miała mętlik w głowie i obawiała się o zdrowie psychiczne obu przyjaciółek. Jakby tego było mało, dwie osoby, do których zwykle zwracała się o poradę, zachowywały się dziwnie.

Rzuciwszy torbę na kanapę, przygotowała kolację – kiełbasę z fasolą na tościе ze startym serem i sosem Worcester (dziadek Bei nazywał to „pokarmem bogów") – i zamierzała zjeść w spokoju, obejrzeć na Netflixie drugi sezon *Orange Is the New Black* i zapomnieć o wszystkim, ale gdzieś w torbie rozdzwonił się telefon.

– Niech to szlag – mruknęła z ustami pełnymi stopionego, gorącego sera. Była zdecydowana nie odbierać, jednak na ekranie pojawiło się imię Eleanor. Od piątkowego spotkania wysłała jej tylko obowiązkowego SMS-a z pytaniem *Wszystko ok?*, a po dzisiejszej rozmowie z Karen czuła, że nie może jej tak po prostu zignorować.

– Hej – rzuciła, przełykając jedzenie. – Co słychać?

– To ja, Eleanor. – Bea uśmiechnęła się. Eleanor robiła to za każdym razem, gdy dzwoniła, chociaż dobrze wiedziała, że jej imię wyświetla się na ekranie.

– Wszystko w porządku?

Eleanor się zawahała.

– Nie wiem. Słuchaj, nie wysyłałaś mi dziś maila? Z nowego adresu?

– Nie. Nie mam nowego adresu. – Bea włączyła telewizor. – Dlaczego pytasz? Chodzi o maile z potwierdzeniem obecności na przyjęciu? Myślałam, że wysłałyśmy je z konta urodzinowego.

– Nie. To była wiadomość od ciebie i nie miała nic wspólnego z przyjęciem.

– Ale nie wysyłałam ci dzisiaj żadnej wiadomości. Co w niej było? I skoro nie wysłano jej z mojego adresu, to dlaczego myślisz, że jest ode mnie?

– W adresie nadawcy było twoje nazwisko – odparła Eleanor. – Pomyślałam więc, że to od ciebie. Sprawdziłam adres, trochę się różnił; E w nazwisku Barker zastąpiono cyfrą trzy.

Bea przestała przeglądać listę filmów na Netflixie.

– I co w niej było? Reklama środka na powiększenie penisa? Viagry?

– Masz pod ręką laptopa? Prześlę ci ją.

Powstrzymała się i nie westchnęła. Eleanor bywała taka melodramatyczna. Dlaczego nie mogła po prostu powiedzieć, co było w mailu? Robiła z tego tajemnicę, podczas gdy ser na tości stygł.

– Zaraz zerknę. – Włączyła laptopa. – Jak tam dzieciaki?

– W porządku, dzięki. Dostałaś?

– Chwilę, czekam, aż laptop się uruchomi. O co chodzi, Els? Wiesz, że ja i Karen martwimy się o ciebie. Mogę ci jakoś pomóc? Zabrać chłopców, żebyś mogła odpocząć?

– Co mówiła Karen? Nie sądzisz, że zachowuje się jakoś dziwnie?

Bea milczała. Wiedziała, dlaczego Karen zachowuje się dziwnie w stosunku do Eleanor, ale nie mogła jej o tym powiedzieć. Zwłaszcza przez telefon. Eleanor nie powiedziała jej, co Karen mówiła o Adamie, a to oznaczało, że albo jej nie wierzy, albo nie chce o tym rozmawiać.

– Mówiła ci coś? – Cholera, za długo milczała. – O historii z Noahem? I o tym, co moim zdaniem się wydarzyło?

– Co? Właśnie loguję się na poczcie. Co mówiłaś?

– Nic, tak tylko gadam. Masz?

– Tak, przyszły dwa maile od ciebie. – Kursor zatrzymał się na najnowszej wiadomości.

– Wysłałam ci tylko jeden. Kiedy wysłano ten drugi?

Bea sprawdziła godzinę.

– W południe. Ten, który przyszedł przed chwilą, wysłano z twojego konta AOL, a ten z południa z Hotmaila.

Kliknęła na drugą wiadomość i otworzyło się nowe okienko.

– Nie mam konta na Hotmailu. Co w nim jest?

– Uspokój się. Otwieram ten, który wysłałaś mi teraz. – Na ekranie kawałek po kawałku otwierało się zdjęcie. – To Karen wychodząca z Bellstone. Po co ktoś miałby wysyłać ci coś takiego?

– Spójrz na godzinę na zdjęciu – poleciła jej Eleanor.

Bea spojrzała na cyfry w lewym dolnym rogu.

– Druga czterdzieści pięć – odczytała. – Myślałam, że w Bellstone zamykają bar o dwudziestej trzeciej. Nie wiedziałam, że czekają, aż wyjdzie ostatni klient.

– Bo nie czekają. Po co miałaby rezerwować pokój dwadzieścia minut od domu?

Bea prawie wzruszyła ramionami, ale uświadomiła sobie, że Eleanor jej nie widzi.

– Nie wiem, może ona i Michael postanowili spędzić upojną noc poza domem.

– Spójrz na datę. Dwa tygodnie temu w sobotę. W tamten weekend Michael pracował poza miastem.

– Myślisz, że ma romans? – spytała Bea, ze świstem wypuściwszy powietrze.

– Nie wiem, ale wygląda to dziwnie, co? A skoro nie ty je wysłałaś, to kto? Co jest w tym drugim mailu? Tym, który rzekomo wysłałam ci po południu z mojego nieistniejącego konta na Hotmailu.

– Sekunda… ładuje się… Chryste, ale ten komputer jest zamulony.

Zdjęcie załadowało się. Jasna cholera, pomyślała Bea.

– Eleanor? Oddzwonię do ciebie.

Rozłączyła się, zanim przyjaciółka zdążyła zaprotestować, i spojrzała na ekran, na którym partner jej przyjaciółki stał, otaczając ramieniem inną kobietą w dzień ich ślubu.

49

Wiedziałam już po pierwszej sesji. Myślała, że mnie rozgryzła, że zdoła zataić, kim naprawdę jest, ale przed kimś takim jak ja nie sposób się ukryć. Zabójca w przebraniu... tak mówią? Wilk w owczej skórze. Kiedy człowiek sam nosi maskę, dostrzega innych znacznie wyraźniej, wie, czego wypatrywać, szuka oznak naśladownictwa. Byłyśmy bardziej podobne do siebie, niż chciałaby przyznać. Obie desperacko pragnęłyśmy być normalne i kochane za to, kim naprawdę jesteśmy, nie za to, jakimi widzi nas świat. Różnica polegała na tym, że ja wiedziałam o niej wszystko. Wiedziałam, jaka jest niebezpieczna.

Nie mam pojęcia, kiedy zorientowała się, że będę musiała ją zabić. Nie była to świadoma decyzja, w przeciwieństwie do tego, co myślą teraz. Nie wiem, co zaskoczyło mnie bardziej: świadomość, że znowu będę musiała pozbawić kogoś życia, czy fakt, że myśl o tym w ogóle nie napawała mnie odrazą.

50

Eleanor

Mrucząc pod nosem, upewniła się, że drzwi do łazienki są zamknięte, po czym odkręciła kurek z gorącą wodą. Wideoniania stała na skraju umywalki, drobne ciałko Noaha wypełniało sobą cały ekran. Kiedy spał – czyli głównie w ciągu dnia – wyglądał jak aniołek. W niczym nie przypominał małego demona, który wyłaził z niego nocą między dwudziestą trzecią a drugą i darł się bez opamiętania, aż twarz Noaha robiła się czerwona, niemal fioletowa, a Eleanor nie była w stanie dłużej tego znieść.

Zasnął zaledwie dziesięć minut temu, a to znaczyło, że miała co najmniej dwadzieścia minut, żeby wziąć prysznic, napić się herbaty, a przy odrobinie szczęścia może uda jej się zjeść tosta. Wchodząc do wanny i czując na ciele przyjemne ciepło, jęknęła z zadowolenia. Była to jedna z drobnych przyjemności, które uważała za oczywiste przed pojawieniem się dzieci i które znów stały się oczywiste, kiedy Toby podrósł.

Relaksując się w ciepłej wodzie, myślała o mailu i zdjęciu, na którym Karen wychodzi z Bellstone. Czyżby zdradzała Michaela? Nawet jeśli, to nie była jej sprawa, choć część Eleanor zaangażowana w życie przyjaciółek umierała z ciekawości. Nie mogła tak po prostu podejść do niej i zapytać wprost. Poza tym dość miała własnych problemów, żeby zamartwiać się tym, gdzie i z kim Karen spędza sobotnie wieczory albo dlaczego Bea rozłączyła się i od tamtej pory nie dzwoniła. Zamiast tego zastanawiała się, co powinna zrobić w przyszłym tygodniu. We wtorek musi spłacić zadłużenie na karcie kredytowej i opłacić nowy katalog Next. W czwartek... to będzie dwudziesty siódmy czy ósmy...? Sięgnęła po szampon i niespiesznie zaczęła masować skórę głowy, rozkoszując się dotykiem piany. Chwilę później spłukała głowę i powtórzyła rytuał od początku.

Na pewno dwudziesty ósmy. To znaczyło, że o jedenastej pielęgniarka środowiskowa przyjdzie zobaczyć Noaha, a Tobes ma po szkole trening piłki nożnej. Odbierze go dopiero o szesnastej trzydzieści, ale musiała zawczasu spakować strój, żeby nie jechać z nim na złamanie karku, jak w ubiegłym tygodniu.

Wyciągnęła rękę po buteleczkę z maską do włosów, kiedy usłyszała, jak Noah wierci się w łóżeczku. Cholera. Zmyła pianę z oczu i przebiegła wzrokiem instrukcję:

Nakładać na wilgotne włosy od nasady aż po końce. Pozostawić na włosach przez dwie godziny, a następnie spłukać. Powtarzać raz w tygodniu. Jeśli coś potrzebowało pielęgnacji, to z pewnością jej włosy. Ciąża dodała im blasku i sprawiła, że były grube i zdrowe jak nigdy, ale odkąd Noah przyszedł na świat, zaczęły wypadać i bywało, że Eleanor nie myła ich przez tydzień. Mały jęknął cichutko. Miała mnóstwo czasu, żeby nałożyć maskę; zmyje ją i wysuszy włosy, zanim pojedzie po Toby'ego. Z lśniącymi, zdrowymi włosami będzie nie do poznania.

Z chwilą gdy skończyła nakładać maskę, rozległ się płacz. Wyglądało na to, że herbata i tost będą musiały zaczekać do czasu, aż mały żarłok zaspokoi głód. Przynajmniej miała swoje cudowne tabletki.

– Już, skarbie, mamusia idzie. – Owinęła głowę ręcznikiem i chwyciła szlafrok. Poślizgnęła się w stojącej przy wannie kałuży wody i omal nie klapnęła na podłogę. Chwyciła się szklanej osłony prysznicowej i odzyskała równowagę.

– Mało brakowało – mruknęła pod nosem.

Noah przestał krzyczeć, kiedy tylko wzięła go na ręce i przytulił główkę do jej nagiego ramienia. Z dzieckiem na ręce zdołała włożyć spodnie od piżamy, położyła się na kanapie i jedną ręką przystawiła małego do piersi, drugą włączając telewizor. Oczy jej się zamykały. Przez chwilę walczyła ze zmęczeniem, ale powieki miała ciężkie jak z ołowiu. Słyszała, jak w telewizji Amanda i Phillip przedstawiają swojego gościa, kobietę nękaną przez duchy. Zasypiając, słyszała jeszcze, jak kobieta opowiada o tym, jak jej życie zmieniło się w koszmar.

Poderwała się ze snu, zmarznięta i z piekącą głową. Motyw przewodni z *This Morning* kończył właśnie program, a to znaczyło, że spała przeszło godzinę. Przerażona spojrzała w dół na Noaha. Oczka miał zamknięte, położyła mu rękę na piersi i sprawdziła, czy oddycha. Dzięki Bogu, pomyślała, czując, jak jego drobna pierś unosi się i opada. Kiedy prychnął przez sen, delikatnie obróciła się na bok, wstała i przeniosła go do łóżeczka, jakby był ze szkła.

Sprawdziła godzinę w telefonie: 12.34. Trzymała odżywkę na głowie pół godziny dłużej, niż zalecał producent, czemu więc tak bardzo piekła ją skóra?

Weszła pod prysznic, odkręciła wodę i czekała, aż się nagrzeje. Przeczesała palcami włosy gotowa spłukać odżywkę. Chwilę później spojrzała na ręce i zatoczyła się, widząc, garść włosów przyklejoną do palców.

Wsunęła rękę pod strumień wody i patrzyła, jak spływają do odpływu, zbyt długie, by przecisnąć się przez otwory. Od tygodni wypadały jej włosy – najwyraźniej było to normalne po ciąży – ale nigdy w takich ilościach. Jeszcze raz przeczesała je palcami i tym razem w dłoni została jej garść jasnych kosmyków. Zrozpaczona, zaczęła szarpać włosy i bezradna patrzyła, jak wypadają. Kiedy nogi odmówiły jej posłuszeństwa, osunęła się do brodziku i kuląc się pod strumieniem wody, zaczęła krzyczeć.

51

Bea

– Choleeeera! I co zrobiłaś? – spytała Fran.

Bea wyobrażała sobie siostrę, jak ładuje naczynia do zmywarki, podtrzymuje telefon ramieniem i próbuje zdecydować, co upiec do herbaty. Poczuła radość, że siedzi na trawie przed budynkiem miejscowej biblioteki i rozkoszuje się jesiennym słońcem.

– Nic. Kompletnie nic – odparła.

– Jak to? Nie powiedziałaś Eleanor? Myślałam, że jej powiesz, kiedy się dowiesz.

– Nigdy w życiu! Dobrze wiem, co Eleanor myśli o kobietach, które sypiają z żonatymi facetami. Zaraz, zaraz, co to miało znaczyć: „kiedy się dowiesz"?

– Hm...

– Wiedziałaś! Tak?

Zapadła cisza, która brzmiała jak przyznanie się do winy, po czym Bea usłyszała piskliwy głos Fran:

– Chyba tak.

– Skąd? I dlaczego mi nie powiedziałaś?

– Rich dostał zlecenie w prywatnym domu. Okazało się, że to dom Michaela. Nie miał o niczym pojęcia, dopóki nie zobaczył jego zdjęć z żoną i trójką dzieci. Od razu go rozpoznał. To było jakoś niedługo po tamtej wspólnej kolacji. Nie chciałam ci mówić, bo skoro Karen tego nie zrobiła, to znaczy, że nie chce, byś wiedziała. Próbowałam cię ostrzec…

– Dlaczego Karen miałaby mi mówić? Chyba nie sądzisz, że wie o wszystkim? To ty wysłałaś mi te zdjęcia? – spytała po chwili.

– Taaa, jasne. Nie mam co robić, tylko śledzić nocami ludzi. Gdybym chciała, żebyś wiedziała, powiedziałabym ci. Czekałam, aż Karen to zrobi.

– Wciąż to powtarzasz. Dlaczego myślisz, że o wszystkim wie?

– Nie jest głupia, Beo. Michael prawdopodobnie ma na palcu ślad po obrączce. Szkoda, że nie słyszałaś jego biednej żony. Jak opowiada o cudownym mężu, który tak wiele poświęca i haruje cały tydzień poza domem po to, żeby było ich stać na ładne rzeczy. Rich powiedział, że od samego słuchania robiło mu się niedobrze.

Bea czuła, jak dostaje na ramionach gęsiej skórki. Coś piknęło w telefonie i odsunęła go od ucha, żeby spojrzeć na ekran.

Gdzie jesteś? Potrzebuję Cię. Proszę, przyjedź. XX

– Muszę lecieć, Fran. Właśnie dostałam SMS-a od Eleanor.
– Myślisz, że ona coś podejrzewa?
Bea wzruszyła ramionami.
– Bóg jeden wie. Chyba niedługo się dowiem.

52

Karen

Kiedy zajechała pod usytuowany w środkowej części szeregowca uroczy dom Eleanor, Bea wysiadała właśnie ze swojego fiata punto. Zaczekała, aż Karen zaciągnie hamulec ręczny, wyjdzie z samochodu i zamknie centralny zamek.

– Co się dzieje? – Bea zmierzyła ją podejrzliwym wzrokiem, jakby zaskoczył ją widok przyjaciółki. Może spodziewała się, że Karen nie będzie mogła wyrwać się z pracy.

– Nie mam pojęcia. Napisała do mnie, żebym przyjechała.

– Do mnie też. Myślisz, że chodzi o Adama? Wiesz, to, co mówiłaś o tej kobiecie, która chodzi do ciebie na terapię...

Karen pomyślała o tym samym, kiedy dostała wiadomość. Od razu wyszła z gabinetu i poinformowała Molly, że idzie na lunch. Miała tylko nadzieję, że nie wynikną z tego jakieś problemy. Następna sesja zaczynała się o piętnastej, a to znaczyło, że ma dwie godziny, żeby dowiedzieć się, o co, u diabła, chodziło Eleanor.

– Boże, mam nadzieję, że nie. To by ją dobiło.

– Karen, ja... – zaczęła Bea. Twarz miała ściągniętą.

– O co chodzi? Co się stało?

Bea przystanęła i spoglądała to na przyjaciółkę, to na dom, jak gdyby nie mogła się zdecydować, czy powiedzieć to, co cisnęło się jej na usta.

– Nic – mruknęła. – Jest samochód Adama. – Wskazała kciukiem na ulicę.

– Nie widziałam go. Dobra, chodźmy i dowiedzmy się, o co chodzi.

Bea – podobnie jak Karen – nie kwapiła się z wejściem do domu, chociaż nie była pewna, czego właściwie się obawiają. Zanim zdążyły zapukać, drzwi otworzył im Adam z Noahem na ręce. Mały był spokojny i na pierwszy rzut oka nic mu nie było. Przynajmniej tyle, pomyślała.

– O co chodzi, Ad? – spytała Bea, kiedy mąż Eleanor odsunął się, żeby je przepuścić.

– Zdarzył się wypadek.

Słysząc jego posępny głos, Karen poczuła, że żołądek podchodzi jej do gardła.

– Coś z Eleanor? Nic jej nie jest? – W głowie miała gonitwę myśli.

– Nie jest ranna ani nic. Chodzi o... jej włosy.

– Włosy? – Przyprawiające o mdłości uczucie, które towarzyszyło Karen, odkąd godzinę temu odebrała wiadomość, ustąpiło miejsca irytacji. – Błagam, nie mów, że wyciągnęła mnie z pracy, bo nie podoba jej się nowa fryzura – dodała, siląc się na żartobliwy ton.

– To nie ona do was napisała, tylko ja z jej telefonu. Nie chciała nikogo widzieć, ale mam spotkanie, no i będę musiał odebrać Toby'ego... – Zniżył głos i zerknął w stronę zamkniętych drzwi do salonu, jakby obawiał się, że Eleanor pojawi się znikąd. – Nie chcę zostawiać jej samej. Boję się, że mogłaby zrobić coś... głupiego.

– Depresja poporodowa? – spytała Karen, on jednak wzruszył ramionami.

– Nie wiem. Nie wygląda na przygnębioną, ale chodzi o drobne rzeczy, jak ta historia z samochodem. Udało nam się przekonać ludzi z opieki społecznej, że doszło do nieporozumienia, ale zaczynam się zastanawiać, czy dobrze zrobiliśmy. Wygląda, jakby coś wzięła.

Kiedy weszli do salonu, Eleanor w szlafroku siedziała na kanapie, z kolanami pod brodą i ręcznikiem na głowie.

– Mówiłam mu, żeby do was nie dzwonił – odezwała się, patrząc na przyjaciółki.

– Nie dzwonił, miałyśmy przeczucie – zażartowała Bea, ale Eleanor nawet się nie uśmiechnęła.

– Pewnie naopowiadał wam, że mi odbija. I może ma rację.

– Nie gadaj głupot, Eleanor, wcale ci nie odbija. Jesteś zmęczona i żyjesz w ciągłym napięciu. Może powiesz nam, co się stało? Adam był bardzo tajemniczy.

Karen usiadła na drugim końcu kanapy, a Bea na podłodze naprzeciw Eleanor. Patrzyły na siebie, podczas gdy Eleanor siedziała w milczeniu nieruchomo jak posąg. Kilka minut później zdjęła z głowy ręcznik i położyła go na kolanach.

Z ust Bei dobyło się ciche westchnienie. Włosy Eleanor zwykle lśniące i piękne (choć ostatnimi czasy zdecydowanie bardziej zaniedbane) były przerzedzone, jakby ktoś wyrwał je garściami albo tu i ówdzie wygolił do gołej skóry. To, co z nich zostało, wciąż było mokre i lepiło się do głowy jak mysie ogonki.

– Coś ty zrobiła, Els? – spytała Bea, przerywając trwającą kilka sekund, pełną napięcia ciszę.

– To był wypadek. – Eleanor podniosła rękę, jakby chciała dotknąć potarganych kłaczków, które smętnie zwisały jej z głowy, ale się rozmyśliła. – Na parapecie obok maski do włosów stał krem do depilacji. Adam myśli, że zrobiłam to celowo, bo nikt nie byłby na tyle głupi, żeby pomylić jedno z drugim.

– Boże, kochanie, jak długo trzymałaś to na głowie?

– Zasnęłam – odparła po prostu Eleanor.

– No dobrze – rzuciła Bea. – Coś wymyślimy. Wykombinujemy coś z tego, co zostało, przynajmniej do czasu, aż reszta odrośnie. Adam, przynieś suszarkę do włosów. Zobaczę, co da się zrobić.

Eleanor siedziała bez ruchu, podczas gdy Bea podłączała suszarkę, szukała grzebienia i lakieru i krzątała się po pokoju, żeby nie okazywać zdenerwowania.

– Przepraszam na chwilę. – Karen wyszła z pokoju i poszła na górę do łazienki, w której wciąż panował bałagan. Krem do depilacji stał na parapecie obok odżywki do włosów. Poza tym, że jedno i drugie było w plastikowej tubce, różniły się prawie wszystkim. Na opakowaniu kremu dużymi, różowymi literami zapisano jego nazwę: *Veet*. Karen wycisnęła na dłoń gęstą, białą maź. Zmyła ją, odstawiła tubkę z powrotem na parapet i sięgnęła po maskę. Tubka była mokra od wody i częściowo wyciśnięta. Nie było mowy, żeby Eleanor pomyliła opakowania; Adam miał rację, nie była ani tak głupia, ani rozkojarzona. Ktoś korzystał z odżywki, podczas gdy tubka z kremem do depilacji była zupełnie sucha.

Karen wycisnęła odrobinę maski. Krem był nieco rzadszy,

ale miał ten sam drażniący, ostry zapach. Niewiele myśląc, zamknęła tubkę i wsunęła odżywkę do kieszeni.

– I jak? – spytała radośnie Bea, kiedy Karen wróciła do pokoju. – Nawet nie widać różnicy, prawda?

Karen musiała przyznać, że spisała się na medal. Włosy Eleanor były teraz suche i zaczesane na bok, tak by zakryć lewą połowę głowy – tę, na której prawdopodobnie spała. Dopóki się nie ruszała i nie było wiatru, praktycznie nie było widać różnicy.

– Wyglądają świetnie – przyznała zachwycona, próbując ukryć drżenie głosu. Nie chciała, by Eleanor wiedziała, jak bardzo jest źle. Każdy, kto znał ją przed urodzeniem Noaha, wiedział, jak bardzo była dumna ze swoich włosów; po tym, jak ostatnio zaczęła tracić kontrolę nad swoim życiem, to, co zdarzyło się dzisiaj, było dla niej gwoździem do trumny.

– To czemu wyglądasz, jakbyś gapiła się na narzeczoną Frankensteina? – Oczy Eleanor zaszkliły się od łez. – Wiem, że kłamiesz.

Karen rzeczywiście kłamała. Kiedy obiecała Eleanor, że wszystko będzie dobrze. Kiedy zapewniała ją, że może jej zaufać. Wszystko to były kłamstwa, ale zdążyła się do nich przyzwyczaić.

53

Bea

Zostawiła Eleanor śpiącą na kanapie. Adam praktycznie nie spuszczał jej z oka. Odkąd przyjechały, był blady jak ściana i Bea musiała setki razy powtarzać mu, że to nie jego wina i że to zwykła pomyłka. Sama jednak w to nie wierzyła; to nie była zwykła pomyłka i nie potrafiła sobie wyobrazić, jak bardzo trzeba być zmęczonym, żeby zrobić coś takiego. Nawet kiedy pocieszała Adama, nie mogła przestać myśleć o Karen i Michaelu, Michaelu i jego żonie. Nie mogła porozmawiać o tym z Eleanor – Karen była z nimi przez cały czas, a Eleanor nie potrafiła sklecić dwóch zdań – czuła jednak, że musi komuś o tym powiedzieć. Cała ta sytuacja doprowadzała ją do szału.

Jej laptop był uśpiony. Przyciągnęła go do siebie, stuknięciem palca w klawiaturę obudziła go do życia i wpisała w wyszukiwarkę: Michael Lenton. Na ekranie pojawiły się tysiące wyników, jednak żaden z nich nie wyglądał obiecująco. Kliknęła na grafikę, ale na żadnym ze zdjęć nie rozpoznała Michaela, partnera Karen. Przewinęła w dół, oglądając zdjęcia siwowłosych mężczyzn i nastoletnich chłopaków, aż w końcu go zobaczyła – eleganckiego w szarym garniturze, białej koszuli i kremowej kamizelce. Wyglądał kilka lat młodziej, ale to na pewno był on. U jego boku stała piękna, młoda kobieta w sukni ślubnej. Właśnie to zdjęcie ktoś jej przesłał.

Kliknęła i wypełniło cały ekran. U dołu widniał podpis: *Michael i Emily Lenton znajdują wymarzony samochód na wymarzony ślub* z dopiskiem: *Odwiedź stronę*. Strona reklamująca samochody była niedostępna.

Bea otworzyła nowe okno i wpisała w wyszukiwarce: Emily Lenton. Na ekranie pojawiły się znajome linki do Facebooka – było ich mnóstwo, ale na żadnym zdjęciu nie rozpoznała kobiety stojącej obok Michaela. Przejrzała kilka z nich; jej uwagę zwróciło zdjęcie profilowe, na którym były dwie dziewczynki, bliźniaczki, w wieku około trzynastu lat. Większość zdjęć była zablokowana, ale kiedy zobaczyła zdjęcie profilowe z pierwszego dnia świąt 2013 roku, wiedziała, że Fran miała rację.

54

Karen

Obudziła się bez budzika, a to oznaczało, że jest weekend. Na twarzy i pod powiekami czuła ciepłe promienie słońca. Która godzina? I dlaczego zasłony były rozsunięte? Spróbowała unieść głowę, ale miała wrażenie, że w nocy ktoś wypełnił ją płynnym betonem, a kiedy poruszyła szyją i zgięła ręce, odkryła, że boli ją każdy mięsień.

Co się wydarzyło ubiegłej nocy? Nie żeby nic nie pamiętała – wypiła kieliszek wina, wyszła na miasto, poznała tego gościa... Jezu Chryste, ten gość.

Powoli obróciła się na prawy bok z nadzieją, że nie zobaczy tego, co – jak się obawiała – czekało tam na nią. Grzywa ciemnych włosów odcinała się na poduszce, zasłaniając opaloną twarz. Był nagi... przynajmniej do pasa, a ona nie zamierzała zaglądać pod kołdrę, na wypadek gdyby się obudził i ją przyłapał.

Ubiegłej nocy coś musiało pójść bardzo nie tak. Nigdy nie przyprowadzała nikogo do domu, do łóżka, które dzieliła z Michaelem. I dlaczego czuła się tak kiepsko? Nie wypiła dużo –

tylko kilka kieliszków wina. Czemu więc wszystko wydawało się takie zamglone? Skrawki wieczoru wracały do niej niczym zapowiedź filmu – poznała tego gościa (jak zwykle nie spytała, jak ma na imię, co w obecnej sytuacji było nie lada problemem) i zaproponowała mu, żeby z nią poszedł. Nie miała jednak pojęcia, dlaczego przyprowadziła go do domu, zamiast iść do wynajętego wcześniej pokoju.

Wyciągnęła rękę i przez chwilę szukała na stoliku nocnym komórki. Nie chciała go budzić do czasu, aż zdecyduje, co z nim zrobić. Poza tym musiała się ubrać.

Telefon wypadł jej z ręki i z głuchym odgłosem spadł na podłogę. Wzdrygnęła się i zerknęła przez ramię. Nadal spał. Przesunęła palcami po ekranie i skrzywiła się, widząc godzinę: 9:04. A jeśli Michael wróci wcześniej? Raczej nie byłby zadowolony, gdyby w drodze do szafy musiał omijać tego kudłatego faceta.

Wstała, włożyła szlafrok i mocno związała go w pasie, żeby ukryć nagość.

– Hej, psst. – Potrząsnęła go za ramię. Otworzył oczy i uśmiechnął się, widząc nad sobą jej twarz.

– Dzień dobry – mruknął. – Gotowa na rundę drugą?

– Nie – warknęła. – Przepraszam, ale musisz już iść. Proszę.

Był rozespany i sprawiał wrażenie zdezorientowanego.

– Coś się stało?

– Daj spokój. – Zaczęła krzątać się po pokoju, zbierając ubrania, które rzucił niedbale na podłogę. – Nie mów, że nie zauważyłeś w przedpokoju męskich butów. Zegarka Armaniego na szkatułce albo zdjęć.

Uśmiechnął się zawstydzony.

– No dobra, widziałem. Rozumiem, że pan i władca lada chwila wróci do domu, dlatego chcesz się mnie pozbyć. Domyślam się też, że pewnie do mnie nie zadzwonisz.

– Bystry jesteś, przyznaję. – Podała mu ubrania i odwróciła się. – Zamówię taksówkę.

– Jak to? Nie zdążymy nawet wypić kawy?

– Dziesięć minut stąd jest Starbucks. Zamówić ci tam taksówkę?

– Nie, nie przejmuj się. Sam wrócę do domu. A tak między nami...

Spojrzała na niego. Teraz, kiedy był już ubrany, wiedziała, dlaczego wybrała właśnie jego; bo nie miała wątpliwości, że to ona wybierała. Nawet jeśli jej wspomnienia były mgliste, czuła, że nie zrobiła nic, na co nie miała ochoty. Z pewnością jej nie wykorzystał. Wprawdzie nie miała pojęcia, co ją napadło, że zabrała go do domu, zamiast pójść do hotelu, ale wiedziała, że nie była to jego wina.

– Tak? – spytała zniecierpliwiona.

– Nie wiem, jaki macie tu układ – zatoczył ręką łuk, wskazując sypialnię – i o co poprztykałaś się ze swoim facetem, ale to nie w porządku, że wykorzystujesz innych, żeby się na nim odegrać.

Karen rozdziawiła usta, nie wiedząc, co odpowiedzieć. Kiedy w końcu odzyskała mowę, rzuciła tylko:

– Słucham?

– Twoje problemy to twoja sprawa, nie moja. Ale gdyby odwrócić sytuację? Gdybym to ja zaczepił cię w barze, postawił ci kilka drinków, zaprosił do siebie, a rano wygnał z domu, zanim wróci żona? – Zarzucił kurtkę na plecy i wsunął rękę w rękaw.

Boże, to, co mówił, było prawdą. Karen potarła twarz dłonią, w duchu przyznając mu rację. Ilu innych czuło się tak jak on? Wykorzystanych i porzuconych, kiedy po przebudzeniu odkrywali, że zniknęła. Zakładała, że szukali tego, co ona, ale to ona sprawowała kontrolę i to ona ich wykorzystywała.

– Chciałabym, żebyś już poszedł.

Wyszła z sypialni, żeby nie widział łez, które napłynęły jej do oczu, i zamknęła się w łazience. Słyszała, jak otwiera drzwi do sypialni, jak wychodzi z domu, chrzęst butów na wysypanej żwirem ścieżce i skrzypnięcie furtki. Odszedł. Wiedziała, że musi pozbyć się śladów jego obecności i doprowadzić się do porządku, a zamiast tego siedziała na zimnej, wyłożonej płytkami podłodze i płakała.

55

Karen

Jessica i Karen siedziały naprzeciw siebie przy niskim stoliku stojącym na środku gabinetu. Przez cały ranek Karen nie wychodziła z pokoju – ani po kawę, ani do toalety, gotowa na konfrontację. Kiedy w końcu Jessica się pojawiła, wyglądała na nieco przygaszoną. Zamiast zapytać ją, jak się czuje, czy od ostatniej wizyty wydarzyło się coś istotnego albo czy ma ochotę porozmawiać o czymś konkretnym, Karen uznała, że dość już tego dobrego.

– Czego ode mnie chcesz? – spytała, gdy tylko Jessica umościła się na kanapie. Dziewczyna spojrzała na nią obojętnym, beznamiętnym wzrokiem.

– Chcę, żeby mi pani pomogła pozbyć się bólów głowy. Dlatego tu przyszłam.

Karen pokręciła głową.

– Nie. I myślę, że obie wiemy, że to nieprawda. Wyłożę karty na stół, choć wiem, że w ten sposób dostaniesz dokładnie to, czego chciałaś, i zapytam jeszcze raz: czego ode mnie chcesz?

Jessica odchyliła się do tyłu i patrzyła na nią w milczeniu.

– Nie jestem pewna, czy wiem – odezwała się w końcu. – Nie mogę powiedzieć, że planowałam tu przyjść, ale stało się, jak się stało, i oto siedzimy tu naprzeciw siebie.

Karen starała się ukryć zaskoczenie. Spodziewała się, że dziewczyna wszystkiemu zaprzeczy, ale może się myliła, może Jessica też miała po dziurki w nosie tej gry. Karen była wykończona, a czekał ją kolejny ciężki dzień. Przed pracą dostała wiadomość od Bei, która błagała przyjaciółki, żeby spotkały się z nią na lunchu. Twierdziła, że muszą porozmawiać. Karen nie miała pojęcia, o co może chodzić tym razem, ale ostatnio każdy dzień obfitował w dramatyczne wydarzenia, miała więc złe przeczucia.

– Masz romans z mężem mojej najlepszej przyjaciółki?

Jessica roześmiała się.

– To ten Adam, o którym kiedyś pani wspominała? Nie, nie mam nic wspólnego z pani przyjaciółkami.

Karen nie wierzyła w ani jedno jej słowo. Może Jessica myślała, że jeśli się przyzna, ona będzie miała wystarczające dowody, żeby zgłosić sprawę na policję. Nieważne; prawie przyznała, że kłamała w sprawie bólów głowy. Trzeba to zakończyć.

– Wiesz, że mogę powiedzieć o tobie Eleanor? Wystarczy, że stwierdzę, iż stanowisz zagrożenie dla jej rodziny. Mam wszelkie prawo ją ostrzec.

Jessica uśmiechnęła się, ale nic nie powiedziała.

– Ale przecież tego właśnie chcesz, prawda? Żebym opowiedziała Eleanor o tym, co wydarzyło się w trakcie sesji. Myślałaś, że zrobię to wcześniej, dlatego do mnie przyszłaś. Liczyłaś, że powiem jej o wszystkim i jej małżeństwo się rozpadnie.

W ten sposób miałabyś Adama tylko dla siebie i nie ryzykowałabyś, że będzie na ciebie zły. Nie dziwię ci się, zakładałaś, że nasze sesje są poufne.

– Wygląda na to, że mnie pani rozgryzła. I co teraz, pani doktor? Naśle pani na mnie policję? Taki był pani plan od samego początku?

Karen wstała; fizyczna i psychiczna przewaga nad Jessicą dawała jej poczucie kontroli, którego nigdy dotąd nie miała w trakcie ich sesji.

– Przyznam, że nie miałam pojęcia, co z tobą zrobić. Jesteś młoda i zakochana... rozumiem to.

– Proszę nie traktować mnie jak idiotki. – Grymas wykrzywił twarz dziewczyny. – Nie ma pani pojęcia, jak się czuję.

– Może wiem więcej, niż ci się wydaje. Ale to wciąż nie tłumaczy twojego zachowania. Masz szczęście, że do tej pory nikomu nic się nie stało. I jeśli teraz odpuścisz, może tak zostanie.

Jessica wstała i chwyciła torebkę, jakby szykowała się do wyjścia. Karen ogarnęło uczucie triumfu, a zaraz potem dziwny niepokój. Nie spodziewała się, że pójdzie jej tak łatwo – w jej oczach Jessica Hamilton urosła do rangi filmowego czarnego charakteru, Karen była więc rozczarowana, że skończyło się na kilku ostrych słowach.

– Wiem, co pani robi – odezwała się Jessica. – Widziałam, do czego jest pani zdolna.

Karen przypomniała sobie liścik. *Wiem, co robisz. Wiem, co zrobiłaś.* Już wtedy domyślała się, że napisała go Jessica; dobrze było wiedzieć, że się nie pomyliła. Przynajmniej nie wariowała.

– Nie wiem, co ci się wydaje, że o mnie wiesz...

Jessica pochyliła się w jej stronę i Karen zobaczyła, że rumieniec, który pamiętała z pierwszej sesji – wówczas myślała, że dziewczyna jest zziębnięta – powrócił, tyle że teraz wiedziała już, co było jego powodem: wściekłość.

– Widziałam cię, Karen Browning. Zajrzałam w głąb twojego serca i wiem, jakim jesteś człowiekiem. Udajesz, że jesteś idealna, i myślisz, że nikt cię nie przejrzy, ale się mylisz. Jesteś w błędzie i niedługo poniesiesz zasłużoną karę.

Patrząc, jak Jessica wychodzi z gabinetu, Karen czuła się, jakby ktoś wypełnił jej płuca ołowiem. Powinna triumfować, powinna czuć ulgę, a tymczasem miała koszmarne przeświadczenie, że to jeszcze nie koniec.

56

Karen

Siedziały naprzeciw niej w restauracji, obserwując i czekając, jak zareaguje na to, co właśnie powiedziała Bea. Wiedziały, że Michael jest żonaty.

Czuła się odrętwiała. Domyślała się, jak powinna zareagować – krzykiem, wrzaskiem, płaczem – ale nie mogła dać im tego, czego chciały.

– Ale ty o tym wiedziałaś. – Nie było to pytanie, lecz stwierdzenie. Bea wypatrywała na twarzy Karen oznak zdziwienia, zakłopotania, konsternacji, ale Karen była zbyt zmęczona, by silić się na udawanie. Przygryzając wargę, wbiła wzrok w podłogę.

– Nie bądź śmieszna, Beo. Karen nigdy nie związałaby się z żonatym facetem. – Eleanor przechyliła się nad stolikiem i położyła dłoń na ramieniu Karen. Ta poczuła, że łzy napływają jej do oczu. – Wszystko w porządku? Co zamierzasz zrobić?

Karen nie wiedziała, co powiedzieć. Przyjaciółka oczekiwała od niej, że będzie zła; Eleanor tak bardzo pragnęła, by udowodniła jej, że została oszukana, że Karen nie miała sumienia powiedzieć jej prawdy: Bea ma rację. Doskonale wiedziała, w co się pakuje, kiedy związała się z Michaelem. Wiedziała o jego żonie i dzieciach, o innym życiu i domu, którego był właścicielem. Michael i jego żona nie byli w separacji i Emily nie miała pojęcia o istnieniu Karen. Myślała, że w tygodniu pracuje z dala od domu, a tak naprawdę mógł pracować wszędzie – nazywali to „pracą zdalną" – i spędzać czas z nią i dziećmi. Ale nie robił tego. Był z Karen.

– Ona nie zamierza nic robić, Eleanor – odparła Bea. – Wie o Michaelu. Wie o wszystkim.

Czując na sobie zbolałe spojrzenie Eleanor, Karen wzięła głęboki oddech i pokiwała głową.

– Bea ma rację, Els. Wiedziałam, że ma żonę.

Od współczucia przez rozczarowanie aż do wściekłości – emocje pojawiały się i znikały z twarzy Eleanor, jak gdyby malowano je na niej magicznym markerem.

– W co ty grasz, do cholery? Jak mogłaś się związać z żonatym facetem? Czy on ma rodzinę? Czy on ma dzieci?

Karen wiedziała, że ta sytuacja wyciągnie na światło dzienne wszystko to, czego Eleanor obawiała się w związku z Adamem. Nocą śniła koszmary o tym, że traci rodzinę z powodu jakiejś nieznajomej femme fatale, kobiety pozbawionej zasad, która brała, co chciała, nie dbając o innych. Kobiety, jaką właśnie okazała się jej najlepsza przyjaciółka.

– Ja...

– Jeśli powiesz, że go kochasz, przywalę ci w twarz.

Karen nie sądziła, by Eleanor mówiła poważnie, ale mogła się mylić i wolała nie ryzykować. Bea patrzyła na nią w milczeniu, ale Karen nie wiedziała, czego od niej oczekuje. Wiedziała za to, czego oczekuje Eleanor. Ona chciała, by Karen płakała, błagała o przebaczenie ludzi, którym nie wyrządziła żadnej krzywdy, by zaklinała się, że jeszcze wczoraj nie miała o niczym pojęcia. Chciała zapewnienia, że jej niezawodna, najlepsza przyjaciółka nie jest kłamliwą, rozbijającą małżeństwa suką. Natomiast to, co myśli Bea, było dla Karen tajemnicą.

– Dlaczego mi nie powiedziałaś? – spytała ze spokojem Bea. – Od lat nas okłamujesz.

– Bo nie chciałam oglądać twojej miny – odparła szczerze Karen. – Nie chciałam was rozczarować.

– Wolałaś, żebyśmy myślały, że jesteś w każdym calu perfekcyjna – warknęła wściekle Eleanor. – Nie chciałaś, żebyśmy wiedziały, że jesteś pozbawiona wszelkich zasad moralnych. Szczyciłaś się dobrą pracą, szafą pełną eleganckich, niezarzyganych ubrań i nienagannym słownictwem, a tak naprawdę przez cały czas rujnowałaś ludziom życie.

– Nie bądź śmieszna, Eleanor, przestań się drzeć i nie rób scen. – Słysząc beznamiętny głos Bei, Karen pomyślała, że z dwojga złego woli rozhisteryzowaną Eleanor.

– Powiedz coś, Karen. Proszę, powiedz coś.

– Bea ma rację. – Karen wbiła wzrok w stół i teraz, kiedy nie widziała ich oskarżycielskich min, tama pękła. Słowa wypłynęły z jej ust wartkim potokiem, rozbijając się o siebie i walcząc między sobą o palmę pierwszeństwa. – Od początku wiedziałam, że jest żonaty, i nie było tak, że mnie to nie obchodziło; po prostu nie obchodziło mnie na tyle, by do niczego między nami nie doszło. Kiedy ze mną flirtował, dawał mi do zrozumienia, że mu się podobam, odpychałam od siebie myśli o tym, że ma żonę i dzieci. Upchnęłam je wszystkie w jakiejś czarnej skrzynce i zakopałam głęboko. Za każdym razem, gdy spotykaliśmy się w tajemnicy, przysypywałam tę skrzynkę kolejną warstwą ziemi, aż zupełnie o niej zapomniałam. Sypialiśmy ze sobą, a ja nie czułam się winna. Nie poznałam jego żony, było więc tak, jakby w ogóle nie istniała. Jego dzieci nie były prawdziwymi ludźmi i nigdy nie myślałam o nich na tyle długo, bym zaczęła się nimi przejmować.

Wzięła oddech i spojrzała na przyjaciółki. Jeśli to w ogóle możliwe, na twarzy Eleanor malowała się jeszcze większa odraza niż przed chwilą. Bea przygryzała wewnętrzną stronę policzka, uparcie unikając jej wzroku.

– A kiedy przedstawiłam go wam, obie uznałyście, że jest idealny… tak bardzo chciał, żebyście go polubiły. Nie mogłam wam wtedy powiedzieć. Nie chciałam, żeby każda rozmowa toczyła się wokół tego, czy Michael zostawi żonę, czy ja zostawię jego. Nie mogłam znieść myśli o tym, co powiecie po moim wyjściu: że jestem idiotką i nasz związek jest skazany na niepowodzenie. Nawet gdybyście się z tym pogodziły… choć wiem, Eleanor, że w twoim przypadku to niemożliwe… nigdy nie pozwoliłybyście mi zapomnieć, że tak naprawdę wcale nie jest mój. A byłam całkiem niezła w zapominaniu.

Poczuła pod powiekami palące łzy i zamrugała, żeby się ich pozbyć. Nigdy nie płakała w obecności przyjaciółek.

– Nie muszę tego słuchać. – Eleanor zerwała się z krzesła i tak gwałtownie chwyciła torebkę, że stolik się zakołysał. – Niedobrze mi się robi. I pomyśleć, że jedyne, co przed tobą ukrywałyśmy, to pieprzone przyjęcie-niespodzianka. To jedyna rzecz, o której ci nie powiedziałyśmy! Wychodzę. Idziesz, Beo?

Karen rzuciła Bei rozpaczliwe spojrzenie. Jeśli przyjaciółka zostanie, jest szansa, że jej wybaczy. Nie zamierzała rozstawać się z Michaelem, nie mogła, ale może uda jej się przekonać Beę, że jeden zły uczynek nie czyni z niej złego człowieka. Bea na pewno zrozumie, że nikt nie jest idealny.

Nie miała jednak okazji spróbować jej przekonać, bo po chwili wahania Bea wstała i wyszła razem z Eleanor, zostawiając ją samą jak palec.

57

Karen

Zapukała do drzwi i pchnęła je dłonią. Robert siedział przy biurku, pochylony, z łokciami na lśniącym dębowym blacie. Jego poważna mina natychmiast obudziła w niej czujność. Wyglądał, jakby ktoś zastąpił jego PlayStation liczydłem.

– Karen. – Ruchem ręki zaprosił ją do środka i pokazał, żeby zamknęła drzwi.

Miała wrażenie, że nogi odmawiają jej posłuszeństwa i lada chwila upadnie.

– Usiądziesz? Wprowadzasz dysharmonię do mojego gabinetu.

– Nie żartuj sobie, Robercie. Po co mnie wezwałeś? – Kiedy zamiast odpowiedzieć, spojrzał wymownie na krzesło, usiadła niechętnie.

– Masz rację, obawiam się, że sytuacja wcale nie jest wesoła. – Potarł dłonią twarz i Karen poczuła, jak zimne szczypce strachu zaciskają się na jej żołądku. – Wpłynęła skarga.

Potrzebowała chwili, żeby przyswoić sobie jego słowa. Pierwsza myśl, jaka przyszła jej do głowy, brzmiała: „Na kogo?". Było to głupie pytanie. Dobrze wiedziała, kogo dotyczyła skarga – nie była jeszcze wspólniczką, a to oznaczało, że nie konsultowałby się z nią, chyba że sprawa dotyczyła jej bezpośrednio. Ktoś złożył na nią skargę. Jessica Hamilton.

– Kto? – spytała. Nawet na nią nie spojrzał. – Robercie, kto złożył na mnie skargę?

– Wiesz, że nie mogę ci powiedzieć.

– Więc co tutaj robię? – Zerwała się, ale po chwili namysłu usiadła z powrotem. – Jeśli postępujemy ściśle według przepisów, po co w ogóle mnie tu wezwałeś? Nie powinnam stanąć przed komisją? Stąpać po rozżarzonych węglach i patrzeć, jak ostrzycie widły?

Robert westchnął. To oczywiste, że chciał ją ostrzec, żeby nie urządziła sceny przed resztą zarządu. Robił to nie tylko z błędnego poczucia lojalności; uważał, że jest na tyle stuknięta, że mogłaby pociągnąć go za sobą. Lepiej, żeby awanturowała się tu, w jego gabinecie, i stanęła przed komisją nieco bardziej spokojna.

– Pomyślałem, że jestem ci to winien. Zanim do sprawy włączy się Generalna Izba Lekarska, zwołamy posiedzenie. To pierwsza skarga pod twoim adresem i nie chciałem roztrząsać tego przed resztą wspólników.

– Czego dotyczy ta skarga? – Mówiła pewnym siebie głosem, nie okazując zdenerwowania. Brzmiała jak dawna Karen. Jak Karen, którą była, zanim poznała Jessicę Hamilton. Zanim całe jej życie poszło w rozsypkę.

– Podobno w trakcie sesji czuć było od ciebie alkoholem.

– To jakiś żart! – Nigdy nie piła przed pracą. Na Boga, przyjeżdżała do biura o dziewiątej rano, a w porze lunchu wypijała najwyżej łyczek wina. – Musisz wiedzieć, że nigdy nie piję w pracy. Skąd w ogóle przyszło ci to do głowy?

– To jeszcze nie wszystko. Podobno dzwoniłaś do tej osoby, żeby przełożyć spotkanie, a kiedy przyjechała na umówioną godzinę, nie było cię w gabinecie, i nie chodzi o jednorazowy wypadek. W trakcie sesji bywałaś rozkojarzona i nie było wątpliwości, że piłaś. Podobno wydzwaniałaś do tej osoby do domu, żeby skomentować coś, co napisała na swoim profilu na Facebooku, i wysyłałaś jej SMS-y o niestosownej treści.

– To wszystko kłamstwa, Robercie. Łatwo to będzie udowodnić. Nie rozumiem, jak temu komuś może się wydawać, że ujdzie mu to płazem.

– Jeśli to kłamstwa…

– Jeśli?!

– Dobrze, załóżmy, że ci wierzę. Bo chcę ci wierzyć, Karen, mimo tego, co widziałem na własne oczy w ciągu ostatnich kilku tygodni. Wiesz jednak, że musimy podchodzić poważnie do każdej skargi.

– Ale to kłamstwa! Przysięgam, nigdy nie wysyłałam żadnemu z moich pacjentów SMS-ów, zwłaszcza niestosownych. A co do picia w pracy? Nie piję nawet w dni…

Urwała, wiedząc, że zamierza wypowiedzieć na głos kłamstwo, którym karmiła się od tygodni. Przez dziesięć lat w ogóle nie tykała alkoholu, ale ostatnio, od czasu do czasu, wypijała kieliszek albo dwa przed snem… a w tym tygodniu raczyła się drinkiem co wieczór. Ale przecież brała prysznic i myła zęby, więc nie było mowy, żeby nazajutrz o dziewiątej rano nadal czuć było od niej alkoholem. A może jednak? Boże. Ukryła twarz w dłoniach i pomasowała skronie, czując, jak resztki dobrej woli Roberta ulatują.

– Nie piję w pracy – bąknęła.

– Myślę, że powinnaś zrobić sobie wolne – odparł Robert.

Opuściła ręce na kolana i spojrzała na niego zaskoczona.

– To jakiś żart? Jeśli to zrobię, ludzie pomyślą, że przyznaję się do winy. Nie zamierzam robić sobie wolnego.

– Nikt nie pomyśli, że przyznajesz się do winy, tylko że poważnie traktujesz zarzuty.

– Ale ja nie traktuję ich poważnie. I jeśli mam być szczera, jestem wściekła, że w nie wierzysz. Są zupełnie bezpodstawne i dobrze o tym wiesz! Gdyby istniały dowody na to, że wysyłam swoim pacjentom niestosowne wiadomości albo że piję w pracy, z miejsca zostałabym zawieszona. Już sam fakt, że sprawą zajmie się komisja, świadczy o tym, że nie masz wystarczających dowodów, żeby samemu podjąć decyzję. Dlatego nigdzie się nie wybieram, Robercie.

Westchnął.

– Czułem, że to powiesz. Masz rację, dzięki Bogu nie ma dowodów. Widziałem te wiadomości i nie zostały wysłane z żadnego z twoich numerów. Niezależnie od tego, jak bardzo jesteś na mnie zła, jestem twoim przyjacielem i nie chcę, żeby cała ta sprawa zakończyła się twoim zawieszeniem. Ale należy ją zbadać i wolałbym, żeby w tym czasie cię tu nie było. Chcę, żebyś zrobiła sobie kilka dni wolnego, wyjechała z Michaelem na wakacje i wzięła się w garść.

– Nie mogę tak po prostu wyjechać na urlop – odparła. – Życie nie zawsze jest takie proste. Poza tym nie jestem w rozsypce, a zatem nie muszę brać się w garść. Nie zamierzam brać wolnego, więc będziesz musiał mnie zawiesić. – Wzięła torbę i pewnym krokiem ruszyła w stronę drzwi. Tylko serce, które chciało wyskoczyć jej z piersi, zdradzało, jak bardzo jest przerażona. Nie mogła stracić pracy; była dla niej wszystkim. Bez niej nie wiedziała nawet, kim naprawdę jest.

– Przynajmniej do końca dnia! – zawołał za nią Robert.

Zamierzała odmówić, kiedy kątem oka zobaczyła swoje odbicie w drzwiach z czarnego szkła. Jej twarz odcinała się upiorną bielą na ciemnym tle, pod oczami miała fioletowe cienie. Jej włosy, zwykle proste i lśniące, opadały niczym strąki po tym, jak położyła się spać z mokrą głową, a na lewej piersi widniała biała plama po paście do zębów. Przynajmniej pamiętała, żeby rano umyć zęby. Rytmiczne pulsowanie u podstawy czaszki, które czuła, odkąd się obudziła, wzmogło się.

– Dobrze, w porządku.

– W porządku z czym? – spytał podejrzliwie Robert.

– Do końca dnia wezmę wolne. Może jutro też. Wrócę po weekendzie. Chyba że ty i reszta uznacie, że macie wystarczające dowody, żeby mnie zawiesić. A co z komisją?

Wskazał papiery na biurku i nagle dotarło do niej, że teczka ze skargą cały czas leżała przed nim.

– Będę musiał pokazać im dowody, ale spodziewam się, że nie będzie to przesłuchanie, raczej nieformalne spotkanie. Pewnie nawet nie będziemy cię fatygować. – Wydawał się nieco bardziej odprężony, może chciał tylko uświadomić jej powagę sytuacji. Może gdyby go posłuchała i już wcześniej wzięła kilka dni wolnego, sprawy potoczyłyby się inaczej. Teraz było za późno, żeby się o tym przekonać.

58

Nie wiedziałam, czy wszystko się ułoży, czy rozsypie jak domek z kart. Były chwile w ciągu ostatnich kilku tygodni, kiedy miałam wrażenie, że posunęłam się za daleko. Musicie wiedzieć, że nie jestem zła, po prostu chciałam otworzyć im oczy. Dużo myślałam o koncepcji dobra i zła i o tym, co sprawia, że jestem lepsza od niej. Rzeczy, które robiłam… miałam ku temu powody, ale czy nie wszyscy tak mówią? Więzienia są pełne „niewinnych" ludzi. W nielicznych chwilach, kiedy zatrzymywałam się i patrzyłam w przyszłość, byłam przerażona myślą, jak to się wszystko zakończy, i bałam się tego, kim się stałam. Mogłam to przerwać w każdym momencie. A może nie? Gdyby tak było – gdybym to zrobiła – nie doszłoby do tego. Nadal by żyły.

59

Karen

Karen siedziała wpatrzona w nieruchome wody sadzawki. Wypływające na powierzchnię maleńkie pęcherzyki powietrza świadczyły o tym, że gdzieś pod spodem toczy się życie. To właśnie fascynowało ją w ludzkim umyśle – rzeczy, które rozgrywają się w naszej podświadomości, o których nie mamy pojęcia. Tak wiele z nich dryfowało niezauważanych pod powierzchnią, aż do chwili, gdy pęcherzyk wynurzał się i pękał.

Zawieszona. Po trwającym czterdzieści minut przesłuchaniu przed Generalną Izbą Lekarską jedyne, co zapamiętała, to: „zawieszona do czasu wyjaśnienia sprawy".

Po części w ogóle się tym nie przejmowała. Lata praktyki, a wcześniej bycie jedną z najlepszych studentek na roku i imponujące wyniki egzaminów – jak gdyby sama układała pytania – sprawiły, że czuła się niezwyciężona. Była ulubienicą wykładowców i Roberta. Niemożliwe, żeby te niedorzeczne oskarżenia mogły jej zaszkodzić, a zawieszając ją, Robert chciał zachować pozory. Musiał dbać o praktykę i Karen szanowała decyzję jego i innych wspólników. Na ich miejscu postąpiłaby tak samo.

Z drugiej strony coś w jej umyśle szeptało słowa takie jak: „komisja etyczna", „kompromitacja" i „zawieszona do czasu wyjaśnienia sprawy". Były one jak kleks w zeszycie do kaligrafii, skaza na jej nazwisku. Nawet jeśli zostanie oczyszczona z zarzutów i wróci do pracy, koledzy będą wymieniać ukradkowe spojrzenia i krytykować jej decyzje, a na zebraniach każdy będzie chciał siedzieć obok niej, żeby zobaczyć, czy nie czuć od niej alkoholu. Jej pacjenci trafią do innych specjalistów i szczerze wątpiła, by po wszystkim wrócili do niej. Będzie musiała zacząć od nowa, a ktoś inny zbierze owoce jej ciężkiej pracy. Choć sesje miały dość formalny charakter, naprawdę zależało jej na pacjentach i ich dobrym samopoczuciu. Czy Gerry Young, alkoholik, wytrwa w trzeźwości pod opieką innego psychologa? Czy Susan Webster będzie musiała od nowa przeżywać swoją traumę? A może ci zniechęceni zmianą porzucą terapię? I co się stanie z Jessicą Hamilton?

Myśl o tym ciążyła jej niczym kula u nogi. Nic – ani sprzątanie, ani czytanie, ani oglądanie głupawych programów z koszmarnymi prowadzącymi i gośćmi, których problemy biły na głowę problemy jej pacjentów – nie było w stanie odwrócić jej uwagi od nasilającego się przeczucia, że myliła się od samego początku i że to wszystko było na nic.

60

Bea

Kiedy drzwi się otworzyły, zobaczyła Michaela.

– Nie ma jej, Beo – odezwał się znużonym głosem.

– Wiem – rzuciła. – Przyszłam do ciebie. Długo jej nie będzie?

– Poszła po wino i jedzenie na wynos z tej restauracji w Bridgnorth, którą tak lubimy. Powinna wrócić za pół godziny. Ma jakieś problemy w pracy, nie chce z nikim rozmawiać.

– Więc lepiej pozwól mi wejść.

Michael wyglądał, jakby zamierzał zaprotestować, ale wbił wzrok w podłogę i westchnął. Nie oglądając się za siebie, przeszedł do salonu. Bea zamknęła drzwi i podążyła za nim.

– Domyślam się, że zaraz zaczniesz kwestionować moje zamiary wobec Karen, powiesz, że jestem podły i żebym trzymał się z daleka od twojej najlepszej przyjaciółki, albo powiadomisz o wszystkim moją żonę.

Bea uśmiechnęła się gorzko.

– A ty mi powiesz, że twoja żona cię nie rozumie, że od lat ze sobą nie sypiacie i jesteście razem do czasu, aż wasze dzieci będą wystarczająco duże. Wtedy odejdziesz.

Michael uniósł brwi. Bingo!

– Więc po co przyszłaś?

Przycupnęła na skraju kanapy, jakby ten mebel był jej obcy, jakby nie siedziała na nim setki razy z butelką wina u stóp.

– Martwię się o Karen.

– Niepotrzebnie. Dokładnie wie, w co się angażuje, i w każdej chwili może odejść. – Podrapał się po brodzie. – Jest dorosła, Beo, i taki układ odpowiada nam obojgu. Ja nie okłamuję jej, a ona mnie. Jest szczęśliwa.

– Cóż, jeśli w to wierzysz, to nie znasz Karen tak dobrze, jak ci się wydaje – oświadczyła. – Ale nie martwi mnie status waszego związku ani to, czy złamiesz jej serce. Martwię się o nią... – Nagle zaczęła wątpić, czy dobrze zrobiła, przychodząc tu. Lecz stało się i lepiej będzie, jeśli powie mu, co jej leży na sercu. – Martwię się o jej zdrowie psychiczne.

Spodziewała się, że ją wyśmieje, przypomni jej, że Karen jest ekspertem od zdrowia psychicznego, podczas gdy ona pracuje w kadrach, a nie odwrotnie. Milczał jednak i ku jej zaskoczeniu skinął głową.

– Ja też. Wiesz, co się z nią dzieje?

Bea westchnęła.

– Nie jestem pewna, ale myślę, że ma to związek z jej pacjentką. Przekonała samą siebie i próbowała przekonać mnie, że ta dziewczyna ma romans z mężem Eleanor.

– Powiedziała ci o tym?

– Właśnie to mnie zaskoczyło. Nigdy dotąd nie rozmawiała ze mną o swoich pacjentach. Jest profesjonalistką pod każdym względem. Kiedy więc usłyszałam od niej o tej dziewczynie, wiedziałam, że musi mieć podstawy do podejrzeń, że mamy problem.

– Powiedziała ci, jak ona się nazywa, ta pacjentka?

– Nie. Nie zrobiłaby tego, chyba że obawiałaby się o nasze bezpieczeństwo. Ale chodzi o to, że to wszystko brzmi tak... – Urwała, szukając słowa, które nie urazi Michaela. On jednak dokończył za nią.

– ...niewiarygodnie. Wszystko to brzmi niewiarygodnie. Że ta dziewczyna sypia z Adamem i próbuje sprowokować Karen. Tak, wiem.

– Nie jest to niemożliwe, tylko... Myślę, że Karen wyczuła, że coś złego dzieje się w związku Eleanor i Adama, i próbuje im pomóc, tak jak zawsze pomagała nam, kiedy miałyśmy kłopoty. Wykorzystuje tę dziewczynę i dopatruje się w niej źródła problemu.

Michael wyglądał, jakby rozbawiła go ta jej zabawa w psychologa.

– W takim razie wytłumacz mi coś – odezwał się. – Skąd u Karen ten kompleks Boga?

Bea sięgnęła po torbę i otworzyła ją. Wyjęła kartki A4 i wręczyła je Michaelowi.

Przeglądał je, coraz bardziej marszcząc czoło.

– Co to jest?

– Artykuły z gazet. Sprzed trzydziestu lat. Dała mi je matka Karen.

– Widziałaś się z jej matką?

Bea przytaknęła.

– Spotkałam się z nią w sprawie urodzinowego przyjęcia-niespodzianki, które organizujemy razem z Eleanor. Szczerze mówiąc, nie wiem, czy coś z tego wyjdzie, ale umówiłam się z jej mamą, żeby zdobyć telefony bliskich Karen, i pomyślałam, że pójdę na to spotkanie, bo może Els ochłonie i przyjęcie dojdzie jednak do skutku.

– Z tego, co wiem, Karen nie rozmawia z matką. Pokłóciły się o ojca.

– Tak, tyle że nigdy nam nie mówiła o tej awanturze. Nie widziała się z matką od sześciu lat. A przedtem widywały się tylko raz do roku. Zanim umarł jej ojciec, Karen często bywała w domu, ale po jego śmierci wybierała się tam coraz rzadziej, aż w końcu w ogóle przestała. Od czasu do czasu rozmawia z matką przez telefon, zwykle jednak te rozmowy kończą się kłótnią.

– Przez to? – Michael wskazał głową artykuł. – Dlatego że matka obwinia ją o śmierć siostry? Przecież to było trzydzieści lat temu, nie sześć.

Bea przytaknęła.

– Nettie, mama Karen, twierdzi, że próbowała zapomnieć o tym, co się wydarzyło, ale Karen nie może jej wybaczyć, że była koszmarną matką. Z czasem sytuacja stała się dla wszystkich nie do wytrzymania. Karen wyjechała na studia i nie wróciła do domu. Nigdy nam o tym nie mówiła. Czy to nie dziwne? To znaczy... wiem, że jej mama nie była taka jak nasze, nie zapraszała przyjaciół na herbatki i takie tam... Wszyscy przychodzili do nas. Nasz dom był miejscem spotkań dla całej ulicy, więc to, że nikt nie bywał u Karen, nie wydawało się takie dziwne.

– I jesteś pewna, że w tym artykule chodzi o naszą Karen? Że to ona jest tą dziewczynką, która przyczyniła się do śmierci siostry?

– Oczywiście, że nie. To była wina jej matki. Karen miała ledwie cztery lata! Ale jestem pewna, że czuła się winna.

Michael odetchnął i raz jeszcze przeczytał artykuł.

– Nic dziwnego, że tak bardzo chce wszystkich chronić. Nadal obwinia się o to, co wydarzyło się, kiedy miała cztery lata. Biedactwo.

– Nettie powiedziała, że zostawiła je same tylko na kilka minut, ale to musiało trwać dłużej. Karen bawiła się z siostrą... jej mama mówi, że zawsze świetnie sobie z nią radziła. Myślę, że zapomniała, że sama była jeszcze dzieckiem. Podejrzewam, że Nettie cierpiała na depresję poporodową, chociaż to nie tłumaczy tego, jak traktowała Karen. Obwiniała ją o to, co się stało. Teraz twierdzi, że nie chciała, ale nie mogła nic na to poradzić: za każdym razem, gdy patrzyła na Karen, widziała jej siostrzyczkę. Zaczęła pić. Nie było jej przy Karen, kiedy ta najbardziej jej potrzebowała, i zaniedbywała ją jako matka.

– A gdzie w tym wszystkim był ojciec?

– Dużo pracował. W tamtych czasach matki praktycznie same wychowywały dzieci, nie pamiętasz? Po wypadku coraz więcej czasu spędzał poza domem... prawdopodobnie obwiniał się o to, że nie było go, kiedy doszło do wypadku. Coraz rzadziej bywał w domu i stał się beznadziejnym ojcem, zresztą zawsze się za takiego uważał.

– Czyli Karen została tylko z matką.

– Tak. A do tego każda obwiniała siebie i tę drugą. To musiało być straszne.

– Biedna Karen... Nie rozumiem tylko, jak to się ma do tego, co dzieje się teraz?

– Nie wiem. Wiem tylko, że wbiła sobie do głowy, że do końca życia musi pomagać innym. Naprawiać ich. W ten sposób chce zrekompensować to, co stało się z jej siostrą.

61

Przez cały wieczór rejestrowałam się na portalach randkowych, które znalazłam w sieci – no dobrze, może nie tyle na portalach randkowych, ile na osławionym Tinderze. Sposób, w jaki niektórzy faceci rozpoczynają rozmowę... cóż, ujmę to tak: dobrze wiem, czego szukają. Parę minut po tym, jak zamieściłam na profilu przypadkowe zdjęcie z Google'a i napisałam kilka słów o sobie, dostałam trzy wiadomości od kolesi, którzy chcieli zabawić się bez zobowiązań. Przejrzałam parę profili, ale żaden nie wydał mi się odpowiedni. Boję się tej kobiety z sieci – w artykule nazwali ją oszustką. Stworzyła fikcyjny związek między modelką a amerykańskim futbolistą i była ich pośredniczką, tak że każda ze stron myślała, że rozmawia z tą drugą, podczas gdy tak naprawdę rozmawiali z nią. Śmiałe przedsięwzięcie, ale udowodniła, że to możliwe, i podsunęła mi pewien pomysł.

Musiałam tylko znaleźć odpowiednią osobę. Chociaż nawet to nie gwarantowało, że mi się uda. W sieci możesz być, kimkolwiek chcesz, zdumiewające jest więc, ile osób decyduje się być kompletnymi idiotami.

Potrzebowałam prawie tygodnia i ponad siedemdziesięciu wysłanych wiadomości, żeby znaleźć właściwego mężczyznę. Sposób, w jaki zaczął swoją wiadomość, był czarujący, ale wystarczyło zerknąć na jego profil, by wiedzieć, o co mu chodzi.

Trudno uwierzyć, że taka śliczna dziewczyna szuka swojej drugiej połówki w internecie, napisał. Odczekałam chwilę, zanim odpowiedziałam.

Przepraszam, ale to naprawdę stary profil. Reaktywowałam go, żeby pokazać przyjaciółce, ilu normalnych facetów szuka w sieci rozrywki.

Szkoda. Moglibyśmy się nieźle zabawić. Przyjaciółka znalazła coś, co jej się spodobało?

Możliwe, że teraz już tak ;-)

Wymiana wiadomości trwała przez jakiś czas; był to niewinny flirt, podczas którego opowiadałam mu o swojej przyjaciółce Bei, która lubi się zabawić bez zobowiązań. W zawoalowany sposób dawałam mu do zrumienienia, że jest jak najbardziej zainteresowana i że nigdy nie zapomni wspólnie spędzonej nocy. Opowiadałam o tym, że Bea nie ma czasu na prawdziwy związek, ale to nie znaczy, że powinna rezygnować z innych przyjemności. Gość – twierdził, że ma na imię David – był wyraźnie zainteresowany, tak mną, jak i Beą, a kiedy wysłałam mu zdjęcie, które wykradłam z jej strony na Facebooku, sprawa była przesądzona.

Wysłałam mu też numer telefonu i jeszcze tego samego wieczoru napisał: **Cześć, mam na imię David. Twoja przyjaciółka dała mi Twój numer. Mam nadzieję, że nie masz nic przeciwko?**

Przesłałam Bei przeredagowaną wersję. Odpisała i zanim się obejrzałam, pośredniczyłam w wymianie SMS-ów. Starałam się nie ingerować za bardzo w ich treść, choć te pisane przez Davida zmieniałam tak, że były bardziej flirciarskie i dwuznaczne, a te, które pisała Bea, zabawniejsze i bliższe temu, czego – moim zdaniem – oczekiwał jej ideał mężczyzny. Wszystko okazało się dużo prostsze, niż sądziłam, i rzeczywiście mogło się udać.

Kiedy SMS-y Davida zaczęły mieć coraz bardziej wyraźny podtekst seksualny, mało brakowało, a zakończyłabym całą tę farsę. Musiałam powtórzyć sobie, dlaczego to robię, i zapomnieć o jakichkolwiek wyrzutach sumienia.

Po zaledwie kilku dniach zaczęło mnie to męczyć. Bycie między młotem a kowadłem i dbanie o to, by żadne z nich nie nabrało podejrzeń, wymagało czasu, którego nie miałam.

Teraz, słysząc dźwięk przychodzącej wiadomości, wsunęłam telefon pod poduszkę, nawet na niego nie patrząc. Byłam rozdrażniona. Nerwowo przebierałam nogami, ale nie miałam siły ani ochoty wychodzić z domu i spotkać się z kimś. Wiedziałam, że to minie, ale ostatnio coraz częściej czułam strach przed czymś, czego nie potrafiłam nawet nazwać, strach, który dosłownie mnie paraliżował. Jeśli mój plan miał wypalić, pozostało mi mnóstwo rzeczy do zrobienia, a byłam wykończona. Gdybym tylko mogła odpocząć, chociaż przez jeden dzień. Zapomnieć o wszystkim i spróbować żyć tak jak dawniej.

Zamknęłam oczy i wyobraziłam sobie wielką, białą kołdrę, grubą, miękką i sprężystą, spod której wystaje tylko moja głowa. Niemal czułam otulające mnie błogie ciepło. Krótki odpoczynek dobrze by mi zrobił. Mogłabym tak leżeć, aż poczuję się lepiej. Aż znowu będę w stanie otworzyć oczy. To wszystko było takie męczące.

62

Bea

Oparła się pokusie, by po raz piętnasty spojrzeć w lustro. Wyszła z mieszkania i dwukrotnie sprawdziła, czy zamknęła drzwi na klucz. Zważywszy na to, że protestowała, kiedy Karen pierwszy raz o tym wspomniała, potrzebowała niedorzecznie dużo czasu, żeby się przygotować. Wybieranie odpowiedniego stroju było prawdziwym koszmarem: nie chciała odkrywać zbyt wiele (żeby nie odebrał jej źle), ale wystarczająco dużo, żeby zrobić na nim wrażenie. Ostatecznie zdecydowała się na ciemnoczerwoną sukienkę i jedwabny szal. Sukienka nie była mocno wydekoltowana, lecz na tyle obcisła, by podkreślić to, co wypracowała na siłowni. Miała nadzieję, że David z działu IT będzie tego wart. Jedyną rzeczą, która studziła jej entuzjazm, był fakt, że nie mogła porozmawiać o tym z Karen i podpytać ją o szczegóły, tak jak robiła to dawniej. Przeklęta Eleanor i jej cholerne zasady. Po dzisiejszym wieczorze zamierzała zadzwonić do Karen, wcielić się w rolę mediatorki i jakoś załagodzić sytuację.

Wymieniali się wiadomościami zaledwie od tygodnia i zaskoczyło ją, że facet jest tak zabawny i czarujący. Mężczyźni, z którymi do tej pory umawiała ją Karen, nie należeli do najbardziej charyzmatycznych, zupełnie jakby przyjaciółka uważała, że Bea powinna trzymać się z daleka od uroczych przystojniaków. Tymczasem ona była gotowa udowodnić jej, że jest inaczej, i na wszelki wypadek zadała sobie wiele trudu. Po tym wszystkim, co się wydarzyło w ciągu ostatnich kilku tygodni, czuła, że może w końcu nadszedł czas, by dać Davidowi szansę. Niby dlaczego miała zadowalać się patrzeniem na szczęście innych ludzi i karać siebie za coś, co wydarzyło się wiele lat temu? Czas przestać się bać.

Zabezpieczyła się, na wypadek gdyby okazał się psychopatą. Umówili się w barze w centrum miasta, popularnym miejscu, gdzie będzie bezpieczna i otoczona ludźmi. Uprzedziła Eleanor, że w razie potrzeby puści jej sygnał, a wtedy ona miała zadzwonić do niej z jakąś „bardzo pilną sprawą", chociaż Bea była przekonana, że dotrwa do końca randki. Nie martwiła się, że może zranić jego uczucia. Jeśli okaże się tak nieciekawy, że będzie zmuszona wezwać posiłki, nie przejmie się, jeżeli nigdy więcej się nie spotkają. Skrzywiła się na myśl o wykładzie, jaki zrobi jej Karen, jeśli ta randka zakończy się tak jak poprzednia – Bea wyszła wtedy do toalety, wymknęła się tylnym wyjściem, wskoczyła do pierwszej lepszej taksówki i pojechała prosto do Karen, żeby prosić ją, by trzymała się z dala od jej życia erotycznego. Nagle przypomniała sobie zbolałą minę przyjaciółki, kiedy Eleanor przypuściła na nią atak, a ona nie zrobiła nic, żeby stanąć w jej obronie. Tym razem nie będzie żadnego wykładu – być może Karen nigdy więcej się do niej nie odezwie.

Taksówka się spóźniła, napisała więc do Davida, żeby nie pomyślał, że zobaczyła go i uciekła bez powitania. Chwilę później dostała odpowiedź.

LOL! Dzięki Bogu, już zaczynałem żałować, że przebrałem się w kostium Freddy'ego Kruegera.

Uśmiechnęła się. Może jednak ten wieczór wcale nie będzie taki zły.

— Świetnie wyglądasz i wcale nie przypominasz Freddy'ego Kruegera. — Bea musiała podnieść głos, żeby przekrzyczeć muzykę, i nachyliła się w stronę Davida. Miała nadzieję, że wciąż pachnie tak ładnie jak w chwili, gdy wychodziła z domu.

Najwyraźniej jej nie słyszał, bo nieznacznie zmrużył oczy, ale uśmiechnął się, jakby wiedział, że tego od niego oczekuje. Na pierwszą randkę wybrali najgorsze z możliwych miejsc; tak bardzo chciała czuć się bezpiecznie, że w ogóle nie pomyślała, że mogą się nie słyszeć. A do tego była głodna jak wilk; przejęta tym, w co się ubrać, zapomniała zjeść, a w tak obcisłej sukience nie mogła sobie pozwolić na barowe przekąski. W brzuchu jej burczało, więc może lepiej, że muzyka grała tak głośno.

— Słuchaj, może się przejdziemy? — zaproponował. — Straszny tu hałas.

Bea zawahała się. Obiecała Eleanor, że dla własnego bezpieczeństwa zostanie w barze, ale ten gość był znajomym Karen. Wiele osób wiedziało, z kim wyszła, było więc mało prawdopodobne, że porwie ją i zabije, a jutro jak gdyby nigdy nic pojawi się w pracy. Poza tym często wracała do domu po północy, chociaż czuła, że nie powinna, i nigdy nic się jej nie przytrafiło. Wiedziała, że sobie poradzi.

– Jasne.

Wieczór był cieplejszy, niż kiedy wychodziła z domu, a może to po alkoholu nie czuła chłodu. Dobrze, bo nie wzięła kurtki. David ruchem głowy wskazał rzekę płynącą naprzeciw pubów i klubów, po drugiej stronie ruchliwej drogi. Nie było jeszcze dziewiątej i nad brzegiem spacerowało wiele osób.

– Przepraszam za to miejsce – odezwała się. – Koszmarne, jeśli chce się porozmawiać. – Urwała, a zaraz potem dodała tęsknie: – Ale mają tam dobre jedzenie.

– Nie przejmuj się. – Niecierpliwie pokręcił głową i wyciągnął rękę, chcąc dotknąć jej łokcia. – Posłuchaj, zarezerwowałem dla nas pokój w Bellstone. Może od razu tam pójdziemy?

Z początku nie zrozumiała, o co mu chodzi. Myślała, że miał na myśli boks, jakie można zabukować w niektórych nocnych klubach, którym się wydaje, że są luksusowe, bo mają strefy dla VIP-ów. Dla mieszkańców Shrewsbury nie miało znaczenia, że te strefy dla VIP-ów to nic innego jak odgrodzone linką kąciki, w których może usiąść każdy, kto zapłacił dziesięć funtów. Ale przecież w Bellstone nie było VIP-owskich kącików ani nawet boksów. To jeden z tych lokali, które – choć eleganckie – nie udają, że są ulubionymi miejscami spotkań celebrytów. Z napawającą obrzydzeniem jasnością dotarło do niej, co miał na myśli. W Bellstone mieli pokoje do wynajęcia.

– Chodzi ci o drinka. W barze.

Uśmiechnął się i wzruszył ramionami.

– Na pewno mają tam room service.

Bea poczuła na twarzy uderzenie gorąca. Owszem, wystroiła się, ale nie wyglądała jak laska, która wysyła facetowi kilka wiadomości i od razu idzie z nim do łóżka. Czy tak właśnie ją postrzegał? Nie przychodziło jej do głowy nic zabawnego ani błyskotliwego, co rozładowałoby napięcie. Gorączkowo przypominała sobie treść SMS-ów, szukając w nich czegoś, co mogłoby sugerować, że umówiła się z nim na seks.

– David, ja... przepraszam, jeśli odniosłeś wrażenie, że przyszłam tu, żeby... że będziemy potrzebowali pokoju...

– Boże, nie. – Miał chociaż na tyle przyzwoitości, żeby wyglądać na zmieszanego. – Nie mówię, że musimy iść prosto do łóżka. Możemy najpierw skoczyć do baru na drinka. Jest tam dużo ciszej niż w miejscu, z którego właśnie wyszliśmy. Ale dobrze, że w pobliżu jest hotel. Wszystko w porządku? Powiedziałem coś nie tak?

– Ja... po prostu... Nie wiem, skąd przyszło ci do głowy, że na pierwszej randce pójdziemy do łóżka. – Odsunęła się od niego z nadzieją, że dzięki temu zrozumie, co chciała powiedzieć. Wieczór da się jeszcze uratować, myślała gorączkowo. Jeśli on przeprosi, zapomnimy o wszystkim i może pójdziemy coś zjeść. Później będziemy się z tego śmiać: „Pamiętasz, jak próbowałeś zaciągnąć mnie do łóżka dziesięć minut po tym, jak mnie poznałeś?".

– Daj spokój. Przejechałem taki kawał drogi...

– I dlatego mam się z tobą przespać? – Bea nie była nawet świadoma, że mówi podniesionym głosem. – Bo zapłaciłeś za bilet na pociąg?

– Nie ma co się dąsać – syknął. – Karen powiedziała mi, co z ciebie za jedna.

– Czyżby? Co dokładnie ci powiedziała? – Czuła ucisk w piersi, policzki jej płonęły. Nie wyobrażała sobie, żeby Karen mogła powiedzieć o niej coś złego, ale nagle przestraszyła się tego, co zaraz usłyszy. Zupełnie, jakby osoba, z którą rozmawiała przez ostatni tydzień, zniknęła, i zamiast niej pojawił się ktoś zupełnie obcy.

Pochylił się bliżej, niż było to konieczne, i Bea poczuła, że jej zakłopotanie ustępuje miejsca panice.

– Powiedziała, że lubisz się zabawić. I wiem, co miała na myśli.

Gwałtownie wciągnęła powietrze. Czy Karen naprawdę tak powiedziała? Czy tak właśnie ją postrzegała? Przecież chciałaś, żeby tak o tobie myślała, zastanawiała się w duchu. Wolałaś, żeby miała cię za zdzirę niż oziębłą trzęsidupę. Tylko dlatego tu przyjechał; nie dlatego, że coś ich łączyło, że coś między nimi zaiskrzyło, ale dlatego, że jej najlepsza przyjaciółka powiedziała mu, że ona jest łatwa.

Gorące łzy zapiekły ją w oczy. Zawsze żartowały z jej życia singielki i, owszem, przesadzała, opowiadając przyjaciółkom o swoich podbojach seksualnych, ale nie sądziła, że Karen będzie miała o niej tak złe zdanie. A tymczasem od studiów w jej życiu było tak niewielu mężczyzn, że mogła policzyć ich na palcach jednej ręki. Poczuła się zraniona, zszokowana i rozczarowana. I wściekła.

– Karen nie miała prawa tak mówić. Możesz jej to powtórzyć, kiedy następnym razem spotkacie się w pracy.

David spojrzał na nią zmieszany, a zaraz potem uśmiechnął się szyderczo.

– Powiedziała ci, że pracujemy razem? Myślę, że to ty powinnaś pogadać ze swoją „najlepszą przyjaciółką". Poznaliśmy się w sieci. Na portalu randkowym.

Wypiła tylko dwa kieliszki wina, ale czuła, że zaczyna łupać ją głowa. Na portalu randkowym?

– Karen ma chłopaka. Nie korzysta z portali randkowych.

– Tak, wiem. Napisała mi o tym, kiedy się z nią skontaktowałem. Twierdziła, że to stary profil i że nikogo nie szuka, ale ma przyjaciółkę singielkę, i dała mi twój numer. Dużo o tobie mówiła. Że jesteś singielką od lat. Poradziła, żebym do ciebie napisał i powiedział, że dostałem twój numer od Karen.

Jak ona śmiała! Zachęcać ją, żeby poszła na randkę z kimś, kogo nie znała osobiście, opowiadać nieznajomemu facetowi, że jest zdesperowana i łatwa. A ten gość? Jest obrzydliwy! Kto jechałby taki kawał pociągiem tylko po to, żeby się z kimś przespać? I nawet nie zaprosił jej na cholerną kolację!

Nie miała mu nic więcej do powiedzenia, za to miała wiele do powiedzenia Karen. Karen, która stworzyła idealny związek z żonatym mężczyzną, nazywała ją łatwą! Wszystko to byłoby śmiechu warte, gdyby nie było takie przerażające.

– Naprawdę przykro mi, że doszło do nieporozumienia, ale chyba już pójdę. Karen nie powinna była mówić tych wszystkich rzeczy; nie powinna nas umawiać.

David się nachmurzył. Zmrużył oczy i zrobił krok w jej stronę; stał teraz tak blisko, że Bea czuła w jego oddechu zapach dymu papierosowego.

– Chyba, kurwa, żartujesz. Jechałem taki kawał drogi, żeby cię poznać. Wynająłem pokój za osiemdziesiąt cholernych funtów. Nigdzie nie pójdziesz.

Zanim zdążyła się cofnąć, chwycił ją za nadgarstek i ścisnął tak mocno, że pomyślała, że połamie jej kości.

– Puść mnie albo zacznę krzyczeć – wycedziła przez zaciśnięte zęby z udawaną pewnością siebie. Nadgarstek eksplodował bólem, gdy wykręcił jej rękę i prowadząc ją przez bramę w kierunku rzeki, szepnął jej do ucha:

– Nie krzykniesz. – Jego głos rozbrzmiewał jej w głowie. – Bo jeśli ktoś się zbliży, powiem, że mnie zaczepiłaś, a teraz oskarżasz mnie, że się do ciebie dobierałem. I to nie będzie pierwszy raz, Beo, prawda?

Słysząc to, poczuła, że żołądek podchodzi jej do gardła. Tylko dwie osoby wiedziały o tym, co wydarzyło się szesnaście lat temu – jej najlepsze przyjaciółki. A przecież żadna z nich nie zdradziłaby tego zupełnie obcemu facetowi. A może się myliła? Wyglądało na to, że Karen i tak powiedziała mu więcej, niż Bea mogła przypuszczać.

Szarpnął ją za rękę i pociągnął w kierunku rzeki. W okolicy nie było ludzi. W świetle reflektorów z teatru po drugiej stronie rzeki zobaczyła jego twarz, wykrzywioną gniewem i determinacją. Pchnął ją w stronę brzegu z taką siłą, że na chwilę pozbawił ją tchu, i chwycił rąbek sukienki.

Byli widoczni jak na dłoni, ale wiedziała już, że bycie widocznym wcale nie oznacza, że człowiek jest bezpieczny. Czy gdyby ktoś ich zobaczył, wiedziałby, że ona ma kłopoty? A może pomyślałby, że to kolejna zdzira, która uprzyjemnia gościowi czas w piątkowy wieczór?

Jak zawsze, szepnął głos w jej głowie. Głos Karen. Czy to, co się stało, niczego cię nie nauczyło? Co go odróżnia od innych facetów, z którymi byłaś?

To nie tak, upierał się jej własny głos. Wyimaginowana kłótnia z byłą najlepszą przyjaciółką pozwalała jej nie myśleć o Davidzie, który jedną ręką dotykał jej uda, a drugą ugniatał jej pierś przez materiał sukienki. Wiem, co mówiłam, i wiem, kogo udawałam, ale nie jestem taka. Jestem przerażona i załamana.

Czy tak było ostatnim razem? Czy wtedy też leżała bez ruchu, zaciskała powieki i modliła się, żeby było już po wszystkim? Czuła dym papierosowy, zapach ziemi i świeżo skoszonej trawy i wiedziała, że jeśli to się znów stanie, już nigdy nie dojdzie do siebie. Tym razem nie wróci.

63

Irytowało mnie, że nie słyszę, o czym rozmawiają, ale ze sposobu, w jaki Bea nachylała się do swojego towarzysza i uśmiechała do niego, mogłam wnioskować, że wszystko idzie w dobrym kierunku. Przygotowania do dzisiejszego wieczoru stresowały mnie chyba bardziej niż ją. Aż do teraz panowałam nad sytuacją, jednak od tej chwili nie miałam na nic wpływu; wszystko mogło się wydarzyć i na samą myśl o tym świerzbiła mnie skóra. Dlatego tu byłam. Strach, że mogę zostać przyłapana, był niczym w porównaniu z potrzebą sprawowania kontroli. Mówiłam przecież, że nie jestem zła. Byłam tam przez cały czas. Obserwowałam. Czekałam.

Podniosłam wzrok akurat w momencie, gdy Bea i towarzyszący jej mężczyzna szli w stronę wyjścia. Nie chcąc rzucać się w oczy, odczekałam chwilę i patrzyłam, jak przechodzą przez ulicę i idą w kierunku rzeki. Wkrótce niemal całkowicie straciłam ich z oczu i musiałam przyspieszyć, żeby ich dogonić.

Pogrążeni w rozmowie, zatrzymali się i patrząc na nich, żałowałam, że nie mogę usłyszeć, o czym mówią. Nie lubię nie wiedzieć, co się mówi, kiedy nie mogę pośredniczyć w rozmowie. Zdawałam sobie sprawę, że prędzej czy później odkryją, że zostali wrobieni, ale to mi nie przeszkadzało. To była część planu.

Trzymał ją teraz za rękę, ciągnąc ku rzece, do miejsca, w którym byliby poza zasięgiem ludzkiego wzroku. Przerażona, rozejrzałam się, serce tłukło mi się w piersi jak oszalałe. Nikt ich nie widział, w pobliżu nie było nikogo, kto mógłby jej pomóc.

To była moja szansa. Okazja, żeby wszystko naprawić, uratować Beę i zostać bohaterką. Czy nie tego zawsze pragnęłam?

Wiedziałam jednak, że nie dotrę do niej na czas. To był głupi, ryzykowny plan; stałam się zbyt pewna siebie, dałam się porwać desperacji i obsesji, a teraz ktoś miał za to zapłacić. Czy będę umiała z tym żyć?

Wzięłam głęboki oddech, widząc parę idącą w stronę nabrzeża. Czy pomogą jej? Zdumiewające, jak bardzo przejmowałam się tym wieczorem, skoro to, co wydarzyło się później, było dużo gorsze niż wszystko, czego się obawiałam.

64

Bea

To, co zrobiła, nie było aktem odwagi. Po wszystkim, kiedy obrazy wracały do niej niczym puszczany wciąż od początku film, nie potrafiła stwierdzić, co kierowało nią w tamtej chwili. Chciała powiedzieć, że coś w niej pękło, ale nie chodziło o to; to nie była świadoma decyzja. Pamiętała tylko, że kierował nią dziki, pierwotny instynkt. Lęk podszyty wściekłością.

Wrzasnęła. Jego ręka zamarła na elastycznym pasku groteskowo nieprzyzwoitych stringów, które włożyła na randkę.

– Lepiej tego nie rób – warknął z ustami przy jej ramieniu.

Ona jednak nie przestawała krzyczeć, wierzgając nogami i próbując uwolnić się od ciężaru ciała, którym przygniatał ją do ziemi. Zaryła piętami w ziemię i wyprężyła się w łuk, jak Toby, kiedy był młodszy i nie chciał, żeby Emily zapinała go w foteliku samochodowym.

Nie zastanawiała się, co się stanie, jeśli okaże się, że w pobliżu nie ma żywej duszy, albo jeśli rozwścieczy go tak, że ją uderzy. Puścił jej pierś i zakrył jej usta ręką, chcąc ją uciszyć, ale go ugryzła.

– Dziwka! – ryknął i usiadł w kucki.

Słysząc podniesione głosy, poczuła ulgę, która wzburzoną falą przetoczyła się po jej ciele. Chwilę potem ponad źdźbłami trawy pojawiły się dwie twarze – mężczyzny i kobiety.

– Nic pani nie jest? – usłyszała męski głos.

– Pomocy! Proszę, pomóżcie mi!

David zatoczył się w tył.

– To wariatka. Pieprzona wariatka! Przyszliśmy tu, żeby mieć trochę prywatności, a ona...

Nie słuchała, co jeszcze miał do powiedzenia. Podniosła się na kolana, wbiła palce w ziemię i dźwignęła się na nogi, wyrywając przy tym kępki trawy; minęła swoich wybawców i chwiejnym krokiem ruszyła w stronę ulicy.

Jeszcze nie jesteś bezpieczna, powtarzała sobie w duchu. On nadal tu jest. Uciekaj.

Czuła się jak w jednym z tych snów, kiedy próbujesz uciekać przed swoim oprawcą, ale nogi masz jak z ołowiu. To nie świat poruszał się w zwolnionym tempie, lecz ona. Nie wiedziała nawet, dokąd biegnie, słyszała tylko dudnienie krwi w uszach – upiorne, rytmiczne: uciekaj, uciekaj, uciekaj.

Na postoju taksówek nie było żywej duszy. Noc była młoda i nikt nie chciał jeszcze wracać do domu.

– Chciałabym zamówić taksówkę – rzuciła drżącym głosem.

Mężczyzna w okienku podniósł wzrok, otaksował spojrzeniem jej rozmazany makijaż, uwalaną błotem i trawą nową czerwoną sukienkę i włosy sterczące jak węże z głowy Meduzy.

– Nic pani nie jest?

Pokręciła głową w obawie, że jeśli się odezwie, zacznie

płakać. Dyspozytor wyglądał, jakby chciał dodać coś jeszcze, ale się rozmyślił i pokiwał głową.

– Dokąd? – spytał.

Dopiero kiedy wróciła do mieszkania i zamknęła drzwi na klucz, poczuła się bezpieczna. Droga powrotna upłynęła w milczeniu. Siedziała w taksówce i niewidzącym wzrokiem gapiła się przez okno. W piersi czuła pustkę, wciąż jednak nie mogła uspokoić oddechu. Prawdziwość tego, co się wydarzyło i do czego mogło dojść, podziałała na nią jak szklanka zimnej wody, którą ktoś chlusnął jej w twarz. Pokonując po dwa stopnie naraz, wbiegła do łazienki i zwymiotowała. Torsje szarpały nią tak długo, aż rozbolało ją gardło.

65

Eleanor

Otoczony prezentami Toby zerwał papier ozdobny z nowego iPada i uśmiechnął się od ucha do ucha.

– Dzięki, mamo, dzięki, tato, jest świetny! Mogę go włączyć?

Eleanor uśmiechnęła się, wzruszona tym, jak bardzo ucieszył się na widok prezentu, na który wydała ostatnie oszczędności z zasiłku macierzyńskiego.

– Jeszcze nie, skarbie. Najpierw otwórz resztę prezentów. A, jest też kartka od cioci Karen! Zostawiłam ją na górze.

Wbiegła na górę, pokonując po dwa stopnie naraz, zbyt podekscytowana, żeby przegapić choćby minutę z tego cudownego dnia. Toby od miesięcy nie był taki szczęśliwy. Odkąd urodził się Noah, chodził skwaszony i humorzasty, przekonany, że został zepchnięty na boczny tor przez rozwrzeszczanego, wiecznie czegoś chcącego brata. Ten dzień należał wyłącznie do niego i, dzięki Bogu, Noah był spokojny, mogli więc poświęcić całą uwagę starszemu synowi. Adam wstał nawet wcześniej i przygotował pyszne śniadanie. To był idealny poranek, a wszystko dlatego, że mimo zmęczenia nadal byli w stanie funkcjonować jako rodzina.

Sięgnęła po kartkę, którą schowała do szafy, i podniosła ją do światła, zastanawiając się, co jest w środku. Znając Karen, było to coś wymyślnego i nieprzyzwoicie drogiego; prezent, który zachwyci Toby'ego.

Z ciężkim sercem pomyślała o przyjaciółce. Jak mogła być z Michaelem, wiedząc, że rozbija rodzinę? Zawsze podziwiała Karen, która była dla niej uosobieniem wszystkiego co dobre. Teraz ten wizerunek legł w gruzach. Zdawała sobie sprawę, dlaczego Karen nie powiedziała im prawdy: Eleanor nigdy nie zaakceptowałaby jej związku, gdyby wiedziała, że Michael ma żonę i trójkę dzieci. Ale przynajmniej sama mogłaby zdecydować. Miała wrażenie, że przez ostatnie dwa lata Karen naśmiewała się z głupoty jej i Bei, z ich łatwowierności. Nic dziwnego, że nie naciskała na Michaela w kwestii dzieci; żonaci mężczyźni nie planują zakładać rodziny ze swoimi kochankami.

– Proszę. – Wręczyła Toby'emu kopertę. Mogła wściekać się na Karen, ale nie znaczyło to, że Toby nie dostanie prezentu.

Chłopiec obrócił kopertę w dłoniach, jakby po wadze potrafił powiedzieć, co jest w środku. Chwilę później otworzył ją i wyciągnął kartkę. Z przodu wyglądała jak wycinek z gazety ze zdjęciem Toby'ego i nagłówkiem: *W dziewiąte urodziny Toby Whitney podpisuje kontrakt z Manchesterem United!*

– Fajna kartka – skwitował z uśmiechem. Zajrzał do środka i mina mu zrzedła. – Tu nic nie ma.

– Dziwne – odparła Eleanor, mając w pamięci słowa Karen, kiedy wręczała jej kartkę: „W środku jest mała niespodzianka dla solenizanta".

– Tylko list. – Toby ściągnął brwi i zaczął czytać. Minutę później, kiedy milcząc, z marsową miną nadal przebiegał wzrokiem po tekście, Adam próbował zajrzeć mu przez ramię, ale chłopiec się odwrócił.

– Co tam jest napisane, Tobes? Może to zagadka? Może musisz ją rozwiązać, żeby dostać swój prezent?

Toby zmarszczył czoło, jego usta poruszały się bezgłośnie, gdy odczytywał kolejne słowa i próbował je zrozumieć.

– Nie wiem, o co chodzi, tato. Czy ciocia Karen próbuje mnie nabrać?

– Pokaż, Toby – rzuciła Eleanor ostrym, stanowczym głosem. Wystarczyło kilka minut, by atmosfera w pokoju się zmieniła. Toby wykrzywił twarz, ramiona miał naprężone, a gdy Eleanor próbowała wyjąć mu z dłoni kartkę, cofnął rękę. – Powiedziałam: pokaż mi ją.

Zerwał się z fotela. Leżący na oparciu iPad spadł na podłogę.

– Dlaczego to napisała? – spytał, ciskając kartką w Adama. – O co jej chodzi? To ma być zabawne? Nie rozumiem.

Eleanor patrzyła, jak mąż przebiega wzrokiem słowa zapisane na kartce. Mięśnie na jego twarzy drgały nerwowo.

– Toby, zabierz prezenty do pokoju. Mama i ja musimy porozmawiać.

– Nie! Chcę wiedzieć, dlaczego Karen napisała ten list. To prawda?

– Oczywiście, że nie. – Adam wręczył kartkę Eleanor; twarz miał szarą jak popiół. – Nie wiem, co strzeliło do głowy cioci Karen, ale to wcale nie jest zabawne. Będziemy musieli z nią o tym porozmawiać. A teraz proszę, weź swoje rzeczy i przygotuj się do wyjścia. Idziemy na lunch do Frankie and Benny's.

– Super! – Chłopiec pobiegł na górę, a Eleanor usiadła na kanapie, otworzyła kartkę urodzinową i zaczęła czytać.

Drogi Toby

Wszystkiego najlepszego w dniu urodzin! Nie mogę uwierzyć, jaki już jesteś duży i jak bardzo urosłeś w ciągu ostatnich kilku lat. Jestem pewna, że jesteś wystarczająco dorosły, żeby zrozumieć, co mam Ci do powiedzenia. Dlatego czekałam z tym aż do dziś.

Toby, Twoja mama i tata bardzo Cię kochają i to, co przeczytasz, na pewno tego nie zmieni. Nic nie zmieni faktu, że Twoja mama trzymała Cię za rękę, kiedy w wieku czterech lat pochorowałeś się i przez trzy dni wymiotowałeś do wiadra, ani tego, że czuwała przez całą noc, bo zasypiałeś z głową na jej kolanach, a ona co chwilę sprawdzała, czy nie masz gorączki. Jest i zawsze będzie Twoją mamą, bo mama to ktoś więcej niż osoba, która Cię urodziła. Wierz mi, wiem o tym najlepiej.

Ale prawda jest taka, że Eleanor nie jest Twoją biologiczną mamą. Nie urodziła Cię i poznała Twojego tatę, kiedy Ty miałeś półtora roku. Twoja prawdziwa mama nie była miłą osobą i to Eleanor opiekowała się Tobą i wychowywała Cię jak własnego syna. Kocham Cię, jakbyś był moim siostrzeńcem, ale przez lata powtarzałam Twoim rodzicom, że powinni powiedzieć Ci prawdę, bo masz prawo wiedzieć. Zapytaj ich teraz i zobacz, czy dalej będą kłamać, tak jak robili to przez tyle lat.

*Proszę, nie złość się na nich. Postąpili źle, ale
działali w dobrej wierze. Bardzo Cię kochają, szkoda
tylko, że nie dostrzegli w Tobie dorosłego młodzieńca,
który zasługuje na to, by poznać prawdę.*

*Wszystkiego najlepszego, Tobes. Jesteś teraz
mężczyzną i sam możesz dokonywać wyborów.*

*Kochająca
ciocia Karen*

Po policzkach Eleanor potoczyły się łzy. Jak mogła? Jak śmiała? Wiedziała, że Karen nie pochwala tego, że okłamują Toby'ego, ale jak w ogóle mogła pomyśleć, że jest odpowiednią osobą, żeby wyjawić mu prawdę?

– To jakaś pomyłka... Karen nigdy nie zrobiłaby czegoś takiego.

Adam potarł oczy, jakby próbował wymazać to, co zobaczył przed chwilą.

– Jesteś pewna? Czy to przypadkiem nie ona suszyła ci głowę, że Toby powinien znać prawdę?

– Tak, ale... – Nie wiedziała, co powiedzieć. Jak mogła bronić Karen, skoro wszystko, co mówił Adam, było prawdą? Karen osobiście wręczyła jej kartkę, a ona schowała ją na najwyższej półce w szafie. Niektóre z tych rzeczy wielokrotnie słyszała z ust przyjaciółki. Nie było wątpliwości, że to robota Karen, pytanie tylko, dlaczego to zrobiła. Dała Eleanor kartkę tydzień przed tym, jak sprawa z Michaelem wyszła na jaw. Zresztą, nawet gdyby było inaczej, po co mieszać w to Toby'ego? Karen nigdy dotąd nie uciekała się do podstępów. – Zadzwonię do niej.

Wzięła z kanapy telefon, lecz Adam wyrwał jej go z ręki i położył na szafce pod telewizorem.

– Nigdzie nie będziesz dzwonić. Ubierzemy się, zabierzemy naszego syna na zakupy i lunch i będziemy mieć nadzieję, że nie uwierzył w ani jedno słowo, które napisała ta podła dziwka.

Eleanor zaskoczyła jego wrogość, ale jak mogła mu się dziwić? To, co zrobiła Karen, było... niewybaczalne.

– A Toby? Kiedy powiemy mu prawdę? Nie sądzisz, że to idealny moment, skoro sprawa i tak wyszła na jaw?

Drzwi do salonu otworzyły się i w progu stanął Toby.

– Ona ma rację, tato. Musicie powiedzieć mi prawdę.

66

Bea

– Beo, to ja.

Roześmiała się.

– Oczywiście, że to ty, Fran. Nikt inny nie dzwoni na telefon stacjonarny. Albo ty, albo kobieta, która wydzwania do mnie i pyta, czy miałam wypadek w samochodzie, którego nie posiadam, bo nie mam nawet prawa jazdy.

– Mam darmowe minuty na numery stacjonarne. Ale nie dzwonię, żeby rozmawiać o telefonach. Dzwonię, żeby powiedzieć ci, że przygotowuję kolację urodzinową dla mamy. W piątek o osiemnastej. Przyjdziesz?

– Chińszczyzna czy hinduskie jedzenie?

– Chińszczyzna… dostaliśmy vouchery do House of Wok po tym, jak ostatnim razem Lewis znalazł w ryżu zawleczkę z puszki.

– Chryste, Fran, lepiej nie wciskaj ich mamie. Ale tak, przyjdę. Tylko powiedz jej, że wpadnę po siłowni. Na wszelki wypadek powtórz dwa razy, gdyby nie usłyszała słowa „siłownia".

– Super. Nie wiem, czy bez twoich głupich min zniosłabym jej bezcenne porady rodzicielskie. Sam przyjdzie z nową dziewczyną. Gemmą albo Sarah jakąś tam. Boże, jak miała na imię ta ostatnia?

– Becky? Lydia? Kto by pamiętał? Ja bym się nie przejmowała, za tydzień i tak będzie następna. Jak tam dzieciaki? – Komórka Bei zawibrowała, informując o nowym mailu. Przeciągnęła palcami po ekranie i kliknęła na ikonę poczty.

– Nie pytaj. Jak zawsze. Byłam wczoraj na wywiadówce. Maisy buzia się nie zamyka, a Lewis powiedział nauczycielce, żeby zamknęła pieprzoną jadaczkę. Jestem wściekła, bo przecież wiadomo, że nikt w rodzinie Richa nie nauczył naszego sześcioletniego syna takiego słownictwa.

Wiadomość wysłano z nieznanego adresu. Pewnie spam, pomyślała Bea. Musi skonfigurować filtry.

Temat: *Rozpoznajesz kogoś?*

Przewinęła w dół, próbując odczytać coś na małym ekranie. Do wiadomości dołączono nagranie i Bea dotknęła czarnego ekranu, żeby je odtworzyć, zastanawiając się, czy Eleanor znowu filmowała Noaha, jak się śmieje. Nie miało znaczenia, z jakiej perspektywy go nagrywała, dzieciak miał ubaw po pachy.

Kiedy kółko na ekranie przestało się kręcić, zobaczyła ciemny pokój i stojące w kącie łóżko. Bea miała nadzieję, że nie jest to jeden z tych szemranych filmików porno. Nie było ją stać na nowego iPhone'a, jeśli okaże się, że to jakiś wirus. Stukając palcem w ekran, próbowała usunąć nagranie. Fran nie przestawała mówić:

– Ktokolwiek to był, Lewis go kryje. Spytałam go, kto tak

mówi, a on powiedział, że Pan Tumble*. Zagroziłam mu nawet, że napiszę do CBeebies i Pan Tumble zostanie zwolniony, ale twardo trzyma się swojej wersji. Dziś rano słyszałam, jak mówił Maisy, żeby lepiej znalazła sobie nowy ulubiony program, w razie gdyby Pan Tumble spadł z drzewa i zabił się.

Cisza w słuchawce uświadomiła Bei, że opowieść siostry dobiegła końca, ona jednak nie była w stanie wykrztusić nawet słowa. Próbowała zapauzować nagranie, ale film leciał dalej. Zobaczyła, jak drzwi do pokoju otwierają się i do środka, zataczając się, wchodzi kobieta, a zaraz za nią mężczyzna i siada obok niej na łóżku. Kilka sekund później zaczęli się gwałtownie całować. Mężczyzna próbował zdjąć jej sukienkę, zadzierając ją coraz wyżej, aż w końcu kobieta przerwała pocałunek i ściągnęła ją przez głowę.

– Fran, oddzwonię do ciebie. – Bea rozłączyła się, nie czekając na odpowiedź i nie odrywając wzroku od ekranu telefonu.

Dziewczyna została w samych stringach. Leżała na plecach, podczas gdy mężczyzna rozpiął pasek i zsunął spodnie do połowy ud. Bea wiedziała, co się zaraz wydarzy. To było bardziej niż oczywiste. Ale wiedziała nie dlatego, że obejrzała w swoim życiu wiele podobnych filmów. Wiedziała, bo dziewczyną na łóżku była ona.

---

*Postać grana przez Justina Fletchera – prezentera i aktora na kanale BBC CBeebies.

67

Dlaczego zainstalowałaś program szpiegujący na kompute-
rze przyjaciółki?

Nie chcę do tego wracać. Powiedziałam im, powiedziałam
na policji, że to nie ja.

Nie po to, żeby mieć ją na oku? Żeby ją chronić?

Jeśli to byłam ja, jakim cudem Jessica weszła w posiadanie
nagrania i rozesłała je do wszystkich znajomych Bei? Po co
miałabym robić coś takiego najlepszej przyjaciółce? Czy pani
mnie w ogóle słucha? Skoro mi pani nie wierzy, nie ma sensu
dłużej tego ciągnąć, prawda?

Aaa, rozumiem, znowu będziemy milczeć.

Milczenie ci przeszkadza?

Tak, zwłaszcza gdy próbuję z kimś porozmawiać.

Dlaczego się denerwujesz?

Też by się pani denerwowała, gdybym traktowała panią jak
kłamczuchę i morderczynię. Jestem profesjonalistką. Na litość

boską, mam doktorat. Miesiąc temu siedziałam na pani miejscu. To chyba coś znaczy?

To zrozumiałe, że jesteś dumna ze swoich osiągnięć i, naturalnie, ma to znaczenie. Przepraszam, że cię zdenerwowałam, ale pytania, które ci zadaję, są istotne. Dzięki nim postaram się zrozumieć, jak wyglądało życie twoje i twoich przyjaciółek przez ostatnie kilka miesięcy. Jestem tu po to, żeby pomóc ci pogodzić się z tym, co się stało, i pomóc ci zrozumieć.

Ale ja rozumiem. Rozumiem, że nie wierzyły mi, kiedy ostrzegałam je, że są w niebezpieczeństwie... tak jak pani nie wierzy mi teraz. Wiem, że to wszystko nie wydarzyłoby się, gdybym właściwie wykonywała swoją pracę. Rozumiem, że to moja wina. Pozwoliłam, żeby do tego doszło. Znowu do tego dopuściłam.

Chcesz teraz porozmawiać o Amy?
Nie.

68

Eleanor

Muskała palcami miękkie włosy na prawej połowie głowy, gdzie wciąż były długie i nieuszkodzone. Unikała patrzenia na lewą połowę upstrzoną plackami gołej skóry, jak gdyby cierpiała na jakąś chorobę. Łzy napłynęły jej do oczu, ale nie pociekły po policzkach – może wyschły raz na zawsze.

Od tamtej koszmarnej historii z włosami Adam obchodził się z nią jak z jajkiem. Z początku próbowała go przekonać, że to była naprawdę pomyłka, ale nie chciał jej słuchać. Mówił o wizytach u lekarzy i pytał Karen o rekomendacje. Karen! Za każdym razem, gdy wymawiał jej imię, Eleanor czuła, jak ciarki przechodzą jej po plecach, i nie wiedziała, dlaczego tak się dzieje. Nigdy dotąd nie zwróciła uwagi, że wyrażał się o niej, jak gdyby była kimś lepszym od nich, mesjaszem, nie psychologiem. Poirytowana tym, warczała na niego: „Ona nie jest nawet prawdziwym lekarzem. Nigdy nie uratowała nikomu życia". Adam uśmiechał się, zupełnie jakby nie słyszał jadu w jej głosie, i odpowiadał: „Tego nie wiemy".

Wiedziała, że jest to reakcja na wiadomość o związku Karen i Michaela, ale czuła się jak paranoiczka za każdym razem, gdy Adam wspominał o jej przyjaciółce.

Wróciła pamięcią do dnia, gdy zdarzyła się ta historia z włosami. Karen stwierdziła, że musi wracać do pracy, mniej więcej w tym samym czasie, kiedy Adam wychodził na spotkanie. Eleanor słyszała jeszcze, jak mówiła mu, żeby zadzwonił do niej, gdyby chciał pogadać. Powiedziała to tak wymownie... że Eleanor nie mogła przestać o tym myśleć.

– Toby zostawił strój na WF w twoim samochodzie?! – zawołała do Adama, który, choć trudno było w to uwierzyć, gotował obiad. Czyżby dopadły go wyrzuty sumienia?

– Chyba nie! – odkrzyknął.

– Pójdę sprawdzić – powiedziała ściszonym głosem z nadzieją, że szum okapu zagłuszy jej słowa. Adam się nie odezwał, więc zdjęła z haczyka kluczyki i wymknęła się z domu, uważając, by nie trzasnąć drzwiami.

Samochód wyglądał jak pobojowisko – w schowkach na drzwiach walały się opakowania po chipsach, a w uchwycie na napoje stały puste kubki z McDonalda. Nie tracąc czasu, otworzyła schowek i zaczęła przetrząsać jego zawartość. Nie znalazła niczego podejrzanego: ładowarka do telefonu, nawigacja, czarna skórzana teczka z książką serwisową. Zajrzała do bagażnika – para starych butów, trzy wełniane czapki Toby'ego i środki do czyszczenia samochodu. „Wariatka, wariatka, wariatka", usłyszała w głowie znajomy głos. Odpuściła sobie i podeszła do drzwi od strony kierowcy, żeby zamknąć samochód.

I wtedy to zobaczyła. Błysk złota po stronie pasażera, w kieszeni drzwi, niemal ukryty pod stertą śmieci. Pewnie opakowanie po batoniku, mówiła sobie, otwierając drzwi i zaglądając do środka. Zawleczka z puszki, pióro, zgadywała w myślach. Chwilę później wzięła do rąk delikatną złotą bransoletkę i podniosła ją do światła. Nie należała do niej, ale wyglądała znajomo.

Eleanor próbowała przypomnieć sobie, gdzie już ją widziała, jednak jej myśli zdominowała świadomość, że Karen miała rację. Jej mąż ma romans.

69

Bea

Laptop uruchamiał się przez całą wieczność, a gdy w końcu się załadował, Bea kliknęła na ikonę poczty tyle razy, że się zawiesił.

Kto, do cholery, wysłał jej to nagranie? I skąd je wziął? Czy Paul wszystko nagrywał? Był jedynym mężczyzną od lat, z którym próbowała stworzyć związek, i jeśli to rejestrował, nie miał... szukała w głowie odpowiednich słów, uderzając palcami w klawisze Ctrl Alt i Delete... nie miał na to jej zgody. Telefon komórkowy, który podtrzymywała ramieniem, dzwonił i dzwonił, aż w końcu kolejny raz przełączył się na pocztę głosową.

– Eleanor. Zadzwoń do mnie.

Nie chciała o tym myśleć, ale nie mogła się powstrzymać. Czy wysłała jej to Karen? Dzwoniła kilka razy po tamtej koszmarnej randce z „kolegą z pracy", lecz Bea nie miała jej nic do powiedzenia. Skonfrontuje się z nią, ale we właściwym czasie i na własnych warunkach. Za każdym razem, gdy przypominała sobie, jak niewiele brakowało, by doszło do nieszczęścia, żółć podchodziła jej do gardła, a łzy wściekłości kłuły ją w oczy. Musiała się otrząsnąć i uspokoić, zanim się z nią spotka.

To jasne, że Karen była zła na Beę, że powiedziała Eleanor o Michaelu, ale czy zrobiłaby coś takiego, żeby się na niej odegrać? Poza tym związek z Paulem należał już do przeszłości, więc skąd wytrzasnęłaby to nagranie?

Poczta otworzyła się i Bea poczuła mdłości na widok maila, którego temat brzmiał: *Rozpoznajesz kogoś?* Kiedy przeczytała go po raz drugi, zabrzmiał bardziej jak groźba. Czy w ten sposób Karen chciała mieć pewność, że Bea nie powie nikomu o żonie Michaela? Zabolała ją myśl, że przyjaciółka upadła tak nisko. Powinna wiedzieć, że ona nigdy by jej nie skrzywdziła, nawet jeśli nie pochwalała jej decyzji.

Kliknęła dwukrotnie na maila. Nie chodziło o to, by oglądać nagranie na większym ekranie, ale liczyła, że zobaczy coś, co umknęło jej, kiedy odtwarzała je na telefonie.

No i proszę.

Wiadomość wysłano na nową prywatną skrzynkę. Ale nie o to chodziło.

Strach chwycił ją za gardło, gdy przewinęła w dół listę osób, które otrzymały kopię wiadomości. Część z nich znała – Fran, jej brat Sam, Eleanor, jedna, dwie, trzy dziewczyny z pracy, dwie koleżanki z siłowni... Skąd ten ktoś znał ich adresy?

Czuła, że ogarnia ją panika. Ile z tych osób zobaczyło już nagranie? Jej telefon milczał, domyślała się więc, że niewiele.

Musiała szybko coś z tym zrobić. Jutro był poniedziałek, a to znaczyło, że wszyscy – zwłaszcza koleżanki z pracy – zobaczą nagranie. Być może będzie wtedy siedziała obok nich w biurze. Wyobraziła sobie dziesiątki osób, które w tym samym czasie wciskają „play" i w całym budynku rozlegają się jęki jej i Paula. Nie była to sekstaśma najwyższych lotów – obraz był drżący, a oświetlenie kiepskie – raczej nagranie, które wyciekło „przypadkiem", żeby wskrzesić karierę upadającej gwiazdki. Prawdziwy seks w całej swej niepochlebnej okazałości z widocznymi fałdkami tłuszczu i cellulitem na rozłożonych nogach.

Fran. Ona jedna nie straci głowy i będzie wiedziała, co z tym zrobić. Bea chwyciła za telefon i wybrała jej numer, modląc się, żeby akurat nie kąpała dzieci albo nie czytała im do snu.

Siostra odebrała po trzecim sygnale.

– Beo, co to miało być, do cholery? Wszystko w porządku?

– Niezupełnie, ale nie mam czasu na wyjaśnienia. Masz włączony komputer?

– Taaak – odparła Fran. Najwyraźniej chciała zapytać o coś jeszcze, ale rozpacz w głosie siostry ją zaniepokoiła. – Lewis właśnie kończy odrabiać pracę domową.

– Dobra, możesz go wyprosić na minutę? Niech wyjdzie z pokoju, żebyś mogła zalogować się na pocztę.

– Beo, o co…

– Proszę, Fran…

Fran urwała. Bea wiedziała, że odchodzi od zmysłów z niepokoju, ale nie miała czasu, żeby się tym przejmować.

Fran musiała zobaczyć, o co dokładnie chodzi. Oczywiście, wolałaby, żeby nie było to konieczne, ale bardziej niż godności potrzebowała w tej chwili pomocy. Słyszała, jak siostra mówi do syna ściszonym, stanowczym głosem, i dobiegły ją głośne protesty chłopca.

– Dobra, co mam zrobić? – spytała w końcu Fran.

– Jesteś sama?

– Tak. Beo, co mam zobaczyć?

– Zaloguj się na pocztę.

Bea czekała w ciszy, podczas gdy Fran robiła, co jej kazała.

– Muszę przyznać, że strasznie to wszystko tajemnicze. Trochę się... Dobra, mam. Co teraz?

– Znajdź maila z tematem *Rozpoznajesz kogoś?* Jeszcze go nie otwieraj.

– Nie widzę... Zaczekaj, jest.

– Dobrze. – Bea wzięła głęboki wdech. – Musisz go otworzyć. Przepraszam za to, co zobaczysz, ale zaraz będziesz wiedziała, dlaczego proszę cię o pomoc. Nie krzycz na mnie, proszę, i powstrzymaj się od komentarzy. Chcę, żebyś zachowała się jak starsza siostra i mi pomogła.

– Chryste, Beo, przerażasz mnie. Mam skontaktować się z prawnikiem?

– Po prostu otwórz maila.

Czekała, wyobrażając sobie, jak Fran klika na wiadomość, wciska „play" i patrzy, jak jej młodsza siostra robi rzeczy, których nikt nigdy nie powinien zobaczyć. Zamknęła oczy, jakby to miało oszczędzić jej upokorzenia.

– Co to ma, kurwa, być? – rzuciła Fran schrypniętym głosem. – Już do ciebie jadę.

Drogę, która zwykle zajmowała dwadzieścia pięć minut, Fran pokonała w niecały kwadrans, a kiedy weszła do mieszkania, objęła Beę i przytuliła ją mocno. Po raz pierwszy, odkąd zobaczyła maila – wciąż nie mogła uwierzyć, że nie minęło czterdzieści minut od chwili, gdy dostała wiadomość, która zmieniła jej wieczór w katastrofę – Bea poczuła, że łzy napływają jej do oczu.

– Ile widziałaś? – spytała, gdy siostra w końcu wypuściła ją z objęć.

– Na tyle dużo, żeby mieć ochotę się urżnąć i o wszystkim zapomnieć – odparła Fran. – Dlaczego nie powiedziałaś wprost, o co chodzi?

Bea opadła na kanapę; laptop leżał na podłodze pośrodku pokoju.

– Nie chciałam przez pół godziny słuchać twoich zapewnień, że nie może być aż tak źle, że to na pewno nie ja, a poza tym nic tam pewnie nie widać. Chciałam, żebyś wiedziała, jak bardzo jest źle, zwłaszcza jeśli wszyscy zobaczą ten film.

Fran pokiwała głową.

– Co to za facet?

Bea zamknęła oczy na samo wspomnienie.

– Opowiadałam ci o Paulu? Kumplował się z moją koleżanką z pracy. Byliśmy na kilku randkach i w końcu postanowiłam pójść o krok dalej. Jak widzisz, trochę wcześniej wypiłam. – Nie mogła powiedzieć Fran, dlaczego musiała się upić, żeby przespać się z Paulem. Mimo pikantnych opowieści, które sprzedawała przyjaciółkom, żeby nie pomyślały, że coś jest z nią nie tak, od czasu studiów praktycznie z nikim nie sypiała, a każdy związek kończył się wkrótce po tym, jak uświadamiała sobie, że seks nadal przyprawia ją o dreszcze.

– Często bywał u ciebie?

– Nie. Zwykle spotykaliśmy się na mieście. Raczej nie był tu przed tamtą nocą.

– Czyli to nie on nagrał ten film.

Bea popatrzyła na nią zdumionym wzrokiem.

– To musiał być on. Kto inny miałby to zrobić?

– Daj spokój, Beo, wiem, że jesteś w szoku, ale chyba nie jesteś aż tak naiwna. Nagranie zaczyna się, zanim wchodzicie do pokoju. To nie mógł być on, skoro nigdy przedtem nie był w twojej sypialni.

Zastanawiała się przez chwilę. Fran miała rację! Ona i Paul byli w mieszkaniu niecałe pięć minut, kiedy zaproponowała, żeby poszli do sypialni i mieli to już za sobą; oczywiście wtedy ujęła to inaczej.

Ale skoro nie on nagrał ten film, to kto? Nakręcono go z bliska, jakby kamera stała na biurku, tuż obok…

Zerwała się na równe nogi.

– Laptop…

– Co masz na myśli? – Fran wyglądała na zdezorientowaną.

Bea wyszła na środek pokoju i ostrożnie obeszła laptopa, jakby miała do czynienia z bombą, która lada chwila może wybuchnąć. Stanęła za nim, powoli podniosła go z podłogi i w wyprostowanych rękach zaniosła do sypialni. Tam położyła go na łóżku i wyszła, ostrożnie zamykając za sobą drzwi.

– Pieprzony laptop – rzuciła, wróciwszy do salonu. – Tak to nagrano. Z mojego laptopa. Ktoś musiał się do niego włamać.

Fran otworzyła oczy ze zdumienia.

– Wiesz, jak to brzmi?

– Wiem, Fran, ale jak inaczej to wytłumaczysz? Facet nigdy wcześniej nie był w mojej sypialni, a sama zauważyłaś, że nagranie zaczyna się przed naszym wejściem. Ja na pewno nie włączyłam kamery, a raczej zauważyłabym, gdyby stała na trójnogu obok łóżka.

– No... nie wiem... byłaś tak zalana, że sam David Attenborough mógłby siedzieć w kącie i komentować wasze igraszki, a ty nawet nie zwróciłabyś na niego uwagi.

– Dzięki, Fran, właśnie tego mi teraz trzeba. Twojego cholernego poczucia humoru! Mówię ci, że to musiał być laptop.

Fran pokręciła głową.

– Zupełnie jak w tym filmie *Dziewczyna z tatuażem*. Po co ktoś miałby włamywać się do twojego komputera? Przecież nie przechowujesz tam żadnych sekretów rządowych. No i kto mógł zrobić coś takiego? Kto miał dostęp do twojego laptopa?

– Nawet nie chcę o tym myśleć, a tym bardziej mówić tego na głos, ale... – Bea zamknęła oczy, jakby sama myśl o tym sprawiała jej fizyczny ból. – Sądzę, że to mogła być Karen. Mogła korzystać z mojego komputera, kiedy tylko chciała. Wydaje mi się, że ona przechodzi jakieś załamanie. Ma obsesję na punkcie tej swojej pacjentki... Umówiła mnie na randkę i... –

Zakryła twarz dłońmi, czując wstyd na samą myśl o tym, co Karen naopowiadała o niej tamtemu mężczyźnie.

– Wygląda na to, że nie wiem o wielu rzeczach, które wydarzyły się między tobą a Karen. Kiedy to załatwimy, masz mi wszystko powiedzieć. Ale na razie zajmijmy się tym. Po drodze zastanawiałam się, co zrobić, i mam pewien pomysł.

– Jaki? Proszę, powiedz, że potrafisz się włamać na konta tych ludzi i usunąć wiadomość.

– Niezupełnie – odparła ponuro Fran. – Ale nie musimy jej usuwać, musimy się tylko upewnić, że nikt jej nie otworzy. Masz maila w telefonie?

Bea pokiwała głową.

– W nim zobaczyłam to nagranie po raz pierwszy.

– Świetnie. Masz napisać maila do wszystkich osób, które dostały wiadomość. W temacie wpisz: *Uwaga! Wirus! Nie otwierajcie maila od* i podaj ten adres. Napisz wszystko dużymi literami.

Bea zrobiła dokładnie tak, jak kazała siostra.

– Fran, jesteś geniuszem. Myślisz, że się uda? Że ludzie tego nie otworzą?

– To nasza jedyna szansa.

Miała ochotę ucałować ją za to, że użyła słowa „nasza".

– Dobra, pisz dużymi literami i wytłuszczonym drukiem. Niech wiedzą, że otwarcie tego maila może uszkodzić ich komputery. Potem pozostaje nam mieć nadzieję, że w pierwszej kolejności przeczytają twoją wiadomość.

Bea napisała to, co podyktowała jej Fran, i wcisnęła „wyślij".

– Nie mogę w to uwierzyć. – Westchnęła ciężko. – Jak ktoś może być aż tak okrutny? Nawet nie chcę myśleć, że to Karen. jest przecież moją najlepszą przyjaciółką. Rozumiem, że po tym, co się stało, chciała mnie wystraszyć, ale to nawet nie jest groźba. Ona próbowała zniszczyć mi życie! A wszystko przez to, że dowiedziałam się o niej i Michaelu.

– Wygląda na to, że masz mi wiele do opowiedzenia. – Fran usiadła obok niej na kanapie. – Może zaczniesz od początku?

70

Eleanor

Wychodząc tyłem z pokoju, Eleanor uderzyła ramieniem w futrynę i skrzywiła się. Noah się nie poruszył, więc wypuściła wstrzymywany oddech. Ostrożnie zamknęła za sobą drzwi i wahała się chwilę, czekając na płacz, ale go nie usłyszała. Może jednak wszystko zmierzało w dobrym kierunku. Trzeci raz w tym tygodniu Noah spał w łóżeczku w ciągu dnia – wczoraj ucięła sobie nawet drzemkę, nie wspomagając się xanaxem.

Musiała działać szybko, jeśli chciała jak najlepiej spożytkować nowo odkryte pokłady energii. W kuchni czekała sterta naczyń z wczorajszej kolacji i dzisiejszego śniadania, a jeśli Noah będzie spał wystarczająco długo, może nawet zdąży napić się herbaty i obejrzeć kawałek *Broadchurch* – teraz, kiedy spał dłużej w nocy, rzadziej oglądała telewizję i po incydencie z włosami w końcu zgodziła się wyjść z domu. Bea wpadła pewnego wieczoru z mnóstwem uroczych kapeluszy, które pożyczyła od koleżanki z pracy, i Eleanor przez dobrą godzinę przeglądała YouTube, szukając nagrań z fryzurami z przedziałkiem na boku.

Bez wrzasków dzieci dom wydawał się dziwnie cichy. Zresztą ostatnio było w nim niewiele głośniej; od urodzin Toby prawie się do nich nie odzywał, a Adam, jak zwykle, większość czasu spędzał poza domem. Ściskało ją w żołądku, kiedy przypominała sobie zbolałą minę Toby'ego, który nakrył ją i Adama, jak zastanawiali się na głos, czy powiedzieć mu o jego prawdziwej matce. Jak się okazało, nie mieli wyboru. W końcu Eleanor zadzwoniła do swojej matki, żeby zabrała Noaha na kilka godzin, podczas gdy ona i Adam usiedli z Tobym i wyjawili mu prawdę. Albo prawie całą prawdę.

Chłopiec milczał, kiedy na zmianę próbowali mu wytłumaczyć, dlaczego nie powiedzieli mu, że Eleanor nie jest jego mamą. Tylko jak wyjaśnić decyzję, którą podjęto wyłącznie z egoistycznych pobudek? Prawda była taka, że gdyby Eleanor nie pragnęła idealnej rodziny, rodziny, w której nie będzie żadnych problemów i przeszkód do pokonania, Toby od początku znałby prawdę i nie czułby się taki zdradzony.

Zdawała sobie sprawę, że mogło pójść znacznie gorzej i że nawet jeśli teraz Toby bardzo cierpi, pewnego dnia zrozumie, że zrobili to z miłości i po to, by go chronić. Przynajmniej tajemnica przestała im ciążyć, a lęk, który zadomowił się w sercu Eleanor, odkąd matka Toby'ego zniknęła z jego życia, zaczął się rozwiewać.

Klęcząc na kuchennej podłodze, wsadzała ubrania do pralki, próbując upchnąć ich jak najwięcej. Chociaż Toby nie uciekł z domu – nawet nie wykrzyczał im w twarz, że ich nienawidzi – wciąż nie mogła wybaczyć Karen, że napisała ten list i postawiła ich w takiej sytuacji. Wiedziała, że Karen nie pochwala tego, że nie powiedzieli Toby'emu prawdy... Ona i jej zasady, które okazały się śmiechu warte. Ale jeśli zrobiła to, żeby Eleanor i Adam jeszcze bardziej oddalili się od siebie, to wykorzystywanie w tym celu dziecka było po prostu chore.

Starała się nie myśleć o tym za dużo; nie miała niezbitego dowodu na to, że Adam ma romans. Czy była to kolejna próba Karen, żeby zwrócić ich przeciwko sobie po tym, jak pierwsza spełzła na niczym? Tylko po co miałaby to robić? Bo jej własny związek był skazany na porażkę? To, że była z Michaelem, nie musiało oznaczać końca ich przyjaźni, nawet jeśli Eleanor rzeczywiście się na nią wściekła, kiedy się o tym dowiedziała. Ale jeden zły uczynek nie przekreślał człowieka. Może Karen nie była świadoma zła, które wyrządza: w końcu nigdy nie była mężatką. Gdyby Eleanor skreślała kolejne pozycje na „Liście powodów, żeby nienawidzić Karen", przy tym punkcie postawiłaby znak zapytania – nadal nie wiedziała, czy mogły być sobie tak bliskie jak kiedyś, jeśli Karen nie zakończy romansu z tym żonatym mężczyzną.

No i był jeszcze list do Toby'ego. Eleanor nie chciała tracić przez coś takiego najlepszej przyjaciółki. Gdyby Karen odpowiedziała na choćby jedną wiadomość głosową albo nieodebrane połączenie, może byłaby szansa, że z czasem Eleanor przyjęłaby jej przeprosiny. Nie było jednak żadnych przeprosin, tylko jeden SMS:

To nie ja wysłałam ten list. Wiem, kto to zrobił, i mogę to udowodnić, jeśli pozwolisz mi przyjść i wszystko wytłumaczyć. XX

Eleanor nie zadała sobie nawet trudu, żeby odpisać. Była to żałosna, nieprzekonująca próba zrzucenia winy. Karen musiała wiedzieć, jakim ciosem dla niej będzie świadomość, że Toby dowiedział się prawdy w ten sposób. Zupełnie jakby Karen podjęła świadomą decyzję, że urodziny Toby'ego będą zarazem końcem ich przyjaźni, dzwonem pogrzebowym zwiastującym kres ich wspólnego życia. Może miała dość dramatów, które towarzyszyły ich przyjaźni, drobnych kłótni i usprawiedliwiania się. Może nie miała zamiaru przepraszać i wolała wszystkiemu zaprzeczyć tylko po to, żeby nie wyjść na „tę złą". Może to był koniec ich wszystkich – może tak będzie lepiej. Bóg jeden wie, że w ich wieku przyjaźń powinna być jak świecidełko, które bierze się do rąk i podziwia, a następnie odstawia na półkę aż do czasu, gdy ktoś zauważy, że lekko się przykurzyło, a nie jak zmywarka do naczyń, którą trzeba codziennie ładować i opróżniać.

Eleanor skrzywiła się na to porównanie. Nawet rozmyślając o przyjaciółkach, skupiała się na domu. Rozejrzała się po salonie, nie wiedząc, od czego zacząć. Ścieranie kurzy mogło zaczekać, aż przyjdzie Lesley. Przejechała palcami po ramce ze zdjęciem i strzepnęła kurz na podłogę. To będzie musiało wystarczyć. Nie mogła odkurzać, aż do…

Zatrzymała się i spojrzała na zdjęcie, z którego właśnie starła kurz. Była to fotografia o wymiarach piętnaście na dwadzieścia jeden centymetrów, na której Bea i Karen trzymały wielkie prześcieradło z *Witaj w domu* napisanym lśniącymi białymi, niebieskimi i czerwonymi literami. Zrobiły je, kiedy wyjechała na dwutygodniową konferencję do Włoch. Popłakała się ze śmiechu, gdy zobaczyła, jak wymachują transparentem; zupełnie jakby wróciła z wyprawy do amazońskiej dżungli, a nie z pięciogwiazdkowego hotelu we Florencji. „Tęskniłyśmy za tobą! – powiedziała Bea, kiedy ocierając łzy, Eleanor zapytała, po co, u diabła, to powitanie. – A co w tym złego?"

Patrzyła teraz na roześmiane twarze przyjaciółek i czuła, że łzy napływają jej do oczu. Dlaczego właściwie spojrzała na to zdjęcie? Wspomnienie z czasów, kiedy wydawało się jej, że nic nie jest w stanie ich rozdzielić? Karen już wtedy była z Michaelem i skrywała sekret, który mógł zniszczyć ich przyjaźń. Jak się czuła, gdy wychodzili gdzieś razem w piątkę i musiała grać? Czy odczuwała taki sam strach jak ona, kiedy ktoś zaczynał mówić o rodzeniu dzieci, bo chociaż była matką, nigdy tego nie doświadczyła?

Zerkając kolejny raz na zdjęcie, odniosła wrażenie, że coś jednak jest nie tak. Czuła, że jej umysł próbuje coś przywołać. Przypomniała sobie Karen, kiedy widziała ją ostatni raz. Wychodząc z restauracji, z odrazą obejrzała się przez ramię. Ściskała torebkę, jakby była polem siłowym, które ochroni ją przed tym, co właśnie usłyszała. Karen siedziała z łokciami na stole i twarzą ukrytą w dłoniach. Naprzeciw niej Bea z miną, która nie wyrażała kompletnie niczego.

To wciąż boli, powiedziała sobie w duchu i odstawiła zdjęcie z powrotem na półkę. Można się było tego spodziewać. Kłamstwa takie jak to potrafią rozedrzeć związek na strzępy.

Dobiegające z kuchni uporczywe pikanie sygnalizowało, że pralka skończyła cykl, i Eleanor wyszła z salonu, gotowa wepchnąć do bębna kolejną stertę ubrań. Wciąż jednak nie mogła przestać myśleć o Karen – jej najlepsza przyjaciółka i jej mąż... oboje byli kłamcami. Czy w ogóle wiedziała...

Skrzywiła się, słysząc, że ktoś kręci się przy drzwiach.

71

Karen

Przerażona jechała w stronę rzeki. Nigdy nie zdoła odkręcić tego, co zrobiła, a teraz ktoś będzie musiał ponieść konsekwencje. Jak to możliwe, że wszystko poszło nie tak? Wszystko, na co tak ciężko pracowała, zniknęło jak za dotknięciem czarodziejskiej różdżki z powodu jednej kobiety. Już nikt nigdy jej nie zaufa. Prawdopodobnie nigdy więcej nie wróci do pracy, a jej związek z Michaelem pewnie nie przetrwa tej próby. Jej życie roztrzaskało się w drobny mak i nie mogła zrobić nic, by poskładać je do kupy.

Rzeka była wzburzona, bardziej wzburzona, niż ją zapamiętała. Zupełnie jakby wiedziała, że Karen zlekceważyła jej ostrzeżenia i ciemne, gniewne wody ganiły ją i kpiły z jej głupoty. *Jak mogłaś? Jak mogłaś?*

Co kryło się w głębi? Zwykle myśl o życiu ukrytym pod powierzchnią przemawiała do niej, jak gdyby była lustrzanym odbiciem jej własnego życia. Skrywała tyle tajemnic, o których inni nie mieli pojęcia. Których nie mogli zobaczyć. Szanowana pani psycholog sypiająca z mężczyznami bez imion i twarzy, by odzyskać kontrolę, którą traciła w każdy weekend, gdy od-syłała swojego kochanka z powrotem do żony i dzieci. Kim była? Kobietą zdradzającą, oszukującą i wykorzystującą ludzi? A może kochającą, troskliwą przyjaciółką, która poświęciła ży-cie, by pomagać innym, i wyciągała rękę do zupełnie obcych ludzi, kiedy przechodzili kryzys? Wiedziała, że wyciągnęła kil-ku pacjentów z naprawdę mrocznych miejsc. Ratowała ludziom życie. Kim naprawdę była Karen Browning? Co było prawdą, a co kłamstwem?

Przez długi czas siedziała na zimnej, mokrej trawie oddzie-lającej lodowate wody od mieszkańców miasta. Wały stanowiły ochronę; gdyby zawiodły, gdyby pękły, domy i siedziby firm zalałaby brudna, cuchnąca woda, ludzie straciliby dorobek ca-łego życia. Zawiodła przyjaciółki, tak jak wały wielokrotnie za-wodziły mieszkańców miasta. Wystarczyły obfite deszcze, by woda zalewała okoliczne tereny.

Zapadał zmierzch, kiedy wjechała na ulicę. Niebieskie światła policyjnych radiowozów od czasu do czasu rozjaśniały niebo. To wtedy poczuła, że wody wzbierają, a wały pękają. Pozwoliła im utonąć. Zawiodła.

72

Moje ręce pokrywa ciepła, lepka krew i mogę jedynie patrzeć na nie w osłupieniu. Nawet nie zauważyłam, że rana na jej
głowie krwawi, kiedy położyłam ją sobie na kolanach i tuliłam,
słuchając, jak gwałtowny, urywany oddech staje się coraz płyt-
szy. Czy wiedziałam wówczas, że umiera? Słowa nie docierały
do mnie jeszcze z brutalną klarownością, ale tak, chyba wiedziałam, że posunęłam się dalej, niż planowałam.

Nie zostałam, żeby zobaczyć, jak Eleanor umiera. Teraz
tego żałuję. Doprowadziłam do tego, że pociąg wypadł z torów,
i byłam zbyt strachliwa, by patrzeć, jak się wykoleja. Wiem, że
jej rodzina będzie cierpiała, wiedząc, że umierała sama i przerażona. Ale chociaż żałowałam w swoim życiu wielu rzeczy,
ta boli mnie najbardziej. Wstyd mi, bo straciłam kontrolę,
a przecież ona była dla mnie najważniejsza. Pozwoliłam, by
wyprowadziła mnie z równowagi swoimi bezdusznymi słowami i tym, że nie słuchała, gdy ją ostrzegałam. A kiedy się ode
mnie odwróciła, kiedy potraktowała mnie jak dziecko, które
można ignorować albo któremu się ustępuje dla świętego spo-

koju, chwyciłam ją za ramię. Szarpnięciem przyciągnęłam ją do siebie i zobaczyłam w jej oczach strach. Próbowała się wyrwać. Chyba niczym jej nie uderzyłam. Jestem pewna, że upadła. Wiem, że popchnęłam ją zbyt mocno, ale nie chciała przestać mówić tych okropnych rzeczy. To nie była moja wina. Może teraz wszyscy zrozumieją.

CZĘŚĆ TRZECIA

73

Opowiedz mi o tym, co się wydarzyło, kiedy miałaś cztery lata.
Już pani o to pytała. Mówiłam, że to bez znaczenia.

Obie wiemy, że to nieprawda. Ciężko ci o tym mówić?
Oczywiście. Nigdy z nikim nie rozmawiałam o tym, co się stało.

Spróbuj więc.
Miałam trzy lata, gdy mama przywiozła ją do domu ze szpitala. Amy. Była maleńka, mniejsza niż lalka, którą dał mi tata, żeby przygotować mnie na jej pojawienie się. Uwielbiałam tę lalkę. Wszędzie ją ze sobą zabierałam, zmieniałam jej pieluszki i karmiłam ją z kubka niekapka. Była moją najlepszą przyjaciółką. A kiedy Amy pojawiła się w domu, wiedziałam, że ona też będzie moją najlepszą przyjaciółką.

Byłaś o nią zazdrosna?
Nigdy. Przynajmniej niczego takiego nie pamiętam. Była taka malutka, we wszystkim potrzebowała naszej pomocy.

Mama poświęcała jej mnóstwo czasu i ciągle była zmęczona, ale nie pamiętam, żebym winiła o to Amy. Jeśli już, winiłam mamę. Nie rozumiałam, jak może być taka opryskliwa i nieszczęśliwa, kiedy w naszym domu pojawiła się ta cudowna, mała istotka. Gdy Amy płakała, dawałam jej swojego misia, a ona patrzyła na mnie tymi swoimi wielkimi niebieskimi oczami, zbyt dużymi do jej maleńkiej buźki, i czasami udawałam, że to ja jestem jej mamusią, a nasza mama w ogóle nie istnieje. Nawet w wieku trzech lat wiedziałam, że chcę się nią opiekować do końca życia.

Mów dalej.

Mama czuła się coraz gorzej. Wtedy jeszcze nie wiedziałam, czym są zombie, ale tak właśnie widzę ją teraz – jak żywego trupa. Nie odzywała się do nas całymi dniami. Dawała nam jeść i pić, zawsze byłyśmy czyste i dobrze ubrane, ale czułam się tak, jakby mnie nie było. Czasami udawałam, że jestem duchem; wtedy byłam zadowolona, że do mnie nie mówi, bo to znaczyło, że moje przebranie działało. Bywały dni, że do powrotu taty tylko ja rozmawiałam z Amy.

Czy twój tata zrobił coś w tej sprawie?

W tym cały problem: kiedy wracał do domu, mama stawała się zupełnie inną osobą. Śpiewała, piekąc nasze ulubione ciasteczka, bawiła się z nami i czytała nam bajki do poduszki.

Musiałaś czuć się zdezorientowana.

Sama nie wiem. To znaczy… teraz wiem, że tak było, ale wtedy byłam przyzwyczajona do takiego życia. Nazywałam ją „prawdziwą mamą" i „mamą w ciągu dnia".

Jak długo to trwało?

Tak wyglądało moje życie po tym, jak Amy przyszła na świat. Ale to nie miało znaczenia. Musiałam się nią opiekować. Dawałam jej całą swoją miłość, a ona odwdzięczała mi się tym samym. Kiedy wchodziłam do pokoju, uśmiechała się i wyciągała do mnie rączki. W wieku czterech lat nosiłam ją na rękach jak lalkę.

Co się wydarzyło, gdy Amy miała jedenaście miesięcy?

Kiedy się urodziła, śpiewałam jej cichutko, a gdy zasypiała, pozwalałam, by trzymała mnie za włosy. Wyjmowałam jej smoczek, kiedy płakała, i dawałam swojego ulubionego misia... był taki duży jak ona. Gdy miała pół roku, uczyłam ją raczkować. Kładłam przed nią jej ulubione zabawki, tak że nie mogła ich dosięgnąć, i pokazywałam jej, jak raczkować. Kiedy miała osiem miesięcy...

Obwiniasz się o to, co stało się z twoją siostrzyczką?

Oczywiście, że tak. To była moja wina. Nie opiekowałam się nią wystarczająco dobrze. Wiem, co zaraz pani powie, ale to bez znaczenia, ile miałam lat. Powinnam była czuwać.

Opowiedz mi, co się stało, Karen.

Moja mamusia jest w sypialni... myślę, że znowu płakała. Byłam naprawdę grzeczna. Dałam Amy herbatkę i bawiłam się z nią, żeby mamusia mogła trochę odpocząć. I o nic dziś nie prosiłam... wiem, że tego nie cierpi. Amy była odrobinę marudna i chociaż śpiewałam jej i próbowałam ją uspokoić, nie przestawała krzyczeć i śmiać się do swojego różowego misia.

Przykładam nos do pieluszki i wącham. Pachnie mdło i mocno, zaczynam panikować. Będę musiała przeszkodzić mamusi, bo na pajacyku, który Amy miała na sobie przez cały dzień, jest duża pomarańczowobrązowa plama, i wiem, że moja siostrzyczka nie będzie leżała spokojnie, żebym mogła go zdjąć. Po kilku minutach udaje mi się otworzyć kilka zatrzasków i patrzę, jak Amy pełznie w stronę zamkniętej bramki na szczycie schodów.

– Mamusiu? – szepczę. Otwieram drzwi do sypialni, które skrzypią przeciągle. – Mamo?

Leży na łóżku. Oczy ma zamknięte, ale nie potrafię powiedzieć, czy śpi. Pewnie tak, bo nie odpowiada, kiedy ją wołam. Jej lekarstwa leżą na stoliku nocnym. Podchodzę do niego i zamykam buteleczki – jeśli Amy je zobaczy, pomyśli, że to cukierki. Ja też tak myślałam, zanim tatuś wytłumaczył mi, że to lekarstwa dla dorosłych i dzięki nim mamusia jest szczęśliwa. Rozumiem to: moje cukierki sprawiają, że jestem szczęśliwa, więc to logiczne, że te dla dorosłych uszczęśliwiają mamusię. Tyle że chyba już nie działają.

– Mamusiu? Amy zrobiła kupkę. Strasznie śmierdzi.

Powoli unosi powieki i przez chwilę wygląda, jakby nie wiedziała, kim jestem. Czekam, aż zobaczy mnie wyraźnie, i przez sekundę myślę, że się uśmiechnie, ale tego nie robi.

– Co znowu? – pyta.

– Amy – odpowiadam najciszej, jak mogę. Dobrze pamiętam rzeczy, które przyprawiają ją o ból głowy, i staram się ich nie robić. – Zrobiła śmierdzącą kupę i zabrudziła pajacyk.

Mama wzdycha, ale tylko troszkę. Nie krzyczy ani nie jest zła. Wygląda, jakby całe jej ciało ważyło tonę. Wstaje z łóżka

i idzie za mną na podest, gdzie Amy raczkuje. Plama na pajacyku sięga już jej nóżek.

– Jezu! – Mama zawsze mówi o Bogu i Jezusie, jakby
wszystkie złe rzeczy w naszym domu były ich winą. Nigdy nie
spotkałam Jezusa, ale mamusia chyba go nie lubi, chociaż prosi
go o różne rzeczy.

– Przepraszam, mamusiu, próbowałam pomóc – mówię.

Nie odpowiada ani na mnie nie patrzy, ale przynajmniej nie
krzyczy.

– Boże. – Zdejmuje pajacyk i kupa jest wszędzie. Strasznie śmierdzi. Pieluszka odpięła się z jednej strony i nóżka Amy
cała usmarowana jest gęstą, brązową mazią. Mama kładzie ją
z powrotem na podłodze, otwiera drzwi do łazienki i odkręca
prysznic.

– Ja też mogę się wykąpać? – pytam. Uwielbiam się kąpać.
Pluskamy się i bawimy, a Amy tuli się do mnie, jakbym to ja
była jej mamusią. – Proszę.

– Kiedy ją umyję – obiecuje mama i nawet się uśmiecha.
Rozbiera Amy i wkłada ją pod strumień wody. Kupa spływa
do odpływu. Amy zaczyna krzyczeć i wyciąga do mnie rączki.
Wkładam rękę pod wodę.

– Trochę zimna – mówię.

Mama nie wygląda na zadowoloną z mojej pomocy; twarz
ma ściągniętą i przez chwilę reguluje temperaturę wody.

– Mogę już wejść? – Cała kupa spłynęła do otworu odpły-
wowego i chcę wejść do wanny i pobawić się z siostrzyczką.

Mama wzdycha poirytowana moim marudzeniem, ale kiwa
głową. Podekscytowana zdejmuję ubrania i próbuję przełożyć
nogę przez krawędź wanny. Chcę jej pokazać, jaka jestem już

duża, ale ona w ogóle nie zwraca na mnie uwagi. Podnosi mnie i sadza w wannie obok Amy. Zatykam odpływ korkiem i siadam pod prysznicem, czekając, aż wanna napełni się wodą.

– Popilnuj jej przez chwilę – mówi mama i gromi mnie spojrzeniem. – Trzymasz ją?

Kiwam głową. Amy siedzi między moimi nogami, a ja obejmuję ją w pasie.

– Widzisz, Amy. – Pokazuję jej małą niebieską łódeczkę z kapitanem wiewiórką. Zanurzam ją pod wodę, a Amy śmieje się, gdy łódka wypływa na powierzchnię.

Woda na mojej głowie jest cudownie ciepła – jestem już na tyle duża, że nie przejmuję się, kiedy odrobina dostaje mi się do oczu. Amy chwyta kurek i próbuje się podciągnąć. Jest niegrzeczną, małą małpką – tak ją nazywam – i uwielbia stawać, chociaż nie potrafi jeszcze chodzić. Próbuję ją nauczyć, ale po kilku sekundach zawsze ląduje na pupie. Śmieję się i zmuszam ją, żeby usiadła. – Nie, nie, nie – upominam ją, naśladując tatusia.

Amy śmieje się głośniej, jakby to była zabawa, i próbuje pełznąć do przodu. Wody jest mało, nie sięga jej jeszcze do buzi.

Wzdrygam się, kiedy strumień wody robi się zimny.

– Mamo! – wołam. – Woda jest zimna!

Mama nie przychodzi, a woda robi się lodowata. Wypełnia wannę i wkrótce przyjemne ciepło będzie już tylko wspomnieniem. To nic, wiem, jak ją zakręcić, zanim mama wróci i z powrotem odkręci ciepłą. Jestem już duża, myślę i wstaję, żeby zakręcić kurek. Niedługo pójdę do szkoły i nauczyciele będą dumni, kiedy zobaczą, ile już potrafię. Kręcę gałką w złą stronę – głupol ze mnie – i strumień wody przybiera na sile. Szybko przekręcam kurek w drugą stronę, ale ręce mam mokre i kran jest mokry; moje palce ślizgają się na zimnym metalu.

– Mamo!

Uff, już dobrze, gałka obraca się i woda przestaje lecieć.

– Dzięki Bogu – mówię do Amy z uśmiechem. Słyszałam, jak tatuś tak mówi, i podoba mi się brzmienie tych słów. „Dzięki Bogu". „Bogu niech będą dzięki".

Z uśmiechem odwracam się do Amy i chichoczę, widząc, że szuka czegoś pod wodą.

– Och, Amy! Ty głupia małpko. – Przyciągam ją do siebie i sadzam między nogami, tak jak kazała mamusia. Ale Amy jest jakaś ciężka, oczy ma zamknięte. Nawet nie wiedziałam, że jest zmęczona. – Amy, obudź się, szkrabie.

Ona jednak się nie budzi. I już wiem, że stało się coś bardzo, bardzo złego. Zaczynam panikować jak wtedy, gdy zrzuciłam picie ze stołu, a mama nakrzyczała na mnie i zapytała, dlaczego są ze mną same problemy. Potrząsam Amy – nie za mocno – ale ona wciąż śpi.

– Mamo! – krzyczę naprawdę głośno, chociaż wiem, że nie powinnam, bo nie chcę, żeby mamusię bolała głowa, ale nie mogę nic na to poradzić, tak jak nie mogę przestać płakać. – Mamusiu!

Kiedy mama w końcu wchodzi do łazienki, zaczyna krzyczeć i płakać, wyrywa mi z ramion Amy i wyciąga ją z wody. Jest źle, jest naprawdę źle. Zanoszę się płaczem, ale mamusia nie mówi mi nawet, żebym się zamknęła; a ja chciałabym, żeby na mnie krzyknęła, żeby kazała mi iść do łóżka. Chcę, żeby Amy zaczęła płakać i była niedobra jak dawniej. Mamusia chwyta za telefon i każe mi zejść z drogi – tylko że używa jednego z tych brzydkich słów, które nie podobają się tatusiowi i których nie mogę powtarzać – biegnę więc do sypialni i chowam się w szafie, naga i zziębnięta. Siedzę tam i płaczę, aż tatuś wraca do domu, znajduje mnie i zawozi do babci na krótkie wakacje. Nie ma już mamusi ani Amy. Amy już nigdy nie wraca, a ja wiem, że to moja wina.

74

Bea

Weszła do baru i zaczęła szukać wzrokiem Adama. W końcu zauważyła go skulonego w kącie, w jednym z boksów. Twarz miał szarą jak popiół, wzrok wbity w stół.

– Boże, Adam... – Usiadła obok niego. Przytuliła go, ale ciało miał sztywne i napięte niczym struna.

– Nie powinno mnie tu być – bąknął. – Powinienem być w domu z chłopcami.

– Są z twoją mamą? Jak się trzymają? Gdybyś czegoś potrzebował... – Urwała, wiedząc, jak kiepsko to brzmi. Jeśli mogę coś dla ciebie zrobić... gdybyś potrzebował pomocy... Nie mogła być mamą ani żoną, a tego właśnie potrzebowali – niczego innego.

– Są zdruzgotani. Toby nie odezwał się słowem, odkąd tamtego dnia przywiozłem go ze szkoły, a Noah nie przestaje płakać. Na razie mieszkamy u mamy, bo nie potrafię wrócić do domu, ale nie możemy siedzieć tam bez końca. Co my zrobimy, Beo? Co my bez niej zrobimy?

Trzeci raz tego dnia palące łzy napłynęły Bei do oczu, jednak tym razem nie próbowała ich powstrzymać. Nie mogła przestać płakać od dwóch dni, odkąd matka Eleanor zadzwoniła do niej i łamiącym się, ledwie zrozumiałym głosem powiedziała jej, co się stało. Bea od razu próbowała zadzwonić do Karen, ale ta nie odbierała, więc pojechała taksówką do jej domu, lecz nikogo nie zastała. Karen nie było w pracy i albo nikt nie chciał Bei niczego powiedzieć, albo sami nic nie wiedzieli. Czuła się zraniona, zdezorientowana i wściekła; zupełnie jakby w ciągu tygodnia straciła obie przyjaciółki. Nie potrafiła odpowiedzieć na pytanie Adama. Nie miała pojęcia, jak sobie poradzą, i nie wiedziała, czy jeszcze kiedyś wszystko będzie dobrze.

— Wiadomo już, kto to zrobił?

Adam roześmiał się, głuchym, pozbawionym wesołości śmiechem.

— Z początku ja byłem głównym podejrzanym. Na szczęście cały dzień spędziłem w biurze, więc nie mogłem pojechać do domu. Zdaniem policji nie było to włamanie na tle rabunkowym, bo nic nie zginęło. Sąsiedzi słyszeli, jak się z kimś kłóciła. Policja przesłuchuje Karen. Wiedziałaś o tym?

— Karen? — Bea nie miała pojęcia, co powiedzieć. — Dlaczego? Nie była wtedy w pracy?

Adam spojrzał na nią i dopiero w tym momencie zwróciła uwagę na jego zaczerwienione, opuchnięte oczy. Wyglądał na załamanego.

— Została zawieszona. Myślałem, że wiesz.

— Pokłóciłyśmy się — przyznała się ze wstydem, bo teraz wszystko wydawało się takie nieistotne. — O Michaela. Na pewno… — Nie mogła się zmusić, by wypowiedzieć na głos imię Eleanor. — Sądziłam, że wiesz.

– Nie. – Pokręcił głową. – Eleanor zachowywała się naprawdę dziwnie i nie chodziło tylko o dziecko. Praktycznie ze sobą nie rozmawialiśmy, a jeśli już, to warczała na mnie, wypominając mi, jak niewiele robię i jak mało ją rozumiem.

Bea westchnęła.

– Odkryłyśmy, że Michael ma żonę. Eleanor źle to zniosła. Wiesz, jak podchodziła do tych rzeczy: rodzina to świętość i takie tam. Od tego czasu nie rozmawiała z Karen.

– Chyba jednak musiała z nią rozmawiać. Dlatego policja przesłuchuje Karen: widziano ją przed naszym domem rano tamtego dnia, kiedy Eleanor... kiedy to się stało.

– Nie wiedziałam. Nie rozmawiałam z Karen od ponad tygodnia. Nie odbiera moich telefonów.

Bea pomyślała o randce, na którą umówiła ją Karen, i nagraniu, które ktoś przesłał jej znajomym. Co, u diabła, się z nią działo? Nigdy dotąd się tak nie zachowywała. Zawsze była taka zorganizowana; nie interesowały jej podłe, złośliwe gierki. Bea wróciła wspomnieniami do rozmowy sprzed kilku tygodni.

– Muszę cię o coś zapytać. – Wbiła wzrok w stół, nie potrafiąc spojrzeć mu w oczy. – Zanim się pokłóciłyśmy, Karen powiedziała, że widziała cię z jedną ze swoich pacjentek. Myślała, że macie romans...

– Nie zrobiłbym... nie mógłbym...

Wyciągnęła rękę i dotknęła jego ramienia.

– Teraz to bez znaczenia. To, co się stało, jest nieistotne.

– Bzdura! Nie mogę pozwolić, żeby ludzie pomyśleli, że to ja zrobiłem to Eleanor. – Westchnął. – Spójrzmy prawdzie w oczy: przez ostatnie miesiące byłem gównianym mężem. Pracowałem do późna, żeby nie zrobić albo nie powiedzieć czegoś głupiego, podczas gdy Els i chłopcy potrzebowali mnie. Pod byle pretekstem wychodziłem z domu... Cholera, pierwszy raz od lat poszedłem na siłownię! Byłem takim egoistą, myślałem tylko o tym, że potrzebuję czasu i przestrzeni dla siebie, a tak naprawdę powinienem był spędzać każdą wolną chwilę z rodziną. Boże, gdybym mógł cofnąć czas i być takim mężem, na jakiego zasługiwała...

Albo mówił prawdę, albo był świetnym kłamcą, Bea nie potrafiła powiedzieć. Myślała o tym, co przydarzyło się im trzem w ciągu ostatnich miesięcy, i nie miała pojęcia, co się, u diabła, dzieje. Karen nie kłamałaby, mówiąc, że widziała Adama z inną kobietą. A ta jej pacjentka? Bea była pewna, że jej sobie nie wymyśliła. Co więc było prawdą? Komu mogła zaufać? I, przede wszystkim, co teraz będzie, kiedy Eleanor odeszła, a Karen zaginęła?

75

Bea

– Beo, tu Michael. Wpuścisz mnie? Musimy porozmawiać.

Wcisnęła guzik na domofonie, a gdy się odezwała, jej głos ociekał jadem.

– Prędzej wezmę do rąk gówno i klasnę. Idź sobie.

Zapadła cisza przerywana brzęczeniem, które sugerowało, że Michael wciąż trzyma palec na dzwonku.

– Posłuchaj – odezwał się w końcu – wiem, że obwiniasz mnie o to, co się stało...

– Bo to twoja wina – przerwała mu. – Wiem, że nie jesteś odpowiedzialny za... – Nie potrafiła powiedzieć tego na głos. Śmierć Eleanor. – Ale cała reszta to twoja wina. To przez ciebie przestałyśmy ze sobą rozmawiać. Po co w ogóle przyszedłeś? Nie powinieneś być z Karen? Wspierać ją? Nie jest znowu przesłuchiwana?

– Nie mam pojęcia. Dzień przed tym... przed tą historią z Eleanor... pokłóciliśmy się... o tę jej pacjentkę. Kazała mi wracać do... domu. Nie chce ze mną rozmawiać, nie chce mnie widzieć u siebie. Sam tam nie wejdę... w końcu to jej dom.

Miałem nadzieję, że z nią porozmawiasz, przemówisz jej do rozsądku...

– Wal się, Michael. Wygląda na to, że w końcu wrócił jej rozum. Wracaj do domu, do rodziny.

Bea zdjęła palec z guzika i wróciła do pokoju. Sięgnęła po pilota i przeniosła go z kanapy na stolik, pozbierała magazyny ze stolika i położyła je na kanapie. Dzwonek nie zadzwonił kolejny raz. Czy Michael wciąż był na zewnątrz? Zerknęła przez wizjer, ale wąski korytarz był pusty, żadne oko nie patrzyło na nią z drugiej strony. Zresztą nie mógł tam być, chyba że ktoś wpuścił go, wchodząc do budynku. Odbijało jej.

A więc Karen i Michael się rozstali. Jeśli tak, dlaczego nie odbierała telefonów? Od ich ostatniej rozmowy minęły prawie dwa tygodnie. Czy od śmierci Eleanor nie było przy niej nikogo? Mimo dzielących ich różnic Karen nie powinna przechodzić przez to sama.

Z frontowego okna widziała jedynie fragment wejścia, wyglądało jednak na to, że nikogo tam nie ma. Na ulicy nie parkowały żadne samochody. Cofnęła się od okna i poprawiła firankę. Złość ustąpiła miejsca uczuciu niepokoju. Czy powinna się go bać?

Nie bądź głupia, zganiła się w myślach. To Michael. Znasz go od dwóch lat. Śpiewał karaoke na twoim przyjęciu urodzinowym. Spałaś na jego kanapie. Nic ci nie zrobi.

Poza tym, że jest wiele rzeczy, których o nim nie wiesz. Nie znasz jego żony i dzieci. Nie wiesz, gdzie sypia w weekendy, czy czyta swoim bliźniaczkom bajki na dobranoc i czy kiedy kocha się z żoną, myśli o Karen. Jest jeszcze ktoś, kogo wydawało się, że znasz. Karen. A nie miałaś pojęcia, że jest kochanką żonatego mężczyzny. Tak jak nie wiesz, co stało się z jej siostrą. Skąd więc pewność, że nie zabiła twojej najlepszej przyjaciółki?

Wzdrygnęła się, słysząc pukanie do drzwi. Ktoś go wpuścił, pewnie ta pieprzona Tara z góry. Głupia krowa. I co teraz?

Sięgnęła po telefon i wybrała 999, nie wciskając „połącz". Podeszła na palcach do drzwi – serce waliło jej jak oszalałe, oddech miała szybki i urywany – i przytknęła do nich dłoń. Czy odejdzie, jeśli się nie odezwie? A może spróbuje wyważyć drzwi.

– Bea?

To nie był głos Michaela, chyba że w ciągu dziesięciu minut, odkąd kazała mu się walić, zmienił płeć. To była Tara, tępa, kompletnie nieszkodliwa idiotka z góry. Bea jeszcze nigdy nie ucieszyła się tak bardzo na dźwięk jej głosu.

– Dzięki Bogu, to ty. – Otworzyła drzwi, nie wykluczając, że zobaczy za nimi Michaela, który przystawia Tarze nóż do szyi jak w niskobudżetowym thrillerze, ale kobieta była sama. W ręce trzymała złożoną kartkę papieru i patrzyła na Beę nieobecnym wzrokiem.

– Jakiś facet na dole prosił mnie, żebym ci to przekazała. – Podała Bei kartkę i czekała, jakby liczyła, że rozłoży ją przy niej.

Bea chwyciła liścik i uśmiechnęła się czarująco.

– Dzięki, skarbie! – Zamierzała zamknąć drzwi, ale Tara nie miała zamiaru nigdzie iść.

– Był bardzo wzburzony – dodała, jakby nie rozumiała albo udawała, że nie rozumie, że Bea uważa rozmowę za zakończoną. – To twój nowy chłopak czy co?

– Czy co – odparła Bea. – Nie chcę być niegrzeczna, ale właśnie parzyłam herbatę. Mam czajnik na gazie, więc sama rozumiesz… Nie chcę puścić z dymem całego domu! – I nie czekając na odpowiedź, zatrzasnęła Tarze drzwi przed nosem.

Rzuciła kartkę na stolik i poszła nalać sobie kieliszek wina. Cokolwiek napisał Michael, nie zamierzała czytać tego na stojąco i na trzeźwo. Kiedy usłyszała, jak wymawia imię Eleanor, poczuła się jak rażona prądem.

Z kieliszkiem w dłoni usiadła na kremowej kanapie i musnęła palcami brzeg kartki. Mogła po prostu ją wyrzucić, spalić, spuścić w toalecie, ale wiedziała, że tego nie zrobi. Tylko w filmach ludzie robią takie rzeczy. W prawdziwym życiu trzeba byłoby mieć serce z kamienia, żeby nie być ciekawskim i pełnym nadziei. I struchlałym ze zgrozy.

Wciągając powietrze nosem i wypuszczając ustami, tak jak uczył ją Paul McKenna, kiedy próbowała stracić na wadze, wyobrażając sobie, że jest szczupła, rozłożyła kartkę.

Spodziewała się błagań i przeprosin, a zamiast tego zobaczyła dwa krótkie zdania.

Wiem, kim była jej pacjentka. Zadzwoń do mnie.

76

Co poczułaś, kiedy zobaczyłaś policjantów czekających na ciebie przed domem?

To chyba jasne, że byłam przerażona. Wiedziałam, że coś musiało się stać. To wszystko było częścią jej planu.

Jak myślisz, jakie były plany Jessiki wobec ciebie?

Chciała zwrócić wszystkich przeciwko mnie. Chciała odebrać mi wszystko, na co tak ciężko pracowałam: karierę, związek, przyjaciółki.

Jak ciężko pracowałaś na te rzeczy? Czy przyjaźń i związki nie są po prostu częścią życia? Dlaczego uważasz, że musiałaś na nie pracować ciężej od innych?

Wie pani dlaczego.

Bo żeby je zdobyć, musiałaś oszukiwać ludzi? Żonę Michaela i jego rodzinę, swoje przyjaciółki?

Chyba można tak powiedzieć. Nie zamierzam udawać, że nie uciekałam się do kłamstw, ale czasami, mówiąc prawdę, można kogoś skrzywdzić. Zresztą ludzie i tak nie chcą poznać prawdy; udają, że jest inaczej, ale to wszystko kłamstwa.

Co masz na myśli?

Weźmy na przykład Eleanor. Zawsze powtarzała, że gdyby się dowiedziała, że Adam ją zdradza, od razu wyrzuciłaby go z domu, ale jak przyszło co do czego, nawet nie zapytała go, czy to prawda. Wolała udawać, że o niczym nie wie i że nic się nie dzieje, zamiast stawić czoło prawdzie i podjąć trudną decyzję. A jeżeli chce pani rozmawiać o żonie Michaela... Jeśli ktokolwiek nie chciał poznać prawdy, to właśnie ona. Myśli pani, że nie podejrzewała, że mąż wcale nie pracuje w ciągu tygodnia poza miastem? Na litość boską, ten człowiek prowadził zupełnie inne życie. Gdyby chciała dowiedzieć się prawdy, mogła to zrobić w każdej chwili. Wystarczyło, że pojechałaby za nim jeden jedyny raz albo zapytała, do czego jest ten dodatkowy komplet kluczy. Nie dowiedziała się, bo nie chciała się dowiedzieć.

Czyli lepiej jest kłamać, niż mówić prawdę, która mogłaby kogoś skrzywdzić?

To powód dobry jak każdy inny.

Mogłaś po prostu przestać robić rzeczy, które sprawiały innym ból.

Nie twierdzę, że jestem ideałem. Nigdy czegoś takiego nie powiedziałam.

77

Bea

Spłukała osad z kieliszka i sięgnęła po butelkę, żeby dolać sobie wina. Wiedziała, że powinna zachować jasny umysł, jeśli ma zadzwonić do Michaela, a zamierzała to zrobić. Miała tyle pytań. Po śmierci Eleanor całe jej życie rozsypało się jak domek z kart. Policja przesłuchiwała Karen, a Bea czuła, że nie ma prawa domagać się od nikogo odpowiedzi. Policja nie miała obowiązku informować jej o niczym, a rodzina Eleanor nabrała wody w usta. Bolało ją takie traktowanie, jakby była zwykłą znajomą, jakby nie znała Eleanor całe życie. Rozumiała jednak, że przede wszystkim muszą myśleć o chłopcach, a jej ból jest niczym w porównaniu z tym, przez co przechodzą oni.

Ale straciła nie tylko Eleanor. Czuła się tak, jakby całe jej życie zostało wymazane ogromną gumką myszką i nikt ani nic nie było w stanie napisać go od nowa. Zawsze były razem: Bea, Eleanor i Karen. Teraz, kiedy zabrakło Eleanor, sama nie wiedziała już, kim właściwie jest. Zupełnie jakby ona i Karen były znajomymi, które widywały się od czasu do czasu. Dobrze, pokłóciły się, ale taka tragedia powinna je do siebie zbliżyć. Bo jeśli nie, czy cokolwiek było w stanie naprawić ich relacje?

Płynący z telefonu utwór Sir Mix-a-Lot był niemiły dla ucha i niesmaczny w chwili, kiedy nawet uśmiech wydawał się nie do zniesienia. Melodia oznaczała, że dzwoni jedyna osoba, z którą Bea była w stanie porozmawiać w tej chwili.

– Fran, cześć.

– Cześć. Jak się czujesz?

– Do dupy. – Tylko Fran o to pytała i tylko ona oczekiwała szczerej odpowiedzi, a nie zwykłego „w porządku". Bea nie musiała nawet pytać o to samo. Fran lubiła dawać, nie brać.

– No jasne. Cała ta sprawa to jedno wielkie gówno. Wpadnę za pół godziny, przywiozę *Szybkich i wściekłych* i popcorn o smaku toffi. A, i butelkę wina. Dzwonię, żeby zapytać, czy czegoś ci nie kupić. Robię kiepskie lasagne, ale mogę zapełnić ci zamrażalnik niezdrowym, gotowym żarciem.

W takich chwilach zbyt wiele osób pytało, czy mogą jakoś pomóc, wiedząc, że człowiek odmówi z grzeczności. Ale nie Fran. Jeśli chciała pomóc, po prostu to robiła. Świadomość, że starsza siostra wybrała film i jej ulubione wino, sprawiła, że Bea miała ochotę uścisnąć ją przez telefon. Chciała powiedzieć Fran, że to cudownie zaszyć się w domu i razem z siostrą spędzić wieczór na kanapie, w ulubionej szarej piżamie, ale wiedziała, że przez cały czas myślałaby o Michaelu, o tym, co mu się wydaje, że wie, i co zamierza z tym zrobić.

– O niczym innym nie marzę, Fran, ale dziś wieczorem zamierzam być kompletną kretynką. – Westchnęła i pokrótce przedstawiła siostrze swoje plany na resztę dnia. – Możesz nazwać mnie idiotką i zagrozić, że doniesiesz na mnie mamie.

– Pewnie powinnam... – Fran mówiła teraz ciszej, prawdopodobnie, żeby Rich nie pomyślał, że jest nieodpowiedzialna – ale sama chciałabym poznać prawdę. Chyba nie myślisz, że Michael miał coś wspólnego ze śmiercią Els, co? Czy jego żona nie zapewniła mu alibi? Zdaniem policji nie był w to zamieszany; za wszelką cenę chcą udowodnić, że to była Karen.

– Chcesz mi powiedzieć, że twoim zdaniem to nie ona ją zabiła? Myślałam, że pierwsza rzucisz w nią kamieniem.

– W panią doktor? Daj spokój, Beo, poważnie? Znasz ją od lat... może nie tak dobrze, jak ci się wydawało, ale mimo wszystko byłyście sobie bliskie.

– W ogóle jej nie znam, Fran. – Bea westchnęła. Czuła, że smutek i zmęczenie biorą nad nią górę. – Jej facet ma żonę! Nie znam ani jej, ani jego. Umówiła mnie na randkę ze świrem. To prawdopodobnie ona wysłała moim koleżankom z pracy sekstaśmę z moim udziałem, o której istnieniu nie miałam pojęcia! Mówiłam ci, co spotkało jej siostrę. Skąd mamy wiedzieć, że nie zrobiła tego celowo?

Usłyszała, jak Fran bierze głęboki oddech.

– Nie bądź suką, Beo. Mówiłaś, że to nie była jej wina. Była dzieckiem!

Bea westchnęła.

– Masz rację, to podłe. Po prostu mam mętlik w głowie. Dlaczego nie odbiera telefonów? Za to ty zmieniłaś śpiewkę. Nigdy nie lubiłaś Karen. Czemu nagle tak jej współczujesz?

Fran się roześmiała.

– Nie chodziło o nią. Nie podobała mi się wasza relacja. Karen była dla ciebie jak starsza siostra. Nie podobało mi się, że muszę rywalizować z kimś, kto nigdy nie posklejał głowami twoich lalek Barbie.

– Wiedziałam, że to twoja sprawka – mruknęła Bea. Łzy napłynęły jej do oczu. – Byłaś bezkonkurencyjna, Fran.

– Wiem. A teraz idź i udowodnij, że twoja najlepsza przyjaciółka nie jest szajbuską. Ja i Vin Diesel wpadniemy do ciebie jutro.

– Kocham cię, Fran.

– Ja ciebie też.

78

Bea

– Kim jest ta dziewczyna? I dlaczego nagle jesteś pewien, że znasz jej tożsamość?

Zaraz po rozmowie z Fran Bea zadzwoniła do Michaela i powiedziała, żeby natychmiast po nią przyjechał, pod warunkiem że nie będzie mówił o Karen ani Eleanor. Zgodził się i była mu wdzięczna, że dotrzymał słowa.

– Wiedziałbym od razu, gdyby Karen powiedziała mi, jak ma na imię – odparł. – Kiedy wróciłem do domu po swoje rzeczy, nie było jej. Na stole leżała teczka. Nie trzeba być geniuszem, żeby domyślić się, czyje to akta. Karen od tygodni miała obsesję na punkcie tej dziewczyny. Gdy zobaczyłem imię, od razu wiedziałem, o kogo chodzi.

– Zazdrosna była dziewczyna?

– Chciałbym – mruknął Michael. – Jessica Hamilton była przyjaciółką mojej córki z college'u.

– Córki? – Bea gwizdnęła. – Chryste, byłeś na studiach, kiedy urodziła się twoja córka?

Westchnął i potarł twarz ręką.

– Mam czterdzieści pięć lat. Anne ma teraz dwadzieścia dwa lata. Adoptowaliśmy ją, kiedy miała siedem lat. Anne była... jest... siostrzenicą Emily, mojej żony. Jej siostra miała problemy z narkotykami. Nie mieliśmy o niczym pojęcia, dopóki nie zadzwoniła do nas kobieta z opieki społecznej z informacją, że jeśli jej nie weźmiemy, Anne trafi do rodziny zastępczej. Emily była załamana, że niczego nie zauważyła... jej siostra mieszkała kilka kilometrów dalej... ale zgodziliśmy się przygarnąć Anne. Wiele przeszła i widziała w swoim życiu więcej, niż powinna. Była trudna, jednak nie tak, jak trudne bywają siedmioletnie dziewczynki. Była przebiegła, okłamywała mnie i Emily, nastawiała nas przeciwko sobie. Dochodziło do incydentów, które nadwyrężały nasz związek. A mnie zbyt często nie było w domu.

Bea domyślała się, o co mu chodzi, zupełnie jakby miał to wypisane na czole. Karen nie była pierwsza; od lat zdradzał żonę.

– A ta dziewczyna, Jessica, skąd się wzięła w całej tej historii?

Michael pokręcił głową.

– Naprawdę nie wiem. Tak jak wspomniałem, była przyjaciółką Anne z college'u. Anne niewiele mówiła o swoich znajomych, więc kiedy zaczęła opowiadać o Jessice, byliśmy zadowoleni, że poznała kogoś, z kim się dogaduje. Potem poznała inną dziewczynę, niejaką Ruth Carrington. Anne twierdziła, że Jessica nie lubiła dzielić się przyjaciółkami. Była zazdrosna i zaborcza. Miałem wrażenie, że sama ma niewiele przyjaciółek.

– Nie poznałeś jej osobiście?

– Tak jak mówiłem, rzadko bywałem w domu. – Nawigacja kazała im skręcić w prawo i Michael zmienił pas. Milczał przez chwilę, a gdy zjechali z ronda, podjął na nowo: – Anne mówiła, że Jessica pochodzi z bogatej rodziny, ale jest samotniczką. Pewnie dlatego się tak świetnie dogadywały.

Bea aż za dobrze wyobrażała sobie sprawiającą kłopoty młodą dziewczynę, odsyłaną od drzwi do drzwi, wstydzącą się swojej przeszłości i rozczarowaną tym, że jej nowa rodzina okazała się nie tak idealna, jak przypuszczała.

– Kiedy Anne i Ruth zaczęły spędzać razem coraz więcej czasu, Jessica stała się wroga wobec tej drugiej dziewczyny. Zaczęła wysyłać jej niemiłe wiadomości i kazała trzymać się jej z daleka od Anne. Gdy się o tym dowiedzieliśmy, powiedziałem Anne, żeby unikała tej Jessiki. Zaproponowałem nawet, że pójdę porozmawiać z kimś w college'u, ale Anne twierdziła, że nie ma takiej potrzeby, i zapewniała, że Jessica jest nieszkodliwa. Pewnego dnia wróciła do domu cała roztrzęsiona. Nie było mnie, ale żona mi powiedziała. Podobno Jessica zaatakowała Ruth. Anne kiepsko to zniosła, jakby to ona była winna. Emily próbowała ją uspokoić, dziewczyna zamknęła się jednak w pokoju i siedziała tam cały weekend. Emily myślała, że boi się tej tak zwanej przyjaciółki. Obiecałem żonie, że w poniedziałek pójdę do college'u, ale coś mi wypadło i kiedy wróciłem, Anne już się uspokoiła. Poszła na zajęcia i podobno wszystko zostało załatwione. Ruth przeniosła się do innego college'u i Anne nigdy więcej nie mówiła ani o niej, ani o Jessice.

— Wygląda na to, że ta Jessica ma problemy.

— Nie to mnie martwi – odparł ponuro Michael. – Obawiam się, że Emily i ja znamy tylko wersję jednej ze stron. Przed rozmową z tobą zadzwoniłem do Jessiki Hamilton. Według niej to Anne zaatakowała Ruth, bo ta zaczęła przyjaźnić się z kimś innym i Anne nie była w stanie znieść odrzucenia. Od czterech lat Jessica Hamilton studiuje na uniwersytecie i od tego czasu nie pojawiała się tutaj. Tymczasem moja córka – skrzywił się, jakby wypowiadanie tych słów sprawiało mu fizyczny ból – mieszkała tu od samego początku. Z tego, co usłyszałem od Jessiki, Bóg jeden wie, co strzeliłoby Anne do głowy, jeśli dowiedziałaby się o mnie i Karen.

Bea przez chwilę rozważała jego słowa. „Bóg jeden wie, co strzeliłoby Anne do głowy".

– Kiedy powiedziałeś, że wiesz, kim jest pacjentka Karen, myślałam, że pojedziemy się z nią spotkać. Skoro Jessica tu nie mieszka, to dokąd właściwie jedziemy?

– Odszukać moją córkę.

79

Karen

„Zwolniona do czasu zakończenia śledztwa". Miała ochotę się roześmiać. Wszystko w jej życiu wydawało się „zwolnione do czasu zakończenia śledztwa". Praca, związek, a teraz nawet jej wolność.

Zadzwoniła do Michaela z komisariatu, nie chcąc wierzyć, że po tym, jak się pokłócili, nie przyjedzie po nią. Potrzebowała go. Chciała, żeby jej wytłumaczył, żeby powiedział, że „zwolniona bez postawienia zarzutów" oznacza, że policjanci uwierzyli, że nie miała nic wspólnego ze śmiercią Eleanor. Albo jeszcze lepiej – że wszystko to było częścią chorego planu Jessiki Hamilton i Eleanor wcale nie umarła. Przede wszystkim jednak pragnęła, żeby był przy niej, zupełnie jakby nie było żadnej żony i dzieci, tylko ona.

Telefon dzwonił i dzwonił, a kiedy już myślała, że Michael odebrał, usłyszała znajomy kobiecy głos automatycznej sekretarki. Czując się jak zbity pies, wyszła z komisariatu na główną ulicę. Sama. Teraz nie miała już złudzeń, jak sobie z tym poradzi. Bez Michaela, bez Bei. I bez Eleanor.

Na wspomnienie Eleanor Karen poczuła, jakby czarna kurtyna opadła jej na oczy. Potknęła się, chwyciła się wyszczerbionej niebieskiej barierki przed budynkiem komisariatu i zwymiotowała w rosnące obok krzaki. Dla przypadkowych przechodniów musiała wyglądać jak imprezowiczka, która spędziła noc na jednej z drewnianych ławek z kocem zamiast kołdry, odsypiając udany wieczór.

Kiedy poczuła pustkę w żołądku, spróbowała zaczerpnąć tchu i otarła z oczu piekące łzy. Od centrum miasta dzieliło ją dwadzieścia minut drogi piechotą, wiedziała jednak, że nie jest w stanie iść tak daleko. Nie chcąc dzwonić po taksówkę, żeby zabrała ją sprzed komisariatu, zmusiła drżące nogi do wysiłku i podeszła do najbliższej ławki.

Czekając na taksówkę, starała się zająć umysł czymś, co mogłaby poddać analizie. Na myśl o Eleanor poczuła migrenowy ból głowy, z którym nie była w stanie poradzić sobie tu i teraz, ale mimo usilnych starań, by skupić się na czymś, na czymkolwiek innym, myślała tylko o pozbawionych matki synach przyjaciółki. Noaha znaleziono w łóżeczku na górze. Był cały i zdrowy, ale wyraźnie roztrzęsiony. Na policję zadzwoniła jedna z sąsiadek, która widziała, jak kobieta wyglądająca dokładnie tak jak Karen szła w stronę domu na krótko przed tym, zanim rozległy się wrzaski i huk.

– Bea, tu Karen. Posłuchaj, nie wiem, co słyszałaś… – Zawahała się. Ostatnie, czego chciała, to nagrywać się na pocztę głosową Bei i mówić o Eleanor. – Zadzwoń do mnie, proszę, to pilne. Tak bardzo mi przykro.

Zamiast wejść do domu, wsiadła od razu do samochodu. W domu nie czekało na nią nic ani nikt, a panująca w nim pustka byłaby nie do zniesienia. Karen nie dbała o to, jak wygląda i pachnie po siedemnastu godzinach na komisariacie. Powiedziała policjantom o Jessice Hamilton, ale bardziej niż jej pacjentka interesowała ich ona.

Był tylko jeden sposób, żeby się dowiedzieć. Wiedziała, że tak się to skończy, kiedy tylko wyniosła teczkę z biura. Zapisując adres, powtarzała sobie, że jeśli tam pojedzie, pożegna się z karierą zawodową. Skoro jednak okazało się, że o karierze może zapomnieć, nie miała już nic do stracenia.

Wyjęła z torby skrawek papieru i położyła na kierownicy.

Adres domowy Jessiki Hamilton.

Włączyła radio, żeby nie myśleć o dziesiątkach policjantów gromadzących dowody, które doprowadzą ich do zabójcy Eleanor. Było kwestią czasu, zanim znowu zostanie wezwana na przesłuchanie, i tym razem może już nie wyjść. Chyba że udowodni, że Jessica Hamilton istnieje; może wtedy nie będzie jedyną podejrzaną. Jessica mogła być walnięta i przebiegła, ale Karen wątpiła, by była prawdziwym geniuszem zbrodni. W telewizji często pokazywano przestępców, którzy pozbywali się wszelkich dowodów i wodzili policję za nos, ale Jessica nie mogła tak po prostu usunąć wszystkich odcisków palców, które pozostawiła w życiu Eleanor. Policja musiała dopasować je tylko do konkretnej osoby, a podczas gdy Jessica pozostawała duchem, ich oczy były skierowane na nią. I może na Adama.

Telefon zawibrował i przez chwilę jechała, jedną ręką trzymając kierownicę, a drugą grzebiąc w torebce. W końcu wysypała jej zawartość na fotel pasażera. Komórka przestała dzwonić, kiedy podniosła ją do ucha. Cholera! Numer nieznany. Czekała ciekawa, czy dzwoniący nie zostawi wiadomości na poczcie głosowej, ale nie zostawił. Prawdę mówiąc, nawet lepiej. Gdyby to był Michael albo Bea, musiałaby im powiedzieć, dokąd jedzie, a oni próbowaliby ją powstrzymać. Podjęła już decyzję i nie zamierzała jej zmieniać. Czuła się, jakby opętał ją porywczy, lekkomyślny duch, i postanowiła się tego trzymać, aż dotrze na miejsce, jak pijana nastolatka, która upiera się, że będzie tańczyć tak długo, aż wytrzeźwieje. Nigdy dotąd nie robiła niczego pod wpływem impulsu; wszystko w jej życiu było wyważone i przemyślane. Nawet przygodny seks nie miał w sobie nierozważnej żywiołowości jednorazowych numerków. Planowała wszystko w najdrobniejszych szczegółach, by przekonać samą siebie, że panuje nad sytuacją z Michaelem. Kiedy on wracał do domu, do żony, ona pieprzyła się z nieznajomymi. Wet za wet, żeby udowodnić sobie, że nie zależy jej na nim aż tak bardzo, skoro zdrada przychodziła jej z taką łatwością i nie pozostawiała po sobie najmniejszych wyrzutów sumienia. To znaczy aż do ostatniego razu.

Przy ulicy, na której mieszkała Jessica, stały głównie trzykondygnacyjne domy jednorodzinne z oknami wykuszowymi. Zamiast numerów wszystkie miały nazwy: „Tontine" albo „Valley House". Ten, na który patrzyła, nosił nazwę „Underwood". Stał na końcu ulicy, frontem do pozostałych, jak głowa rodziny siedząca u szczytu stołu. Nie czuła zdenerwowania, choć wierzyła, że już niedługo stanie twarzą w twarz z osobą winną śmierci jej najlepszej przyjaciółki. W głębi duszy miała nadzieję, że Jessiki nie będzie w domu, że spakowała swoje rzeczy i uciekła z kraju niczym duch, którym się stała. Tym bardziej zaskoczył ją widok świateł w oknach i samochodu na podjeździe.

Wciskając dzwonek, poczuła, że żołądek podchodzi jej do gardła. Nie była pewna, czy zdoła wykrztusić choćby słowo, jeśli drzwi się otworzą. Ale otworzyły się, a zamiast nieśmiałej Jessiki Hamilton zobaczyła twarz, którą dobrze znała.

Stała osłupiała, nie potrafiąc dobyć głosu. Kobieta w drzwiach uśmiechnęła się nerwowo. Wszystko w niej było miniaturowe; była tak szczupła, że wystarczyło mocniej dmuchnąć, by przewrócić ją na ziemię, i taka blada. Chwyciła futrynę drobnymi dłońmi, jakby bała się, że upadnie, i Karen zastanawiała się, czy coś piła.

– W czym mogę pomóc?

– Ja… szukam Jessiki Hamilton.

Kobieta ściągnęła brwi, jakby słyszała nazwisko, ale nie potrafiła dopasować go do twarzy. Zamiast odwrócić się i zamknąć drzwi, z uwagą wpatrywała się w Karen, jak gdyby to jej twarz wydawała jej się znajoma. Nagle zakryła usta dłonią.

– To ty, prawda? – Cofnęła się i Karen przerażona, że zatrzaśnie jej drzwi przed nosem, rzuciła się do przodu.

– Proszę zaczekać! Muszę odnaleźć Jessicę. To bardzo ważne dla nas wszystkich. Wiem, że zna pani to nazwisko. Może mi pani pomóc?

Kobieta wzięła kilka głębokich oddechów, jak zalecają terapeuci w sytuacji, gdy przytłaczają cię emocje.

– Czekałam na to. Myślę, że lepiej będzie, jeśli pani wejdzie.

Po tych słowach żona Michaela odsunęła się, żeby wpuścić Karen do domu.

80

Karen

– Czekałam na to od dziesięciu lat – powtórzyła Emily, prowadząc ją korytarzem do salonu, wielkiego jak całe mieszkanie Karen.

– Od dziesięciu lat? – rzuciła bezmyślnie Karen. – Przecież Michael i ja jesteśmy razem dopiero od dwóch lat.

Widząc, że Emily wzdrygnęła się na dźwięk jego imienia, natychmiast pożałowała swojego braku taktu. Była tak przyzwyczajona do myśli, że kiedy są razem, Michael jest tylko jej, że nadal nie mogła uwierzyć, że jego żoną jest inna kobieta.

– Jest pani jedną z wielu. Od dawna spodziewałam się, że któraś się w końcu pojawi. Zakładam, że wie pani, że przed panią były inne.

Sposób, w jaki to powiedziała, sprawił, że Karen poczuła się jak część wymienna w maszynie starej jak świat.

– Ale jak dotąd żadna się nie pojawiła – dodała kobieta. – Rozumiem, że nie przyszła pani, żeby opowiadać mi bajeczki o jego romansie?

Wiedziała, jak wygląda Emily Lenton. Widziała ją na zdjęciach z Facebooka, które tak często oglądała. W rzeczywistości była delikatniejsza, bardziej krucha, a ręce jej drżały, gdy nie splatała ich przed sobą. Kiedyś musiała być piękna, ale ciągłe napięcie, w jakim przyszło jej żyć, zebrało swoje żniwo. Wymodelowane włosy rzedły miejscami, a makijaż wyglądał jak maska. Ruchem ręki pokazała Karen, żeby usiadła, a sama przycupnęła na skraju dużej śliwkowej kanapy.

– To nie jest dom Michaela. – Karen rozejrzała się po pokoju, omiatając wzrokiem ciężkie dębowe meble i marmurowy kominek. Co jego żona robiła w tym miejscu?

– To dom naszej córki. Wynajmuje go od przyjaciela rodziny. Mamy trójkę dzieci, trzy córki. Najmłodsze to bliźniaczki. – Te słowa miały zranić Karen i spełniły swoje zadanie.

Jego dzieci. Kolejna niedogodność, o której Karen udało się zapomnieć. Bliźniaczki w wieku około trzynastu lat. Widziała ich zdjęcia: Bethany i Rose. Śliczne dziewczynki, które nie zasługiwały na wiecznie nieobecnego ojca. Uświadomiła sobie, że jest wściekła na Michaela za to, co zrobił; za to, co pozwolił jej zrobić. Od dawna domyślała się, że ich związek nie ma przyszłości, ale teraz, kiedy była o tym przekonana, nie czuła niczego poza ukłuciem żalu. Żalu, że nie poznali się w innych okolicznościach, że uwierzyli, że to, co robią, nie ma znaczenia, dopóki jego żona niczego się nie domyśla. Ale to miało znaczenie, a kobieta, która siedziała naprzeciw niej, była ofiarą ich czynów. Karen nie wiedziała nawet, że mają jeszcze jedną córkę.

– Po co więc pani przyjechała? – spytała kobieta. – Odnaleźć Jessicę Hamilton?

– Tak, jest moją pacjentką i bardzo się o nią martwię.

– Nie rozumiem, jak pani tu trafiła, skoro nie wiedziała pani, że to mieszkanie Anne.

– To adres, który podała Jessica, rejestrując się w naszej klinice.

– Niemożliwe. Nie słyszałam o niej od pięciu lat i nigdy tu nie mieszkała.

– Ale zna ją pani?

– Ze słyszenia. Była przyjaciółką Anne z college'u. Nie poznałam jej osobiście.

– Czy Anne tu jest? Mogę z nią porozmawiać?

– Dzięki Bogu, wyszła. Lepiej, żeby pani tu nie widziała. Jak pani myśli, skąd wiem, kim pani jest? Znalazłam wasze zdjęcie w książce, którą Anne pożyczyła mi w ubiegłym roku. Na szczęście nie musi spotykać się z kochanką swojego ojca. Wystarczy, że wie o pani istnieniu. Nie chciałam, żeby się dowiedziała, jakim człowiekiem jest jej ojciec. – Żona Michaela wstała. – Przykro mi, ale nie mogę pani pomóc. Nie mam pojęcia, gdzie mieszka Jessica Hamilton. Od lat nie mamy z nią żadnego kontaktu. Do widzenia.

Konfrontacja, którą Karen wyobrażała sobie tak często, w niczym nie przypominała burzliwego starcia żony z kochanką. Pożegnały się, jak przystało na cywilizowanych ludzi.

Kiedy wychodziła, Emily powiedziała niepewnie, jak gdyby w ogóle nie zamierzała się odzywać, ale bała się, że jeśli tego nie zrobi, będzie żałować:

– Pani i Michael...

– To koniec – odparła Karen, wiedząc, że to prawda. Nie było sensu dłużej udawać, że drugie życie Michaela nie istnieje, teraz gdy weszła do niego choćby na krótką chwilę.

Emily odetchnęła niemal z ulgą i maska natychmiast wróciła na swoje miejsce.

Karen otwierała drzwi samochodu, kiedy usłyszała, że ktoś ją woła.

Podniosła wzrok. Emily wskazywała samochód, który wjechał w ślepą uliczkę i kierował się w ich stronę.

– Wygląda na to, że jednak dostanie pani to, po co pani przyjechała. To samochód Anne.

Zobaczywszy Karen stojącą przed domem, Anne zahamowała gwałtownie i zawróciła. Karen wsiadła do samochodu, zatrzasnęła drzwi, uruchomiła silnik i wrzuciła jedynkę. Emily krzyknęła coś za nią, ale Karen nie miała czasu, żeby zatrzymać się i wyjaśnić. Jechała za samochodem Anne Lenton, za którego kierownicą siedziała Jessica Hamilton.

81

Co się wydarzyło w dniu, kiedy poznałaś Jessicę Hamilton?
Nic. Myślałam, że to zwykła pacjentka, aż do dnia, kiedy zobaczyłam ją z Adamem. Wtedy wiedziałam już, że stanowi zagrożenie dla moich przyjaciół.

Ale nie dla Bei? W jaki sposób to, że Jessica sypia z Adamem, mogło zaszkodzić Bei?
Jessica powiedziała mi, że nienawidzi Eleanor. Chciała skrzywdzić wszystkich, których kochała Eleanor. Mnie, Beę, Noaha.

Tak powiedziała? Wymieniła ich imiona?
Oczywiście, że nie. Nie musiała.

Co sądzisz o swoich przyjaciółkach, Karen?
Co to za pytanie? Jesteśmy jak siostry. Kocham je.

Eleanor i Beę łączyła wyjątkowo silna więź, prawda?
Wszystkie byłyśmy sobie bliskie. Cała nasza trójka.

I nigdy nie byłaś o nie zazdrosna? Pewnie było ci ciężko, kiedy widziałaś, jak bardzo są podobne, podczas gdy ty musiałaś trzymać w tajemnicy to, co stało się z twoją siostrą. I nie mogłaś im powiedzieć, jak wyglądało twoje życie w domu.

Mówiłam już, byłyśmy najlepszymi przyjaciółkami. Wszystkie trzy. Nie byłam piątym kołem u wozu. Nie byłam inna. Byłam jedną z nich. Kochałam je.

Due back 16/12/21

82

Bea

— Co ona, do cholery, zrobiła? — Michael wciąż kręcił głową i mruczał pod nosem, kiedy jechali do domu, w którym mieszkała jego córka.

Było jasne, że Anne jest w to wszystko zamieszana, może nawet uknuła całą tę intrygę. Nic dziwnego, że przy takim natłoku informacji Michael był na skraju załamania. Dwukrotnie musieli się zatrzymać, taki był roztrzęsiony, i Bea siedziała w samochodzie, podczas gdy on wypalał po dwa papierosy z rzędu. Próbowała znaleźć w sobie odrobinę współczucia, ale nie czuła niczego poza obrzydzeniem. Jej przyjaciółka nie żyła, druga była podejrzana o morderstwo i cała wina spoczywała chwilowo na Michaelu. Gdyby Karen go nie poznała, gdyby nie był kłamcą i oszustem... gdyby, gdyby, gdyby. Nie będąc w stanie powiedzieć nic konstruktywnego, zagryzła wargi i wyjrzała przez okno.

Kilka razu próbowali dodzwonić się na komórkę Anne, jednak za każdym razem włączała się poczta głosowa. Teraz telefon wciśnięty w uchwyt na napoje zawibrował, a na ekranie pojawiło się imię *Emily*.

– Moja żona – rzucił Michael, sięgając po telefon. Bea niemal czuła w ustach smak odrazy. – Emily? O co chodzi? – Przełączył na głośnik, żeby nie musieć zjeżdżać na pobocze.

– Chodzi o Anne, właśnie wróciła do domu.

Zerknął na Beę.

– Nic jej nie jest?

– Nie wiem, nie weszła do środka. Zobaczyła twoją kochankę i odjechała.

Bea jęknęła. Michael wyglądał, jakby chciał wyprzeć się Karen, ale uświadomił sobie, że już na to za późno.

– Czy Karen tam jest? – spytał. – Daj ją do telefonu, Emily.

– Pojechała za Anne. Co się dzieje, Michael? Ta kobieta szukała przyjaciółki Anne z college'u. Czy Anne ma kłopoty?

– Tak. Musisz zadzwonić na policję. Podaj im markę i model samochodu Anne i powiedz, że może zrobić krzywdę sobie albo komuś innemu. Możesz to zrobić? – Po drugiej stronie rozległ się jakiś bełkot. – Proszę, Emily, możesz to zrobić?

– Powiedziałam, że tak. Nie jestem aż tak beznadziejna! Ale chcę, żebyś wiedział, że jeśli cokolwiek jej się stanie, nigdy ci nie wybaczę, że sprowadziłeś tę kobietę do naszego życia.

– Jeśli cokolwiek się stanie którejś z nich, nigdy sobie tego nie daruję. Zadzwonię, jak tylko będę coś wiedział. – Po tych słowach się rozłączył.

Bea z kamienną twarzą wyglądała przez okno.

– Dokąd teraz? – spytała. – Gdzie one są?

– Nie mam pojęcia. – Michael pokręcił głową. – Jedyne miejsce, które przychodzi mi do głowy, to dom. Nasz dom. Albo raczej powinienem powiedzieć „dom Karen".

83

Karen

Kiedy dotarła na miejsce, srebrny fiat Anne stał zaparko-wany niedbale na nadrzecznym parkingu. Silnik był włączony, drzwi otwarte, a miejsce kierowcy puste. Karen zatrzymała się, zgasiła silnik i rozejrzała się po pustym nabrzeżu. Najlepiej by zrobiła, gdyby odeszła i wezwała policję – przestała próbować naprawiać wszystkich i wszystko. Jeśli powinna była się czegoś nauczyć, to tego, żeby nie starać się naprawiać świata. Zatrzas-nęła drzwi samochodu i pobiegła w stronę rzeki. Może jednak niczego się nie nauczyła.

Kiedy ją znalazła na betonie pod mostem, Anne niczym w transie wpatrywała się w ciemne wody. Słysząc jej kroki, nie podniosła wzroku. Karen zatrzymała się i patrzyła na nią w mil-czeniu.

Anne Lenton, kobieta, którą Karen znała jako Jessicę Ha-milton i przez którą cały jej świat legł w gruzach, była jesz-cze dzieckiem. Wyglądała jak wtedy, gdy Karen zobaczyła ją po raz pierwszy pięć tygodni temu – zdenerwowana, z zaró-żowionymi policzkami na nieumalowanej twarzy, gęstymi, kręconymi włosami. Jak to możliwe, że od tamtej pory wydarzyło się tak wiele złego? Czy powinna była domyślić się wcześniej, jak wielkim zagrożeniem jest Anne? Czyżby znowu zawiodła?

Dziewczyna podniosła wzrok i widząc, że Karen jej się przygląda, zrobiła niepewny krok w tył. Znikła chłodna i opanowana Jessica Hamilton, która do tej pory rozdawała karty. Ta dziewczyna – na litość boską, córka Michaela! – wyglądała na przerażoną. Jej twarz nie pasowała do twarzy psychopatki, za którą miała ją Karen jeszcze kilka godzin temu.

– Niech się pani nie zbliża – warknęła Anne, kiedy Karen zrobiła krok w jej stronę. Wyciągnęła rękę, niczym policjant kierujący ruchem, jakby liczyła, że jakaś niewidzialna siła zatrzyma ją w miejscu. – Niech się pani, kurwa, nie zbliża!

Karen zatrzymała się i podniosła ręce w geście poddania.

– Nie podejdę bliżej, chyba że się na to zgodzisz. Chcę tylko porozmawiać.

– Ale ja nie chcę rozmawiać z panią.

– Jess… Anne, nie musisz się mnie bać. – Karen zrobiła niezauważalny krok do przodu, próbując wykorzystać lata praktyki. Nigdy dotąd nie była w takiej sytuacji; na studiach nie uczą, co zrobić, kiedy córka twojego żonatego kochanka okazuje się niebezpieczną psychopatką. – Jessica zapłaciła za pięć sesji, pamiętasz? Do tej pory była tylko na czterech. Potraktujmy to jak nasze ostatnie spotkanie.

Karen wstrzymała oddech, podczas gdy Anne stała napięta niczym struna i wyraźnie zdezorientowana.

– O czym chce pani rozmawiać?

– Teraz, kiedy znam prawdziwy powód, dla którego do mnie przyszłaś, myślę, że powinnyśmy jeszcze raz spojrzeć na to, co było celem naszych spotkań. Co chciałaś osiągnąć?

Karen czuła, że jest spokojniejsza. Chociaż nie była w gabinecie, znajomy rytm i intonacja przywróciły jej kontrolę nad sytuacją i poczuła się pewniej. Anne spuściła głowę i wbiła wzrok w beton pod stopami.

– Tata spędzał z panią więcej czasu niż z innymi. Znikał na tydzień i myślał, że mama uwierzy, że pracuje poza domem. Pojechałam za nim i zobaczyłam, że praktycznie mieszka w pani domu. Dowiedziałam się wszystkiego na pani temat. Z początku was obserwowałam, a potem... nie wiem, co mnie podkusiło... zapisałam się do pani na terapię. Myślę, że chciałam zobaczyć, jaka jest pani z bliska. Właściwie nie wiem, czego się spodziewałam. A kiedy mnie pani nie rozpoznała... nie miała pani pojęcia, kim jestem, a ja wiedziałam o pani wszystko... pomyślałam, że może uświadomię pani, jak wielką krzywdę wyrządza pani mojej rodzinie. Dlatego wymyśliłam tę historyjkę o romansie z żonatym mężczyzną. Ja... ja nigdy... nie przypuszczałam, że tak się to skończy.

Spojrzała na rzekę i Karen wykorzystała chwilę, by zbliżyć się do niej o krok. Zrobiła to tak umiejętnie, że Anne niczego nie zauważyła.

– Dlaczego nie powiedziałaś mi otwarcie, kim jesteś?

– Myślałam, że pani wie, że pani kochanek ma dzieci. Raz widziałam, jak siedziała pani w samochodzie przed domem moich rodziców. Więc wiedziała pani, że jest żonaty. A skoro tak, po co miałabym cokolwiek mówić?

Karen poczuła palący wstyd na myśl o tym, jak wiele zła wyrządzili oboje z Michaelem. Zawsze powtarzała mu, że nie chce wiedzieć nic o jego rodzinie, bo wtedy będzie miała świadomość, komu go odbiera, ale tak naprawdę nie potrafiła się powstrzymać. Nie wiedziała jednak o istnieniu Anne. Na facebookowym profilu Emily pełno było zdjęć bliźniaczek, ale ani jednego zdjęcia Anne.

– Masz rację – przyznała. – To, co zrobiliśmy, było złe i samolubne. Ale po co angażować w to moje przyjaciółki?

Przez chwilę Anne wyglądała, jakby chciała wszystkiemu zaprzeczyć, w końcu jednak odparła:

– Wysłałam im maile, bo chciałam, żeby zobaczyły, jaka naprawdę pani jest. Obserwowałam panią, widziałam rzeczy, które pani robi, kiedy nikt nie patrzy. Chciałam, żeby one też je zobaczyły.

– Od jak dawna mnie obserwujesz?

– Od jakiegoś czasu. Wystarczająco długo. Na tyle długo, by wiedzieć, że to nie ja potrzebuję psychologa.

– Mogłaś im po prostu powiedzieć.

– Przekonałaby je pani, że jestem stuknięta. Wyłgałaby się pani. Trzeba przyznać, że jest pani doskonałą kłamczuchą, Karen.

– A ta historia o twojej siostrze?

– Chciałam zobaczyć, jak pani zareaguje. Wkurzały mnie ten pani pozorny spokój i opanowanie, bo przecież wiedziałam, co tak naprawdę dzieje się pod powierzchnią. Chciałam panią wstrząsnąć.

– Dlatego włamałaś się do mojego domu? Ukradłaś moje rzeczy?

– Nie włamałam się. Tata ma klucz. Nie podejrzewał, że wiem o pani, więc nie musiał go nawet ukrywać. Nikogo nie obchodziło, co to za klucze. Mama, jak zwykle, przymykała na wszystko oko.

– A więc kobieta, o której mówiłaś, że jest wszystkiemu winna, że nienawidzisz jej za to, że jest słaba i pozwala, by inna kradła jej męża...

– Nawet nie próbowała go powstrzymać. – Głos Anne był teraz pełen goryczy i po raz pierwszy Karen pomyślała, że oto ma przed sobą rozgniewaną dziewczynę, którą widziała na sesjach. – Oczywiście kocham ją, to moja matka i dzięki niej w wieku siedmiu lat nie trafiłam do ośrodka opiekuńczo-wychowawczego. Zawdzięczam jej wszystko. Ale chciałam stabilnej rodziny. Mogła mi ją dać, a tymczasem pozwoliła mu panią pieprzyć. Poznała ją pani, jest słaba. Założę się, że podeszła pani do drzwi, a ona wpuściła panią do domu. Pewnie nawet zaproponowała filiżankę herbaty.

O dziwo, Karen miała ochotę stanąć w obronie żony Michaela, ale nie mogła tego zrobić. Emily nie zażądała, by przestała spotykać się z jej mężem. Karen zawsze fascynował ten typ kobiet, które przymykały oko... Kiedy przyszło co do czego, właśnie to zrobiła Eleanor. Skąd miała wiedzieć, czy nie postąpiłaby tak samo?

– Nie powinnaś obwiniać swojej matki. Nie wiesz, jak to jest.

– Kiedy ktoś, kogo kochasz, olewa cię? – prychnęła Anne. – Dobrze wiem, jak to jest. – Kopnęła grudki ziemi na betonie. – I co teraz?

– Nie wiem – odparła Karen. Zgarbiła się pod ciężarem tego, co się wydarzyło, i bólu, który zadała innym. – Myślę, że powinnyśmy pójść na policję.

Po twarzy dziewczyny niczym cień przemknęło zakłopotanie.

– Nie chce pani tego robić.

– I tak cię znajdą, Anne. Lepiej będzie, jeśli sama zgłosisz się na policję. Wiedzą już o tym, co zrobiłaś moim przyjaciółkom i mnie. Zostawiłaś w moim domu odciski palców. Szukają cię i to tylko kwestia czasu, zanim aresztują cię za zabójstwo Eleanor.

Było to ryzykowne kłamstwo i Karen nie wiedziała, czy Anne jej uwierzy. Dziewczyna spojrzała na nią przerażonym wzrokiem, zupełnie niepodobna do pewnej siebie młodej kobiety, która siedziała naprzeciw niej w gabinecie, szydząc z niej pytaniami o moralność i drażniąc się z nią swoją wiedzą na temat życia jej i jej przyjaciółek.

– Mnie? – Nagle do niej dotarło. – Nie. NIE. Pani wie, że nie mam z tym nic wspólnego, że to nie ja ją zabiłam. Nie może mi pani tego zrobić! – Kucnęła i zgięła się wpół, jakby nagle rozbolał ją brzuch. – To nie miało tak być.

Zaczęła coś mruczeć, ale Karen nie była w stanie rozróżnić poszczególnych słów. Ta dziewczyna nie była już dla niej żadnym zagrożeniem. Karen uklękła obok, ale ona nie zwracała na nią uwagi, powtarzając w kółko to samo zdanie.

– Posłuchaj, Anne, jestem pewna, że wezmą pod uwagę wszystko. Nie ma wątpliwości, że to był wypadek. Jeśli się przyznasz, potraktują cię łagodnie.

Dziewczyna podniosła wzrok. W jej ciemnoniebieskich oczach strach mieszał się z lekceważeniem i Karen wiedziała, że oto kolejny raz jej nie doceniła. Pomyliła się, myśląc, do czego jest w stanie zmusić człowieka strach.

– Nie wywiniesz się – syknęła Anne. Chwyciła Karen za kołnierz i pociągnęła ją w kierunku mętnej, brązowej wody.

84

Bea

– Źle się czuję – powiedziała Bea, wchodząc za Michaelem po schodach do domu Karen. – Jak intruz.

– Próbujemy pomóc. Poza tym mieszkam tu.

Słysząc to, skrzywiła się.

– Nie zaczynaj znów. Nie rozumiem, w jaki sposób to miałoby pomóc Karen w konfrontacji z twoją córką wariatką. Bez urazy. Powinniśmy jeździć po okolicy i wykrzykiwać imię Karen przez otwarte okna, zamiast przetrząsać jej sypialnię.

– Miałem nadzieję, że odpuści sobie pościg za Anne i wróci do domu, ale najwyraźniej się pomyliłem. Mimo wszystko jest coś, co chciałbym ci pokazać. – Wyszedł z sypialni, niosąc w dłoniach pudełko po butach, i wręczył je Bei.

Wzięła je delikatnie, jakby bała się, że ją oparzy. Usiadła na najwyższym stopniu schodów i zdjęła wieczko. Michael krążył niespokojnie za jej plecami.

– Co to? – spytała.

– Leżało schowane pod rzeczami Karen. Otworzyłem je, ale kiedy zobaczyłem na nim imię twoje i Eleanor, odłożyłem z powrotem, bo myślałem, że to osobiste rzeczy.

Bea wyjęła notatnik leżący na wierzchu.

– Pełno tu różnych rzeczy. To coś w rodzaju akt wszystkich osób, które spotkała w swoim życiu. Jestem tu ja i Eleanor – mruknęła. Na widok zdjęcia przyjaciółki poczuła w sercu bolesne ukłucie. – Pisze o tym, co lubimy, a czego nie, czego się boimy... jest tu praktycznie wszystko na nasz temat. Zupełnie jak pamiętniki, które robiłyśmy w dzieciństwie.

– Może to właśnie coś takiego. Może zachowała go na pamiątkę.

– Więc dlaczego ty tu jesteś? – Bea podniosła notatnik i otworzyła go na stronie z fotografią Michaela i szczegółami dotyczącymi jego życia: adresem, imionami żony i córek, a nawet ich zdjęciami. – Nie pisze nic o Anne. – Pobieżnie przejrzała notatki. – Zupełnie jakby nie miała pojęcia o jej istnieniu.

– Mogło tak być. Mówiłem ci, Anne jest adoptowana. Nie mogliśmy zamieszczać jej zdjęć na Facebooku, a wyprowadziła się z domu, zanim poznałem Karen. Chryste – jęknął. – Zawsze myślałem, że nie chce nic o nich wiedzieć. Nigdy nie pytała.

– Bo nie musiała, prawda? Ma tutaj dosłownie wszystko. Tylko po co jej to?

– Może spisywała informacje na temat osób, które kocha. Jak ludzie, którzy sporządzają listy z datami urodzin i specjalnych okazji. Może to bardziej szczegółowa wersja takiej właśnie listy.

– Jest tu Fran. I Adam. Pół strony o Garym z pracy. Trudno to nazwać wspomnieniami.

Bea przewróciła kartkę i spojrzała na drobiazgowe zapiski o niej. Oto jak wyglądałby program *This Is Your Life*, gdyby prowadzący go Michael Aspel był obłąkanym stalkerem.

– Widzisz? – Wskazała pożółkły wycinek z gazety przyklejony do jednej ze stron. – Znałam tego gościa. – Patrząc na twarz gapiącą się na nią z albumu Karen, poczuła, że żołądek podchodzi jej do gardła. – Z uniwersytetu.

Michael przebiegł wzrokiem artykuł.

– Tu jest napisane, że miał wypadek. Dlaczego Karen to zatrzymała?

– Nie mam pojęcia – mruknęła Bea. Albo raczej wolała tego nie wiedzieć.

– Jest bilet na pociąg ze Shrewsbury do Liverpoolu... kupiono go dwa dni przed wypadkiem.

Bea pokręciła głową.

– Nie rozumiem. Dlaczego mi nie powiedziała, że była w Liverpoolu, kiedy doszło do wypadku?

– Wygląda na to, że nie mówiła nam o wielu rzeczach.

Wzięła do rąk stosik zdjęć, które walały się luzem na dnie pudełka.

– Spójrz na nie.

Michael spoglądał na serię zdjęć, przedstawiających malownicze miejsca, które odwiedzała Karen, kiedy musiała pomyśleć.

– Sądzę, że wiem, dokąd pojechały.

85

Trzymałyśmy się siebie tak kurczowo, że nie miało znaczenia, która z nas ciągnie którą w dół. Liczyła się tylko lodowata,
brudna woda, która czekała, aż stracimy równowagę i będzie
mogła nas wessać.

Była silniejsza ode mnie, zadziwiająco silna jak na kogoś tak drobnej budowy. A może po prostu bardziej się bała.
Istnieje osobliwy rodzaj siły zrodzonej z lęku i świadomości,
że nie masz już nic do stracenia. Śledziła mnie, wiedziała, co
zrobiłam i do czego byłam zdolna, i nie chciała podzielić losu
Eleanor. Może myślała, że przestanie jej zależeć, ale na końcu
wszyscy stawiają opór. Kiedy czują, że uchodzi z nich życie,
niezależnie od tego, jak bardzo pragną śmierci i jak się do niej
garną, w ostatnich momentach każdy walczy o jeszcze jeden
oddech.

Usłyszałam plusk na moment przed tym, zanim lodowata woda wyssała mi z płuc powietrze. Wypuściła mnie, jakby
chwilowo sparaliżowana uderzeniem. Nagle, kiedy nogi niosły
mnie w stronę powierzchni, dotarło do mnie, że nie ma zamiaru
walczyć i zamierza się poddać.

Ale instynkt samozachowawczy okazał się silniejszy niż rozpacz i wypłynęła na powierzchnię zaraz po mnie. Głębia pozornie spokojnej rzeki pełna była wirów, które zamierzały ściągnąć nas w dół ku śmierci. Może tak powinno być. Obie byłyśmy winne i obie miałyśmy do odegrania pewną rolę. Moje ręce pozbawiły życia Eleanor, ale to była także jej wina, zupełnie jakby była tam razem ze mną. Byłyśmy wspólniczkami w zbrodni, której żadna z nas nie chciała popełnić. A teraz miałyśmy odpokutować.

86

Jak byś się poczuła, gdybym ci powiedziała, że Adam nie sypiał z Anne Lenton?
Sypiał. Widziałam ich razem.

Widziałaś to, co chciałaś zobaczyć.
Co to ma znaczyć? Niby dlaczego miałabym chcieć widzieć, jak rozpada się małżeństwo mojej najlepszej przyjaciółki? Dlaczego miałabym chcieć, żeby coś jej groziło? Żeby mnie coś groziło?

A więc ty jedna mogłaś wszystko naprawić. Jak zawsze.
Może sobie pani mówić, co pani chce. Wiem, co widziałam.

Spójrz na to, Karen.
Kto to?

To kierowniczka sklepu Pandora. Widzisz jej włosy? Są podobne do włosów Anne, nie sądzisz? Rozpoznała Adama. Kilka

miesięcy temu sprawdzał instalację elektryczną w sklepie. A to
zdjęcie ze sklepowej kamery. Widzisz, jak wychodząc, dotyka
jego ramienia. Wybierała się na przerwę na lunch, dlatego nie
miała na sobie mundurka pracowniczego.

Dlaczego pani to robi?

Adam nie miał romansu.

Właśnie, że miał

Nie. Pamięta, jak był w sklepie. Nigdy nie widział Anne
Lenton.

To kłamca. To, co mówi, nie może być prawdą.

Dlaczego nie, Karen? Czy byłoby źle, gdybyś się pomyliła?
Gdyby twoje przyjaciółki nie były w niebezpieczeństwie?

Ale były. Wiem, że coś im groziło. Nie zrobiłam tego ot tak
sobie. Próbowałam je chronić. Jak zawsze.

Dlatego zabrałaś Noaha? To miało być ostrzeżenie?

Chciałam tylko, żeby przejrzała na oczy. Nie traktowała
mnie poważnie.

A inne rzeczy? Krem do depilacji? Randka Bei z mężczyzną
z internetu?

Nic, co robiłam, nie było im w stanie uświadomić, w jakim
są niebezpieczeństwie. Do czego była zdolna.

Do czego była zdolna Jessica Hamilton?

Tak! Ona im zagrażała!

*A jednak Anne Lenton nigdy nie zbliżyła się do twoich przy-
jaciółek, prawda? Skłamała na temat romansu z żonatym mężczyzną, żeby cię zawstydzić, ale nigdy nie próbowała nikogo
skrzywdzić. Jedynym niebezpieczeństwem, jakie zagrażało twoim przyjaciółkom, byłaś ty.*

Kłamiesz. Kłamiesz. Kłamiesz KŁAMIESZ KŁAMIESZ.

87

Bea

Znaleźli oba samochody zaparkowane na miejscu z trzeciego zdjęcia, ale żadnej z kobiet nie było w zasięgu wzroku. Bea wyskoczyła z samochodu, zanim Michael wyłączył silnik, i stała na brzegu, gdy usłyszała, jak zatrzasnął drzwi.

– Widzisz je?! – krzyknął, biegnąc w jej stronę.

Bea rozejrzała się po okolicy.

– Boże. – Wyciągnęła rękę, żeby chwycić go za ramię, ale w tej samej chwili zobaczył dwie kobiety, które wypłynęły na powierzchnię pięćdziesiąt metrów dalej, i puścił się pędem, w biegu zdejmując kurtkę.

– Zadzwoń pod dziewięćset dziewięćdziesiąt dziewięć! – krzyknął do niej.

Bea była przerażona. Palce jej drżały, gdy wyjęła telefon z kieszeni i wybrała numer alarmowy. Po wszystkim nie pamiętała nawet, że podała dyspozytorce szczegóły; przerażała ją myśl o wyborze, którego będzie musiał dokonać Michael.

Kogo ocali? Córkę czy kochankę?

88

Co się wtedy stało? Zanim Bea i Michael wyciągnęli cię z rzeki?

Wie pani, co się stało. Mówiłam już policji. Złapała mnie i wciągnęła pod wodę. Próbowała mnie zabić.

Twój chłopak...

To nie jest mój chłopak.

Twój były chłopak widział, jak wypłynęłyście na powierzchnię, i zeznał, że próbowałaś wepchnąć ją z powrotem pod wodę.

Myli się. Jak ktokolwiek mógłby wiedzieć, co się naprawdę wydarzyło? Co się wydarzyło pod powierzchnią? To był wypadek.

Nadal rozmawiamy o tym, co stało się nad rzeką?

To, co stało się nad rzeką, co stało się z Eleanor i z Amy... Czy to ważne? Koniec końców, nie mogłam uratować żadnej z nich, prawda? Miała rację... wszystkie miały rację. Nie można ocalić wszystkich. Niektórym ludziom nie można pomóc. Ale próbowałam.

Śmierć twojej siostry była wypadkiem.

To była moja wina. Mogłam ją uratować. Żyłaby, gdybym zrobiła, co do mnie należy.

Byłaś za mała, żeby opiekować się siostrą. To był obowiązek twojej matki.

Myśli pani, że nie wiem? Poświęciłam całe życie, żeby pomagać ludziom z takim samym dzieciństwem jak moje. Możesz powtarzać sobie w kółko, że to nie twoja wina, i błagać samą siebie o wybaczenie, ale z tyłu głowy zawsze słyszysz głos, który mówi ci, że gdybyś bardziej uważała, gdybyś była bardziej odpowiedzialna, nikt by nie ucierpiał. Nie umarłoby dziecko. Nie byłabyś zła.

Tak właśnie myślisz? Że jesteś zła?

Większość ludzi nigdy nikogo nie zabija. Ja zabiłam siostrę i najlepszą przyjaciółkę. Nie uważa pani, że jestem zła?

Myślę, że potrzebujesz pomocy.

Nie może mi pani pomóc. Nikt nie może. Możecie odprowadzić mnie z powrotem do celi.

89

Pierwszy raz zabiłam kogoś, mając cztery lata. Przez wiele lat próbowałam przekonać samą siebie, że to był wypadek i że nie ja jestem winna śmierci siostry. Ale też jej nie uratowałam. Całe życie próbowałam chronić ludzi i wynagrodzić światu utratę małej dziewczynki, której nie zdołałam ocalić. Winiłam siebie za to, co spotkało Beę na studiach; nie powinnam była zostawiać jej samej. To dlatego zainstalowałam kamerę w jej laptopie, żeby opiekować się nią, kiedy nie mogłyśmy być razem.

W miarę jak dorastałyśmy – ja poza naszym triumwiratem, patrząca na przyjaźń Bei i Eleanor – dokładałam wszelkich starań, żeby zawsze mnie potrzebowały. Spoglądając z perspektywy czasu, myślę, że już wtedy czułam, że nie mogą mnie wykluczyć i że jestem niezastąpiona. Kiedy w ich życiu wszystko układało się jak należy, dbałam o to, by wydarzyło się coś, co pozwoli mi wkroczyć do akcji i uratować sytuację. W szkole były to plotki albo chłopak przyłapany na zdradzie. Gdy dorosłyśmy, łatwiej mi było udowodnić, jaka jestem istotna, bez konieczności interwencji. Świadczące o życzliwości prezenty, kiedy miały zły dzień, rocznice, o których pamiętałam tylko ja. Szczyciłam się tym, że uczyniłam te kobiety centrum mojego wszechświata, a one nie miały o niczym pojęcia. W zamian dawały mi przedsmak normalności, pozwalały zajrzeć do zwyczajnego życia z rodzinnymi kłótniami, których powodem było to, kto komu podbiera ciuchy, a nie ból po utracie dziecka.

Wkraczając w dorosłość, naprawdę myślałam, że one są moje, a ja ich. Tak bardzo wpasowałam się w ich życie, że czułam się jego częścią, nie piątym kołem u wozu.

Aż do tamtego dnia.

W przerwie na lunch wyszłam nadać listy, kiedy zobaczyłem je razem. Beze mnie. Wam wyda się to bez znaczenia. To oczywiste, że w ciągu trzydziestu lat przyjaźni nie zawsze spotykałyśmy się we trzy, ale takie sytuacje nie zdarzały się często i tylko wtedy, kiedy jednej z nas naprawdę coś wyskoczyło. Wpadałyśmy do siebie bez uprzedzenia, ale gdybyście mnie zapytali, dlaczego ten raz był inny, odpowiedziałabym, że po prostu wiedziałam. W tamtej chwili potwierdziły się wszystkie moje lęki i obawy – łączyła je prawdziwa przyjaźń, a to oznaczało, że niedługo popadnę w zapomnienie. Widzicie, oprócz nich nie miałam nikogo. Zainwestowałam w tę przyjaźń całą siebie; nawet Michael nie był tak naprawdę mój. Nigdy nie potrafiłam zatracić się w związku i oto, co się stało. Ile było takich potajemnych spotkań? Ile ukradkowych spojrzeń. „Nie mów Karen, niech to zostanie między nami".

Po tym, jak je zobaczyłam, nie mogłam myśleć o niczym innym. Każde nasze spotkanie było naznaczone ich potencjalną zdradą; mój czas jako przyjaciółki dobiegał końca.

Jessica Hamilton pojawiła się w naszym życiu w najlepszym – albo najgorszym – momencie. Gdy ją poznałam, wiedziałam, że coś jest z nią nie tak, że nosi maskę podobną do mojej, ale dopiero kiedy zobaczyłam ją z Adamem, uświadomiłam sobie, jak bardzo zagraża mnie i moim przyjaciółkom. Nie wiedziałam, czego chce i dlaczego, ale miałam świadomość, że muszę je przed nią ochronić. To była moja szansa, żeby pokazać im, jak bardzo mnie potrzebują. Moja pani psychiatra, Sheila, mówi mi, że nie mogłam widzieć tego, co wydawało mi się, że widzę; że Adam był tam przypadkiem, a Jessiki w ogóle nie było w sklepie, ale ja w to nie wierzę. Skoro to wszystko było na nic, kim właściwie jestem?

Ale one nie mogły – albo nie chciały – dostrzec zagrożenia, które było widoczne jak na dłoni. Musiałam je uświadomić! Rzeczy, które robiłam – przestawienie samochodu Eleanor, umówienie Bei na randkę, która miała przypomnieć jej o przeszłości – nie stanowiły dla nich realnego zagrożenia. Zawsze czaiłam się gdzieś obok, gotowa w każdej chwili zareagować i przypomnieć im, że jestem jedyną osobą, na którą mogą liczyć. Nie Adam ani Fran. Ani nawet najlepsza przyjaciółka. A gdy w końcu dotarłoby do nich, jak niebezpieczna jest Jessica Hamilton, zwróciłyby się do mnie i przyznały, że od samego początku miałam rację. Błagałyby mnie, żebym im pomogła.

Policja mówi, że Jessica – albo raczej Anne Lenton – nigdy nie chciała skrzywdzić moich przyjaciółek i że to mnie chciała narobić kłopotów, ale ja wiem, że to nieprawda. Chroniłam je. Kiedy tamtego popołudnia poszłam do domu Eleanor, chciałam tylko, żeby przejrzała na oczy. Byłam nieostrożna. Eleanor rozpoznała na fotografii bransoletkę, którą ukryłam w samochodzie Adama – byłam głupia, że się nią posłużyłam, chociaż nie nosiłam jej od tak dawna, że nie przyszło mi do głowy, że może ją skojarzyć – i zaczęła oskarżać mnie o rozmaite rzeczy. Myślała, że to ja mam romans z jej mężem. Ja! Nie wierzyła nawet, że Jessica istnieje. Nie tak miało być. W moich wyobrażeniach zapewniałam Eleanor, że się wszystkim zajmę, a ona, wdzięczna, padała mi w ramiona.

Nie będę udawać, że mnie to nie zdenerwowało i że kiedy się na mnie rzuciła, nie odepchnęłam jej odrobinę mocniej, niż zamierzałam. Kiedy zobaczyłam krew, dotarło do mnie, co zrobiłam.

No i proszę. Druga osoba, którą kochałam, nie żyła, bo nie potrafiłam jej uratować. Nie potrafiłam ocalić Amy przed matką, a Eleanor przed Jessicą Hamilton. Bo to ona była wszystkiemu winna, nie miałam co do tego żadnych wątpliwości. Może nie było jej przy tym, ale to ona zawiniła. Chciałam je tylko kochać i chronić przed całym światem. Potrzebowały mnie. Chciałam je ocalić.

„Nie naprawi mnie pani". To były jedne z pierwszych słów, jakie do mnie powiedziała, i pomyślałam w tym momencie, że się myli – pamiętam to. Naprawiam ludzi, to moja praca. Okazało się jednak, że ona nie chce, żeby ją naprawiono. To ona przyszła naprawić mnie. Była moim nadzorcą, moim duchem Marley*. Ale ja nie czuję się naprawiona. I nie sądzę, bym kiedykolwiek się tak czuła.

---

* Bohaterka brytyjskiego serialu komediowego, *Marley's Ghosts*, która rozmawia z trzema duchami: duchem męża, kochanka i pastora.

Raport końcowy – Karen Browning

Psychiatra: doktor Sheila Ford.

Długość leczenia: rok i dwa miesiące.

Karen przeżyła w dzieciństwie silną traumę z powodu utraty bliskiej osoby, przez co obwinia się o śmierć siostry. Choć ma świadomość, że odpowiedzialność za to, co się stało, spoczywa wyłącznie na matce, wydarzenia te spowodowały u niej trwały uraz związany z poczuciem winy. Chcąc odpokutować, poświęciła całe swoje życie chronieniu innych. Niemal symbiotyczna relacja łącząca ją z przyjaciółkami utwierdziła ją w przekonaniu, że musi je „chronić", a kiedy nic im nie groziło, Karen znalazła zagrożenie w Jessice Hamilton, jednej z jej pacjentek.

Sprawa Karen wymaga jeszcze wiele pracy. Kompleks Boga, na który cierpi od śmierci siostry we wczesnym dzieciństwie, doprowadził ją do wniosku, że to, co się wydarzyło, było niefortunnym wypadkiem na drodze do wielkiego planu ocalenia przyjaciółek przed grożącymi im niebezpieczeństwami. Z policyjnych raportów wynika, że od jakiegoś czasu aranżowała wydarzenia, dzięki którym mogła „ratować" przyjaciółki, choć wypadki sprzed dwunastu miesięcy są dowodem na to, jak bardzo pogorszył się jej stan psychiczny. Konfrontacja z tym, co naprawdę się wydarzyło, będzie przełamaniem ostatniej bariery emocjonalnej, i obawiam się, że może doprowadzić do całkowitego załamania. Kiedy Karen przestanie postrzegać siebie jako obrończynię i przyzna, że to ona zagrażała przyjaciółkom, jej stan psychiczny znacznie się pogorszy.

Pracując z Karen Browning przez ponad rok, stwierdzam, że nadal pozostaje ona pacjentką wysokiego ryzyka i przede wszystkim zagraża samej sobie. Dlatego, w mojej ocenie, zaleca się nałożenie na Karen Browning kary pozbawienia wolności w najwyższym możliwym wymiarze.

Podziękowania

Jako pierwszej chciałabym podziękować – i mam nadzieję, że już zawsze tak będzie – mojej agentce, Laetitii Rutherford. Kobieta mądrzejsza ode mnie nazwała Cię kiedyś „zaklinaczką pisarzy" i jej słowa to szczera prawda. Zawsze odnosisz się z entuzjazmem do moich pomysłów i wierzysz we mnie bardziej niż ja sama. Pragnę również podziękować Megan i pozostałym członkom zespołu Watson Little, a także Camilli i wszystkim z The Marsh Agency.

Dziękuję mojej cudownej redaktorce, Vicki Mellor, bez której ta książka byłaby dwa razy dłuższa i tylko w połowie tak dobra. Pozostałym członkom zespołu Headline: Sarze Adams, Kitty Stogdon, Jo Liddiard, Millie Seaward i wszystkim tym, których pasja i zamiłowanie do tego, co robią, nie przestają mnie zdumiewać. Pragnę również podziękować działowi grafiki, a zwłaszcza Siobhan, za cudowną okładkę.

Przeraża mnie myśl, że mogłabym kogoś pominąć, tak więc możecie być pewni, że jeśli mi gratulowaliście, pytaliście, jak mi idzie książka, wysyłaliście maile, pisaliście do mnie na Twitterze lub Facebooku, żeby wyrazić swoje uznanie albo nazwać mnie „prawdziwą autorką", te podziękowania są dla Was. Każda wiadomość od czytelników jest jak serdeczny uścisk.

Niełatwo jest pracować na dwóch etatach i wychowywać dwójkę szalonych dzieci, dlatego wyjątkowe podziękowania należą się mojej szefowej Maxine. Nie sądzę, żebym bez Twojego wsparcia zdołała ukończyć tę książkę.

Po ukazaniu się *How I Lost You* miałam szczęście poznać wspaniałych blogerów, czytelników i miłośników książek. Było ich zbyt wielu, bym mogła ich tu wymienić. Nie mogę jednak nie wspomnieć cudownych Liz Barnsley i Tracy Fenton, których szczerość i poświęcony mi czas przyczyniły się do powstania ostatecznej wersji tej powieści. Zawsze będę Wam wdzięczna. Podziękowania należą się również wspaniałej Anne Cater i jej zespołowi z Book Connectors. Wszystkim autorom z THE Book Club; szaleństwem byłoby wymieniać każdego z Was z osobna, chcę jednak, byście wiedzieli, że nigdy nie spotkałam lepszej grupy wsparcia – jesteście wielcy! Pragnę szczególnie podziękować Teresie Nikolic, która walczyła o tę książkę bardziej niż moja własna matka (a to coś znaczy).

Środowisko autorów thrillerów jest wspaniałą społecznością i cieszę się, że jestem jego częścią. Dziękuję Wam wszystkim i każdemu z osobna; to dzięki Wam przetrwałam ostatnie dwanaście miesięcy. Dziękuję zwłaszcza Susi Holiday, dzięki której mogłam do Was dołączyć.

Czas na odrobinę wylewności. Jestem wyjątkowo szczęśliwa, mając przy sobie cudownych przyjaciół i rodzinę. Zwykłe „dziękuję" nie wystarczy, by wyrazić wdzięczność dla Mamy i Taty za ich bezgraniczną miłość, wsparcie i opiekę nad dziećmi – kocham Was oboje. Dziękuję mojej teściowej za to, że zawsze jest gotowa pomóc, choć

446

ostatni rok był dla nas wyjątkowo trudny. Dzieciaki nie mogłyby sobie wymarzyć lepszych dziadków i nigdy nie zapomną dziadka Kena.

Dla moich cudownych rudzielców, Connora i Finlaya – gdyby nie Wy, ta książka powstałaby znacznie szybciej, ale nie zamieniłabym Was na nic na świecie. Dzięki Wam moje życie ma sens.

Jak zwykle na końcu i jak zwykle najmocniej pragnę podziękować człowiekowi, który musi ze mną wytrzymywać, kiedy pisanie przychodzi mi z trudem, który zajmuje się domem, gdy piszę jak natchniona, i który potrafi wyczytać z tonu mojego głosu, że muszę coś poprawić w tekście. Dla Asha za to, że wciąż jest dla mnie wszystkim.